21 世纪高等教育工程管理系列规划教材

工 程 经 济 学

第 2 版

主　编　于立君　郝利光
参　编　朱伟华　胡　巨　房树田
　　　　石宏彬　王　媛　陈金翠
主　审　刘长滨

机 械 工 业 出 版 社

本书是在第 1 版基础上，紧密结合了当前建设项目经济评价方法的最新内容修订而成的。

本书系统介绍了工程经济学的基本原理和方法及其在工程中的应用。全书共十一章，内容包括：概论、工程经济要素、工程项目经济预测、资金的时间价值、现金流量法——单方案评价和多方案评价、不确定性分析、建设项目可行性研究与经济评价、价值工程、工程经济学在工程中的应用、经济评价案例。书后配有相关数据附表，便于教学和实际使用。

本书主要作为高等教育工程管理专业和土木工程专业的本科生教材，也可作为其他专业本科生学习工程经济学和技术经济学课程的参考用书，还可作为工程规划、设计、施工、管理和投资决策咨询等单位和部门的工程技术专业与工程经济专业人员的参考书。

图书在版编目（CIP）数据

工程经济学/于立君，郝利光主编. —2 版.
—北京：机械工业出版社，2010.8
（21 世纪高等教育工程管理系列规划教材）
ISBN 978-7-111-31307-6

Ⅰ.①工…　Ⅱ.①于…②郝…　Ⅲ.①工程
经济学—高等学校—教材　Ⅳ.①F40

中国版本图书馆 CIP 数据核字（2010）第 134058 号

机械工业出版社（北京市百万庄大街22号　邮政编码 100037）
策划编辑：冷　彬　责任编辑：冷　彬　责任校对：薛　娜
封面设计：张　静　责任印制：乔　宇
三河市宏达印刷有限公司印刷
2010 年 9 月第 2 版第 1 次印刷
169mm×239mm・20.75 印张・401 千字
标准书号：ISBN 978-7-111-31307-6
定价：34.00 元

序

随着 21 世纪我国建设进程的加快，特别是经济的全球化大发展和我国加入 WTO 以来，国家工程建设领域对从事项目决策和全过程管理的复合型高级管理人才的需求逐渐扩大，而这种扩大又主要体现在对应用型人才的需求上，这使得高校工程管理专业人才的教育培养面临新的挑战与机遇。

工程管理专业是教育部将原本科专业目录中的建筑管理工程、国际工程管理、投资与工程造价管理、房地产经营管理(部分)等专业进行整合后，设置的一个具有较强综合性和较大专业覆盖面的新专业。应该说，该专业的建设与发展还需要不断地改革与完善。

为了能更有利于推动工程管理专业教育的发展及专业人才的培养，机械工业出版社组织编写了一套该专业的系列教材。鉴于该学科的综合性、交叉性以及近年来工程管理理论与实践知识的快速发展，本套教材本着"概念准确、基础扎实、突出应用、淡化过程"的编写原则，力求做到既能够符合现阶段该专业教学大纲、专业方向设置及课程结构体系改革的基本要求，又可满足目前我国工程管理专业培养应用型人才目标的需要。

本套教材是在总结以往教学经验的基础上编写的，主要注重突出以下几个特点：

(1) 专业的融合性 工程管理专业是个多学科的复合型专业，根据国家提出的"宽口径、厚基础"的高等教育办学思想，本套教材按照该专业指导委员会制定的四个平台课程的结构体系方案，即土木工程技术平台课程及管理学、经济学和法律专业平台课程来规划配套。编写时注意不同的平台课程之间的交叉、融合，不仅有利于形成全面完整的教学体系，同时可以满足不同类型、不同专业背景的院校开办工程管理专业的教学需要。

（2）知识的系统性、完整性　因为工程管理专业人才是在国内外工程建设、房地产、投资与金融等领域从事相关管理工作，同时可能是在政府、教学和科研单位从事教学、科研和管理工作的复合型高级工程管理人才，所以本套教材所包含的知识点较全面地覆盖了不同行业工作实践中需要掌握的各方面知识，同时在组织和设计上也考虑了与相邻学科有关课程的关联与衔接。

（3）内容的实用性　教材编写遵循教学规律，避免大量理论问题的分析和讨论，提高可操作性和工程实践性，特别是紧密结合了工程建设领域实行的工程项目管理注册制的内容，与执业人员注册资格培训的要求相吻合，并通过具体的案例分析和独立的案例练习，使学生能够在建筑施工管理、工程项目评价、项目招投标、工程监理、工程建设法规等专业领域获得系统深入的专业知识和基本训练。

（4）教材的创新性与时效性　本套教材及时地反映工程管理理论与实践知识的更新，将本学科最新的技术、标准和规范纳入教学内容，同时在法规、相关政策等方面与最新的国家法律法规保持一致。

我们相信，本套系列教材的出版将对工程管理专业教育的发展及高素质的复合型工程管理人才的培养起到积极的作用，同时也为高等院校专业教育资源和机械工业出版社专业的教材出版平台的深入结合，实现相互促进、共同发展的良性循环而奠定基础。

第2版前言

本教材自 2005 年出版第 1 版以来，受到广大师生和读者的好评。此次为了紧扣国家颁布的《建设项目经济评价方法与参数》(第三版)的主要内容，更加突出教材的实用性和对学生实际工作能力的培养与训练，我们在第 1 版的基础上进行了精心的修订。此次修订，紧密结合本专业实践性强、应用性强的特点，注重与其他专业课程的衔接性，并保持教学内容体系的系统性和不断更新；对《建设项目经济评价方法与参数》(第三版)的主要内容与原理进行了详细的阐述与讲解，对上一版教材中与其相关的内容进行了调整，同时增加了案例的学习内容，使得教材内容体系更科学、实用，并充分体现了应用型本科的教学特点，更适合应用型普通高等院校教学的需要。

与第 1 版相比，此次修订调整的内容主要包括：

(1) 更改了"第二章　工程经济要素"中有关建设项目的总投资构成的内容，使之与《建设项目经济评价方法与参数》(第三版)相统一。增加了建筑安装工程费用的构成与计算、设备工器具费用构成与估算、工程建设其他费用构成与估算、预备费、建设期贷款利息的计算等内容，使之与工程管理、工程造价专业学生所学其他相关专业课程的内容相衔接。

(2) 删减了第三章中只提及经济模型而没有展开说明的表格。

(3) 调整了"第五章　单方案评价"中基准收益率的内容。

(4) 大幅度删减了"第八章　建设项目可行性研究与经济评价"中的内容，使其更加精炼。同时对财务评价的表格进行调整，使之与《建设项目经济评价方法与参数》(第三版)相统一，并将国民经济评价部分调整为建设项目经济评价，采用项目经济费用效益分析这一说法。

（5）调整了部分章节的习题。

（6）增加了一章学习内容，即"第十一章　某钢铁联合企业的财务评价"案例分析。

本教材是由在教学一线从事多年工程经济教学工作的教师合作编写的。全书由于立君和郝利光担任主编，刘长滨教授任主审。具体编写分工如下：第一、四、十一章由郝利光（长春工程学院）编写，第二章由陈金翠（河南城建学院）编写，第三章由胡巨（河南城建学院）编写，第五、六章由于立君（长春工程学院）编写，第七章由房树田（黑龙江工程学院）编写，第八章由王媛（北京建筑工程学院）编写，第九章由石宏彬（黑龙江工程学院）编写，第十章由朱伟华（湖南城市学院）编写。

由于水平有限，本教材可能存在某些不妥甚至错误的地方，敬请读者谅解，并恳请批评指正。

编　者

第1版前言

　　工程师的工作是运用工程技术把自然资源转变为有益于人类的产品或服务，满足人们的物质文化生活需要。但因为资源是稀缺的，永远不能满足人们的需求，因此，工程师们在运用工程技术改造世界的同时，还必须树立经济意识、懂得如何对工程技术方案进行经济分析与评价，选择技术上先进、经济上合理的最佳方案。工程经济学正是一门工程技术科学与经济科学相结合的交叉学科，研究的是工程技术的经济效果问题。

　　本书系统介绍了工程经济学的基本理论，并力图做到理论联系实际，让读者在学习基本理论的同时，了解理论在实践中的应用实例，在学习工程经济分析方法和建设项目经济评价方法的同时，树立技术经济的思维。

　　在校学生在学习本书之前，应具备会计学、统计学、财务管理等相关基本的经济课程知识，以便于对本书内容的理解。

　　本书由在教学一线多年从事工程经济学教学工作的教师合作编写。于立君任主编，郝利光任副主编，刘长滨任主审。具体编写分工如下：第五、六章由于立君（长春工程学院）编写，第一、四章由郝利光（长春工程学院）编写，第二章由陈金翠（平顶山工学院）编写，第三章由胡巨（平顶山工学院）编写，第七章由房树田（黑龙江工程学院）编写，第九章由石宏彬（黑龙江工程学院）编写，第八章由王媛（北京建筑工程学院）编写，第十章由朱伟华（湖南城市学院）编写。

　　本书在编写过程中参考了大量的相关文献，在此谨向这些文献的作者表示衷心的感谢。由于作者水平有限，加之时间仓促，书中难免存在缺点和不足之处，恳请读者批评指正。

编　者

目　　录

第一章

工程经济学概论

第一节　工程经济学的含义

一、工程经济学的相关基本概念

工程经济学是一门应用性经济类学科。由于本门课程的学习者多是工程专业类的学生，没有系统学习过经济学方面的基础知识，所以本书首先从工程经济学的相关基本概念开始介绍。

1. 工程的含义

在《现代汉语词典》中工程有两方面的含义，一是指土木建筑或其他生产、制造部门用比较大而复杂的设备来进行的工作，如土木工程、机械工程、化学工程、水利工程等；二是指某项需要投入巨大人力和物力的工作，如菜篮子工程。工程经济学中所谈到的工程主要指第一方面的内容。从本质上说，工程是人们改造客观世界的社会实践活动。

2. 科学与技术的含义

科学与技术的关系是一个古老的话题，长久以来我们一直在讨论。从一般意义来说，科学是对大自然的最基础的探索和研究，而技术则是在科学的基础上将其利用来改造自然界和人类社会的手段。从本质上说，科学属于认识世界的范畴，而技术则属于改造世界的范畴，两者是不同的概念，但又是密切联系的。

现代工程是人们运用科学知识和技术手段创建的。

3. 经济与经济学的含义

经济一词，在西方源于希腊文，原意是家计管理。古希腊哲学家色诺芬的著作《经济论》中论述了以家庭为单位的奴隶制经济的管理，这与当时的经济发展状况是适应的。

在中国古汉语中，"经济"一词是"经邦"和"济民"、"经国"和"济世"，以及"经世济民"等词的综合和简化，含有"治国平天下"的意思。内容不仅包括国家如何理财、如何管理其他各种经济活动，而且包括国家如何处理政治、法律、教育、军事等方面的问题。在19世纪，日本一些学者将西方著作中的"economy"一词，译作现代含义上的"经济"一词。19世纪下半叶，我国从日本引进这一概念。最初有"生计"、"理财"、"经济"等不同译名，最后才统一译作"经济"。

近代和现代"经济"一词，大致有以下几种含义：①指经济关系或经济制度，如马克思的《政治经济学》中所研究的经济的含义；②一个国家国民经济部门或总体的简称，如国民经济、农业经济中经济的含义；③指物质资料的生产，以及与其相适应的交换、分配、消费等生产和再生产活动，如工业经济学中研究的经济的含义；④指节约、精打细算之意，指对资源的有效利用和节约，如工程经济学中研究的经济的含义。经济一词的多种含义视其使用范围不同而异，但在一定场合使用，其含义却是确定的。

经济学是研究人类社会在各个发展阶段上的各种经济活动和各种相应的经济关系，及其运行、发展规律的科学。

经济活动是人们在一定的经济关系的前提下，进行生产、交换、分配、消费以及与之有密切关联的活动。由于资源的稀缺性，在经济活动中存在着以较少耗费取得较大效益的问题。经济关系是人们在经济活动中结成的相互关系，在各种经济关系中，占主导地位的是生产关系。

4. 经济效果

经济效果的科学概念可以这样表述：经济效果是对于各种社会实践活动在经济上合乎目的性程度的评价。社会主义条件下的经济效果就是从各种社会实践所取得的效果和社会劳动消耗相互间量的关系的角度，对人们的实践活动进行评价的。根据不同的评价领域和评价对象，还有诸如产出和投入的比较、所得和所费的比较、满足社会需要和劳动消耗的比较等其他方式的表述。

人们在社会实践中从事每种活动都有一定的目的，都是为了取得一定的效果。由于从事的活动性质的不同，所以取得的效果也不同。许许多多互相不同的效果大致可以分为两大类：一类是属于生产活动领域所产生的效果（如生产建设效果），这类效果都是为了完成一定的生产任务，创造一定的使用价值和财富，它有一个特点，就是其效果可以用经济数字来表示。另一类则属于非生产活动领域所产生的效果，这类效果一般很难直接用经济数字来表示。但是，不论从事什么实践活动及其产生的效果属于哪一种，都必须消耗劳动，都和经济有联系。因此，经济效果就是对人们为达到一定目的而进行的实践活动所作的关于劳动消耗量的节约或浪费的评价。

经济效益是指实现了的经济效果，即有用的效果。也就是说，所产生的效果是被社会所承认和需要的，而且，为产生这一效果所消耗的劳动也是节约的。

二、工程经济学的定义

工程是人们运用技术手段进行改造自然的社会实践活动，其复杂的属性决定工程会投入大量的人力、物力和财力。在工程实践中，工程技术人员将涉及各种设计方案、工艺流程方案、设备方案的选择，工程管理人员会遇到项目投资决策、生产计划安排和人员调配等问题，解决这些问题也有多种方案。技术上可行的各种行动方案可能涉及不同的投资、不同的经常性费用和效益。那么以什么样的标准来决定这些方案的取舍呢？那就是技术上可行，经济上合理，以最小的投入获得预期产出或者说以等量的投入获得最大产出为标准，这就是工程经济学所要解决的问题。

什么是工程经济学呢？工程经济学是运用工程学和经济学有关知识相互交融而形成的工程经济分析原理与方法，能够完成工程项目预定目标的各种可行技术方案的技术经济论证、比较、计算和评价，优选出技术上先进、经济上有利的方案，从而为实现正确的投资决策提供科学依据的一门应用性经济学科。

第二节　工程经济学的产生与发展

工程经济学的产生至今有 100 多年，其标志是 1887 年美国土木工程师亚瑟·M·惠灵顿出版的著作《铁路布局的经济理论》（The Economic Theory of Railway Location）。很显然，铁路线路的选择可以有多种方案，而且不同方案的选择对铁路的建设费用、未来的运营费用和收益会产生很大影响。但当时的实际情况是许多选线工程师没有意识到这一问题的重要性。于是，作为铁路工程师的惠灵顿首次将成本分析方法应用于铁路的最佳长度和路线的曲率选择问题，并提出了工程利息的概念，开创了工程领域中经济评价的先河。在其著作中，他将工程经济学描述为"一门少花钱多办事的艺术"。1920 年，O. B. 歌德曼研究了工程结构的投资问题，并在著作《财务工程》（Financial Engineering）中提出了用复利法来分析各个方案的比较值的方法，并提到"有一种奇怪而遗憾的现象，就是许多作者在他们的工程学书籍中，没有或很少考虑成本问题。实际上，工程师的最基本的责任是分析成本，以达到真正的经济性，即赢得最大可能数量的货币，获得最佳财务效益"。1930 年 E. L. 格兰特教授出版了《工程经济学原理》教科书，从而奠定了经典工程经济学的基础。该书历经半个世纪，到 1982 年已再版六次，是一本公认的学科代表著作。在《工程经济学原理》一书中，作者指出了古典工程经济学的局限性，以复利计算为基础，讨论了判别因子和短期投资评价的重要性，以及长期资本投资的一般比较。格兰特教授的许多贡献获得社会承认，被称为工程经济学之父。以后，J. 迪安发展了折现现金流量法和资金分配法。迪安指出，"时间具有经济价值，所以近期的货币要比远期的货币更有价值"。1982年，曾任世界生产力科学联合会主席的 J. L. 里格斯教授出版了《工程经济学》，系统阐述了工程经济学的内容。该书具有观点新颖、内容丰富、论述严谨的特点，把工程经济学的学科水平向前推进了一大步。书中写道："工程师的传统工作是把科学家的发现转变为有用的产品。而今，工程师不仅要提出新颖的技术发明，还要能够对其实施的结果进行熟练的财务评价。现在，在密切而复杂地联系着的现代工业、公共部门和政府之中，成本和价值的分析比以往更为细致、更为广泛（如工人的安全、环境影响、消费者保护）。缺少这些分析，整个项目往往很容易成为一种负担，而收益不大。"显然，工程经济学是工程经济学家为工程师而创立的一门独立的经济学。

我国对工程经济学的研究和应用起步于20世纪70年代后期。随着改革开放的深入发展，传统的计划经济不讲核算、不讲效益的观点被逐渐摒弃，在工程项目的成本核算中，开始出现折现现金流量的概念。1984年，交通部组织编制了《运输船舶技术经济论证名词术语》的部颁标准（JT 0013—1985），其中已经出现了工程经济学的若干基本概念。现在，在项目投资决策分析、项目评估和管理中，已经广泛地应用工程经济学的原理和方法。

第三节　工程经济学的研究对象

研究对象是一个学科独立存在的首要问题。工程经济学的研究对象是工程项目技术经济分析的最一般方法，即为了实现工程中资源的合理配置和有效使用，达到技术上可行、经济上合理的最佳结合点，从而建立的技术经济理论体系、方法体系和指标体系。运用这些知识体系对具体的工程项目进行分析的过程，就是工程经济分析。工程经济学为具体工程项目分析提供方法基础，而工程经济分析的对象则是具体的工程项目。这里的工程项目的含义是广泛的，不仅指固定资产建造和购置活动中的具有独立设计方案，能够独立发挥功能的工程整体，而且更主要的是指投入一定资源的计划、规划和方案并可以进行分析和评价的独立单位。比如它可以是一个具有一定生产能力的大型工厂，也可以是生产线上的一台设备。

第四节　工程经济分析的一般过程

工程经济分析工作应遵循科学的程序。一般程序见图 1-1 所示的流程图。

1. 确定目标

依照分析对象的不同，确定分析目标。目标可分为国家目标、地区目标或部门目标、项目目标和企业目标；目标内容可以是项目规模、设备选择或技术改造等。

2. 调查研究收集资料

根据确定的目标进行调查研究，收集有关技术、经济、财务、市场、政策法规等资料。

3. 趋势分析

根据现有的数据资料，结合外部环境和内部因素获得研究目标所需的数据指标。

4. 建立和选择方案

根据确定的目标集思广益，尽可能收集各种可能的信息和方案，从中筛选出所有可能的方案。从国家目标出发，兼顾企业目标，拟定技术经济分析指标，分析各方案的利弊得失以及影响技术经济效果的内外因素。

5. 构造和选择模型

经济数学模型是工程经济分析的基础和手段，通过经济数学模型的建立，进一步规定方案的目标体系和约束条件，为以后的经济分析创造条件。

6. 模型求解

把各种具体资料和数据代入数学模型中运算，求出各方案主要经济指标的具体数值并进行比较，初步选择方案。

7. 综合评价

在对各方案的经济效益进行定量分析的基础上，还要采用定性分析的办法，对方案进行综合分析和全面评价（包括技术、经济、政治、社会、国防、资源以及生态环境等方面的分析与评价）。综合评价的正确与否，关键取决于定性分析的正确与否以及所引入的数据是否准确可靠，否则影响评价结果。

8. 选择最优方案

根据综合评价的结果，优选出技术上先进、经济上合理的最佳方案，若方案满意，则选中最优方案，若不够满意，则检查方案、指标的合理性。

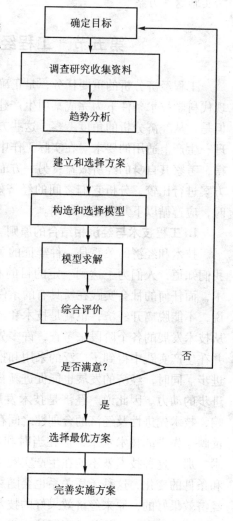

图 1-1　工程经济分析的一般程序

9. 完善实施方案

选择最优方案后，针对这一方案的细节再进一步完善，然后在实际工程中开始实施这一方案。

第五节　工程经济分析的基本原则

工程经济分析的重要任务，是正确选择和确定经济效益最佳的技术方案。在现代科学技术条件下为完成某项生产建设任务，能够列举各式各样的技术方案。但是，从经济分析的角度考察，这些方案不一定都能符合技术上先进、经济上合理、生产上适用的要求。在实际工作中，一方面要分析这些方案各自的所费和所得，考察其自身的经济效益；另一方面大量的工作是将各方案与其他可能采用的方案进行比较，分析它们之间的经济效益。对各种技术方案进行经济效益评价时，应遵循以下几项基本原则。

1. 工程技术与经济相结合的原则

技术和经济的关系是一种辩证的关系，它们之间既相互统一，又相互矛盾。我们知道，人们为了达到一定的目的和满足一定的需要，都必须采用一定的技术，而任何的社会实践在所具有的条件下都必须消耗人力、物力和财力。换句话说，不能脱离开经济，也就是技术和经济之间有着互相依赖和互相统一的关系。从技术发展的各个阶段来考查，许多先进的技术往往同时带来很好的经济效果，并在生产实践中得到了广泛的采用和推广，推动了国民经济的发展和促进了社会进步。同时，经济的发展也能促进新技术的应用，经济发展的需要成为推动技术进步的动力。因此说，经济是技术发展的起因和归宿。但是由于各种因素的影响，技术先进性及经济的合理性之间存在着一定的矛盾。例如，有不少技术虽然反映了先进的技术水平，但在当时和当地的环境下，其经济效果不如另外的技术，那么这种技术就不能在生产实践中被广泛应用。但应看到，随着事物的发展和条件的变化，这种矛盾关系也会随之改变，原来经济效果差的技术可以转化成经济效果好的，原来经济效果好的技术可以转化成经济效果差的。正因为这种转化关系的存在，才使技术不断地进步，促进社会生产力的不断发展。因此，在进行工程经济分析时，既要求分析技术上的先进性，又要求分析经济上的合理性，力求做到两者的统一。

2. 宏观经济效益和微观经济效益相结合的原则

宏观经济效益是指国民经济效益或社会经济效益，微观经济效益是指一个企业或项目的具体经济效益，两者实质上是整体利益和局部利益的关系。一般来讲，微观效益和宏观效益是一致的，但有时也会出现矛盾。也就是说，从一个企业、一个部门来看是有利的，但从整个国民经济的角度考察是不利的；或者对整个社会有利，而对一个企业或一个部门并没有很大的利益。此时，就需要局部利益服从整体利益，从整个国民经济的利益出发，选择宏观经济效益好的方案。

3. 可持续发展的原则

我们国家实行的是有计划的市场经济，生产的目的是满足人们日益增长的物质文化生活需要，应该说近期的经济效益和长远的经济效益从根本上说是一致的。但有时两者之间也会出现矛盾，这时进行经济评价不仅要考虑近期的效益，还要分析和考察长远效益。以生产性建设项目为例，既要考察生产施工过程的经济效益，也要考察投入使用以后的经济效益，从而为社会主义经济持续发展创造良好的条件。

4. 可比性原则

工程经济分析的可比性原则是指：为完成某项工程建设任务所提出的各种可行的技术方案在进行经济比较时，必须具备共同的、一定的比较前提和基础。工程经济分析的可比性原则，主要是研究技术方案经济比较的可比原则与条件，分析各可行技术方案之间可比与不可比的因素，探讨不可比向可比转化的规律及处理办法，以提高工程经济分析工作的科学性。对两个或两个以上的可行技术方案进行经济比较时，应遵循四个可比原则。

（1）满足需要的可比原则　任何技术方案其主要目的是为了满足一定的需要，没有一个方案不是以满足一定的客观需要为基础的。例如，彩色电视机厂的单层厂房，可采用现浇框架结构或轻钢结构，都是为了生产彩色电视机，满足社会对彩色电视机的需要。因此一种技术方案若要和另一种方案比较的话，这两种方案都要满足相同的需要，否则，它们之间就不能互相代替，就不能互相比较。所以，满足需要上的可比是一个很重要的可比原则。

技术方案一般是以其产品的数量、品种和质量等技术经济指标来满足社会需要的。对满足相同需要的不同技术方案进行比较时，首先要求不同方案的产品数量、品种、质量等指标具有可比性。有些指标虽不能直接进行比较，但可以通过换算和修正，使之具有可比性；而有些指标是不能换算和修正的，这时方案就不具备可比性。

（2）消耗费用的可比原则　经济效果是投入与产出之比，应从满足需要和消耗费用两个方面进行考核，所以在进行技术方案比较时还应注意在满足消耗费用方面的可比原则。

每个技术方案在工程中的具体实现都必须要消耗一定的社会劳动或费用。由于每个技术方案的技术特性和经济特性的不同，因而在各方面所消耗的劳动和费用也不相同。为了使各个技术方案能够正确地进行经济效果的比较，每个技术方案的消耗费用必须从整个社会和整个国民经济的观点出发，从全部总消耗的观点，即综合的观点出发考虑。也就是说，必须考虑技术方案的社会全部消耗费用，而不只是从某个个别的国民经济部门的观点，从个别环节、个别部分的消耗费用出发考虑。具体来说，就是不仅要计算技术方案本身直接消耗的费用，还应计算与实现方案密切相关的部门的投资或费用；不仅要求计算实现方案的一次性投资费用，还要计算实现方案后每年的经营使用费用。

在对各种技术方案计算消耗费用时，也必须采用统一的计算原则和方法。

(3) 价格指标的可比原则　在市场经济条件下，各种商品要在市场上进行交换，在计算、比较方案的经济效果时，就必须用到价格指标。价格指标可从两方面影响技术分析工作的正确性。一是价格水平本身的合理性；二是所选用的价格的恰当性(如采用国内市场价格、国际市场价格还是其他理论价格)。由于价格体系不合理或某些价格与价值的偏离，常给工程经济分析带来假象，而导致错误的结论。为了避免这种错误，必须建立价格指标可比的条件。

另一方面，由于科技进步和社会劳动生产率的提高，各种技术方案的消耗费用也随着减少，因此要求在方案比较和进行经济计算时，采用一定的相应时期的价格，即在分析近期技术方案时，应统一使用现行价格，而在分析远期方案时，则应统一使用远景价格。

(4) 时间的可比原则　技术方案的经济效果还具有时间的概念。例如，有两个技术方案，它们的产品的产量、质量、投资、成本等各方面都相同，但在时间上有差别，即一个投产早，一个投产晚；或者一个投资早，一个投资晚。在这种情况下，这两个方案的经济效果就会不同，不能简单地进行比较，必须考虑时间因素，采用相等的计算期作为比较基础，才能进行经济效果比较。

另一方面，各种技术方案由于受到外界的技术、经济等各种因素的限制，在投入的人力、物力、资源和发挥效益的时间上有所差别。例如，有的技术方案建设年限短，有的建设年限长；有的投入运行生产早，有的迟；有的服务年限长，有的短等。可见，当对不同技术方案进行经济比较时，不仅要考虑技术方案所产生的社会产品数量和产值的大小，所消耗和占用的人力、物力和资源数量及其费用的大小，而且还必须考虑这些社会产品和产值以及人力、物力和资源数量及其费用是在什么时间产生、占用和消耗的，以及总共生产、占用和消耗了多长时间。早生产就会早发挥效益，创造的财富就多；晚生产就会晚发挥效益，创造的财富就少；服务年限长，生产的产品就多；服务年限短，生产的产品就少。

5. 直接经济效益与间接经济效益相结合

经济评价除考虑项目自身的经济效益外，还要考虑本项目给其他相关项目和部门的发展创造的有利条件及其经济效益。间接效益在经济评价中有时是很重要的，尤其是当间接效益比较高或是直接效益虽然好，但妨碍了其他相关项目或部门的发展及效益的提高，在这种情况下，更有必要考察间接效益，以得到全面、正确的评价结论。

6. 定量的经济效益与定性的经济效益相结合

由于有用成果有可定量的效果因素和不可定量的效果因素，因而经济效益也有可定量的效益和不可定量的效益。然而，对不可定量效果因素的分析非常重要，即要求在评价时不仅从定量方面衡量其经济效益的高低，而且还要从定性方面分析经济效益的优劣，并使两者有机地结合，以利于正确选择最优方案。

7. 经济效益评价与综合效益评价相结合

经济效益评价是分析经济合理性的，但对技术方案的评价和选优也不能单从经济因素这一方面作出最终结论。在此过程中，还要从社会因素、政治因素、自然资源、生态环境等诸方面进行分析，并以国家政治经济形势和政策要求为依据，针对技术方案自身的技术经济特点，作出综合的效益评价，从而为正确进行决策提供全面的、客观的依据。

复　习　题

1. 什么是工程经济学？其研究的对象与内容是什么？

2. 什么是技术？什么是经济？两者间的关系如何？工程经济学为什么十分注意技术与经济的关系？

3. 为什么在工程经济分析时要强调可比条件？应注意哪些可比条件？

4. 从技术与经济互相促进又相互制约两方面各举一个实例说明。

第二章

工程经济要素

第一节　工程经济要素的基本构成

各种技术活动都需要投入。以最少的投入取得尽可能多的产出，是各种经济活动追求的经济目标。在对工程项目进行技术经济分析时，必然要考查项目的投入和产出。因此，要涉及许多投入和产出的经济要素。投入的经济要素主要包括投资、成本及费用等；产出的经济要素主要包括收入、利润及税金等。投入和产出的这些经济要素就构成了工程项目的基本经济要素。这些基本的经济要素是进行工程项目评价不可缺少的基本数据。

基本经济要素的基本数据主要来自分析评价人员的预测、预算及以往经验的估算，这些数据预测或估算的准确性如何将会直接影响工程项目评价的质量及决策。因此，有必要明确这些基本经济要素的含义、构成和内容，并熟练掌握其预测估算的基本方法。

第二节　建设项目投资的构成与估算

一、项目投资的概念和构成

投资是指投资主体为了实现盈利或规避风险，通过各种途径投放资金的活动。换句话说，是指以一定的资源(资金、人力、技术、信息等)投入某项计划或工程，以获取所期望的报酬。投资是人类一种有目的的经济行为。

建设项目投资是指在工程项目建设阶段所需要的全部费用的总和。生产性建设项目总投资包括建设投资、建设期利息和流动资金三部分；非生产性建设项目总投资包括建设投资和建设期利息两部分。其中建设投资和建设期利息之和对应于固定资产投资。固定资产投资与建设项目的工程造价在量上相等。此外，根据市场经济环境下项目生存的要求和经营的需要，通常还有对无形资产和递延资产进行的投资。

工程造价的主要构成部分是建设投资，根据国家发改委和建设部以（发改投资[2006]1325号）发布的《建设项目经济评价方法与参数（第三版）》的规定，建设投资包括工程费用、工程建设其他费用和预备费三部分。工程费用是指直接构成固定资产实体的各种费用，可以分为建筑安装工程费和设备及工器具购置费；工程建设其他费用是指根据国家有关规定应在投资中支付，并列入建设项目总造价或单项工程造价的费用。预备费是为了保证工程项目的顺利实施，避免在难以预料的情况下造成投资不足而预先安排的一笔费用，建设项目总投资的具体构成如图2-1所示。

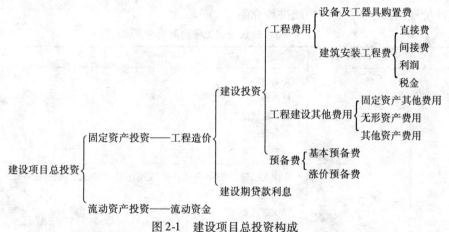

图 2-1 建设项目总投资构成

（一）固定资产投资

固定资产一般是指使用期限比较长、单位价值比较高，能在若干个生产周期中发挥作用，并保持其原有实物形态的劳动资料。它包括房屋及建筑物、机器设备、运输设备、工具、器具等。《企业会计制度》规定，"固定资产是指使用期限超过1年的房屋、建筑物、机器、机械、运输工具以及其他与生产、经营有关的设备、器具、工具等。不属于生产、经营主要设备的物品，单位价值在2 000元以上，并且使用期限超过2年的，也应当作为固定资产"。

用于建筑、安装和购置固定资产以及与之相关联的其他工作的投资，称为固定资产投资。通常可以通过扩大生产能力或增加工程效益的新建和改扩建等方式进行固定资产投资，也可以通过零星购置和建造等其他形式增加固定资产。

固定资产应该按取得时的实际成本，即原始价值入账。实际成本是指为购建某项固定资产，达到可使用状态前所发生的一切合理必要的支出。它的构成包括：买价、税金（此处指购买的时候所交纳的增值税）、运杂费、包装费和安装费等。

（二）流动资金投资

流动资金是指为维持一定的规模生产所占用的全部周转资金。当项目寿命期结束，流动资金即成为企业在期末的一项可回收的现金流入。流动资金通常在工业项目投产前预先垫付，在投产后的生产经营过程中，用于购买原材料、燃料动力、备品备件、支付工资和其他费用以及被在产品、半成品、产成品和其他存货占用的周转资金。在生产经营过程中，流动资金以现金及各种存款、存货、应收与预付款项等流动资产的形式出现。

（三）建筑安装工程费用的构成

建筑安装工程费用构成见表 2-1。建设部、财政部的"206 号文"规定的建筑安装工程费用构成如图 2-1 所示，此处以 GB 50500—2008《建设工程工程量清单计价规范》颁布的费用构成进行介绍。

表 2-1　建筑安装工程费用构成

	费 用 名 称	内　　容
建筑安装工程造价	分部分项工程费	人工费 材料费 施工机械使用费 企业管理费 利润
	措施项目费	安全文明施工费（含环境保护、文明施工、安全施工、临时设施） 夜间施工费 二次搬运费 冬雨季施工费 大型机械设备进出场及安拆费 施工排水费 施工降水费 地上、地下设施，建筑物的临时保护设施费 已完工程及设备保护费 各专业工程的措施项目费 A. 建筑工程 混凝土、钢筋混凝土模板及支架费、脚手架费 B. ××× ……
	其他项目费	暂列金额 暂估价（包括材料暂估单价、专业工程暂估价） 计日工 总承包服务费 其他：索赔、现场签证

（续）

	费用名称	内　容
建筑安装工程造价	规费	工程排污费 工程定额测定费 社会保障费（养老保险费、失业保险费、医疗保险费） 住房公积金 危险作业意外伤害保险
	税金	营业税 城市维护建设税 教育费附加

1. 分部分项工程费

（1）人工费　指直接从事建筑安装工程施工的生产工人开支的各项费用，包括基本工资、工资性补贴、生产工人辅助工资、职工福利费、生产工人劳动保护费。

（2）材料费　指施工过程中耗用的构成工程实体的原材料、辅助材料、构配件、零件、半成品的费用，包括材料原价（或供应价格）、材料运杂费、运输损耗费、采购及保管费、检验试验费。

（3）施工机械使用费　指施工机械作业所发生的机械使用费以及机械安拆费和场外运费，包括折旧费、大修理费、经常修理费、安拆费及场外运费、人工费、燃料动力费、养路费及车船使用税。

（4）企业管理费　指建筑安装企业组织施工生产和经营管理所需的费用，包括管理人员工资、办公费、差旅交通费、固定资产使用费、工具用具使用费、劳动保险费、工会经费、职工教育经费、财产保险费、财务费、税金等。

（5）利润　指施工企业完成所承包工程获得的盈利。

2. 措施项目费

措施费是指为完成工程项目施工，发生于该工程施工前和施工过程中非工程实体项目的费用，措施项目可分为通用措施项目与专业措施项目。通用措施项目包括安全文明施工费，夜间施工费，二次搬运费，冬雨季施工，大型机械设备进出场及安拆费，施工排水费，施工降水费，地上地下设施、建筑物的临时保护设施费，已完工程及设备保护费。专业措施项目费有建筑工程中心混凝土、钢筋混凝土模板及支架费、脚手架费等。

3. 其他项目费

其他项目费包括暂列金额、暂估价、计日工、总承包服务费以及索赔与现场签证等。

4. 规费

规费是指政府和有关权力部门规定必须缴纳的费用，包括工程排污费、工程定额测定费、社会保障费(养老保险费、失业保险费、医疗保险费)、住房公积金、危险作业意外伤害保险。

5. 税金

税金是指国家税法规定的应计入建筑安装工程造价内的营业税、城市维护建设税及教育费附加。

(四) 设备及工具、器具购置费的构成与计算

1. 设备购置费

设备购置费是指为工程建设项目购置或自制的达到固定资产设备标准的设备、工具器具的费用。

$$设备购置费 = 设备原价 + 设备运杂费$$

(1) 国产设备原价　国产标准设备原价是指设备制造厂的交货价，即出厂价，或设备成套供应公司的订货合同价。它一般根据生产厂或供应商的询价、报价或合同价确定，或采用一定的方法计算确定。

(2) 进口设备原价　进口设备有内陆交货、目的地交货和装运港交货三种交货方式。其中，装运港交货方式是我国进口设备采用较多的一种方式，它有三种交货价:

1) 装运港船上交货价(FOB)，习惯称为离岸价。

2) 运费在内价(C&F)。

3) 运费、保险费在内价(CIF)，习惯称为到岸价。

$$进口设备原价 = 货价(FOB) + 国际运费 + 运输保险费 + 银行财务费 +$$
$$外贸手续费 + 关税 + 增值税 + 消费税 +$$
$$海关监管手续费 + 车辆购置附加费$$

(3) 设备运杂费　设备运杂费由下列各项构成: ①运费和装卸费; ②包装费; ③设备供销部门的手续费; ④采购与仓库保管费。

设备运杂费的计算公式为

$$设备运杂费 = 设备原价 \times 设备运杂费费率$$

其中，设备运杂费费率按有关规定计取。

2. 工器具及生产家具购置费

工器具及生产家具购置费是指新建项目初步设计规定所必须购置的不够固定资产的设备、仪器、工夹模具、器具、生产家具和备品备件等的费用，其一般计算公式为

$$工器具及生产家具购置费 = 设备购置费 \times 定额费率$$

（五）工程建设其他费用构成与计算

工程建设其他费用是指建设项目的建设投资中开支的，为保证工程建设顺利完成和交付使用后能够正常发挥效用而发生的固定资产其他费用、无形资产费用和其他资产费用。

1. 固定资产其他费用

固定资产其他费用包括建设管理费、建设用地费、可行性研究费、研究试验费、勘察设计费、环境影响评价费、劳动安全卫生评价费、场地准备及临时设施费、引进技术和引进设备其他费、工程保险费、联合试运转费、特殊设备安全监督费、市政公用设施费。

2. 无形资产费用

无形资产费用是指直接形成无形资产的建设投资，主要是指专利及专有技术使用费。

3. 其他资产费用

其他资产费用是指建设投资中除形成固定资产和无形资产以外的部分，主要包括生产准备及开办费等。

（六）预备费、建设期贷款利息的计算

1. 预备费

按我国现行规定，预备费包括基本预备费和涨价预备费。

（1）基本预备费 是指在初步设计及概算内难以预料的工程费用。

基本预备费是按设备及工器具购置费、建筑安装工程费用和工程建设其他费用三者之和为计费基础，乘以基本预备费率进行计算。基本预备费率按国家有关规定计取。

（2）涨价预备费 是指建设项目在建设期间由于价格等变化引起工程造价变化的预备、预留费用，包括人工、设备、材料、施工机械价差费及费率、汇率等调整。

涨价预备费的测算方法，一般根据国家规定的投资综合价格指数，按估算年份价格水平的投资额为基数，采用复利法计算。

涨价预备费计算公式为

$$V = \sum_{t=1}^{n} K_t \left[(1+i)^t - 1 \right]$$

式中 V——涨价预备费；

K_t——第 t 年投资使用计划额，包括工程费用、工程建设其他费用及基本预备费；

i——年价格变动率；

n——建设期年份数。

2. 建设期利息

建设期贷款利息包括向国内银行和其他非银行金融机构、出口信贷、外国政府贷款、国际商业银行贷款以及在境外发行的债券等在建设期间应偿还的贷款利息。建设期贷款利息实行复利计算。

建设期贷款利息的计算方法分为以下两种情况：

1）贷款总额一次性贷出且利率固定的贷款，按下式计算

$$I = F - P$$

其中，

$$F = P(1 + i)^n$$

式中　I——利息；

　　　F——n 期后的本利和；

　　　P——本金；

　　　n——计息期数；

　　　i——有效利率。

2）当总贷款额是分年均衡发放时，建设期利息的计算可按当年借款在年中支用考虑，即当年贷款按半年计息，上年贷款按全年计息，计算公式为

$$Q_j = \left(P_{j-1} + \frac{1}{2}A_j \right) i$$

式中　Q_j——建设期第 j 年应计利息；

　　　P_{j-1}——建设期第 $(j-1)$ 年贷款额累计金额与利息累计金额之和；

　　　A_j——建设期第 j 年贷款金额；

　　　i——年利率。

国外贷款利息的计算，还应包括国外贷款银行根据贷款协议向贷款方以年利率的方式收取的手续费、管理费、承诺费，以及国内代理机构经国家主管部门批准的以年利率的方式向贷款单位收取的转贷费、担保费、管理费等。

（七）投资资金的来源

工程项目的投资资金来源可划分为自有资金和负债资金两大类。企业的自有资金是投资者缴付的出资额（包括资本金和资本溢价），包括企业用于项目投资的新增资本金、资本公积金、提取的折旧费与摊销费以及未分配的税后利润等。负债资金指银行和非银行金融机构的贷款及发行债券的收入等。负债资金包括长期负债（长期借款、应付长期债券和融资租赁的长期应付款项等）和短期负债（如短期借款、应付账款等）。

为了让投资者具有风险投资意识，国家对自有资金一般规定最低数额与比例，并且规定了资本金筹集到位的期限，且在整个生产经营期间内不得随意抽走。允许投资者以已有的固定资产和无形资产作为投资的出资，但要经具有资质

的机构评估作价，出具验资报告；无形资产（不包括土地使用权）的出资一般不得超过注册资金的 20%。所有这些规定，其目的都是让投资者承担必要的风险，不能搞无本经营或过度的负债经营。

二、项目投资估算

项目投资估算是对整个工程项目投资总额的估算，是指项目从筹建、施工直至建成投产的全部建设费用。投资估算的主要依据有：项目建议书；建设规模、产品方案；设计方案、图样及设备明细表；设备价格、运杂费费率及当地材料预算价格；同类型建设项目的投资资料以及有关标准、定额等。

工程项目费用估算的准确度，取决于该项目估算是在项目进展的哪个阶段编制的。随着工程建设阶段的不断深入，费用估算的准确度也不断提高而接近实际。

这里介绍一个简便粗略的总投资估算法——资金周转率法，这是一种用资金周转率来推测投资额的方法。

使用这种方法时，先根据同类项目的数据计算出资金周转率，即

$$资金周转率 = \frac{同类项目年销售总额}{同类项目总投资}$$

$$= \frac{同类项目产品的年产量 \times 产品单价}{同类项目总投资}$$

然后将根据拟建项目的规模，代入下列公式，计算其总投资额，即

$$拟建项目总投资额 = \frac{拟建项目产品的年产量 \times 产品单价}{资金周转率}$$

我国通常采用工程概算法进行投资估算，有几种不同的方法，可根据工程项目的特点、掌握资料的详尽程度、估算的精度要求和作用等灵活选用。这里按照固定资产投资估算和流动资金投资估算分别介绍。

（一）固定资产估算

1. 生产规模指数法

生产规模指数法是利用已知的投资数据来估算规模不同的同类项目的投资。一般在规划方案阶段使用。

$$K_2 = K_1 \left(\frac{Q_2}{Q_1} \right)^n$$

式中　K_1——已知工程的投资额；

　　　K_2——新建工程的投资估算额；

　　　Q_1——已知工程的生产能力；

　　　Q_2——新建工程的生产能力；

　　　n——工程能力指数。

工程能力指数一般难以确定，各国目前都采用 n 的平均值。当工程规模扩大是以提高设备的效率、功率为主要目的的时候，$n = 0.6 \sim 0.7$；而工程规模扩大是以增加设备数量为主要手段的时候，$n = 0.8 \sim 1.0$。

例 2-1 年产 200 万 t 的钢厂，投资为 15 亿元，新建一个年产量 400 万 t 的钢厂，估算投资为多少？（$n = 0.8$）

解： $K_2 = K_1 \left(\dfrac{Q_2}{Q_1} \right)^n$

$\qquad = 15 \text{ 亿元} \times \left(\dfrac{400}{200} \right)^{0.8} = 26.12 \text{ 亿元}$

2. 分项类比估算法

分项类比估算法是将工程项目的固定资产投资分为三项：①机器设备的投资；②建筑物、构筑物的投资；③其他投资。首先估算机器设备的投资，然后，再根据建筑和其他投资与机器设备的一般比例关系，来分别估算出建筑物的投资和其他费用。这种方法需要大量的同类工程实际投资额的资料，并要求估算人员具有丰富的经验。一般适用于初步设计阶段。

（1）机械设备的投资估算 以设备安装以后的价值乘以设备数量，其公式为

$$K_m = \sum \left[Q_{mi} D_{mi} (1 + k_{mi}) \right]$$

式中 K_m——机器设备的投资估算值；

$\qquad Q_{mi}$——第 i 种设备的数量；

$\qquad D_{mi}$——第 i 种设备的价格；

$\qquad k_{mi}$——同类工程、同类机器设备的运输安装费用系数。这个系数目前国内还没有公认的合理数值，国外一般采用 0.43。

（2）建筑物、构筑物的投资估算 公式为

$$K_f = K_m k_f$$

式中 K_f——建筑物、构筑物部分投资估算值；

$\qquad k_f$——同类工程建筑物、构筑物部分投资占机器设备部分投资的相对比重。

1）厂房建筑物费 K_{f1}。

$$K_{f1} = K_m k_{f1}$$

式中，k_{f1} 的大小取决于厂房建筑物的类型；露天厂房建筑物 $k_{f1} = 0.1 \sim 0.2$，半露天的厂房建筑物 $k_{f1} = 0.2 \sim 0.6$，室内厂房建筑物 $k_{f1} = 0.6 \sim 1.0$。

2）附属设施 K_{f2}。

$$K_{f2} = K_m k_{f2}$$

式中，k_{f2} 的大小取决于供水、供电等附属设施的来源：利用现有的设施则 $k_{f2} = 0$；

进行少量设施扩建的 $k_{f2} = 0 \sim 0.05$，大量扩建设施的 $k_{f2} = 0.05 \sim 0.25$，设施新建的 $k_{f2} = 0.25 \sim 1$。

3）仪表费用 K_{f3}。

$$K_{f3} = K_m k_{f3}$$

式中，k_{f3} 的大小取决于仪表的自动化程度，无自控装置的仪表 $k_{f3} = 0.03 \sim 0.05$，部分自控的仪表 $k_{f3} = 0.05 \sim 0.12$，广泛自控的仪表 $k_{f3} = 0.12 \sim 0.20$。

4）工艺管线费用 K_{f4}。

$$K_{f4} = K_m k_{f4}$$

式中，k_{f4} 的大小取决于产品和工艺，固体工艺管线 $k_{f4} = 0.07 \sim 0.10$，固体—流体工艺管线 $k_{f4} = 0.10 \sim 0.30$，流体工艺管线 $k_{f4} = 0.3 \sim 0.6$。

（3）其他投资估算 其他投资一般指独立的单项费用，如土地购置费、青苗补偿费、居民拆迁费、建设单位管理费、设计费、人员培训费以及负荷试车费用。

$$K_w = K_m k_w$$

式中 K_w——其他投资估算值；

k_w——同类工程其他投资对机器设备部分投资的相对比重。

以上这些费用合计之后，再考虑一下施工费用和预备费用，这两项可按费用合计的一定比例来计算。

施工费用 K_s

$$K_s = (K_m + K_f + K_w)k_s$$

式中，k_s 大小取决于工程施工的复杂程度，简单工程 $k_s = 0.20 \sim 0.35$，复杂工程 $k_s = 0.35 \sim 0.60$。

预备费用 K_b

$$K_b = (K_m + K_f + K_w)k_b$$

式中，k_b 为考虑不可预见因素而设定的费用系数，一般为 5% ~ 10%，国外有达到30%的。

综上所述，工程项目固定资产投资估算值 K_t 为

$$K_t = K_m + K_f + K_w + K_s + K_b$$

应该指出：由于投资环境千差万别，估算时应视具体情况对各系数进行必要的调整。

3. 工程概算法

工程概算法是目前国内应用较广的一种方法，其做法大致如下：

（1）建筑工程投资 根据工程项目结构特征一览表，套用概算指标或大指标(每平方米建筑面积造价指标)进行计算。

（2）设备投资 标准设备按交货价格计算；非标准设备按非标准指标估算；国外进口设备按离岸价加海运费、海上保险费、关税、增值税及外贸手续费和银

行手续费等来计算；设备运杂费按各部委、省、市、自治区规定的运杂费率计算；工具及器具按占设备原价的百分率计算。

（3）其他费用　按主管部委、省、市、自治区规定的取费标准或按建筑工程费的百分率来计算。

（4）预备费用　按建筑工程、设备投资和其他费用之和的一定百分率计算，一般取上述之和的 5%～8%。

（二）流动资金估算

1. 扩大指标估算法

根据同类企业中，流动资金与销售收入、经营成本、固定资产的比率，以及单位产量占用流动资金的比率来估算。如国外的化工企业的流动资金就有按固定资产投资的 15%～20% 估算的。

具体包括：产值资金率法、固定资产投资比率法、成本计算法。

2. 定额天数法

根据流动资金的概念，有

$$流动资金 = 流动资产 - 流动负债（应付账款）$$

这种方法是根据企业运转的需要，人为地确定流动资产和流动负债中各项目应储备的定额天数。当流动资产和流动负债中各项目定额天数确定后，就可以估算流动资金。

比如

流动资产 = 当地原料库存（1 个月）+ 当地辅助材料库存（15 天）+ 进口原材料库存（100 天）+ 备用零件库存（180 天）+ 生产过程周转（1 个月的生产成本）+ 产品库存（1 个月）+ 应收账款（1 个月）

则

$$流动资金 = 流动资产 - 应付账款（1 个月）$$

3. 分项详细估算法

这是国际上通行的流动资金估算方法。按照下列公式，分项详细估算，即

$$流动资金 = 流动资产 - 流动负债$$

流动资产和流动负债各项的计算公式如下：

$$流动资产 = 应收账款 + 存货 + 现金$$

$$应收账款 = \frac{年经营成本}{周转次数}$$

其中，周转次数 = 360/最低周转天数（还要考虑风险）。

$$存货 = 外购原材料、燃料和动力 + 在产品 + 产成品$$

其中，外购原材料、燃料和动力 = 年外购原材料、燃料和动力费用/年周转次数

$$= 价格 \times \left(\frac{年消耗量}{360} \right) \times 储存天数$$

$$储存天数 = 在途天数 + (平均供应天数 \times 供应间隔系数) + 验收天数$$
$$+ 整理准备天数 + 保险天数$$

其中，供应间隔系数一般取 $50\% \sim 60\%$。

$$在产品 = (年外购原材料、燃料和动力费用 + 年工资福利费用 + 年修理费用$$
$$+ 年其他制造费用)/周转次数$$

$$产成品 = \frac{年经营成本}{周转次数}$$

$$现金 = \frac{年工资福利费用 + 年其他费用}{周转次数}$$

其中，年其他费用 = 制造费用 + 管理费用 + 财务费用以及销售费用中的有关项目

$$应付账款 = \frac{年外购原材料、动力费用}{年周转次数}$$

例 2-2 扩建某纺织厂，已知设备购置费按现行价格计算为 100 万元，试估算工厂的总投资额。

解： 按分项类比估算法计算。

(1) 安装后的设备价值 K_m
$$K_m = 1.43 \times 100 \text{ 万元} = 143 \text{ 万元}$$

(2) 厂房建筑费用 K_{f1}
$$K_{f1} = 0.8 \times 143 \text{ 万元} = 114.4 \text{ 万元}$$

(3) 附属设施费用 K_{f2}
$$K_{f2} = 0.05 \times 143 \text{ 万元} = 7.15 \text{ 万元}$$

(4) 仪表费用 K_{f3}
$$K_{f3} = 0.12 \times 143 \text{ 万元} = 17.16 \text{ 万元}$$

(5) 工艺管线费用 K_{f4}
$$K_{f4} = 0.1 \times 143 \text{ 万元} = 14.3 \text{ 万元}$$

(6) 工厂实体部分投资 K_1
$$K_1 = K_m + K_{f1} + K_{f2} + K_{f3} + K_{f4}$$
$$= (143 + 114.4 + 7.15 + 17.16 + 14.3) \text{ 万元} = 296.01 \text{ 万元}$$

(7) 施工费用 K_s
$$K_s = 0.3 \times 296.01 \text{ 万元} = 88.803 \text{ 万元}$$

(8) 预备费用 K_b
$$K_b = 0.3 \times 296.01 \text{ 万元} = 88.803 \text{ 万元}$$

(9) 工厂所需固定资金 K_t
$$K_t = K_1 + K_s + K_b$$
$$= 296.01 \text{ 万元} + 88.803 \text{ 万元} + 88.803 \text{ 万元} = 473.616 \text{ 万元}$$

(10) 工厂所需流动资金 K_v

$$K_v = 0.2 \times 473.616 \text{ 万元} = 94.723 \text{ 万元}$$

(11) 工厂总投资 K

$$K = K_t + K_v = 473.616 \text{ 万元} + 94.723 \text{ 万元} = 568.339 \text{ 万元}$$

第三节 产品成本和费用的构成及估算

要了解产品成本首先要弄清生产成本的概念和构成。工程项目投入使用后，即进入生产经营期。在生产经营期内，各年的成本费用由生产成本和期间费用两部分组成。

一、生产成本与产品成本

生产成本亦称制造成本或生产费用，是指企业为生产产品、提供劳务而发生的各种耗费。将生产成本要素按其经济用途可划分为直接材料、直接工资、其他直接支出和制造费用。

1. 直接材料

直接材料指企业生产经营过程中实际消耗的原材料、辅助材料、设备配件、外购半成品、燃料、动力、包装物、低值易耗品以及其他直接材料。

2. 直接工资

直接工资指企业直接从事产品生产人员的工资、奖金、津贴和补贴等。

3. 其他直接支出

其他直接支出指直接从事产品生产人员的职工福利费等。

4. 制造费用

制造费用是指直接用于产品生产但不能直接计入产品成本，待按一定的标准分摊后才能计入产品成本的那部分费用。具体指企业各个生产单位(分厂、车间)为组织和管理生产所发生的各项费用，包括生产单位(分厂、车间)管理人员工资、职工福利费、折旧费、维简费、修理费、物料消耗、低值易耗品摊销、劳动保护费、水电费、办公费、差旅费、运输费、保险费、租赁费(不含融资租赁费)、设计制图费、试验检验费、环境保护费以及其他制造费用。

直接材料、直接工资、其他直接支出通常称为直接成本，制造费用称为间接成本。

生产费用与产品成本是两个既互相联系又有区别的概念。生产费用按一定的产品加以归集汇总，就形成产品成本。生产费用的发生是形成产品成本的基础，产品成本则是对象化的生产费用。但是，前者通常是指某一时期(月、季、年)内实际发生的生产费用，而产品成本反映的是某一时期某种产品所应负担的费用。

按照权责发生制的原则，企业生产费用的发生期与归集产品成本的期间并不完全一致。归集于当期产品成本的生产费用并非当期发生，或许有一部分属于以前期间发生的生产费用；归属于本期的生产费用不一定归属于当期的产品成本，可能要由以后期间的产品来负担。所以，企业某一时期实际发生的产品生产费用总和，不一定等于该期产品成本的总和。某一时期完工产品的成本可能包括几个时期的生产费用，某一时期的生产费用也可能分期计入几个会计期间完工产品成本。两者的关系可用下列公式表示，即

本期完工产品成本 = 期初在产品成本 + 本期生产费用 - 期末在产品成本

在对工程项目进行技术经济分析时，当期投入的生产费用视同当期全部转入产品成本，即当期生产当期全部完工，生产成本等于产品成本。

二、期间费用

期间费用是指本期发生的、与生产经营没有直接关系和关系不密切的管理费用、财务费用和营业费用。期间费用不能直接或间接归属于某种产品成本，它容易确定其发生的时间，而难以判断其所应归属的产品，因而在发生的当期便从当期的损益中扣除，即直接计入当期损益。

（一）管理费用

管理费用是指企业行政管理部门为组织和管理企业生产经营所发生的各项费用，包括公司经费、工会经费、待业保险费、劳动保险费、住房公积金、董事会费、聘请中介机构费、咨询费（含顾问费）、诉讼费、业务招待费、税金（房产税、车船使用税、印花税）、技术转让费、矿产资源补偿费、无形资产摊销、职工教育经费、研究与开发费、排污费、存货盘亏与盘盈（不包括应计入营业外支出的存货损失）、计提的坏账准备和存货跌价准备等。

公司经费包括总部管理人员工资、职工福利费、差旅费、办公费、折旧费、修理费、物料消耗、低值易耗品摊销以及公司其他经费。

劳动保险费指离退休职工的退休金、价格补贴、医疗费（包括离退休人员参加医疗保险的医疗保险金）、职工异地安家费、职工退职金、职工死亡丧葬补助费、抚恤金、按规定支付给离退休干部的各项经费以及实行社会统筹办法的企业按规定提取的统筹退休基金。

待业保险金是指企业按照国家规定交纳的待业保险金。

董事会会费是指企业最高权力机构及其成员为执行其职能而发生的费用，包括差旅费、会议费等。

（二）财务费用

财务费用是指企业为筹集生产经营所需资金而发生的各项费用，包括生产经营期间的利息支出净额（利息支出减利息收入）、汇兑净损失（汇兑损失减汇兑收

益)、金融机构手续费以及为筹集生产经营资金发生的其他费用等。

(三) 营业费用

营业费用是指企业在销售产品、提供劳务等日常经营过程中发生的各项费用。包括企业销售产品过程中发生的运输费、装卸费、包装费、保险费、委托代销费、广告费、展览费、租赁费(不包括融资租赁费),以及为销售本企业商品而专设的销售机构(含销售网点、售后服务网点等)的人员工资、职工福利费、差旅费、办公费等经常性费用。

商品流通企业在进货过程中发生的运输费、装卸费、包装费、运输途中的合理损耗和入库前的挑选整理费,也作为营业费用处理。

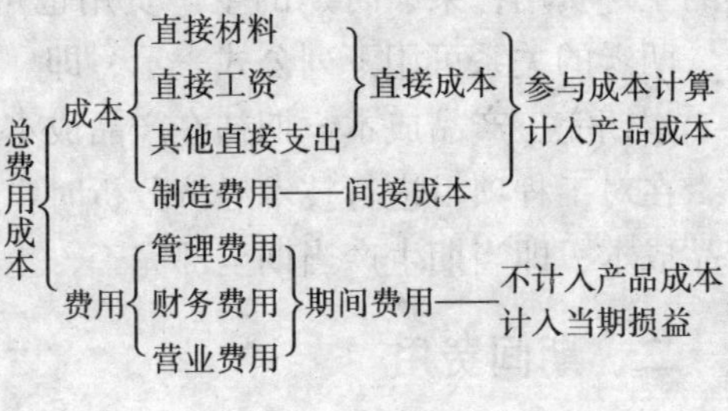

$$\text{总费用成本}\begin{cases}\text{成本}\begin{cases}\left.\begin{array}{l}\text{直接材料}\\\text{直接工资}\\\text{其他直接支出}\end{array}\right\}\text{直接成本}\\\text{制造费用——间接成本}\end{cases}\left.\right\}\begin{array}{l}\text{参与成本计算}\\\text{计入产品成本}\end{array}\\\text{费用}\begin{cases}\left.\begin{array}{l}\text{管理费用}\\\text{财务费用}\\\text{营业费用}\end{array}\right\}\text{期间费用——}\end{cases}\begin{array}{l}\text{不计入产品成本}\\\text{计入当期损益}\end{array}\end{cases}$$

图 2-2 产品总费用成本构成图

产品总费用成本构成(上述各项费用之间的关系),如图2-2所示。

三、产品成本和费用的估算

产品的生产过程,即劳动资料、劳动对象和活劳动的耗费过程,因此,从其经济内容看,计入产品成本的费用,不外乎物化劳动消耗和活劳动消耗,其中物化劳动消耗又包括劳动资料、劳动对象的消耗。为了具体反映各种生产要素的构成和水平,产品总费用可具体划分为外购材料、外购燃料、外购动力、工资、职工福利费、折旧费、摊销费、修理费、维简费及其他费用。

(一) 外购原材料、燃料及动力成本的估算

外购材料指企业为进行产品生产经营而耗用的一切从外部购进的原料及主要材料、半成品、辅助材料、包装物、修理用备件和低值易耗品等。外购燃料指企业为进行生产经营而耗用的一切从外部购进的各种燃料。外购动力指企业为进行生产而耗用的从外部购进的各种动力。原材料、燃料及动力成本的计算公式为

原材料(燃料、动力)成本 = 年产量×单位产品原材料(燃料、动力)成本

式中,年产量可根据测定的设计年生产能力和投产期各年的生产负荷加以确定;单位产品原材料(燃料、动力)成本是依据某种原材料消耗定额和单价确定的,即

单位产品原材料(燃料、动力)成本 = 某种原材料(燃料、动力)单耗×单价

企业生产经营中所需要的原材料种类繁多,在计算时,可根据具体情况,选取耗用量较大的、主要的原材料为对象,依据有关规定、原则和经验数据进行估算。

(二) 工资估算

工资指应计入企业生产费用和期间费用中的职工工资。其计算方法是按整个企业的职工定员数和人均年工资额计算年工资总额,计算公式为

$$年工资成本 = 企业职工定员数 \times 人均年工资额$$

（三）福利费估算

福利费按照计入生产费用和期间费用的工资总额的14%计提。职工福利费主要用于职工的医疗费（包括企业参加职工医疗保险交纳的医疗保险金），医护人员的工资、医务经费，职工因工负伤赴外地就医路费，职工生活困难补助费，职工浴室、理发室、幼儿园、托儿所人员的工资等。职工福利费的计算公式为

$$福利费 = 工资总额 \times 14\%$$

（四）固定资产折旧估算

1. 固定资产折旧的概念

企业的固定资产可以长期参加生产经营而仍保持其原有的实物形态，但其价值将随着固定资产的不断使用而逐渐转移到生产的产品中去，或构成了企业的经营成本或费用。这部分随着固定资产的损耗而逐渐转移的价值称为固定资产的折旧。固定资产折旧计入生产成本或期间费用的过程，即随着固定资产价值的转移，以折旧的形式在产品销售收入中得到补偿并转化为货币资金。固定资产折旧应当在固定资产的寿命期内系统分摊，固定资产折旧等于应当计提折旧的固定资产原价扣除其预计净残值后的余额，如果对固定资产计提减值准备，还应当扣除已计提的固定资产减值准备累计金额。

从本质上讲，折旧也是一种费用，只不过这一费用没有在计提期间付出实实在在的货币资金，但这种费用是前期已经发生的支出，而这种支出的收益在资产投入使用后的有效使用期内实现，无论是从权责发生制原则，还是从收入与费用配比的原则讲，计提折旧都是必要的，否则，不提折旧或不正确地计提折旧，都将错误地计算企业的产品成本（或营业成本）、损益。

2. 影响折旧的因素

企业计算各期折旧额的依据或者说影响折旧的因素主要有以下三个方面：

（1）折旧的基数　计算固定资产折旧的基数一般为取得固定资产的原始成本，即固定资产的账面原值。企业已经入账的固定资产，除发生下列情况外，不得任意变动：①根据国家规定对固定资产进行重新估价；②增加补充设备或改良设备；③将固定资产的一部分拆除；④根据实际价值调整原来的暂估价值；⑤发现原记固定资产价值有错误。

（2）固定资产的净残值　固定资产的净残值是指预计的固定资产报废时可以收回的残余价值扣除预计清理费用后的数额。由于在计算折旧时，对固定资产的残余价值和清理费用只能人为估计，就不可避免地存在主观性。为了避免人为调整净残值的数额，从而人为地调整计提折旧额，国家有关所得税暂行条例及其细则规定：残值比例在原价的5%以内，由企业自行确定；由于情况特殊，需调整残值比例的，应报主管税务机关备案。

(3) 固定资产使用年限 固定资产使用年限的长短直接影响各期应提的折旧额。在确定固定资产使用年限时，不仅要考虑固定资产的有形损耗，还要考虑固定资产的无形损耗。由于固定资产的有形损耗和无形损耗也很难估计准确，因此，固定资产的使用年限也只能预计，同样具有主观随意性。企业应根据国家的有关规定，结合本企业的具体情况，合理地确定固定资产的折旧年限。

3. 计提折旧的范围

企业在用的固定资产(包括经营用固定资产、非经营用固定资产、租出固定资产等)一般均应计提折旧，具体范围包括：房屋和建筑物；在用的机器设备、仪器仪表、运输工具；季节性停用、大修理停用的设备；融资租入和以经营租赁方式租出的固定资产。已达到预定可使用状态，尚未办理竣工决算的固定资产也应计提折旧。

对已达到预定可使用状态的固定资产，如果尚未办理竣工决算的应当按照估计价值暂估入账，并计提折旧；待办理了竣工决算手续后，再按照实际成本调整原来的暂估价值，同时调整原已计提的折旧额。

不提折旧的固定资产包括：未使用、不需用的机械设备；以经营租赁方式租入的固定资产；融资租出的固定资产；已提足折旧继续使用的固定资产；未提足折旧提前报废的固定资产；国家规定不提折旧的其他固定资产(如土地等)。

4. 计算折旧的方法

会计上计算折旧的方法很多，有直线法、工作量法、加速折旧法等。由于固定资产折旧方法的选用直接影响到企业成本、费用的计算，也影响到企业的收入和纳税，从而影响到国家的财政收入，因此，对固定资产折旧方法的选用，国家历来有比较严格的规定，原则上应当根据固定资产所含经济利益预期实现方式选择折旧方法。随着改革开放的深入，我国为了鼓励企业采用新技术，加快科学技术向生产力的转化，增强企业的后劲，允许某些行业的企业经国家批准后采用加速折旧的方法。折旧方法一经选定，不得随意变更。如需变更，应当按照一定的程序审批。经批准后报送有关各方备案，并在会计报表中说明。

关于计算折旧的方法，这里重点介绍以下四种：

(1) 平均年限法 平均年限法又称直线法，是将固定资产的折旧均衡地分摊到各期的一种方法。采用这种方法计算的每期折旧额均是等额的。计算公式如下，即

$$年折旧率 = \frac{1 - 预计净残值率}{规定的折旧年限} \times 100\%$$

$$年折旧额 = 年折旧率 \times 固定资产原值$$

例2-3 某企业有一设备，原值为 500 000 元，预计可使用 20 年，按照有关规定，该设备报废时净残值率为 2%，该设备的月折旧率和月折旧额计算

如下，即

解： 年折旧率 $= \dfrac{1 - 预计净残值率}{规定的折旧年限} \times 100\%$

$= \dfrac{1 - 2\%}{20} \times 100\% = 4.9\%$

月折旧率 $= 4.9\% \div 12 = 0.41\%$

月折旧额 $= 500\,000\,元 \times 0.41\% = 2\,050\,元$

由于平均年限法易于理解和简单易行，因而得到广泛的应用，但它也存在着一些明显的局限性。首先，固定资产在不同年限提供的经济效益是不同的。一般来讲，固定资产在使用前期工作效率相对较高，所带来的经济效益也较多；而在使用后期，工作效率一般呈下降趋势，因而所带来的经济利益也就逐渐减少。平均年限法不考虑这一事实，明显是不合理的。其次，固定资产在不同的使用年限发生的维修费也不一样。固定资产的维修费将随着其使用年限的延长而不断增大，而平均年限法也没有考虑这一因素。

当固定资产各期的负荷程度相同，各期应分摊相同的折旧费，这时采用平均年限法计算折旧是合理的。但是，若固定资产各期的负荷程度不相同，采用平均年限法时则不能反映固定资产的实际使用情况，提取的折旧额与固定资产的实际损耗程度也不相符。

（2）工作量法 工作量法是根据工作量平均计提折旧额的一种方法。基本计算公式为

单位工作量折旧额 $= \dfrac{固定资产原值(1 - 净残值率)}{预计总工作量}$

某项固定资产月折旧额 $=$ 该项固定资产当月工作量 $\times$ 单位工作量折旧额

结合实际工作，工作量法又可分为工作时数法和行驶里程法等。

1）工作时数法。工作时数法指按固定资产总工作时数平均计算折旧额的方法，它适用于机器设备，其公式为

单位工作小时应提折旧额 $= \dfrac{固定资产原值 \times (1 - 净残值率)}{预计的工作总时数}$

每期应提的折旧额 $=$ 单位工作小时应提折旧额 $\times$ 实际工作时数

2）行驶里程法。行驶里程法是按固定资产行驶里程平均计算折旧额的方法，它适用于机动车辆。其公式为

单位里程应提折旧额 $= \dfrac{固定资产原值(1 - 净残值率)}{总行驶里程}$

某期应提折旧额 $=$ 单位里程应提折旧额 $\times$ 实际行驶里程

例 2-4 某企业一载货汽车的原价为 60 000 元，预计总行驶里程为 50 万 km，该汽车的残值率为 5%，本月行驶 4 000km。该汽车的月折旧额计算如下。

解：单位里程应提折旧额 $= \left[\dfrac{60\,000 \times (1 - 5\%)}{500\,000}\right]$ 元/km $= 0.114$ 元/km

本月折旧额 $= (4\,000 \times 0.114)$ 元 $= 456$ 元

工作量法把固定资产的服务效能与固定资产的使用程度联系起来，弥补了平均年限法只重使用年限，不考虑使用强度的缺点。但这种方法也具有一定的局限性，即预计的总工作量难以估计，而且没有考虑无形损耗对固定资产服务潜力的影响。这种方法适合于各期完成工作量不均衡的固定资产折旧。

（3）加速折旧法　加速折旧法又称递减折旧法，是指在固定资产使用年限前期多提折旧，在后期少提折旧，从而相对加快折旧的速度，以使固定资产价值在使用年限内尽早得到补偿的折旧计算方法。它是一种国家鼓励投资的措施，即国家先让利给企业，加速回收投资，增强还贷能力，促进技术进步，因此只对某些确有特殊原因的工程项目，才准许采用加速折旧法计提折旧。加速折旧的方法很多，主要有双倍余额递减法和年数总和法。

1）双倍余额递减法。双倍余额递减法是在不考虑固定资产残值的情况下，根据每期期初固定资产账面余额和双倍的直线法折旧率计算固定资产折旧的一种方法。其计算公式为

$$年折旧率 = \frac{2}{预计的折旧年限} \times 100\%$$

$$年折旧额 = 年初固定资产账面净值 \times 年折旧率$$

由于双倍余额递减法不考虑固定资产的残值收入，因此，在应用这种方法时必须注意不能使固定资产的账面折余价值降低到它的预计残值收入以下。所以，应当在其固定资产折旧年限到期以前两年内，将固定资产净值扣除预计残值后的余额平均摊销，即最后两年改用直线折旧法计算折旧。

2）年数总和法。年数总和法又称合计年限法，是以固定资产原值扣除预计净残值后的余额乘以一个逐年递减的折旧率计提折旧的一种方法。采用年数总和法的关键是每年都要确定一个不同的折旧率。其计算公式为

$$年折旧率 = \frac{尚可使用年限}{预计使用年限的年数总和} \times 100\%$$

或

$$年折旧率 = \frac{预计使用年限 - 已使用年限}{\dfrac{预计使用年限 \times (预计使用年限 + 1)}{2}} \times 100\%$$

$$年折旧额 = (固定资产原值 - 预计净残值) \times 年折旧率$$

例 2-5　某企业的一台机器原值是 50\,000 元，预计净残值 2\,000 元，预计使用年限为 5 年，分别按双倍余额递减法和年数总和法计算其折旧。

采用年数总和法计算的各年折旧额见表 2-2。

表2-2 年数总和法计算的各年折旧额

年份	原值-净残值/元	尚可使用年限/年	年折旧率	折旧额/元	累计折旧/元
1	48 000	5	5/15	16 000	16 000
2	48 000	4	4/15	12 800	28 800
3	48 000	3	3/15	9 600	38 400
4	48 000	2	2/15	6 400	44 800
5	48 000	1	1/15	3 200	48 000

采用双倍余额递减法计算的各年折旧额见表2-3。

表2-3 采用双倍余额递减法计算的各年折旧额

年份	期初账面净值/元	年折旧率(%)	折旧额/元	累计折旧/元	期末账面净值/元
1	50 000	40	20 000	20 000	30 000
2	30 000	40	12 000	32 000	18 000
3	18 000	40	7 200	39 200	10 800
4	10 800		4 400	43 600	6 400
5	6 400		4 400	48 000	2 000

注：年折旧率 = 2 ÷ 5 = 40%。

第4、5年改用直线折旧法

$$折旧额 = \left(\frac{10\ 368 - 2\ 000}{2} \right) 元 = 4\ 184\ 元$$

加速折旧法具有以下几个方面的优点：①随着固定资产使用年限的推移，它的服务潜力下降了，它所能提供的收益也随之降低，所以根据配比的原则，在固定资产的使用早期多提折旧，而在晚期少提折旧；②固定资产所能提供的未来收益是难以预计的，早期收益要比晚期收益有把握一些，从谨慎原则出发，早期多提，后期少提折旧的方法是合理的；③随着固定资产的使用，后期修理维护费用要比前期多，采用加速折旧法，早期折旧费用比后期多，可以使固定资产的成本费用在整个使用期内比较平均；④企业采用加速折旧法并没有改变固定资产的有效使用年限和折旧总额，变化的只是在投入使用前期提的折旧多，后期提的折旧少，这一变化的结果推迟了企业所得税的缴纳，实际上等于企业从政府获得了一笔长期无息贷款。

（五）修理费的估算

修理费包括大修理费和日常中、小修理费。在估算修理费时，一般无法确定修理费具体发生的时间和金额，可按照折旧费的一定百分率计算。该百分率可参照同行业的经验数据加以确定。

（六）维简费的估算

维简费是指采掘、采伐企业按生产产品数量（采矿按每吨原矿产量，林区按每立方米原木产量）提取的固定资产更新资金和技术改造资金，即维持简单再生产的资金，简称"维简费"。企业发生的维简费直接计入成本，其计算方法和折旧费相同。这类采掘、采伐企业不计提固定资产折旧。

（七）摊销费的估算

摊销费是指无形资产和递延资产在一定期限内分期摊销的费用。

1. 无形资产

无形资产是指企业为生产商品或提供劳务、出租给他人或为管理目的而持有的、没有实物形态的非货币性长期资产，包括专利权、非专利技术、商标权、商誉、著作权和土地使用权等。

无形资产属于企业的长期资产，能在较长的时间里给企业带来效益。但无形资产通常也有一定的有效期限，它所具有的价值的权利或特权总会终结或消失，因此，企业应将入账的无形资产在一定年限内摊销。无形资产应按法律、合同规定的年限进行摊销。若无形资产的使用年限超过了相关合同规定的受益年限或法律规定的有效年限，该无形资产的摊销年限按如下原则确定：①合同规定受益年限但法律没有规定有效年限的，摊销期不应超过合同规定的受益年限；②合同没有规定受益年限但法律规定有效年限的，摊销期不应超过法律规定的有效年限；③合同规定了受益年限，法律也规定了有效年限的，摊销期不应超过受益年限和有效年限两者之中较短者；④如果合同没有规定受益年限，法律也没有规定有效年限的，摊销期不应超过 10 年。

2. 递延资产

递延资产是指企业已经支出，但摊销期限在 1 年以上（不含 1 年）的各项费用，包括以经营租赁方式租入固定资产的改良支出和开办费。

开办费是指企业在筹建期间所发生的各种费用，包括筹建期间人员工资、办公费、培训费、差旅费、印刷费、律师费、注册登记费以及不计入固定资产和无形资产购建成本的汇兑损益和利息等项支出。

企业开办费的发生与企业的经营有着密切的关系，其效益一般要涉及企业成立后的每一个生产经营年度，直到企业解散为止。因此，将开办费支出在企业开始生产的当期全部摊入成本费用是不恰当的，应当分期摊销到以后的各个收益年限。但根据谨慎性的原则，一般来说应尽快摊销，所以我国新会计制度规定，所有筹建期间发生的费用，应当在长期待摊费用（递延资产）中归集，待企业开始生产经营起一次计入开始生产经营当期的利益。

（八）其他费用的估算

其他费用指扣除以上费用后的费用。在工程项目经济分析中，其他费用一般可根据成本中的原材料成本、燃料和动力成本、工资及福利费、折旧费、中小修理费、维简费及摊销费之和的一定百分率计算，并按照同类企业的经验数据加以确定。

将上述各项费用合计，即得出生产经营期各年的成本费用。

四、工程经济学中常用的其他成本概念

（一）经营成本

经营成本是工程经济学中经济评价的专用术语，是工程经济学特有的概念，在财务会计中没有经营成本的概念。经营成本涉及产品生产及销售、企业管理过程中的物料、人力和能源的投入费用，它反映企业的生产和管理水平。在工程项目的经济分析中，经营成本被应用于现金流量的分析。

经营成本具体是指项目总成本费用扣除固定资产折旧费、维简费、无形资产及递延资产摊销费和利息支出以后的成本费用。

$$经营成本 = 总成本费用 - 折旧费 - 维简费 - 摊销费 - 利息支出$$
$$总成本费用 = 生产成本 + 经营费用 + 管理费用 + 财务费用$$
或　　　$$总成本费用 = 外购原材料 + 外购燃料动力 + 工资及福利费 +$$
$$修理费 + 折旧费 + 维简费 + 摊销费 + 利息支出$$

计算经营成本之所以要从总成本费用中剔除折旧费、维简费、摊销费和利息支出，主要原因有以下两点：

1）经营成本的确认与常规会计方法不同。会计是按权责发生制原则来确认其费用的，就是说，凡属本期应当负担的费用，不管款项是否付出，都作为本期的费用处理；反之，凡不应归属本期的费用，即使其款项已经付出，也不能作为本期的费用处理。经营成本是以现金流量为基础计算的，采用的是收付实现制，即本期的费用必须以款项的实际支出为标准。就是说，凡属本期支付的费用，不管其是否归属本期，都应作为本期的费用处理；反之，本期未曾支付的费用，即使应归属本期，也不能作为本期的费用处理。

2）折旧费是固定资产的转化形式，在投资时已按其发生的时间作为一次性支出计入现金流出，如果再将折旧费随成本计入现金流出，会造成现金流出的重复计算。同样，维简费、无形资产及递延资产摊销也是项目内部的现金转移，而非真正的现金支出，为避免重复计算也不予考虑。贷款利息是使用借贷资金所要付出的代价，对于项目来说是实际的现金流出，但在评价项目全部投资的经济效果时，不考虑资金的来源，以项目为一独立系统，全部投资作为计算基础，利息支出不作为现金流出。在评价项目自有资金的经济效果时，将利息支出单列，因此经营成本中也不包括利息支出。

（二）固定成本和变动成本

在理论上，成本与业务量有着一定的依存关系，这种成本对业务量的依存关系通常被称为成本性态。在这里，业务量是指企业的生产经营活动水平的标志量。它可以是产出量，也可以是投入量；可以使用实物度量、时间度量，也可以使用货币度量。例如，产品产量、人工工时、销售额、主要材料处理量、生产能力利用百分数、生产工人工资、机器运转时数、运输吨公里等，都可以作为业务量大小的标志。当业务量变化以后，各项成本有不同的性态，大体上可以分为三种：固定成本、变动成本和混合成本。

1. 固定成本

固定成本是指在一定的业务量范围内不随业务量的变化而变化的成本，如固定资产折旧费、固定管理人员的工资、财产保险等。

2. 变动成本

变动成本是指随着业务量的变化而成正比例变化的成本，如原材料、燃料和动力、直接生产工人的工资等。

在这里，固定成本和变动成本与业务量的关系是相对于固定总成本和变动总成本而言的。

单位固定成本和单位变动成本与业务量的关系恰恰相反，即单位固定成本随着业务量的变化而变化，与业务量成反比例关系；单位变动成本不随业务量的变化而变化。

3. 混合成本

在实际工作中，往往有许多成本明细项目同时兼有固定成本和变动成本两种不同性质，它虽然也随业务量的变化而变化，但与业务量的变化不成正比例变化，不能简单地归入固定成本和变动成本，因而就称为混合成本。在工程经济学中，为进行经济分析的需要，可采用一定的方法将混合成本分解成固定成本和变动成本两部分，再分别计入固定成本和变动成本总额之中。

经营成本、固定成本和变动成本根据总成本费用估算表直接计算。

（三）机会成本

机会成本是指由于将有限资源使用于某种特定的用途而放弃的其他各种用途的最高收益。机会成本是理论经济学中的一个概念，它不是实际发生的成本，因此，在会计上是不存在的，但对决策非常重要，其作用在于寻求最佳利用资源的方案。这是因为投资者能投入的资金或可利用的经济资源总是有限的，当这种有限的资源同时用于两个或两个以上的备选方案时，只有把机会成本同时考虑进去，使收益大于机会成本，才能保证选取最好方案投资，从而实现资源的最佳配置和利用。例如，在几个方案择一而行的条件下，A方案的可能收益就是B方案的机会成本；B方案的可能收益就是A方案的机会成本。

（四）沉没成本

沉没成本是指过去已经发生而现在无法得到补偿的成本。它对企业决策不起作用，它主要表现为过去发生的事情。费用已经支付，虽然现在已经认识到当时的决策是不明智的，但也无法改变，今后的任何决策都不要受它的影响。在项目评价决策中，当前决策所考虑的是未来可能发生的费用及所能带来的效益，沉没成本与当前决策无关，因此，在下一次决策中不予考虑。例如，某企业上个月以700元/t购入一批小麦，本月市场价格仅为650元/t，该企业在决策是否出售这批小麦时，不应受上月700元/t购入价格的影响，因为50元/t已经沉淀，决策时应分析小麦价格的走势。若预计小麦价格继续上涨，则继续持有，若有富余资金，还可以逢低吸纳；若预计小麦价格继续下跌，则应果断出货。

第四节　现行税制主要税金的构成及计算

税收是国家凭借其政治权力参与国民收入分配，取得供其支配的财政收入的一种特殊分配形式，它具有强制性、无偿性和固定性三个特征。对于纳税义务人而言，税收是其财务上的一种支出与费用。我国现行税制是在原有税制的基础上，经过1994年工商税制改革逐渐完善形成的，按其性质和作用大致分为以下几类。

一、流转税类

流转税类包括增值税、营业税和消费税。主要是对生产、流通或服务行业征收。

（一）增值税

1. 增值税的概念

增值税是对在我国境内销售货物或者提供加工、修理修配劳务，以及进口货物的单位和个人，就其取得的货物或应税劳务的销售额，以及进口货物的金额计算税款，并实行税款抵扣制的一种流转税。

为了严格增值税的征收管理，我国参照国际惯例，根据企业经营规模的大小，会计核算是否健全及能否提供准确的税务资料，将增值税纳税人划分为一般纳税人和小规模纳税人。本书以一般纳税人为例来说明增值税应纳税额的计算。

2. 增值税应纳税额的计算

从计税原理而言，增值税是对商品生产和流通中各个环节的新增价值或商品附加值进行征税，所以称之为"增值税"。然而，由于新增价值或商品附加值在商品流通过程中是一个难以准确计算的数据，因此，在增值税的实际操作上采用间接计算的办法，即：从事货物销售以及提供应税劳务的纳税人，要根据货物或应税劳务销售额，按照规定的税率计算税款，然后从中扣除上一道环节已纳增值税，其余额即为纳税人应缴纳的增值税税款。可见，当期纳税人应纳税额的多少取决于当期销项税额和当期进项税额这两个因素。

（1）销项税额的计算　销项税额是指纳税人销售货物或者提供应税劳务，按照销售额或应税劳务收入和规定的税率计算，并向购买方收取的增值税税额。销项税额的计算公式为

$$销项税额 = 销售额 \times 税率$$

在这里需要强调的是，增值税是价外税，公式中的"销售额"必须是不包括收取的销项税额的销售额。

（2）进项税额的计算　纳税人购进货物或者接受应税劳务所支付或者负担的增值税额为进项税额。进项税额是与销项税额相对应的另一个概念。在开具增值税专用发票的情况下，它们之间的对应关系是，销售方收取的销项税额，就是购买方支付的进项税额。对于任何一个一般纳税人而言，由于其在经营活动中，既会发生销售货物或提供应税劳务，又会发生购进货物或接受应税劳务，因此，每一个一般纳税人都会有收取的销项税额和支付的进项税额。增值税的核心就是用纳税人收取的销项税额抵扣其支付的进项税额，其余额为纳税人实际应缴纳的增值税税额。这样，进项税额作为可抵扣的部分，对于纳税人实际纳税多少就产生了举足轻重的作用。然而，需要注意的是，并不是纳税人支付的所有进项税额都可以从销项税额中抵扣。当纳税人购进的货物或接受的应税劳务不是用于增值税应税项目，而是用于非应税项目、免税项目或用于集体福利、个人消费等情况时，其支付的进项税额就不能从销项税额中抵扣。因此，严格把握哪些进项税额可以抵扣，哪些进项税额不能抵扣是十分重要的，这些方面也是纳税人在缴纳增值税实务中出现差错最多的地方。

根据税法的规定，准予从销项税额中抵扣的进项税额，限于下列增值税扣税凭证上注明的增值税税额和按规定的扣除率计算的进项税额。

1）从销售方取得的增值税专用发票上注明的增值税额。

2）从海关取得的完税凭证上注明的增值税额。

上述规定说明，纳税人在进行增值税账务处理时，每抵扣一笔进项税额，就要有一份记录该进项税额的法定扣税凭证与之相对应；没有从销售方或海关取得注明增值税税额的法定扣税凭证，就不能抵扣进项税额。

3）增值税一般纳税人购进农业生产者销售的农业产品，或者向小规模纳税人购买的农产品，从2002年1月1日起，准予按照买价和13%的扣除率计算进项税额，从当期销项税额中扣除。其进项税额的计算公式为：

$$准予抵扣的进项税额 = 买价 \times 扣除率$$

4）增值税一般纳税人外购货物（固定资产除外）所支付的运输费用，根据运费结算单据（普通发票）所列运费金额依 7% 的扣除率计算进项税额准予扣除，但随同运费支付的装卸费、保险费等其他杂费不得计算扣除进项税额。

$$准予抵扣的进项税额 = 运费 \times 扣除率$$

5）生产企业一般纳税人购入废旧物资回收经营单位销售的免税废旧物资，可按照废旧物资回收经营单位开具的由税务机关监制的普通发票上注明的金额按 10% 计算抵扣进项税额。

（3）一般纳税人应纳税额的计算　在计算出销项税额和进项税额后就可以计算出实际应纳税额。纳税人销售货物或提供应税劳务，其应纳税额为当期销项税额抵扣当期进项税额后的余额。基本计算公式为

$$应纳税额 = 当期销项税额 - 当期进项税额$$

在工程经济分析中，增值税作为价外税可以包含在主营业务税金及附加中，也可以不包含在主营业务税金及附加中。如果增值税包含在销售税金及附加中，那么产出物的价格包含增值税中的销项税金，投入物的价格包含增值税中的进项税金；如果增值税不包含在销售税金及附加中，那么产出物的价格也不包含增值税中的销项税金，投入物的价格也不包含增值税中的进项税金。两种计算结果是一样的。但在销售税金及附加的估算中，为了计算城乡维护建设税和教育费附加，有时还需要单独计算增值税额，作为城乡维护建设税和教育费附加的计算基数。

例 2-6　某生产企业为一般纳税人，适用增值税税率为 17%，2004 年 6 月销售甲产品，开具增值税专用发票，取得不含税销售额 70 万元，另外，开具普通发票，取得销售甲产品含税收入 6 万元。当月，购进货物取得增值税专用发票，注明支付的货款 50 万元，进项税额 8.5 万元，货物验收入库；另外，支付购货的运输费 6 万元（依 7% 计算进项税额），取得运输公司开具的普通发票。计算该企业 2004 年 6 月应缴纳的增值税税额。

解：6 月份销项税额 $= [700\,000 \times 17\% + 60\,000 \div (1 + 17\%) \times 17\%]$ 元
$$= (119\,000 + 8\,717.95) 元 = 127\,717.95 元$$

6 月份进项税额 $= (85\,000 + 60\,000 \times 7\%)$ 元 $= (85\,000 + 4\,200)$ 元
$$= 89\,200 元$$

6 月份应缴增值税税额 $=$ 当期销项税额 $-$ 当期进项税额
$$= (127\,717.95 - 89\,200) 元 = 38\,517.95 元$$

小规模纳税人销售货物或者应税劳务，按销售额和规定的 6%（工业企业）和 4%（商业企业）的征收率计算应纳税额，不得抵扣进项税额。应纳税额计算公式为

$$应纳税额 = 销售额 \times 征收率$$

（二）营业税

1. 营业税的概念

营业税是对在我国境内从事交通运输业、建筑业、金融保险业、邮电通信业、文化体育业、娱乐业、服务业或有偿转让无形资产、销售不动产行为为课税对象所征收的一种税。营业税税率在3%~20%范围内。

转让无形资产是指转让无形资产的所有权或使用权的行为，包括转让土地使用权、转让商标权、转让专利权、转让非专利技术、转让著作权和转让商誉。

销售不动产是指有偿转让不动产所有权的行为，包括销售建筑物或构筑物和销售其他土地附着物。在销售不动产时连同不动产所占土地使用权一并转让的行为，比照销售不动产征收营业税。

2. 应纳税额的计算

营业税款的计算比较简单。纳税人提供应税劳务、转让无形资产或者销售不动产，按照营业额和规定的适用税率计算应纳税额。这里的营业额指企业向对方收取的全部价款和价外费用。价外费用包括向对方收取的手续费、基金、集资费、代收款项、代垫款项及其他各种性质的价外收费。计算公式为

$$应纳税额 = 营业额 \times 税率$$

例2-7　某运输公司对外提供运输劳务，当月营运收入40万元，营业税率为3%，计算该运输公司当月应缴纳的营业税。

解：应纳税额 = 营业额 × 税率

$$= (40 \times 3\%) 万元 = 1.2 万元$$

（三）消费税

1. 消费税的概念

为了调节产品结构，正确引导消费方向，保证国家的财政收入，国家在普遍征收增值税的基础上，选择部分消费品，再征收一道消费税。消费税是以特定消费品为课税对象所征收的一种税。

按照《中华人民共和国消费税暂行条例》规定，确定征收消费税有11个税目，它们分别是：烟、酒及酒精、化妆品、护肤护发品、贵重首饰及珠宝玉石、鞭炮及焰火、汽油、柴油、汽车轮胎、摩托车、小汽车。有的税目还进一步划分为若干子目。2006年3月，财政部、国家税务总局发出通知，从4月1日起对消费税税目、税率及相关政策进行调整，新增高尔夫球及球具、高档手表、游艇、木制一次性筷子、实木地板税目；取消护肤护发品税目，将原属于护肤护发品征税范围的高档护肤类化妆品列入化妆品税目。消费税属于价内税，并实行单一环节征收，一般在应税消费品的生产、委托加工和进口环节缴纳，在以后的批发、零售等环节中，由于价款中已包含消费税，就不必再缴纳消费税。

2. 应纳税额的计算

消费税应纳税额的计算分为从价定率和从量定额两类计算办法。具体计算方法如下：

（1）从价定率计算方法　在从价定率计算方法中，应纳税额的计算取决于应税消费品的销售额和适用税率两个因素。如果企业应税消费品的销售额中未扣除增值税税款，或者因不能开具增值税专用发票而发生价款和增值税税额合并收取的，在计算消费税时，应将含增值税销售额换算为不含增值税销售额。其计算公式为

$$应纳税额 = 应税消费品的销售额 \times 适用税率$$
$$应税消费品的销售额 = 含增值税销售额 \div (1 + 增值税税率)$$
$$= 不含增值税销售额$$

例 2-8　某化妆品生产企业为增值税一般纳税人，2004 年 5 月 5 日向某大型商场销售化妆品一批，开具增值税专用发票，取得不含税销售额 50 万元，增值税额 8.5 万元；同年 10 月 20 日向某单位销售化妆品一批，开具普通发票，取得含增值税销售额 35.1 万元。该化妆品适应适用的消费税率是 30%。计算该企业应缴纳的消费税额。

解：应税销售额 $= \left(50 + \dfrac{35.1}{1 + 17\%} \right)$ 万元 $= 80$ 万元

应缴纳的消费税税额 $= (80 \times 30\%)$ 万元 $= 24$ 万元

（2）从量定额计算方法　在从量定额计算方法下，应纳税额的计算取决于消费品的应税数量和单位税额两个因素。其计算公式为

$$应纳税额 = 应税消费品的销售数量 \times 单位税额$$

例 2-9　某柴油生产企业 2004 年 3 月销售柴油 500 000L（升），计算该企业大约应缴纳的消费税。柴油适用的税额是 0.1 元/L（升）。

解：应纳税额 $= (500\,000 \times 0.1)$ 元 $= 50\,000$ 元

（四）关税

关税主要对进、出口我国国境的货物、物品征收。关税由海关负责征收管理。

二、资源税类

资源税类包括资源税、城镇土地使用税。主要是对因开发和利用自然资源差异而形成的级差收入发挥调节作用。

（一）资源税的概念

资源税是国家对在我国境内开采矿产品或者生产盐的单位和个人征收的一种税。

资源税采取从量定额的办法征收，实行"普遍征收，级差调节"的原则。

普遍征收是指对在我国境内开发的一切应税资源产品征收资源税；级差调节是指运用资源税来调节因资源储存状况、开采条件、资源优劣、地理位置等客观存在的差别而产生的资源级差收入，通过实施差别税额，对资源条件好的，征收税额高一些；资源条件差的，征收税额低一些。

目前我国的资源税目共包括七大类，分别是原油、天然气、煤炭、其他非金属原矿、黑色金属原矿、有色金属原矿和盐。

（二）资源税应纳税额的计算

根据应税产品的课税数量和规定的单位税额可以计算应纳税额，计算公式为

$$应纳税额 = 课税数量 \times 单位税额$$

例2-10　某油田2004年6月份销售原油30万t，其适用的单位税额为8元/t，计算该油田应缴纳的资源税额。

解： 应纳税额 = 课税数量 × 单位税额

$$= 300\,000t \times 8 \,元/t = 2\,400\,000 \,元$$

三、特定目的税类

特定目的税类包括固定资产投资方向调节税（现已暂停征收）、筵席税、城市维护建设税、土地增值税、车辆购置税、耕地占用税，主要是为了达到特定目的，对特定对象和特定行为发挥调节作用。本书主要介绍城市维护建设税和土地增值税。

（一）城市维护建设税

1. 城市维护建设税的概念

城市维护建设税简称城建税，是国家为了加强城市的维护和建设，扩大和稳定城市维护建设资金的来源而征收的一种税。城市维护建设税税款专门用于城市的公用事业和公共设施的维护建设。城市维护建设税税率分别为7%、5%和1%。纳税人所在地为市区的，税率为7%；纳税人所在地为县城、镇的，税率则为5%；纳税人所在地不在市区、县城或者镇的，税率为1%。

2. 城市维护建设税应纳税额的计算

城建税纳税人的应纳税额大小是由纳税人实际缴纳的增值税、营业税和消费税税额决定的，其计算公式是

应纳税额 =（实际增值税税额 + 实际消费税税额 + 实际营业税税额）× 适用税率

例2-11　某市一企业2004年3月份实际缴纳的增值税500 000元，缴纳的消费税200 000元，缴纳的营业税100 000元。计算该企业2004年3月应缴纳的城市维护建设税。

解： 应纳税额 =（实际缴纳的增值税 + 实际缴纳的消费税

+ 实际缴纳的营业税）× 适用税率

$$= [(500\ 000 + 200\ 000 + 100\ 000) \times 7\%] 元$$
$$= (800\ 000 \times 7\%) 元 = 56\ 000 元$$

（二）土地增值税

1. 土地增值税的概念

国家从 1994 年起开征了土地增值税。土地增值税是对转让国有土地使用权、地上建筑物及其附着物并取得收入的单位和个人，就其转让房地产所取得的增值额征收的一种税。

土地增值税实行四级超率累进税率：增值额未超过扣除项目金额 50% 的部分，税率为 30%；增值额超过扣除项目金额 50%、未超过扣除项目金额 100% 的部分，税率为 40%；增值额超过扣除项目金额 100%、未超过扣除项目金额 200% 的部分，税率为 50%；增值额超过扣除项目金额 200% 的部分，税率为 60%。

上述所列四级超率累进税率，每级"增值额未超过扣除项目金额"的比例，均包括本比例数。超率累进税率见表 2-4。

表 2-4 土地增值税四级超率累进税率表

级　数	增值额与扣除项目金额的比率	税率（%）	速算扣除系数（%）
1	不超过 50% 的部分	30	0
2	超过 50%~100% 的部分	40	5
3	超过 100%~200% 的部分	50	15
4	超过 200% 的部分	60	35

2. 土地增值税应纳税额的计算

（1）应税收入的确定　根据《土地增值税暂行条例》及其实施细则的规定，纳税人转让房地产取得的应税收入，应包括转让房地产的全部价款及其有关的经济利益。从收入的形式来看，包括货币收入、实物收入和其他收入。

（2）扣除项目的确定　根据《土地增值税暂行条例》及其实施细则的规定，准予纳税人从转让收入额减除的扣除项目有取得土地使用权所支付的金额，包括纳税人为取得土地使用权所支付的价款以及纳税人在取得土地使用权时按国家统一规定缴纳的有关税费；房屋开发成本，包括土地的征用及拆迁补偿费、前期工程费、建筑安装工程费、基础设施费、公共配套设施费、开发间接费等；房地产开发费用，包括与房地产开发项目有关的销售费用、管理费用和财务费用。

（3）土地增值额的确定　土地增值税纳税人转让房地产取得的收入减除规定的扣除项目金额后的余额，为土地增值额。其计算公式为

土地增值额 = 应税收入 - 扣除项目

（4）土地增值税应纳税额的计算　土地增值税应纳税额按照纳税人转让房地产所取得的增值额和规定的适用税率计算征收。其计算公式是

$$应纳税额 = \sum（每级距的土地增值额 \times 适用税率）$$

在实际工作中，分步计算比较繁琐，一般采用速算扣除法计算，即：计算土地增值税税额，可按增值额乘以适用的税率减去扣除项目金额乘以速算扣除系数的简便方法计算，具体公式如下：

1）增值额未超过扣除项目金额50%

$$土地增值税应纳税额 = 增值额 \times 30\%$$

2）增值额超过扣除项目金额50%，未超过扣除项目金额100%

$$土地增值税应纳税额 = 增值额 \times 40\% - 扣除项目金额 \times 5\%$$

3）增值额超过扣除项目金额100%，未超过扣除项目金额200%

$$土地增值税应纳税额 = 增值额 \times 50\% - 扣除项目金额 \times 15\%$$

4）增值额超过扣除项目金额200%

$$土地增值税应纳税额 = 增值额 \times 60\% - 扣除项目金额 \times 35\%$$

式中的5%、15%、35%分别为二、三、四级的速算扣除系数。

例2-12　某企业转让房地产所取得的收入为600万元，其扣除项目为200万元，计算该企业应纳土地增值税税额。

解：① 计算增值额。

增值额为　$（600 - 200）万元 = 400 万元$

② 计算增值额与扣除项目金额之比。

增值额与扣除项目金额之比为 $（400 \div 200） \times 100\% = 200\%$

由此可见，增值额超过扣除项目金额200%，其适用的简便计算公式为

$$土地增值税应纳税额 = 增值额 \times 60\% - 扣除项目金额 \times 35\%$$
$$= （400 \times 60\% - 200 \times 35\%）万元 = 170 万元$$

四、所得税类

所得税类包括企业所得税、外商投资企业和外国企业所得税、个人所得税。征收所得税主要是为在国民收入形成后，对生产经营者的利润和个人的纯收入发挥调节作用。本节主要介绍企业所得税。

（一）企业所得税的概念

根据税法的规定，企业取得利润后，先向国家缴纳所得税，即凡在我国境内实行独立经营核算的各类企业或者组织者，来源于我国境内、境外的生产、经营所得和其他所得，均应依法缴纳企业所得税。企业所得税实行25%的比例税率。同时，国家考虑到许多利润水平较低的小型企业，又规定了两档照顾性税率，企业中符合条件的小型微利企业减按20%税率征税；国家重点扶持的高新技术企业减按15%税率征税。

如果企业上一年度发生亏损，可用当年应纳税所得额予以弥补（下一纳税年

度的所得不足弥补的,可以逐年延续弥补,但是延续弥补期最长不得超过 5 年),按弥补亏损后的应纳税所得额来确定使用的税率。

(二)应纳税所得额的计算

要计算应纳税所得额必须先确定收入总额和准予扣除的项目。

1. 收入总额的确定

收入总额是指企业在生产经营活动中以及其他行为取得的各项收入的总和。具体指:

(1)生产、经营收入 指纳税人从事主营业务活动取得的收入,包括商品(产品)销售收入、劳动服务收入、营运收入、工程造价结算收入、工业性作业收入以及其他业务收入。

(2)财产转让收入 指纳税人有偿转让各类财产取得的收入,包括转让固定资产、有价证券、股权以及其他财产而取得的收入。

(3)利息收入 指纳税人购买各种债券等证券的利息、外单位欠款付给的利息,以及其他利息收入。

(4)租赁收入 指纳税人出租固定资产、包装物以及其他财产而取得的租金收入。租赁企业主营租赁业务取得的收入应当在生产、经营收入中反映。

(5)特许权使用费收入 指纳税人提供或者转让专利权、非专利技术、商标权、著作权以及其他特许权的使用权而取得的收入。

(6)股息收入 指纳税人对外投资入股分得的股利、红利收入。股利是指资本计算的利息;红利是指企业分给股东的利润。

(7)其他收入 指除上述各项收入外的一切收入,包括固定资产盘盈收入、罚款收入、因债权人缘故确实无法支付的应付款项,教育费附加返还,企业减免或返还的流转税(含即征即退、先征后退)计入企业"补贴收入"的,包装物押金收入以及其他收入。

2. 准予扣除的项目

在计算应税所得额时准予从收入总额中扣除的项目,是指纳税人每一纳税年度发生的与取得应税收入有关的所有必要和正常的成本、费用、税金和损失。

1)成本是指纳税人每一年度生产、经营商品或提供劳务发生的直接材料、直接工资、其他直接支出和制造费用。

2)费用是指纳税人每一纳税年度生产、经营商品和提供劳务所发生的可扣除的经营费用、管理费用和财务费用。

3)税金是指纳税人按规定缴纳的消费税、营业税、资源税、关税、城市维护建设税、教育费附加等主营业务税金及附加。需要明确的是纳税人缴纳的房产税、车船使用税、土地使用税和印花税等已计入管理费用中扣除,这里不再作为销售税金单独扣除。企业缴纳的增值税因其属于价外税,在财务核算上不在扣除之列。但在工程经济学中可以灵活处理，即收入总额包括，扣除项目金额也包括；收入总额不包括，扣除项目金额也不包括，两者计算结果是一样的。

4）损失是指纳税人生产、经营过程中的各项营业外支出、投资损失以及其他损失。

3. 应纳税所得额的计算

应纳税所得额是指纳税人每一纳税年度的收入总额减去准予扣除项目金额后的余额，其计算公式为

$$应纳税所得额 = 收入总额 - 准予扣除项目金额$$

应纳税所得额与会计利润是两个不同的概念，两者既有联系又有区别。应纳税所得额是一个税收概念，是根据企业所得税法按照一定的标准确定的、纳税人在一个时期内的计税所得，即企业所得税的计税依据，它包括企业来源于中国境内、境外的全部生产经营所得和其他所得。而会计利润则是一个会计核算概念，反映的是企业一定时期内生产经营的财务成果，它关系到企业经营成果、投资者的权益与职工的利益。会计利润是确定应纳税所得额的基础，但是不能等同于应纳税所得额。应纳税所得额是对会计利润调整后得到的。在工程项目的经济分析中，一般认为准予扣除项目金额等于总成本费用，利润总额作为企业应纳税所得额。利润的计算公式为

利润总额 = 营业利润 + 投资净收益 + 营业外收支净额

营业利润 = 主营业务利润 + 其他业务利润 - 营业费用 - 管理费用 - 财务费用

主营业务利润 = 主营业务收入 - 主营业务成本 - 主营业务税金及附加

其他业务利润 = 其他业务收入 - 其他业务支出

4. 所得税应纳税额计算

所得税应纳税额是根据纳税人应纳税所得额和适用的税率计算得到的，其计算公式为

$$应纳税额 = 应纳税所得额 \times 适用税率$$

例 2-13 某公司 2003 年度实现收入 250 万元，发生成本费用总额为 150 万元，计算该公司 2003 年度应缴纳的企业所得税。

解：利润总额 = (250 - 150) 万元 = 100 万元

企业所得税额 = 应纳税所得额 × 适用税率

= (100 × 33%) 万元 = 33 万元

五、财产和行为税类

财产和行为税类包括房产税、车船使用税、车船使用牌照税、印花税、屠宰税、契税，主要是对某些财产和行为发挥调节作用。本节主要介绍房产税。

（一）房产税的概念

房产税是以房产为征收对象，根据房产价格或房产租金收入向房产所有人或经营人征收的一种税。

（二）房产税应纳税额的计算

房产税的计税依据有两种，与之相适应的应纳税额的计算方法也分两种：一是从价计征的计算；二是从租计征的计算。

1. 从价计征的计算

从价计征是按房产的原值一次减除10%至30%后的余额乘以适用的税率（1.2%）计算缴纳。其计算公式为

$$应纳税额 = 应税房产原值 \times (1 - 扣除比例) \times 1.2\%$$

例2-14　某公司经营用房产原值为6 000万元，按照规定允许减除30%后的余值计税，适用税率为1.2%，计算该公司应缴纳的房产税税额。

解：应纳税额 = 应税房产原值 ×（1 − 扣除比例）×1.2%

$$= [6\ 000 \times (1 - 30\%) \times 1.2\%] 万元 = 50.4 万元$$

2. 从租计征的计算

从租计征是按房产的租金收入与适用税率计算征收。其计算公式为

$$应纳税额 = 租金收入 \times 12\%$$

例2-15　某公司出租房屋，年租金收入为40 000元，适用税率为12%，计算该公司应缴纳的房产税税额。

解：应纳税额 = 租金收入 ×12%

$$= (40\ 000 \times 12\%) 元 = 4\ 800 元$$

另外，国家为了加快地方教育事业的发展，扩大地方教育事业经费的资金来源又允许地方征收教育费附加。根据有关规定，凡缴纳增值税、消费税和营业税的单位和个人，都是教育费附加的纳税义务人。教育费附加随增值税、消费税和营业税同时缴纳。教育费附加的依据是各纳税人实际缴纳的增值税、消费税和营业税税额，征收率为3%。其计算公式为

$$教育费附加额 = (增值税税额 + 消费税税额 + 营业税税额) \times 适用税率$$

复　习　题

1. 简述建设项目总投资的构成。

2. 什么是固定资产、无形资产、递延资产和流动资产？

3. 什么是固定资产投资和流动资产投资？

4. 固定资产如何估算？流动资产如何估算？

5. 什么是成本费用？企业的总成本费用由哪几部分组成？

6. 什么是经营成本、机会成本、沉没成本？它们在工程项目经济分析中有何意义？

7. 经营成本与总成本费用的关系？

8. 什么是折旧？折旧的计算方法有哪些？

9. 加速折旧法有什么优点？

10. 什么是增值税？一般纳税人增值税如何计算？

11. 什么是营业税？哪些行业或行为需缴纳营业税？

12. 什么是消费税？消费税是如何计算的？

13. 什么是土地增值税？如何计算？

14. 什么是房产税？如何计算？

15. 什么是企业所得税？如何计算？

16. 某企业2003年1月1日购置一台设备，价值100 000元，估计使用年限为5年，预计净残值率为5%，试分别用直线法、年数总和法和双倍余额递减法计算该设备每年应提的折旧额。

17. 某企业一辆汽车的原值为200 000元，预计净残值率为5%，预计行驶里程为300 000km。2004年2月实际行驶里程为1 500km，计算该汽车2月份应提的折旧额。

18. 某建筑公司自建同一规格和标准的楼房两栋，建筑安装成本3 000万元，成本利润率为20%。该公司将其中一栋自用，另一栋对外销售，取得销售收入2 400万元。请计算该公司应缴纳的消费税。

19. 某县城化妆品厂本月缴纳增值税10万元，消费税30万元，计算该县城化妆品厂应缴纳的城市建设维护税和教育费附加。

20. 某工业企业为一般纳税人，2003年5月发生以下业务：

（1）采用交款提货方式销售货物100万元，并开具增值税专用发票，发票注明销售额为85.47万元，增值税额为14.53万元。

（2）采用赊销方式销售货物50万元，开具普通发票。

（3）本月购进货物，增值税专用发票上注明材料款为60万元，进项税额为10.2万元，同时开具运费发票若干张，运费金额10万元。请计算该企业当月应纳增值税额。

21. 某国有工业企业，2003年度生产经营情况如下：

（1）销售收入5 000万元，销售成本3 600万元，主营业务税金及附加140万元。

（2）其他业务收入70万元，其他业务支出50万元。

（3）发生营业费用300万元、管理费用500万元、财务费用200万元。

（4）发生营业外支出160万元。

（5）投资收益9万元。

请计算该企业2003年应缴纳的所得税。

第三章

工程项目经济预测

　　预测是决策的依据，没有科学的预测就不可能做出科学的决策。在对工程项目进行工程经济分析的时候，需要对项目的投资、经营费用以及市场销售收入等经济参数进行估算和预测。预测的结果将是对项目进行财务评价、国民经济评价等可行性分析的基础数据，预测结果的准确性和可靠性将直接影响工程经济评价的可靠性和正确性。因此，工程项目经济预测是工程经济分析的重要内容之一。

第一节　工程项目经济预测的概念

一、预测的概念

　　预测是人们依据对事物已有认识而做出的对未知事物的预先推测和判断。预测是一种认识未来事物的行为活动，表现为一个过程；同时，预测也表现为这一活动的一个结果。从本质上来看，预测是在深刻把握客观事物发展的因果关系和内在规律的基础上，使用科学的方法，推断出其未来发展可能呈现的各种结果以及各种结果的发生概率。

　　按照不同的应用领域，预测分为社会发展预测、政治经济预测、科学预测、技术预测、经济预测、市场预测等；按照预测问题涉及的范围，预测又可分为宏观预测与微观预测，长期、中期与短期预测，定性预测与定量预测等。

　　近些年来，许多预测者把计量经济学、数理统计学、现代管理学、计算机技术，以及运筹学、信息论、控制论、未来学等学科的思想、理论和方法引进预测领域，建立和完善了一系列定性、定量预测方法，形成一门综合性的独立学科。

二、预测的基本原则

1. 惯性原则

所谓惯性原则，就是从时间上考察事物的发展，其各个阶段具有连续性。

辩证唯物主义认为，任何事物在经历由量变到质变的发展变化过程中，具有时间上的连续性；在性质、数量、范围等方面，存在着继承性和变异性。事物在经历量变过程时，继承性占主导地位，事物在性质上没有根本性变化，仅在数量和范围上有所增减，这就为预测事物的发展提供了极大的可能性。大量的数量预测方法，就应用在量变阶段。当量变积累到一定程度时，就会出现事物质的飞跃，变异性将占主导地位，事物的性质将发生根本性变化。质的飞跃可能会突然爆发，但它绝不是偶然出现的，它是事物连续发展的一个重要的特殊环节。在长期的实践中，人们能够逐步认识和掌握事物发展的质、量互变规律，并用于预测事物的未来发展方向，转折点（质变）的出现，以及发生转折之后的基本状况。

可以说，没有一种事物的发展与其过去没有关系。过去的行为和状态不仅会影响到现在，还会影响到未来。这表明，任何事物的发展都有一定的连续性，这种连续性称为"惯性"。惯性越大表示过去对未来的影响越大，研究过去所得到的信息对研究未来越有帮助；惯性越小表示过去对未来的影响越小。

2. 类推原则

世界上的事物千差万别，每一种事物都存在于特定的环境中，都有其特殊的运动规律。但世界上的事物又处在普遍的联系之中，同类事物间又存在着普遍适用的运动规律。即使不同的事物之间，也常常存在某些相似或类同之点。只要掌握了事物发展变化的普遍规律（即共性，亦即相似或类同点），再结合具体事物所处的环境条件和具体特点（即个性），认识具体事物的特殊运动规律，是完全做得到的。所谓"举一反三"、"依此类推"讲的就是这个道理。

类推原则尤其适用于历史资料欠缺的新产品的市场预测。开发新产品市场，就完全可以借鉴老一代产品的市场销售历史，去估计新产品的未来需求和销售趋势。

3. 相关原则

世界上各种事物之间均存在着直接的或间接的联系，事物之间或构成一种事物的各种因素之间，存在着或大或小的相互影响、相互制约、相互促进的关系，要么相生，要么相克。经济领域中，这种相互联系更是普遍存在。价格上涨，刺激供给增加，抑制需求减少；人民收入增加，消费结构就会发生明显变化；互补品之间，存在"一荣俱荣"、"一损俱损"的关系；替代品间存在着此消彼长的关系，等等。

利用事物之间这种相互影响关系，就可以观察到某些经济现象，预测将要出现什么情况。定性分析中特别重视的相关因素分析法，定量预测技术中的因果关系回归预测技术，就是根据相关原则推导出来的。从分析造成某种市场情况的原因入手，去探求预测目标的发展规律并用于预测，是十分有效的方法。

4. 概率推断原则

由于各种因素的干扰，常常使一些预测对象呈现随机变化的形式。由此带来的不确定性，使预测工作变得比较困难。为了给决策工作提供依据，需要预测工作者对具有不确定性结果的预测对象提出比较可靠的结论，这就需要概率推断原则。所谓概率推断原则，就是当推断预测结果能以比较大的概率出现时，就认为这一结果是成立的，是可用的。在实际应用中，概率应伴随预测结果同时给出。在定量预测中的置信度，表示的就是事物出现的数量落在该区间的概率。在进行定性和定量预测时，一般要对多种可能的结果分别给出其发生的概率。

三、项目经济预测

项目经济预测可以看成是预测学理论和方法在工程经济分析领域的应用。

项目经济预测是在项目详尽的系统分析（如对经济背景、环境、市场等因素）基础上，对影响工程项目的基本经济要素进行的科学推测和判断，如对市场前景、产品销售价格、销售量、寿命周期内各年的耗费等数据的预测。

为了进行工程项目经济效果的分析评价，必须以一定数量的基础资料为依据。主要是有关工程项目的投资、成本、折旧、销售收入、税金和利润等，一般称为工程经济的基本要素。由于工程经济分析通常是对尚未实施的项目进行分析，因而是在这些基本要素的未来预测值的基础上进行的。这样，对这些基本经济要素的预测工作就显得十分重要。

在这些基本要素中，有些是与国家的财税体制和经济政策有关，相对比较容易预测，比如各种税金、固定资产折旧方法等，一般不会有经常和剧烈的变化，即便有变化也会由有关部门或机构明确地提前公之于众；而有些则与变化莫测的市场形势有关，相对不容易准确预测，比如投资、销售收入和成本。其中投资发生的时间比较近，而销售收入和成本发生贯穿差不多项目的整个寿命期，后者预测的准确性就远远小于前者。在工程项目的经济预测项目中，最难以把握同时也最重要的是工程项目市场前景的预测。

除得到工程项目的基本经济要素数据以反映项目预期盈利能力外，投资者还非常关心项目的抗风险能力和生存能力，所以还经常对工程项目做风险预测。

总之，在市场经济环境下，项目未来的收益和费用与变幻无常的市场息息相关，只有依靠科学、缜密的预测方法，才能较好地保证项目的生存和盈利。

第二节　项目经济预测分类、步骤和方法

一、项目经济预测的分类

根据研究任务的不同，按照不同标准项目经济预测可以有不同的分类。常用的有以下几种分类：

1. 按预测涉及的范围不同分类

（1）宏观经济预测　是以整个社会经济发展的总图景作为考察对象，研究经济发展中各项有关指标之间的联系和发展变化。如对全国或某个地区社会再生产各环节的发展速度、规模和结构的预测。宏观经济预测是政府制定方针政策，编制和检查计划，调整经济结构的重要依据；也是各类工程项目进行系统分析和微观经济预测不可缺少的基础条件。

（2）微观经济预测　是以个别经济单位经营和投资的前景作为考察对象，研究微观经济中各项有关指标之间的联系和发展变化。如对工程项目所要生产的具体商品的生产量、需求量和市场占有率的预测等。微观经济预测，是企业制定生产经营决策，编制和检查计划的依据，也是工程经济预测的主要内容。

2. 按预测的时间长短不同分类

（1）长期经济预测　是指对5年以上经济发展前景的预测。它是制订国民经济和工程项目的十年计划、远景计划，规定经济长期发展任务的依据。

（2）中期经济预测　是指对1年以上5年以下经济发展前景的预测。它是制定国民经济和工程项目的五年计划，规定5年期间经济发展任务的依据。

（3）短期经济预测　是指对3个月以上1年以下经济发展前景的预测。它是制订工程项目年度计划、季度计划，明确规定短期经济发展具体任务的依据。

（4）近期经济预测　是指对3个月以下企业生产经营发展的月计划、旬计划，明确规定近期经济活动具体任务的依据。

3. 按预测方法的性质不同分类

（1）定性经济预测　是指预测者通过调查研究，了解实际情况，凭自己的实践经验和理论、业务水平，对经济现象发展前景的性质、方向和程度做出判断进行预测的方法，也称为判断预测或调研预测。定性经济预测的准确程度，主要取决于预测者的经验、理论、业务水平以及掌握的情况和分析判断能力。

（2）定量经济预测　是指根据准确、及时、系统、全面的调查统计资料和经济信息，运用统计方法和数学模型，对经济现象未来发展的规模、水平、速度和比例关系的测定。由于定量预测和统计资料、统计方法有密切关系，所以也称为统计预测。它包括时间序列预测和因果预测等。

4. 按预测的时态不同分类

（1）静态经济预测　是指不包含时间变动因素，对同一时期经济现象因果关系的预测。

（2）动态经济预测　是指包含时间变动因素，根据经济现象发展的历史和现状，对其未来发展前景的预测。

二、预测的基本步骤

1. 确定预测目标

不同的预测对象具有不同的预测目标。预测目标指预测所要达到的目的，一般包括预测内容、预测结果、精确度要求和预测期限（预测结果距现在的时间）。

2. 收集和分析资料

根据预测目标，尽可能地收集各种有关资料。首先是预测对象自身发展的历史资料，其次是影响对象发展的各种因素的历史与现状资料。如对我国今后 10 年汽车保有量的预测，不仅与过去若干年的汽车保有量有关，而且与国民经济发展状况、汽车产量、居民生活水平、油料供应情况、交通运输情况等诸多因素的历史与现状及其发展有关。这些相关资料的取得，对正确预测对象的未来是十分必要的。

在收集资料的同时，要对各种资料进行科学的分析，判断资料的真实性与可靠性，剔除对对象影响很小的相关因素，保证预测的简单性、科学性和准确性。

3. 选择预测方法

能够用于工程经济的预测方法很多，随着各种技术的快速发展，预测方法也更加切合实际，更具有应用价值。常用的方法有：市场调查预测法、个人判断预测法、专家调查预测法（德尔菲法）、回归分析预测法、移动平均法、指数平滑法、季节性预测法、成长曲线预测法、模糊预测法、灰色预测法、系统动力学预测法、投入产出预测法等。

每种预测方法都有各自的特点和适用范围，使用时要注意选择适当的方法。如果方法选择不当，将大大降低预测的效果和可靠性。

根据各种预测方法的特点，根据人力、物力、财力、时间等限制条件，选择一种最满意的方法进行预测。

有时也可以同时采用几种预测方法，最后取其综合预测结果（如各预测结果的加权平均）。

4. 建立预测模型，利用模型进行预测

根据所选用预测方法和相关的历史、现状资料建立相应的预测模型，并对所建立的模型进行分析、评价和检验，确保其能够真正地反映事物的发展规律。最后，利用所建立起的模型计算和预测对象发展的未来结果。

5. 分析预测结果

由于建立的模型是对实际情况的近似模拟，加之计算和预测过程中产生的误差，就使得预测结果与实际产生偏差。同时定量预测方法不可能反映与对象有关的全部信息，尤其是那些难以量化的因素，因此需要对预测结果作出进一步的分析、考察。通常的办法是根据常识和经验去检验和判断结果的合理性，必要时需

要用其他办法对预测结果加以修正，增加可信度。对于效果较差的预测结果需重新选择预测方法，建立模型并进行新的预测。

三、预测调查方法

预测调查是指根据预测目标的要求，采用科学的组织方法，有目的地去搜集资料的过程。

可以直接获取的资料其主要来源有：国家政府部门和经济管理部门公布的各种计划和统计资料；各级主管部门收集和编制的统计资料；各种信息中心的交流资料，各研究单位、学术团体、高等院校的研究成果，报刊刊登的调查报告；学术文章、统计资料等；部门和企业内部的原始记录。

此外，作为各种直接获取的资料的重要补充，通常还需要预测人员采用各种调查方法获取第一手资料。以下是一些常用的调查方法。

1. 访问法

将所拟调查的事项，以当面或电话或书面向被调查者提出询问，以获得所需资料的调查方法。按问卷送递方式可分为：

（1）面谈调查　这种方法分为个人面谈与小组面谈，一次面谈与多次面谈及动机调查所用之深层面谈。

优点：当面听取被调查者之意见，并观察其反应。问卷回收率甚高，如彻底执行可达100%。调查员可从被调查者之住所及其家具，推测其经济情况。

缺点：调查成本较高，调查结果正确与否，受调查员技术熟练与否及诚实与否的影响甚大。

（2）电话调查　指通过电话与被调查者谈话。

优点：可在短时间内调查多数样本，成本甚低。

缺点：不易获得对方的合作，不能询问较为复杂的内容。

（3）邮送调查　指系统将设计好的问卷选用邮政寄达被调查者，请其自行填答寄回。

优点：调查成本低。抽样时可以完全依据随机抽样法抽取样本，因此抽样误差低。

缺点：收回率通常偏低，影响调查的代表性。因无调查员在场，被调查者可能误解问卷意义。

（4）留置问卷调查　指系统将问卷由访问者当面交给被调查人，说明回答方法后，留置被调查者家中，令其自行填写，再由访问者定期收回。此法是面谈调查和邮送调查两种方法的折中办法，因此其优点及缺点也介于两种调查法之间。

2. 观察法

这种方法的主要特点是当被调查者被调查时，其并不感觉到正在被调查中。

3. 实验调查

其起源于自然科学的实验求证法。通过小规模、小范围的模拟真实条件下的实验来获取有关数据信息。

优点：使用的方法科学，具有客观性价值。

缺点：实验的时间过长，成本高。

四、预测方法的选择

预测方法很多，目前大概300多种，在实际预测时，根据预测对象及其特点，考虑一定的有关因素，选择适当的预测方法是预测是否成功的关键。一般情况下，选择预测方法要考虑以下六个因素。

1. 预测的时间范围

不同的预测方法适用于不同的预测期限，所收集的历史数据的样本点个数也会决定预测期限的长短。一般情况下，时间序列分析法中的移动平均法和指数平滑法仅适用于作近期预测；回归分析预测法，经济计量法多适用于中、短期预测，投入产出预测法多适用于中、长期预测；定性预测法一般适用于长期预测。样本点个数多表示数据时间长，则可以预测较长的期限，否则，只能预测较短期限。

2. 数据的趋势规律

数据的趋势规律是选择预测方法的重要依据，而数据趋势规律多数可以从收集数据所绘制的散布图上观察出数据的波动状态，然后进行合理分解与分析，正确选择合适的预测方法。一般情况下，随机波动状态的数据可以采用移动平均法；长期趋势波动状态的数据可以采用回归分析预测法、生命增长曲线法、经济计量法和灰色系统法；周期性循环波动的数据可以采用季节性波动分析法、时间序列分析法等。

3. 预测精确度

预测方法在特定条件下的价值，决定于它在进行预测时的精确程度。评价预测精确程度的方法也有多种，最简单的是把历史数据分成两个部分，一部分作为确定预测方法的参数，另一部分则用来检验其精确度。但是这种方法的适用性不强，评价的精确度比较粗糙。

4. 预测费用

预测费用包括：研制费用和运算费用。由于大多数定量预测方法都需要使用计算机，因此计算机的储存和运算费用是预测的主要费用。预测工作的组织、数据的收集和调研等所需的费用为研制费用。预测费用主要取决于对预测精度的要求，要求的预测精度愈高，就需要采用高级的预测方法，所需要的费用愈多；如果预测费用少，就只能采用较低级的方法，其结果则是预测精度低，因预测精度低而造成决策失误会带来较大的损失。因此，应该在保证一定精度的前提下，选择最低费用的预测方法。

5. 模型的优选

不同预测方法的预测结果的精确度、预测费用和预测期限均有所不同，因此，优选预测模型是预测工作的重要内容。模型的优选一般可采用验证法、统计法和经济检验法来确定。

6. 适用性

预测方法的适用性是指应用这一方法的难易程度和用这种方法进行预测所需时间的长短。如果预测方法不能被预测人员所掌握或使用该方法进行预测所需要的时间过长，影响决策的时间性，不能满足所需要完成预测的时间要求，则这种预测方法是不可取的。

第三节　定性预测方法

所谓定性预测方法，就是依靠熟悉业务知识，具有丰富经验和综合分析能力的人员或专家，根据已经掌握的历史资料和直观材料，运用人的知识、经验和分析判断能力，对事物的未来发展趋势做出性质和程度上的判断。然后，再通过一定的形式综合各方面的判断，得出统一的预测结论。

定性预测偏重于事物发展性质上的分析，主要凭知识、经验和人的分析能力。它是一种很实用的预测方法，也是工程项目预测中的一项基本方法。

由于定性预测方法更重视事物发展趋势、方向、重大转折点的分析，因此，它较适用于下列情况的预测：国民经济形势发展，经济政策的演变，市场总体形势的变化（如卖方市场向买方市场的过渡），科学技术发展与实际应用对市场供求的影响，新产品开发，新市场开拓，企业经营环境分析和战略决策方向，企业市场营销组合及对市场销售的影响等。

值得注意的是，定性预测技术一定要与定量预测技术配合使用。

一、市场调查法

市场调查法，是企业营销管理人员组织或亲自参与市场调查，并在掌握第一手市场信息资料的基础上，经过分析和推算，预测市场未来发展形势的一类方法。

市场调查法更注重市场信息资料的搜集、整理、分析和推算，较少人的主观判断，可以在一定程度上减少主观性和片面性。客观性强和针对性强是市场调查法的两大优势。

1. 预购测算法

预购测算法，主要是根据需求者的预购订单和预购合同来测算产品的市场需求量。这种方法适用于现代企业的微观预测，主要预测目标是市场销售量。根据订单和合同测算需求数量，方法虽然简单，但在实际应用时，仍要注意以下几点：

1）有了订单和合同并不等于产品已经售出。由于社会生产、市场需求等重大因素的变化，很可能发生撤回订单，不能如期履行合同等情况。因此，预测人员要在积累各种条件下合同的实现程度等方面资料的基础上，寻求不同条件下的履约率，并用以调整和修正预测值。

2）由于经济情况的复杂多变，常常发生签约之后的补充订货，临时追加订货等情况。预测者应根据积累起来的历史资料，估算出补充订货和追加订货占总销售量的比重，作为调整测算值的修正系数。

2. 用户调查法

预测者直接向用户了解需求与购买意向的第一手资料，分析用户的需求变化趋势，预测市场销售前景。

需求预测和销售预测实质上是预计和推测顾客在一系列特定条件下可能做什么的技术关键。就是说，最有价值的信息来源于买主。与买主的直接接触，可能会得到购买量的准确数字，还可以询问有多少购买指向特定企业产品或品牌，对产品有哪些意见，哪些因素影响他们对供货者的选择等。

用户调查法分为两大类。一类是普查法，就是开列一份现实顾客和潜在顾客名单，把名单上的用户逐一调查到。但这仅适用于用户不多，且用户规模较大的情况。如果用户多且分散，普查费时费力，就只能求助于第二类调查法，即抽样调查法。抽样调查法，就是在全体用户中按一定的抽样规则，抽取一定数量的样本用户，通过对样本用户的细致周密的调查，掌握各项统计资料，然后再利用样本用户所表现出来的基本特征与规律，去推算整体用户或整个市场的未来需求趋势。

3. 典型调查法

典型调查法也叫重点调查推算法，就是有目的地选择有代表性的顾客进行调查，并利用调查后的统计分析结果，去推算整体市场趋势的方法。

典型调查不同于抽样调查，典型用户的选择是有目的、有意识地主观确定。为了保证预测的准确可靠，典型用户的选择就必须十分谨慎仔细，务必保证典型用户确有典型代表意义，否则，预测结果将会出现严重失误。

4. 展销调查法

这是工商企业常用的了解市场行情的预测方法。它通过产品展销这一手段，直接调查顾客的各种需求，了解顾客对产品的各种反映。得到的第一手资料，往往是十分宝贵的。特别是新产品的销售前景预测，展销调查法是十分有效的。展销调查法把销售与调查预测相结合，十分便于对消费需求、购买能力、购买意向等多方面情况做出分析研究。展销调查期间要采取多种手段积极地与顾客接触，诸如印制和发放调查表，有计划地采访各类顾客，召集顾客座谈会，详细记录顾客的意见或抱怨等。

二、德尔菲法

我国习惯称德尔菲法为"专家预测法"，是美国兰德公司在 20 世纪 50 年代初与道格拉斯公司协作研究如何通过有控制的反馈使得收集专家意见更为可靠，并以希腊历史遗址德尔菲为代号而得名的。

德尔菲法就是依靠专家的知识、经验和思维能力，对历史和现实进行分析综合，对未来发展做出个人判断的一种预测方法，其基本过程如下。

1. 不记名投寄征询意见

就预测内容写成若干条含义十分明确的问题，规定统一的评价方法，然后将这些问题邮寄给所选的专家，背对背地征询意见。

2. 统计归纳

收集各位专家的意见，然后对每个问题进行定量统计归纳。通常用回馈问题的中位数反映专家的集体意见。

3. 沟通反馈意见

将统计归纳后的结果再反馈给专家，每个专家根据这个统计归纳的结果，慎重地考虑其他专家的意见，然后提出自己的意见。

然后，把收回的第二轮征询的意见，再进行统计归纳，再反馈给专家。如此多次反复，一般经过三、四轮，就可以取得较集中一致的意见。

用德尔菲法进行预测时应注意：第一，问题必须十分清楚，其含义只能有一种解释。第二，问题的数量不要太多，一般以回答者可在 2 小时内答完一轮为宜；要求专家们独自回答。第三，要忠实于专家们的回答，调查者不得显露自己的倾向。第四，对于不熟悉这一方法的专家，应事先讲清楚意义与方法。还应给专家们以适当的精神与物质的奖励。

德尔菲法的突出特点是：①反复性；多次双向反馈，每个专家在多轮讨论中，可以多次提出和修正自己的意见，又可以多次听取其他专家的意见。②匿名性；专家讨论问题时，采取背对背方式，这样可以消除主观的和心理上的影响，使讨论比较快速和客观。

三、历史类推法

历史类推法是假定一种新服务的引进和成长方式与另一种可获得可靠数据的事物相类似。它经常被用于预测某种新服务的市场渗透力或生命周期。一种产品进入市场，其生命周期包括引入期、成长期、成熟期和衰退期。

应用历史类推法的一个有名的案例是：根据几年前黑白电视机市场的经验来预测彩色电视机的市场渗透力。当然，合适的类推并不是显而易见的。比如，物业管理服务需求的成长类似于儿童护理服务的成长曲线。由于对以往的数据模式可有多种解释，且类推本身就有令人质疑的地方，那么使用该方法进行预测的可信度就值得怀疑。历史类推预测法的可信度依赖于是否作了可信的类推。

第四节　定量预测方法

定量预测方法是指运用数学知识，从数量上分析把握客观事物发展变化趋势的预测方法。运用定量预测方法需具备三个条件：一是要有过去的历史资料；二是这种资料能以数据方式定量化；三是可以假定过去的形态会延续到将来。

定量预测方法的优点是：能够比较准确地把握未来事件的发展程度和规模，为制订计划提供科学的数据和资料。

定量预测方法的不足之处是：对统计资料的要求和依赖性高，计算量大。对一些重大事件的发生、科技上的重大突破、经济活动的重要转折点和新的动向预测上敏感性差，有时甚至不能表现出来。因此在运用定量预测方法时，一要注意以正确的经济理论为指导；二要注意和定性预测方法配合使用、以取得较好的预测效果。

工程项目预测中常用的定量预测方法主要分为两大类：时间序列分析法、因果分析法。

一、时间序列分析法

这种方法是将历史资料和数据按时间顺序排列起来，组成时间数据系列，按时间数据序列发展的规律性作出预测结果的一种预测方法。运用时间序列分析法，要求有若干个连续的历史资料和数据，且资料和数据的变化趋势和相互关系要明确而稳定，要表现出较强的规律性，以此来推测未来。但多数历史数据，由于受偶然性因素的影响，其变化不太规则，为此就要把时间序列作为随机变量，运用概率统计方法来进行分析，减少偶然因素的影响，提高预测的准确性。实践证明，时间序列分析法的短期预测效果较好，主要适用于进行短期预测。

常见的时间序列分析法有：简单平均法、趋势外推法、移动平均法、指数平滑法等，这里主要介绍简单平均法、移动平均法和指数平滑法。

1. 简单平均法

它是依据简单平均数的原理，将预测对象过去各个时期的数据平均，以这个平均数作为预测值。这个方法只适用于没有明显波动或较大增减变化的事件的预测。设 y_t 为时间序列 $(1,2,\cdots,n)$，简单平均法的计算公式为

$$\hat{y}_{t+1} = \bar{y} = \frac{\sum_{i=1}^{n} y_i}{n}$$

式中　$\hat{y}_{t+1}$ ——$t+1$ 期的预测值；

　　　y_i ——第 i 期的数值；

　　　n ——期数。

例 3-1　某企业 1990～1998 年各年产量见表 3-1，要求预测 1999 年的产量。

表 3-1　某企业 1990～1998 年各年产量　　　（单位：万件）

年　份	1990	1991	1992	1993	1994	1995	1996	1997	1998
t	1	2	3	4	5	6	7	8	9
y_t	16	18	26	24	20	19	24	28	22

解： 本例中，各年份的年产量最低的为 16 万件，最高的为 28 万件，在进行粗略预测时，可以认为波动不大，因而可以采用简单平均法进行预测。

$$\hat{y}_{10} = \frac{16+18+26+24+20+19+24+28+22}{9} \text{万件} = 21.89 \text{ 万件}$$

1999 年的产量粗略预测为 21.89 万件。

2. 移动平均法

移动平均法是用分段逐点推移的平均方法对时间序列数据进行处理，找出预测对象的历史变化规律，并据此建立预测模型的一种时间序列方法。

（1）移动平均值　移动平均值就是计算数据的平均。首先取定 m，即每次平均的个数，定义一次移动平均值，即

$$M_t^{[1]} = \frac{1}{m}(y_t + y_{t-1} + \cdots + y_{t-m+1})$$

m 由预测人员凭经验设定，最小值为 1，此时 $M_t^{[1]} = y_t$，就是数列本身。m 最大值为 n，此时 $M_t^{[1]}$ 只有一个值，即全部数据的算术平均值。

用 $M_t^{[1]}$ 代替一次移动平均值公式中的 y_t，计算 $M_t^{[1]}$ 的一次移动平均值，即为二次移动平均值 $M_t^{[2]}$，即

$$M_t^{[2]} = \frac{1}{m}(M_t^{[1]} + M_{t-1}^{[1]} + \cdots + M_{t-m+1}^{[1]})$$

上例中，取 $m=3$，分别计算 $M_t^{[1]}$，$M_t^{[2]}$ 见表 3-2。

表 3-2 移动平均值计算表　　　（单位：万件）

t	1	2	3	4	5	6	7	8	9
y_t	16	18	26	24	20	19	24	28	22
$M_t^{[1]}$	—	—	20	22.67	23.33	21	21	23.67	24.67
$M_t^{[2]}$	—	—	—	—	22.67	22.33	21.44	21.89	23.11

将三个序列绘图得图 3-1。

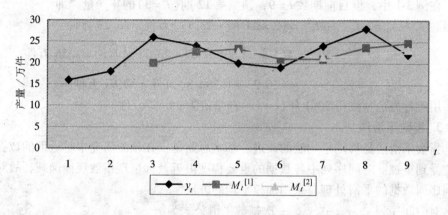

图 3-1 移动平均值

由图 3-1 中可看出随着移动平均次数的增加，原时间序列的随机干扰程度减少，折线越来越光滑，反映预测对象的历史变化趋势越强，越有利于预测方法的建立。

（2）利用移动平均值作预测　分为以下步骤：

1）利用一次移动平均值作预测。如果实际的时间序列数据没有明显的周期变动，近期的移动平均值序列没有明显的增长或下降趋势，可以直接用最近一期的一次移动平均值作为下一期的预测值，即当最近一期为 t 时，可以认为

$$\hat{y}_{t+1} = M_t^{[1]}$$

用此方法，可以预测本例中的 $y_{10} = M_9^{[1]} = 24.67$ 万件，即 1999 年该企业产量预测值为 24.67 万件。

2）线性预测模型。如果近期的一次移动平均值序列有明显的增长或下降趋势，就不能直接用一次移动平均值做预测。这是因为，移动平均值的变化总是滞后于实际数据的变化，当预测对象有明显的增长趋势时，直接用一次移动平均值就会使预测值偏低。当预测对象有明显的下降趋势时，直接用一次移动平均值就会使预测值偏高。如果预测对象的变化趋势呈线性时，可以建立下面的预测模型做预测，即

$$\hat{y}_{t+T} = A_t + B_t T$$

式中　$\hat{y}_{t+T}$——第$(t+T)$期对象的预测值；

　　　　t——目前对象的期数；

　　　　T——目前期数到预测期数的间隔数；

　　　　$A_t = 2M_t^{[1]} - M_t^{[2]}$；

　　　　$B_t = \dfrac{2}{m-1}\left[M_t^{[1]} - M_t^{[2]}\right]$。

在例3-1中，设目前期数$t=9$，预测第12期（$T=3$）的年产量，即

$$A_9 = 2M_9^{[1]} - M_9^{[2]} = (2 \times 24.67 - 23.11)\text{万件} = 26.23\text{万件}$$

$$B_9 = \frac{2}{m-1}\left[M_9^{[1]} - M_9^{[2]}\right] = \left[\frac{2}{2}(24.67 - 23.11)\right]\text{万件} = 1.56\text{万件}$$

$$\hat{y}_{t+T} = \hat{y}_{9+3} = \hat{y}_{12} = (26.23 + 1.56 \times 3)\text{万件} = 30.91\text{万件}$$

用此种方法预测得2001年（$t=12$）产量值为30.91万件。

3. 指数平滑法

指数平滑法是移动平均法的改进。基本思路是：在预测研究中越近期的数据越应受到重视。时间序列中各数据的重要程度由近及远呈现指数规律递减，故对时间序列数据的平滑处理应采用加权平均的方法。

对时间序列$y_1, y_2, \cdots, y_n$，一次指数平滑公式为

$$S_t^{(1)} = \alpha y_t + (1-\alpha)S_{t-1}^{(1)} \quad (t = 1, 2, \cdots, n)$$

式中　$S_t^{(1)}$——一次指数平滑值；

　　　　α——平滑系数，$0 < \alpha < 1$。

二次指数平滑公式为

$$S_t^{(2)} = \alpha S_t^{(1)} + (1-\alpha)S_{t-1}^{(2)}$$

平滑系数$\alpha(0 < \alpha < 1)$和初始值$S_0^{(1)}$，$S_0^{(2)}$，$S_0^{(3)}$的确定。$S_t^{(1)}$实际上是y_1，$y_{t-1}, \cdots, y_{t-j}, \cdots$的加权平均，加权平均系数分别为$\alpha, \alpha(1-\alpha), \alpha(1-\alpha)^2, \cdots$，$\alpha(1-\alpha)^j, \cdots$；同理$S_t^{(2)}$为$S_t^{(1)}, S_{t-1}^{(1)}, \cdots, S_{t-j}^{(1)}, \cdots$的加权平均；$S_t^{(3)}$为$S_t^{(2)}$，$S_{t-1}^{(2)}, \cdots, S_{t-j}^{(2)}, \cdots$的加权平均。

由于$0 < \alpha < 1$，故加权函数随着时间的前移按指数函数形式衰减，α选取的越大，前期数据对目前的指数平滑值（$S_t^{(1)}$或$S_t^{(2)}$或$S_t^{(3)}$）影响越小，即α越大，越倚重近期数据所载的信息，故当时间序列波动比较大时，应选取α大些（如$0.3 \sim 0.7$）；反之，当序列发展趋势比较稳定时，应选取α小些（如$0.05 \sim 0.2$）。

初始值$S_0^{(1)}$，$S_0^{(2)}$，$S_0^{(3)}$有许多确定方法，这里只给出一种最简单的方法，即

$$S_0^{(3)} = S_0^{(2)} = S_0^{(1)} = \frac{y_1 + y_2 + y_3}{3}$$

选取前面移动平均法的例子，并取 $\alpha = 0.6$，计算 $S_t^{(1)}$，$S_t^{(2)}$，$S_t^{(3)}$，所得结果见表 3-3（其中，$S_0^{(1)} = S_0^{(2)} = S_0^{(3)} = 20$）。

表 3-3　指数平滑计算表　　　　　　　　（单位：万件）

t	1	2	3	4	5	6	7	8	9
y_t	16	18	26	24	20	19	24	28	22
$S_t^{(1)}$	17.6	17.84	22.7	23.48	21.39	19.96	23.38	26.15	23.66
$S_t^{(2)}$	18.56	18.13	20.87	22.43	21.8	20.7	22.31	24.61	24.04
$S_t^{(3)}$	19.14	18.53	19.93	22.63	22.14	21.27	21.89	23.52	25.83

二、因果分析法

经济活动中的任何现象都有其产生的原因，任何原因都将引出一定的结果，这是一切事物运动的规律。而以数量上根据事物变化的因，预测事物变化的果，就是因果预测法。

因果分析法的主要方法是回归分析预测法。回归分析是指对具有相关关系的变量，依据其形态关系，选择一个合适的数学模型（或称回归方程式），用来近似地表示变量之间数量平均变化关系的方法。具体来说，就是通过分析多个变量的统计资料，找出自变量与因变量之间的因果关系，建立变量之间的经验公式即回归方程式，用自变量的未来目标状态来推测因变量的未来变化状态。

回归分析预测法按照回归方程的不同而有不同的分类。根据回归模型中自变量的个数，可以分为一元回归分析预测法和多元回归分析预测法；按照回归模型的性质不同，可以分为线性回归预测法和非线性回归预测法。

1. 一元线性回归分析预测法

一元线性回归分析预测法适用于有线性统计规律的两个变量的预测问题，基本步骤如下：

1）获取一组反映变量 x 与 y 的样本数据，其中 x 称为自变量或影响因素，自变量通常不是时间，而是在因变量的影响因素中最重要的一个；y 称为因变量或者预测对象。

$$x_1, x_2, x_3, \cdots, x_i, \cdots, x_n$$
$$y_1, y_2, y_3, \cdots, y_i, \cdots, y_n$$

2）把上面的样本数据画在以 x 和 y 为轴的直角坐标系上，得到的图形成为 xy 散点图（见图 3-2）。

若散点图显示 x 与 y 之间有较好的线性关系，则设定回归模型：

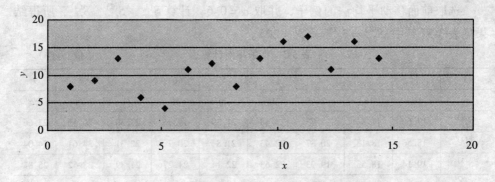

图 3-2 xy 散点图

$$y = a + bx$$

3）用最小二乘法计算回归系数。

$$b = \frac{n\sum x_i y_i - \sum x_i \sum y_i}{n\sum x_i^2 - (\sum x_i)^2}$$

$$= \frac{\sum (x_i - \bar{x})(y_i - \bar{y})}{\sum (x_i - \bar{x})^2}$$

$$a = \bar{y} - b\bar{x} = \frac{\sum y_i - n\sum x_i}{n}$$

式中　n——样本点数目，最好不少于 20 个；

　　　x_i——第 i 个样本点的自变量；

　　　y_i——第 i 个样本点的因变量；

　　　$\sum$—— $\sum\limits_{t=1}^{n}$，$\bar{x} = \frac{1}{n}\sum x_i$，$\bar{y} = \frac{1}{n}\sum y_i$。

样本数据应经过分析和筛选，去掉不可靠和不正常的数据。

4）对 b 是否为 0 做 F 检验（在 x 与 y 存在线性关系比较显著的情况下，这一步通常可以不做），提出假设，即

H_0：$b = 0$（x 与 y 不存在线性关系）；

H_1：$b \neq 0$（x 与 y 存在线性关系）。

构造统计量 F，令

$$F = \frac{(n-2)\sum (\hat{y}_i - \bar{y})^2}{\sum (y_i - \hat{y}_i)^2}$$

$\hat{y}_i$ 是将 x_i 代入 $y = a + bx$ 得到的 y 值。

统计量 F 服从第一个自由度为 1，第二个自由度为 $n-2$ 的 F 分布，即 $F \sim F_{(1, n-2)}$。

给定检验水平 α，可由 F 分布的临界值表（参见附表 18）查出临界值

$F_{\alpha(1,n-2)}$，并进行以下判别：

若 $F^* < F_{\alpha(1,n-2)}$，接受 H_0；

若 $F^* > F_{\alpha(1,n-2)}$，则拒绝 H_0。

其中，F^* 表示由样本计算的 F 值。

5) 计算相关系数 R。R 的取值范围是 $[-1,1]$。

$$R = \frac{\sum(x_i - \bar{x})(y_i - \bar{y})}{\sqrt{\sum(x_i - \bar{x})^2}\sqrt{\sum(y_i - \bar{y})^2}}$$

当 $R = \pm 1$ 时，观测值全部落在回归直线上，称 x 与 y 完全相关。

当 $R = 0$ 时，变量 x 与 y 不存在线性关系，称 x 与 y 零相关（不相关）。

当 $R > 0$ 时，变量 x 与 y 同向变化，成为正相关。

当 $R < 0$ 时，变量 x 与 y 反向变化，成为负相关。

以上各种关系可以参见图 3-3 ~ 图 3-6。

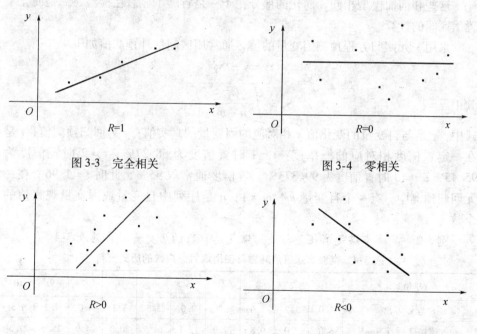

图 3-3　完全相关

图 3-4　零相关

图 3-5　正相关

图 3-6　负相关

6) 预测数学期望值 $E(y_0)$。由 $\hat{y}_0 = a + bx_0$ 式估计，其中 x_0 为新给出的自变量的值，即所需要预测的对象所对应 x 的值。y_0 为对应于 x_0 的实际值（大多是未来的，只能靠估计近似值），y_0 为随机变量，E 表示数学期望值。

7) 求 y_0 的置信区间，两个置信区间是

$$\hat{y}_0 \pm t_{\alpha(n-2)}\sqrt{\frac{\sum e_i^2}{(n-2)}}\sqrt{1+\frac{1}{n}+\frac{(x_0-\bar{x})^2}{\sum(x_i-\bar{x})^2}}$$

式中，$e_i = y_i - \hat{y}_i$，$t_{\alpha(n-2)}$是自由度为$n-2$的T分布在置信水平为$1-\alpha$时的临界值(参见附表19)。

2. 简易计算法

在实际工作中，也有采用较为简易的一元线性回归分析法的，是由前述的方法简化而来的。其预测模型如下

$$y = a + bx$$

式中　$b = \dfrac{n\sum x_i y_i - \sum x_i \sum y_i}{n\sum x_i^2 - (\sum x_i)^2} = \dfrac{\sum(x_i-\bar{x})(y_i-\bar{y})}{\sum(x_i-\bar{x})^2}$

$$a = \bar{y} - b\bar{x} = \frac{\sum y_i - n\sum x_i}{n}$$

这些和前面模型相同，简化的部分在于一是省略了显著性检验，二是简化了置信区间的计算。

采用一元回归方程预测因变量的值，通常用区间估计预测值如下

$$y = y \pm tS_Y$$

其中 　　　　　　　　　$S_Y = \sqrt{\dfrac{\sum(y_i-\hat{y})^2}{n-m-1}}$

式中，y是与自变量的变化值x相对应的因变量的真实值；y为回归预测值；t是在一定置信度相对应的概率度：$t=1$时置信度为68.27%；$t=2$时置信度为95.45%；$t=3$时置信度为99.373%。置信度通常取95%，此时$t=1.96$。在一元回归预测中，有一个自变量m，$m=1$；n是序列中自变量或因变量观察值的个数。

例3-2 某城市煤气消耗量与使用煤气总户数的历史资料，见表3-4。

表3-4　某城市煤气消耗量与使用煤气总户数的历史资料

年份 i	1	2	3	4	5	6	7	8	9	10
户数 x/万户	1.0	1.2	1.6	1.8	2.0	2.5	3.2	4.0	4.2	4.5
煤气消耗量 y/百万 m³	6.0	7.0	9.8	12.0	12.1	14.5	20.0	24.0	25.4	27.5

用线性回归分析预测法对用户达到5万户的年度煤气消耗量进行预测，并在 $\alpha = 0.05$(即置信度$1-\alpha=0.95$)的水平下作出回归系数的显著性检验，给出预测年份实际结果的置信区间。

解：(1) 标准方法。

1) 画出散点图，即煤气用户数与年消耗量关系(见图3-7)。

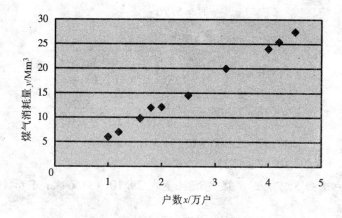

图 3-7　煤气用户数与年消耗量关系图

散点图显示 x 与 y 具有明显的线性关系。

2）求回归方程。

$$\bar{x} = 2.6,\ \bar{y} = 15.83$$

$$\sum (x_i - \bar{x})^2 = 15.02$$

$$\sum (y_i - \bar{y})^2 = 553.22$$

$$\sum (x_i - \bar{x})(y_i - \bar{y}) = 90.08$$

$$b = \frac{\sum (x_i - \bar{x})(y_i - \bar{y})}{\sum (x_i - \bar{x})^2} = \frac{90.98}{15.02} = 6.06$$

$$a = \bar{y} - b\bar{x} = 0.07$$

回归方程　　　　　　$$\hat{y} = 6.06 + 0.07x$$

3）作显著性检验。

$$\sum (\hat{y}_i - \bar{y})^2 = 551.59$$

$$\sum (y_i - \hat{y})^2 = 1.63$$

$$F^* = \frac{(n-2)\sum (\hat{y}_i - \bar{y})^2}{\sum (y_i - \hat{y}_i)^2} = \frac{8 \times 551.59}{1.63} = 2\,707$$

$$F_{\alpha(1,n-2)} = F_{0.05(1,8)} = 5.32$$

因为 $F^* = 2\,707 > 5.32$，所以煤气消耗量与用户之间存在线性关系。

4）预测。将 $x_0 = 5$ 代入回归方程，得 $\hat{y}_0 = 0.07 + 6.06 \times 5 = 30.37$，即当用户增长到 5 万户时，煤气消耗量预测值为 30.37Mm^3。

5）y_0 的置信区间。

$$\sum e_i^2 = \sum (y_i - \hat{y}_i)^2 = 1.63$$

$$\sum (x_i - \bar{x}_i)^2 = 15.02$$

$$(x_0 - \bar{x})^2 = 5.76$$

$$t_{\alpha(n-2)} = t_{0.05(8)} = 2.306$$

置信限为
$$\hat{y}_0 \pm t_{0.05(8)} \sqrt{\frac{\sum e_i^2}{(n-2)}} \sqrt{1 + \frac{1}{n} + \frac{(x_0 - \bar{x})^2}{\sum (x_i - \bar{x})^2}}$$

$$= 30.37 \pm 2.306 \times \sqrt{\frac{1.63}{8}} \sqrt{1 + \frac{1}{10} + \frac{5.76}{15.02}}$$

$$= 30.37 \pm 2.306 \times 0.451 \times 1.218$$

$$= 30.37 \pm 1.27$$

即当用户达到 5 万户时,煤气消耗量在 29.10 ~ 31.64 百万 m^3(Mm^3)之间(置信度 95%)。

(2)简易方法。

1)用散点图判断两个变量为直线相关(见图 3-7)。

2)计算回归系数,找出回归方程。

$$b = \frac{\sum (x_i - \bar{x})(y_i - \bar{y})}{\sum (x_i - \bar{x})^2} = 6.06$$

$$a = \bar{y} - b\bar{x} = 0.07$$

则回归方程为
$$\hat{y} = 0.07 + 6.06x$$

3)进行预测。

当 $x = 5$ 时,$\hat{y} = 0.07 + 6.06x = 0.07 + 6.06 \times 5 = 30.37$ 在 95% 的置信程度下,求煤气消耗量的预测区间

$$S_Y = \sqrt{\frac{\sum (y_i - \hat{y})^2}{n - m - 1}} = \sqrt{\frac{1.63}{10 - 1 - 1}} = 0.451$$

$$y = \hat{y} \pm t S_Y = 30.37 \pm 1.96 \times 0.451 = 30.37 \pm 0.88$$

与前面标准方法的结果算出的预测区间稍有出入。

3. 使用 Excel 进行回归分析

用传统的回归分析方法建立经验公式是很麻烦的,计算过程也极易出错,用 Excel 的专用工具和专用函数建立经验公式,就使这一繁琐的工作变得轻而易举。

具体操作如下:

1)在 Excel 的一个工作表中将以上数据录入(见图 3-8)。

2)首先选取该数据区域,点击菜单"插入",在下拉列表中选择"图表"(见图 3-9)。在"图表向导"对话框的"标准类型"中选取"xy 散点图"(见图 3-10)。点击"确定"后,出现根据所选取数据描绘的"xy 散点图"(见图 3-11)。点击"下一步",出现如图 3-12 所示的"标题"对话框,对 x 和 y 轴进行定义(见图 3-12)。点击"完成",完成 xy 图形(见图 3-13)。

	A	B	C	D	E	F	G	H	I	J	K
1	户数X/万户	1	1.2	1.6	18	2	2.5	3.2	4	4.2	4.5
2	煤气消耗量Y/百万m³	6	7	9.8	12	12.1	14.5	20	24	25.4	27.5
3											
4											
5											
6											
7											
8											
9											
10											
11											
12											

图 3-8 在 Excel 工作表中录入数据

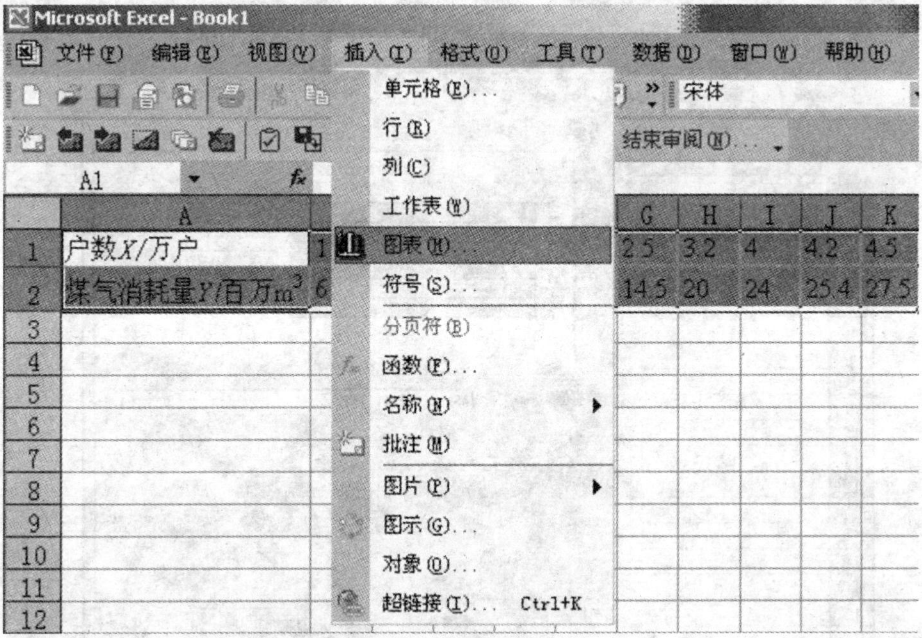

图 3-9 在"插入"选项中选择"图表"

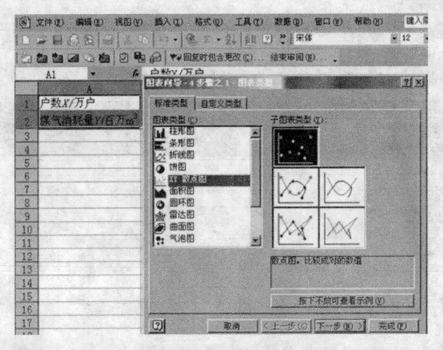

图 3-10 在"标准类型"中选取"*xy* 散点图"

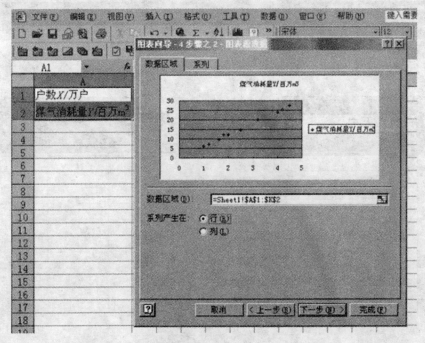

图 3-11 "*xy* 散点图"

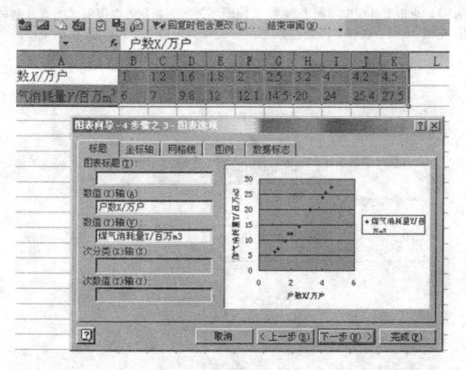

图 3-12 "标题"对话框

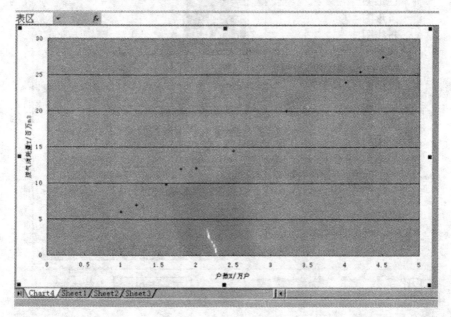

图 3-13 完成的 "xy 散点图"

3）点击工具栏中"图表选项"，使图形进入编辑状态，出现"图表"对话框（见图3-14），选择"添加趋势线…"，出现"趋势线"对话框（见图3-15）。

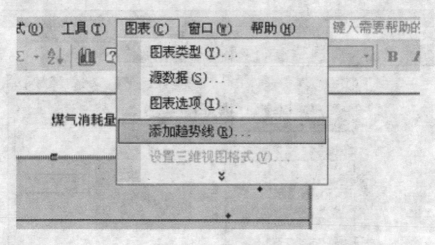

图3-14　"图表"对话框

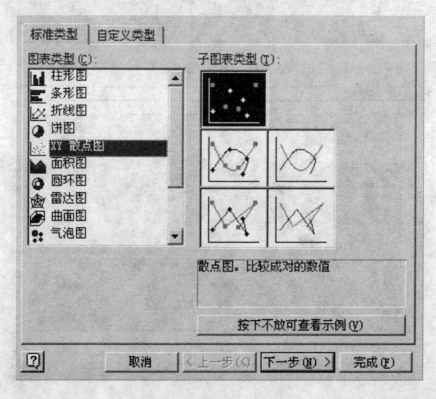

图3-15　"趋势线"对话框

4）如图 3-15 所示"趋势线"对话框中的曲线"类型"，有"线性"、"对数"、"多项式"、"升幂"、"指数"、"移动平均"六种可供选择。根据对上述 xy 图形观察，选取一种适合的趋势预测/回归分析类型，比如"线性"。

5）选择完图形再选择"选项"选项卡，选中"显示公式"和"显示 R 平方值"复选框，然后点击"确定"，xy 图形上就会自动加上你选定的曲线公式（经验公式）和 R^2 值。如图 3-16、图 3-17 所示。

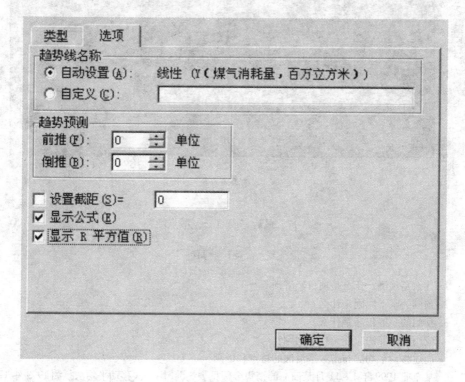

图 3-16　"选项"选项卡

6）其中"多项式"公式有"项"数的设置，一般取两项即可满足要求。

R 是相关系数，表示经验公式对原始数据拟合的程度，一般要求 $R^2 > 0.8$，当然最理想的情况是 $R^2 = 1$。观察经验公式和原曲线的拟合效果，并看 R 值的大小，如果曲线拟合不够理想或 R 值偏低，不妨按第 7）步重新选择拟合公式再作一次比较，直到满意为止。

7）重新选择拟合公式的方法是，用右键点击 xy 图形的拟合曲线（曲线稍粗），注意不是点击原始的 xy 曲线，再点击"趋势线格式"。在"趋势线格式"对话框中重新选取"类型"和"选项"，另外选择一种曲线，以下的工作和第 4）步完全一样。

使用 Excel 工作表，对于例 3-2 找出的回归方程为 $\hat{y} = 6.0828x$。

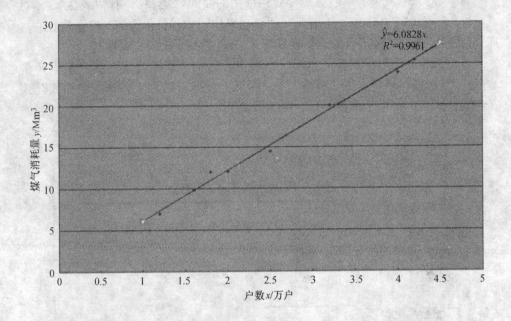

图 3-17 最后完成的 "xy 散点图"

复 习 题

1. 什么是预测？什么是项目经济预测？

2. 预测的基本原则是什么？

3. 预测的一般程序是什么？

4. 应用德尔菲法应注意什么问题？

5. 简述移动平均法与指数平滑法的特点和区别。

6. 某企业 1999 年 1~11 月某商品的销售金额见表 3-5。用一次移动平均法预测 1999 年 12 月和 2000 年 1 月份的销售量(取 $n=3$)。

表 3-5 某企业 1999 年 1~11 月某商品的销量表 (单位:万元)

月 份	1	2	3	4	5	6	7	8	9	10	11
销售金额	24	22	23	21	24	22	23	24	23	25	26

7. 某商品去年各月份在某市的销售量见表 3-6。用指数平滑法线性预测模型预测今年 1、2 月份的商品销售量。($\alpha=0.6$)

表 3-6 某商品去年各月份在某市的销量表

月 份	1	2	3	4	5	6	7	8	9	10	11	12
销售量	8.8	9.3	10.4	11.2	12.3	12.8	12.9	13.2	14.8	16.6	18	19.4

8. 某地区 1991～1998 年财政收入 y 与国民收入 x 的统计数据见表 3-7。

　表 3-7　某地区 1991 年～1998 年财政收入 y 与国民收入 x 的统计数据表

i(年份)	1	2	3	4	5	6	7	8
国民收入 x/亿元	3.35	3.69	3.94	4.26	4.73	5.65	7.00	7.80
财政收入 y/亿元	1.10	1.08	1.09	1.12	1.25	1.50	1.87	2.27

（1）试求财政收入 y 对国民收入 x 的回归方程。

（2）做显著性检验。（$\alpha = 0.05$）

（3）使用 Excel 做出散点图并计算回归方程。

第四章

资金的时间价值

资金在周转过程中，随着时间的变化会产生增值。凡存在商品生产和商品交换，其资金的时间因素就客观存在。学习研究资金的时间价值观念，掌握等值计算公式，用来选择借贷、经营和投资的方案。

第一节　资金时间价值的基本概念

一、资金时间价值的概念

所谓资金的时间价值是指资金的价值随着时间的变化而发生变化。也就是说货币在不同时间的价值是不一样的，今天的一元钱与一年后的一元钱其价值不等。比如，投资 1 000 万元于某工业项目，建成投产后，每年可得利润 50 万元，这 50 万元就是 1 000 万元资金在特定生产经营活动中所产生的时间价值。某人将 100 元存入银行，存期一年，获利息 10 元；这 10 元就是 100 元通过银行借贷，投入社会再生产过程中所产生的时间价值中的一部分。但是，如果将上述 1 000万元、100 元资金锁在保险箱里，不管多长时间，都不会有增值，考虑通货膨胀，反而会贬值。

资金的时间价值存在的条件有两个，一是将货币投入生产或流通领域，使货币转化为资金，从而产生的增值(称为利润或收益)；二是货币借贷关系的存在，货币的所有权及使用权的分离。比如把资金存入银行或向银行借贷所得到或付出的增值额(称为利息)。

在方案经济评价中考虑时间因素的意义在于：

1) 一项工程若能早一天建成投产，就能多创造一天的价值，延误一天竣工就会延误一天生产，造成一笔损失；另一种情况是，当我们积累了一笔资金时，若把它投入生产或存入银行，就可带来一定的利润或利息收入，不及时利用就会失去一笔相应的收入。

2）考虑资金使用的时间价值可以促使资金使用者加强经营管理，更充分地利用资金以促进生产的发展。

3）在利用外资的情况下，不计算资金的时间价值，就无法还本付息。因此，在经济活动中，应千方百计地缩短投资项目的建设周期，加快资金周转，尽量减少资金的占用数量和时间。

二、资金时间价值的度量

资金的时间价值一般用利息和利率来度量。

利息是借款者支付给贷款者超出本金的那部分金额。利息是利润的一部分。在我国，利息是社会一部分国民收入的再分配，它作为对储蓄的一种物质奖励和对借款的经济监督手段。

利率是一定时期内所付利息额与所借资金额之比，即利息与本金之比。用于表示计算利息的时间单位称之为计息周期（或称利息周期）。以年为计息周期的利率称年利率，以月为计息周期称为月利率，等等，通常年利率用百分率（%）表示；月利率用千分率（‰）表示；日利率用万分率（‱）表示。

三、单利与复利

（一）单利

每期均按原始本金计息，这种计算方式称为单利。在单利计息的情况下，利息与时间是线性关系，不论计息周期数为多大，只有本金计息，而利息不再计息。

设 P 代表本金，n 代表计息周期数，i 代表利率，I 代表总利息，F 代表期末的本利和，则单利计算的公式推导过程见表 4-1。

表 4-1   单利计算公式的推导过程

年份(n)	年初本金(P)	年末利息(i)	年末本利和(F)
1	P	Pi	$P + Pi = P(1+i)$
2	$P(1+i)$	Pi	$P(1+i) + Pi = P(1+2i)$
3	$P(1+2i)$	Pi	$P(1+2i) + Pi = P(1+3i)$
⋮	⋮	⋮	⋮
n	$P[1+(n-1)i]$	Pi	$P[1+(n-1)i] + Pi = P(1+ni)$

由表 4-1 可知，n 年末本利和计算公式为

$$F = P(1 + ni) \tag{4-1}$$

n 年末的总利息

$$I = Pni \tag{4-2}$$

单利虽然考虑了资金的时间价值，但对以前已经产生的利息并没有转入计息基数而累计计息。因此，单利计算资金的时间价值是不完善的。

（二）复利

将本期利息转为下期的本金，下期按本期期末的本利和计息，这种计息方式称为复利。在以复利计息的情况下，除本金计算之外，利息再计利息，即"利滚利"。复利计算公式推导过程见表4-2。

表4-2　复利计算公式的推导过程

年份(n)	年初本金(P)	年末利息(i)	年末本利和(F)
1	P	Pi	$P + Pi = P(1+i)$
2	$P(1+i)$	$P(1+i)i$	$P(1+i) + P(1+i)i = P(1+i)^2$
3	$P(1+i)^2$	$P(1+i)^2 i$	$P(1+i)^2 + P(1+i)^2 i = P(1+i)^3$
⋮	⋮	⋮	⋮
n	$P(1+i)^{n-1}$	$P(1+i)^{n-1}i$	$P(1+i)^{n-1} + P(1+i)^{n-1}i = P(1+i)^n$

由表4-2可知，n年末本利和的复利计算公式为

$$F = P(1+i)^n \qquad (4-3)$$

复利法对资金占用数量、占用时间更加敏感，具有更大的约束力，更充分地反映了资金的时间价值。在技术经济分析中，一般均采用复利进行计算。

例4-1　设借入一笔资金1 000元，规定年利率为6%，借期为4年，分别用单利法和复利法计算第4年末还款金额为多少？

解：先用单利计算

$$F = P(1+ni) = [1\,000(1+4\times6\%)]元 = 1\,240\,元$$

再用复利计算

$$F = P(1+i)^n = [1\,000(1+6\%)^4]元 = 1\,262.48\,元$$

再比较一下单利和复利计算每年利息和年末本利和的情况。由表4-3可见，在本金和利率相同的条件下，由于计算方法不同，年末利息和年末本利和就不一样。第4年末还款金额，单利是1 240元，复利是1 262.48元。

表4-3　单利和复利计算比较表

年　份	单　利			复　利		
	年初本金	年末利息	年末本利和	年初本金	年末利息	年末本利和
1	1 000	60	1 060	1 000	60	1 060
2	1 060	60	1 120	1 060	63.6	1 123.6
3	1 120	60	1 180	1 123.6	67.42	1 191.02
4	1 180	60	1 240	1 191.02	71.46	1 262.48

四、现金流量图

（一）现金流量的概念

在对项目进行技术经济分析时，一般不用会计利润的概念，而要计算现金流量。为了全面地考查新建工业项目的经济性，必须对项目在整个寿命期内的收入和支出进行研究。根据各阶段现金流动的特点，可把一个项目分为四个期间：建设期、投产期、达产期和回收处理期，如图 4-1 所示。建设期是指项目开始投资至项目开始投产获得收益之间的一段时间；投产期是指项目投产开始至项目达到预定的生产能力的时间；达产期是指项目达到生产能力后持续发挥生产能力的阶段；回收处理期是指项目完成预计的寿命周期后停产并进行善后处理的时期。

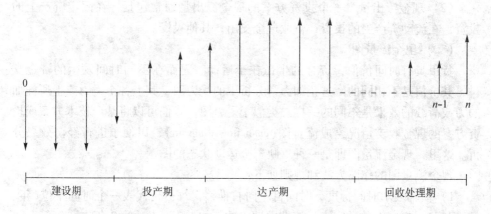

图 4-1　新建工业项目的现金流量

现金流量是指企业现金流入和流出的数量。一定时期内现金流入量减去包括税金在内的现金流出量以后的差额，称为净现金流量。

现金流量的构成有两种表述方法：第一种是按现金流量发生的时间来表述；第二种是按现金的流入、流出来表述。

1. 按现金流量发生的时间表述

（1）初始现金流量　是指开始投资时发生的现金流量，一般包括：固定资产的投资，即固定资产的购入或建造成本、运输成本和安排成本等；流动资产上的投资，即材料、燃料、低值易耗品、在产品、半成品、产成品、协作件以及商品等存货；其他投资费用，即与长期投资有关的职工培训费、谈判费、注册费用等。

（2）营业现金流量　是指投资项目投入使用后，在其寿命周期内由于生产经营所带来的现金流入和流出的数量。这种现金流量一般以年为单位进行

计算，即

$$年净现金流量 = 净利润 + 折旧$$

（3）终结现金流量　是指投资项目完结时所发生的现金流量。主要包括固定资产残值收入或变价收入；原有垫支在各种流动资产上的资金的收回；停止使用的土地变价收入等。

2. 按现金的流入、流出来表述

任何一项长期投资决策，都会涉及未来一定时期内现金流入与现金流出的数量。可以通过现金流入、流出的数量计算每年的净现金流量。

（1）现金流入量　一个投资方案的现金流入量通常包括：投资项目完成后每年可增加的营业现金收入；固定资产报废时的残值收入或中途的变价收入；固定资产使用期满时，原有垫支在各种流动资产上资金的收回。

（2）现金流出量　一个投资方案的现金流出量通常包括：在固定资产上的投资；在流动资产上的投资；营业现金支出；其他投资。

（二）现金流量图

货币具有时间价值，资金的生命在于运动。因而在不同时间发生的资金支付，其价值是不相同的。这正如力学分析中的受力图，其上各个受力点上所施加的力或荷载的效果是不同的一样。类似于受力图，我们可以将某个技术方案或投资方案的现金收支情况绘成流量图（cash flow diagram），以便于进行经济效果分析。这里，现金流量图即是一种反映资金运动状态的图示。

现金流量图的作图方法和规则如下：

1）横轴表示时间标度，时间自左向右推移，每一格代表一个时间单位（年、月、周等）。标度上的数字表示该期的期末数，如"2"表示第2年末，等等。第 n 期的终点是第 $n+1$ 期的始点，如第2年末与第3年初恰好重合。

2）箭头表示现金流动的方向，向上的箭头表示现金流入（现金的增加，包括收入、收益和借入的现金），流入为正现金流量；向下的箭头表示现金流出（现金的减少，包括支出、亏损和借出的现金），流出为负现金流量。

3）现金流量图与立脚点有关。对于例4-1，从借款人的角度出发绘制的现金流量图和从贷款人的角度出发绘制的现金流量图分别如图4-2和图4-3所示。

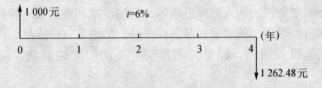

图4-2　借款人的现金流量图

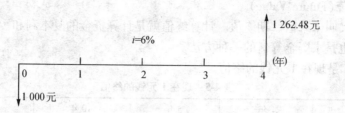

图 4-3 贷款人的现金流量图

例 4-2 某工厂计划在 2 年之后投资建一车间，所需金额为 P；从第 3 年末起的 5 年中，每年可获利 A，年利率为 10%。试绘制现金流量图。

解：该投资方案的现金流量图如图 4-4 所示。

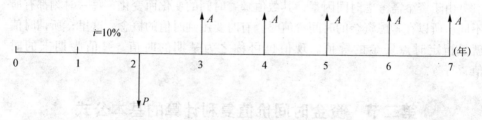

图 4-4 现金流量图

五、资金等值

（一）资金等值的概念

对资金来说，资金具有时间价值。这一客观事实不仅告诉人们，一定数量的资金在不同时间代表着不同的价值，资金必须被赋予时间概念，才能显示其真实的意义；而且也从另一方面提示我们，在不同时点的、不同数量的资金可以具有相同的价值，这就是资金等值的概念。比如，按年利率 10% 计算，现在的 1 元，10 年后的 2.59 元以及 20 年后的 6.73 元都是等值的。

影响资金等值的因素有三个：①金额；②金额发生的时间；③利率。

（二）现值、终值和时值

1. 现值(Present Value)

现值又叫期初值，为计息周期始点的金额。把未来时间收支的货币换算成现值，这种运算称为"折现"或"贴现"。实际上，折现是求资金等值的一种方法。

表 4-4 是未来 1 元钱的现值（计息期为年）。

表 4-4 未来 1 元钱的现值

i 〴 n	1 年	5 年	10 年	20 年
5%	0.952	0.785	0.614	0.377
10%	0.909	0.621	0.386	0.149
20%	0.833	0.402	0.162	0.026

2. 终值(Future Value)

终值又叫未来值、期终值。计算终值就是计算资金的复本利和。实际上，计算本利和也是求资金等值的一种方法。

表4-5是现在1元钱的终值。

表4-5 现在1元钱的终值

i＼n	1 年	5 年	10 年	20 年
5%	1.05	1.28	1.63	2.65
10%	1.10	1.61	2.59	6.73
20%	1.20	2.49	6.19	38.34

由于资金需考虑时间因素，其数值随着时间的变化而变化，每一时刻都有所不同。所以在考虑资金的时间价值时，有时要用到时值的概念。这里，所谓时值就是指定时点资金的等值。现值也可称之为基期的时值，终值为期末的时值，等等。

第二节 资金时间价值复利计算的基本公式

根据现金的不同支付方式，复利计算的基本公式有如下几种。

一、一次支付终值公式

一次支付终值公式，即前面所介绍的复利计息的复本利和公式。

当投资一笔资金 P，利率为 i，求 n 期后可收回多少金额 F 时；或者，当借入一笔资金 P，利率为 i，求 n 期后该偿还多少金额 F 时

$$F = P(1+i)^n \tag{4-4}$$

式中，$(1+i)^n$ 称为一次支付终值系数，通常用符号 $(F/P, i, n)$ 来表示。这样，式(4-4)可以写成

$$F = P\left(\frac{F}{P}, i, n\right)$$

式(4-4)的现金流量图如图4-5所示。

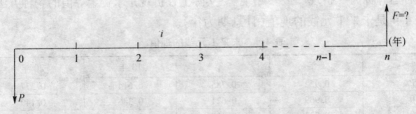

图4-5 一次支付终值现金流量图

公式中的系数$(F/P,i,n)$可以在复利系数表(见书后附表 1 ~ 附表 17)中查出。

例 4-3 某建筑公司进行技术改造,1998 年初贷款 100 万元,1999 年初贷款 200 万元,年利率 8%,2001 年末一次偿还,问共还款多少元?

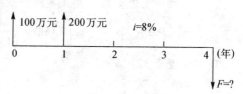

图 4-6 现金流量图

解:先画现金流量图,如图 4-6 所示。

根据式(4-4)得:

$$F = 100\ 万元 \times \left(\frac{F}{P},8\%,4\right) + 200\ 万元 \times \left(\frac{F}{P},8\%,3\right)$$

$$= (100 \times 1.360\ 5 + 200 \times 1.259\ 7)\ 万元$$

$$= 387.99\ 万元$$

所以,4 年后应还款 387.99 万元。

二、一次支付现值公式

如果计划 n 年后积累一笔资金 F,利率为 i,问现在一次投资 P 应为多少?这个问题相当于已知终值 F,利率 i 和计算期数 n,求现值 P?通过对式(4-4)进行变换,得到

$$P = F\frac{1}{(1+i)^n} \tag{4-5}$$

式中,$\dfrac{1}{(1+i)^n}$称为一次支付现值系数,并用符号$(P/F,i,n)$表示。这样,式(4-5)可写成

$$P = F\left(\frac{P}{F},i,n\right)$$

式(4-5)的现金流量图如图 4-7 所示。

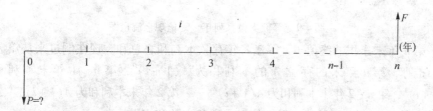

图 4-7 一次支付现值现金流量图

公式中的系数$(P/F,i,n)$也可查书后附表 1 ~ 附表 17 得到。

例4-4 某公司对收益率为15%的项目进行投资，希望8年后能得到1 000万元，计算现在需投资多少？

解：先画现金流量图如图4-8所示。

$$P = F\frac{1}{(1+i)^n} = \left[1\,000 \times \frac{1}{(1+15\%)^8}\right]万元 = 327\,万元$$

现在需投资327万元。

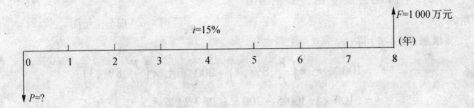

图4-8　现金流量图

三、等额支付系列年金终值公式

等额支付系列年金终值涉及的问题是：以利率 i，每年末等额存款 A，n 年后累计一次提取期终值 F，问 F 为多少？另一种情况是，以利率 i，每年末等额借款 A，n 年后累计一次还本付息，问本利和 F 为多少？这两种情况可归结为，已知逐年等额支付资金 A（A 称为年金），利率 i 和计息期数 n，求终值 F。

第一种情况的现金流量图如图4-9所示。

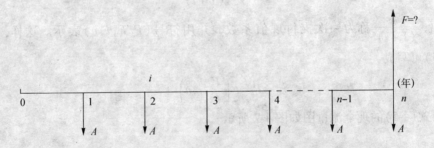

图4-9　等额支付系列年金终值现金流量图

第 n 年末累积的终值 F，等于各年存款本利和之总和。现在倒过来从第 n 年往回推算，第 n 年末的存款 A 的本利和为 $A(1+i)^0$，第 $n-1$ 年末本利和为 $A(1+i)^1$，第 $n-2$ 年末本利和为 $A(1+i)^2$，…，第 2 年末本利和为 $A(1+i)^{n-2}$，第 1 年末本利和为 $A(1+i)^{n-1}$。于是各年本利和之总和 F 为

$$F = A + A(1+i) + A(1+i)^2 + \cdots + A(1+i)^{n-2} + A(1+i)^{n-1}$$
$$= A[1 + (1+i) + (1+i)^2 + \cdots + (1+i)^{n-2} + (1+i)^{n-1}]$$

式中，$[1 + (1+i) + (1+i)^2 + \cdots + (1+i)^{n-2} + (1+i)^{n-1}]$ 为一等比级数，其公比为 $(1+i)$。根据等比级数求和的公式，化简为 $\dfrac{(1+i)^n - 1}{i}$，所以

$$F = A \frac{(1+i)^n - 1}{i} \qquad (4\text{-}6)$$

式中，$\dfrac{(1+i)^n - 1}{i}$ 称为等额支付系列年金终值系数，可用符号 $(F/A, i, n)$ 表示。这样，式(4-6)可写成

$$F = A\left(\frac{F}{A}, i, n\right)$$

公式中的系数 $(F/A, i, n)$ 可从书后附表 1 ~ 附表 17 中查得。

例 4-5 某建筑企业每年利润 15 万元，利率 15%，问 20 年后总共有多少资金？

解：已知 $A = 15$ 万元，$i = 15\%$，$n = 20$ 年，求 F。

$$F = 15 \text{ 万元} \times \left(\frac{F}{A}, i, n\right) = 15 \text{ 万元} \times \left(\frac{F}{A}, 15\%, 20\right)$$

$$= (15 \times 102.443\,6) \text{ 万元} = 1\,536.654 \text{ 万元}$$

所以，20 年后总共有 1 536.654 万元。

四、等额支付系列积累基金公式

等额支付系列积累基金(或称存储基金、偿债基金)的问题是：为了在 n 年末筹措一笔基金 F，利率为 i，问每年末等额存储的金额 A 应为多少？即已知 F、i、n，求 A。这种情况的现金流量图如图 4-10 所示。

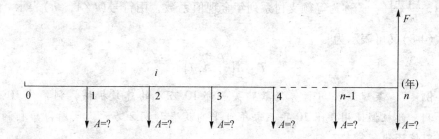

图 4-10　等额支付系列积累基金现金流量图

这种情况与等额支付年金终值的计算为互逆运算，根据式(4-6)可变换成

$$A = F \frac{i}{(1+i)^n - 1} \qquad (4\text{-}7)$$

式中，$\dfrac{i}{(1+i)^n - 1}$ 称为等额支付系列积累基金系数，用符号 $(A/F, i, n)$ 表示，从而式(4-7)可表示为

$$A = F\left(\frac{A}{F}, i, n\right)$$

例4-6　某企业打算5年后兴建一幢5 000 m² 的住宅楼以改善职工居住条件，按测算造价为800 元/m²。若银行利率为8%，问现在起每年末应存入多少金额，才能满足需要？

解：已知 $F = 5\ 000\ \text{m}^2 \times 800\ \text{元/m}^2 = 400\ \text{万元}$，$i = 8\%$，$n = 5$，求 A。

$$A = 400\ \text{万元} \times \left(\frac{A}{F}, i, n\right) = 400\ \text{万元} \times \left(\frac{A}{F}, 8\%, 5\right)$$

$$= (400 \times 0.170\ 5)\ \text{万元} = 68.2\ \text{万元}$$

所以，该企业每年末应等额存入68.2万元。

五、等额支付系列年金现值公式

如果逐年等额收入（或支出）一笔年金 A，求 n 年末此收入（或支出）年金的现值总和时，这种情况就属于等额支付系列年金现值问题，相当于已知 A、i 和 n，求 P。

根据式(4-6)和式(4-5)，有

$$F = A\frac{(1+i)^n - 1}{i}$$

$$P = \frac{F}{(1+i)^n} = A\frac{(1+i)^n - 1}{i(1+i)^n}, \text{即有}$$

$$P = A\frac{(1+i)^n - 1}{i(1+i)^n} \tag{4-8}$$

式中，$\dfrac{(1+i)^n - 1}{i(1+i)^n}$ 称为等额支付系列年金现值系数，用符号 $(P/A, i, n)$ 表示。因此式(4-8)又可表示为

$$P = A\left(\frac{P}{A}, i, n\right)$$

例4-7　某建筑公司打算贷款购买一部10万元的建筑机械，利率为10%。据预测，此机械使用年限10年，每年可平均获净利润2万元。问所得净利润是否足以偿还银行贷款？

解：已知 $A = 2$ 万元，$i = 10\%$，$n = 10$ 年，求 P 是否 $\geqslant 10$ 万元。

$$P = 2\ \text{万元} \times \left(\frac{P}{A}, 10\%, 10\right) = (2 \times 6.144\ 6)\ \text{万元} = 12.289\ 2\ \text{万元} > 10\ \text{万元}$$

因此，所得净利润足以偿还银行贷款。

六、等额支付系列资金回收公式

这一问题涉及两种情况：一种情况是，以利率 i 投资一笔资金，分 n 年等额

回收，求每年末可收入多少？另一种情况是，以利率 i 借入一笔资金，计划分 n 年等额偿还，求每年末应偿还多少？这相当于已知现值 P，利率 i 和计息期数 n，求年金 A。第一种情况的现金流量如图 4-11 所示。

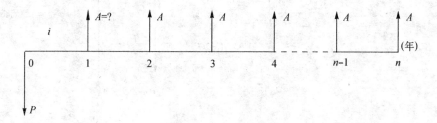

图 4-11　等额支付系列资金回收现金流量图

通过对式(4-8)的变换，得到等额支付资金回收公式

$$A = P \frac{i(1+i)^n}{(1+i)^n - 1} \tag{4-9}$$

式中，$\dfrac{i(1+i)^n}{(1+i)^n - 1}$ 称为等额支付系列资金回收系数，用符号 $(A/P, i, n)$ 表示。因此式(4-9)可以表示为

$$A = P\left(\frac{A}{P}, i, n\right)$$

例 4-8　某建设项目的投资准备用国外贷款，贷款方式为商业信贷，年利率 20%。据测算投资额为 1 000 万元，项目服务年限 20 年，期末净残值为零。问该项目年平均收益为多少时不至于亏本？

解：已知 $P = 1\ 000$ 万元，$i = 20\%$，$n = 20$ 年，求 A。

$$A = 1\ 000 \text{ 万元} \times \left(\frac{A}{P}, 20\%, 20\right) = (1\ 000 \times 0.205\ 4) \text{ 万元} = 205.4 \text{ 万元}$$

所以，该项目年平均收益至少应为 205.4 万元。

七、均匀梯度支付系列公式

均匀梯度支付系列的问题是属于这样一种情况，即每年以一固定的数值(等差)递增(或递减)的现金支付情况。如机械设备由于老化而每年的维修费以固定的增量支付等。这种情况的现金流量图如图 4-12 所示。

第一年末的现金支付是 A_1，第二年末的现金支付是 $A_1 + G$（G 为等差值），第三年末的现金支付是 $A_1 + 2G, \cdots$，第 n 年末的现金支付是 $A_1 + (n-1)G$。如果我们把图 4-12 所示的均匀梯度支付系列现金流量图分解成由两个系列组成的现金流量图，一个是等额支付系列，年金为 A_1（见图 4-13），另一个是 $0, G, 2G, \cdots, (n-1)G$ 组成的梯度系列（见图 4-14）。其中第一种情况是我们熟悉的，于是，剩下的就是

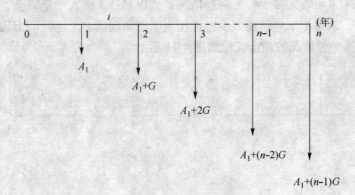

图 4-12　均匀梯度支付系列现金流量图

寻求图 4-14 所示梯度系列的解决途径了。

图 4-13　等额支付系列

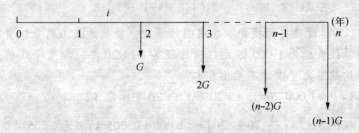

图 4-14　梯度系列

设等额支付系列的终值为 F_1，梯度系列的终值为 F_2。根据图 4-14 所示，梯度系列终值 F_2 为

$$F_2 = G\left(\frac{F}{A},i,n-1\right) + G\left(\frac{F}{A},i,n-2\right) + G\left(\frac{F}{A},i,n-3\right) + \cdots + G\left(\frac{F}{A},i,2\right) +$$

$$G\left(\frac{F}{A},i,1\right)$$

$$= G\frac{(1+i)^{n-1}-1}{i} + G\frac{(1+i)^{n-2}-1}{i} + G\frac{(1+i)^{n-3}-1}{i} + \cdots +$$

$$G\frac{(1+i)^2-1}{i} + G\frac{(1+i)-1}{i}$$

$$= \frac{G}{i} \left[(1+i)^{n-1} + (1+i)^{n-2} + (1+i)^{n-3} + \cdots + (1+i)^2 + (1+i) - (n-1) \times 1 \right]$$

$$= \frac{G}{i} \left[(1+i)^{n-1} + (1+i)^{n-2} + (1+i)^{n-3} + \cdots + (1+i)^2 + (1+i) + 1 \right] - \frac{nG}{i}$$

$$= \frac{G}{i} \left[\frac{(1+i)^n - 1}{i} \right] - \frac{nG}{i}$$

从而

$$F = F_1 + F_2$$

$$= A_1 \frac{(1+i)^n - 1}{i} + \frac{G}{i} \left[\frac{(1+i)^n - 1}{i} \right] - \frac{nG}{i}$$

$$= \left(A_1 + \frac{G}{i} \right) \times \frac{(1+i)^n - 1}{i} - \frac{nG}{i} \tag{4-10}$$

用符号表示，上式还可写成

$$F = \left(A_1 + \frac{G}{i} \right) \left(\frac{F}{A}, i, n \right) - \frac{nG}{i} = A_1 \left(\frac{F}{A}, i, n \right) + G \left(\frac{F}{G}, i, n \right)$$

式中，$(F/G, i, n)$——定差（等差）终值系数。

均匀梯度支付系列现值和等值年金的计算公式，可以在式(4-10)的基础上，再按一次支付和等额支付系列的公式进一步求解。

比如，均匀梯度支付现值的计算公式为

$$P = F \left(\frac{P}{F}, i, n \right) = \left(A_1 + \frac{G}{i} \right) \frac{(1+i)^n - 1}{i} \times \frac{1}{(1+i)^n} - \frac{nG}{i} \times \frac{1}{(1+i)^n}$$

$$= \left(A_1 + \frac{G}{i} \right) \left(\frac{P}{A}, i, n \right) - \frac{nG}{i} \left(\frac{P}{F}, i, n \right) \tag{4-11}$$

均匀梯度支付等值年金公式为

$$A = A_1 + F_2 \left(\frac{A}{F}, i, n \right)$$

$$= A_1 + \left[\frac{G}{i} \times \frac{(1+i)^n - 1}{i} - \frac{nG}{i} \right] \left(\frac{A}{F}, i, n \right)$$

$$= A_1 + \frac{G}{i} - \frac{nG}{i} \left(\frac{A}{F}, i, n \right) \tag{4-12}$$

对于递减支付系列（即第 1 年末支付为 A_1，第 2 年末的支付为 $A_1 - G$，……）的情况，只需改变相应项的计算符号，即将其视为每年增加一个负的数额，仍可应用式(4-10)~式(4-12)进行计算。

例 4-9 某类建筑机械的维修费用，第 1 年为 200 元，以后每年递增 50 元，服务年限为 10 年。问服务期内全部维修费用的现值为多少？（$i = 10\%$）

解： 已知 $A_1 = 200$ 元，$G = 50$ 元，$i = 10\%$，$n = 10$ 年，求均匀梯度支付现值 P。

由式(4-11)可知

$$P = \left(A_1 + \frac{G}{i}\right)\left(\frac{P}{A}, i, n\right) - \frac{nG}{i}\left(\frac{P}{F}, i, n\right)$$

$$= \left[\left(200 + \frac{50}{0.1}\right)\left(\frac{P}{A}, 10\%, 10\right) - \frac{10 \times 50}{0.1}\left(\frac{P}{F}, 10\%, 10\right)\right]元$$

$$= (700 \times 6.144\,6 - 5\,000 \times 0.385\,5)元$$

$$= 2\,373.72\ 元$$

所以，均匀梯度支付现金为 2 373.72 元。

例4-10　设某技术方案服务年限8年，第1年净利润为10万元，以后每年递减0.5万元。若年利率为10%，问相当于每年等额盈利多少元？

解： 已知 $A_1 = 10$ 万元，递减梯度量0.5万元，$n = 8$ 年，$i = 10\%$，求均匀梯度支付（递减支付系列）的等值年金 A。

$$A = A_1 - \frac{G}{i} + \frac{nG}{i}\left(\frac{A}{F}, i, n\right)$$

$$= (10 - 5 + 40 \times 0.087\,4)万元$$

$$= 8.5\ 万元$$

所以，相当于每年等额盈利8.5万元。

八、基本公式小结及注意事项

1）上面介绍了复利计算的一次支付、等额支付系列和均匀梯度支付系列基本公式，现汇总于表4-6中。

2）现金流量图上，本年末即等于下年初。如0点（即0年末）就是第1年初，第1年末（1点）为第2年初（见图4-6），等等。

3）当问题包括 P 与 A 时，第一个 A 与 P 隔1期，即在 P 发生1年后发生；当问题包括 F 与 A 时，最后一个 A 与 F 同时发生。

4）均匀梯度系列中，第1个 G 发生在梯度系列的第2年末。

表4-6　普通复利公式汇总表

收付类别	公式名称	已知	求	普通复利公式
一次支付	终值公式	P	F	$F = P(1+i)^n$
				$F = P\left(\frac{F}{P}, i, n\right)$
	现值公式	F	P	$P = F\dfrac{1}{(1+i)^n}$
				$P = F\left(\frac{P}{F}, i, n\right)$
等额支付系列	年金终值公式	A	F	$F = A\dfrac{(1+i)^n - 1}{i}$
				$F = A\left(\frac{F}{A}, i, n\right)$

（续）

收付类别	公式名称	已知	求	普通复利公式
等额支付 系列	积累基金公式	F	A	$A = F\dfrac{i}{(1+i)^n - 1}$ $A = F\left(\dfrac{A}{F}, i, n\right)$
	年金现值公式	A	P	$A = P\dfrac{i(1+i)^n}{(1+i)^n - 1}$ $A = P\left(\dfrac{A}{P}, i, n\right)$
	资金回收公式	P	A	$P = A\dfrac{(1+i)^n - 1}{i(1+i)^n}$ $P = A\left(\dfrac{P}{A}, i, n\right)$
均匀梯度支付 系列	终值公式	G	F	$F = \left(A_1 + \dfrac{G}{i}\right) \times \dfrac{(1+i)^n - 1}{i} - \dfrac{nG}{i}$ $F = \left(A_1 + \dfrac{G}{i}\right)\left(\dfrac{F}{A}, i, n\right) - \dfrac{nG}{i}$
	现值公式	G	P	$P = \left(A_1 + \dfrac{G}{i}\right) \times \dfrac{(1+i)^n - 1}{i} \times \dfrac{1}{(1+i)^n} - \dfrac{nG}{i} \times \dfrac{1}{(1+i)^n}$ $P = \left(A_1 + \dfrac{G}{i}\right)\left(\dfrac{P}{A}, i, n\right) - \dfrac{nG}{i}\left(\dfrac{P}{F}, i, n\right)$
	等值年金公式	G	A	$A = A_1 + \dfrac{G}{i} - \dfrac{nG}{i}\left[\dfrac{i}{(1+i)^n - 1}\right]$ $A = A_1 + \dfrac{G}{i} - \dfrac{nG}{i}\left(\dfrac{A}{F}, i, n\right)$

第三节　名义利率和有效利率

一、名义利率与有效利率的概念

　　前面讨论的是以年为计息周期，但是在实际工作中，计息周期并不一定以一年为一个计息周期，可能规定为半年、每季、每月、每周为一个计息周期。由于计息的周期长度不同，同一笔资金在占用的总时间相等的情况下，所付利息有较大的差别。当计息周期与利率的时间单位不一致时，就出现了名义利率与有效利率的概念区别。

　　所谓名义利率，一般是指按每一计息期利率乘以上一年中计息期数计算所得的年利率。例如，每月计息一次，月利率为1%，也就是说一年中计息期数为12

次，每一计息期(月)利率为1%。于是，名义利率等于 $1\% \times 12 = 12\%$。习惯上称为"年利率为12%，每月计息一次"。

所谓(年)有效利率，一般是指通过等值换算，使计息期与利率的时间单位(一年)一致的(年)利率。显然，一年计息一次的利率，其名义利率就是年有效利率。对于计息期短于一年的利率，两者就有差别。

例4-11　设本金 $P = 100$ 元，年利率为10%，半年计息一次，求年有效利率。

解：已知名义利率 $r = 10\%$，计息期半年的利率为 $\dfrac{r}{2} = 5\%$，于是年末本利和应为

$$F = P(1 + i)^n = \left[100 \times (1 + 5\%)^2 \right] \text{元} = 110.25 \text{元}$$

$$年利息额 = F - P = (110.25 - 100) \text{元} = 10.25 \text{元}$$

$$年有效利率 = \frac{年利息额}{本金} = \frac{10.25}{100} = 10.25\%$$

可见，年有效利率比名义利率大些。

二、名义利率与有效利率的关系

设 P 为本金，F 为本利和，n 为一年中计息期数，i 为有效利率，r 为名义利率，r/n 为计息期的实际利率，根据一次支付终值公式，年末本利和为

$$F = P\left(1 + \frac{r}{n} \right)^n$$

而年末利息额则为本利和与本金之差

$$P\left(1 + \frac{r}{n} \right)^n - P$$

根据定义，利息与本金之比为利率，则年有效利率为

$$i = \frac{P\left(1 + \dfrac{r}{n} \right)^n - P}{P} = \left(1 + \frac{r}{n} \right)^n - 1 \tag{4-13}$$

式(4-13)为从名义利率求有效利率的公式。可以看出，有效利率 i 要高于名义利率 r，而且，每年计息周期 n 越大，也就是复利次数越多，有效利率 i 就越高于名义利率 r。只有当 $n = 1$(即一年计息一次)时，名义利率才等于有效利率。

例4-12　某公司向国外银行贷款200万元，借款期5年，年利率为15%，但每周复利计算一次。在进行资金运用效果评价时，该公司把年利率(名义利率)误认为有效利率。问该公司少算多少利息？

解：该公司原计算的本利和为

$$F' = [200 \times (1 + 0.15)^5] \text{万元} = 402.27 \text{万元}$$

而有效利率应为

$$i = \left(1 + \frac{0.15}{52}\right)^{52} - 1 = 16.16\%$$

这样，实际的本利和应为

$$F = [200 \times (1 + 0.161\,6)^5] \text{万元} = 422.97 \text{万元}$$

少算的利息为

$$F - F' = (422.97 - 402.27) \text{万元}$$
$$= 20.70 \text{万元}$$

三、瞬时复利的年有效利率

如果按瞬时计息（这种计息方式也称为连续复利），那么，复利可以在一年中按无限多次计算，年有效利率为

$$i = \lim_{n \to \infty} \left(1 + \frac{r}{n}\right)^n - 1$$

式中，$\left(1 + \dfrac{r}{n}\right)^n = \left[\left(1 + \dfrac{r}{n}\right)^{\frac{n}{r}}\right]^r$。

根据基本极限公式 $\lim\limits_{n \to \infty} \left(1 + \dfrac{r}{n}\right)^{\frac{n}{r}} = e$，得到

$$i = \lim_{n \to \infty} \left[\left(1 + \frac{r}{n}\right)^{\frac{n}{r}}\right]^r - 1 = e^r - 1 \qquad (4\text{-}14)$$

也就是说，如果复利是连续地计算，则年有效利率就是 $e^r - 1$。

就整个社会而言，资金确实是在不停地运动，每时每刻都通过生产和流通在增值，从理论上讲应采用瞬间复利即连续复利，但实际工作中一般采用离散式复利，即按一定的时间间隔计息。

为比较各种计息期年有效利率的变化情况，列出表 4-7。表示名义利率为 10%，分别按年、半年、季、月、周、日、瞬时计算复利的相应年有效利率。

表 4-7　各种计息期年有效利率（$r = 10\%$）

计 息 期	每年计息次数 n	计息期有效利率 r/n	年有效利率 i
一年	1	10%	10%
半年	2	5%	10.25%
一季	4	2.5%	10.38%

（续）

计 息 期	每年计息次数 n	计息期有效利率 r/n	年有效利率 i
一月	12	0.833 3%	10.46%
一周	52	0.192 3%	10.506%
一日	365	0.027 4%	10.516%
瞬时	∞	0.000%	10.517%

例4-13 某企业向银行贷款 200 万元，名义利率为 12%，要求每月计息一次，每月末等额还款，3 年还清，问每月偿还多少？

解： 画出现金流量图，如图 4-15 所示。

已知 $P = 200$ 万元，$n = 3 \times 12$ 个月 $= 36$ 个月，$r = 12\%$，则 $i_月 = 1\%$，求 A。

根据式（4-9）可知

$$A = P \frac{i(1+i)^n}{(1+i)^n - 1}$$

$$= 200 \text{ 万元} \times \frac{1\%(1+1\%)^{36}}{(1+1\%)^{36} - 1} \text{万元} = (200 \times 0.033\ 214) \text{万元} = 6.642\ 8 \text{ 万元}$$

可知 3 年内每月等额偿还 6.642 8 万元。

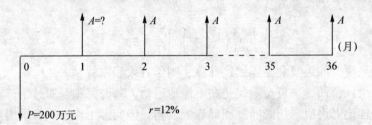

图 4-15 现金流量图

例4-14 例 4-13 中如果要求每年末等额偿还，3 年还清，每月计息一次，问每年偿还多少？

解： 由名义利率 12% 求有效利率。

$$i = \left(1 + \frac{r}{n}\right)^n - 1 = \left(1 + \frac{12\%}{12}\right)^{12} - 1 = 12.682\ 5\%$$

根据式（4-9）可知

$$A = P \frac{i(1+i)^n}{(1+i)^n - 1}$$

$$= \left[200 \times \frac{12.682\,5\%\,(1+12.682\,5\%)^3}{(1+12.682\,5\%)^3 - 1} \right] 万元 = (200 \times 0.421\,24)\,万元$$

$$= 84.248\,万元$$

所以,每年应偿还 84.248 万元。

第四节 资金时间价值基本公式的应用

一、计算货币的未知量

例 4-15 某企业现在贷款 10 000 元,年利率为 6%,10 年内偿还完毕,试确定下列 4 种偿还方案的偿还数额。

方案 I 每年年底偿还利息 600 元,最后一次偿还本利 10 600 元。

方案 II 每年除偿还利息外,还归还本金 1 000 元,10 年到期全部归还。

方案 III 将本金加 10 年利息总和均匀分摊于各期中。

方案 IV 10 年末本利一次偿还。

解:计算结果见表 4-8。

表 4-8 四种等值偿还贷款方案 （单位:元）

年 数	贷 款 额	四种等值的偿还方案			
		I	II	III	IV
0	10 000				
1		600	1 600	1 359	
2		600	1 540	1 359	
3		600	1 480	1 359	
4		600	1 420	1 359	
5		600	1 360	1 359	
6		600	1 300	1 359	
7		600	1 240	1 359	
8		600	1 180	1 359	
9		600	1 120	1 359	
10		10 600	1 060	1 359	17 910
合 计		16 000	13 300	13 590	17 910

由计算结果可看出,四个方案偿还的总值是不相同的,这四个不同偿还方案与 10 000 元本金是等价的。

从投资者立场来看，四种方案中任何一种都可以偿付他现在的投资。从贷款者的立场来看，只要他同意在今后以四种方式中的任何一种来偿还，他今日都可得到 10 000 元的使用权。

例4-16　某工程项目建设采用银行贷款，贷款数额为每年初贷款 100 万元，连续 5 年向银行贷款，年利率 10%，求 5 年贷款总额的现值及第 5 年末的未来值各为多少？

解：画出现金流量图，如图 4-16 所示。

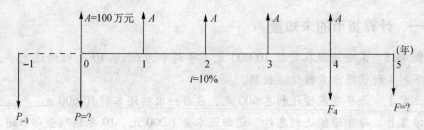

图 4 -16　现金流量图

已知 $A = 100$ 万元，$i = 10\%$，求 P，F。

（1）解法 1：先求 P_{-1}，再求 P，F。

$$P_{-1} = A\left(\frac{P}{A}, 10\%, 5\right) = (100 \times 3.790\ 8)\ \text{万元} = 379.08\ \text{万元}$$

$$P = P_{-1}\left(\frac{F}{P}, 10\%, 1\right) = (379.08 \times 1.100\ 0)\ \text{万元} = 416.99\ \text{万元}$$

$$F = P_{-1}\left(\frac{F}{P}, 10\%, 6\right) = (379.08 \times 1.771\ 6)\ \text{万元} = 671.58\ \text{万元}$$

（2）解法 2：先求 F_4，再求 P，F。

$$F_4 = A\left(\frac{F}{A}, 10\%, 5\right) = (100 \times 6.105\ 1)\ \text{万元} = 610.51\ \text{万元}$$

$$P = F_4\left(\frac{P}{F}, 10\%, 4\right) = (610.51 \times 0.683\ 0)\ \text{万元} = 416.98\ \text{万元}$$

$$F = F_4\left(\frac{F}{P}, 10\%, 1\right) = (610.51 \times 1.100\ 0)\ \text{万元} = 671.56\ \text{万元}$$

二、计算未知利率

在计算技术方案的等值时，有时会遇到这样一种情况，即现金流量 P、F、A 以及计算期 n 均为已知量，而利率 i 为待求的未知量。比如，求方案的收益率，国民经济的增长率等就属于这种情况。这时，可以借助查复利表利用线性内插法近似地求出 i 来。

例4-17　已知现在投资 300 元，9 年后可一次获得 525 元。求利率 i 为多少？

解：利用式(4-4)$F = P\left(\dfrac{F}{P}, i, n\right)$可知

$$525 = 300\left(\dfrac{F}{P}, i, 9\right)$$

$$\left(\dfrac{F}{P}, i, 9\right) = \dfrac{525}{300} = 1.750$$

从复利表中查到，当 $n = 9$ 时，1.750 落在利率 6% 和 7% 之间。从 6% 的位置查到 1.689 5，从 7% 的位置上查到 1.838 5。用直线内插法可得

$$i = 6\% + \dfrac{(1.750 - 1.689\,5)(7\% - 6\%)}{(1.838\,5 - 1.689\,5)}$$

$$\approx 6.41\%$$

计算表明，利率 i 约为 6.41%。

把上述例子推广到一般情况，我们设两个已知的现金流量之比($F/P, F/A$ 或 P/A 等)对应的系数为 f_0，与此最接近的两个利率为 i_1 和 i_2，i_1 对应的系数为 f_1，i_2 对应 f_2(见图4-17)。

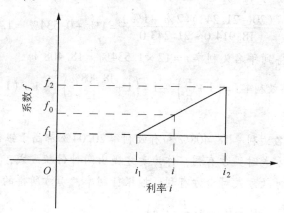

图4-17　系数 f_0 与利率 i 的对应图

根据图4-17，求利率 i 的算式为

$$i = i_1 + \dfrac{(f_0 - f_1)(i_2 - i_1)}{f_2 - f_1} \tag{4-15}$$

例4-18　某公司欲买一台机床，卖方提出两种付款方式：

(1) 若买时货款一次付清，则售价为 30 000 元。

(2) 若买时第一次支付货款 10 000 元，以后 24 个月内每月支付 1 000 元。

当时银行利率为 12%，问若这两种付款方案在经济上是等值的话，那么，对于等值的两种付款方式，卖方实际上得到了多大的名义利率与有效利率？

解：两种付款方式中有 10 000 元现值相同，剩下 20 000 元付款方式不同，

根据题意，已知 $P = 20\,000$ 元，$A = 1\,000$ 元，$n = 24$ 个月，求月利率 i。

$$P = A\left(\frac{P}{A}, i, n\right)$$

$$20\,000 = 1\,000\left(\frac{P}{A}, i, 24\right)$$

$$\left(\frac{P}{A}, i, 24\right) = \frac{20\,000}{1\,000} = 20 = f_0$$

查书后复利表可知：

$i_1 = 1\%$ 时，$\left(\dfrac{P}{A}, 1\%, 24\right) = 21.243\,0 = f_1$；

$i_2 = 2\%$ 时，$\left(\dfrac{P}{A}, 2\%, 24\right) = 18.914\,0 = f_2$。

说明，所求月利率 i 介于 i_1 与 i_2 之间，利用式（4-15），得

$$i = i_1 + \frac{(f_0 - f_1)(i_2 - i_1)}{f_2 - f_1}$$

$$= 1\% + \frac{(20 - 21.243)(2\% - 1\%)}{18.914\,0 - 21.243\,0} = 1\% + 0.534\% = 1.534\%$$

那么，卖方得到年名义利率 $r = 12 \times 1.534\% = 18.408\%$

卖方得到年有效利率 $i = \left(1 + \dfrac{r}{n}\right)^n - 1 = \left(1 + \dfrac{18.408\%}{12}\right)^{12} - 1 = (1 + 0.015\,34)^{12} -$

$1 = 20.04\%$

由于上述的名义利率 18.408% 和有效利率 20.04% 都高于银行利率 12%，因此，第一种付款方式对买方有利，作为卖方提出两种付款方式，则买方应选择第一种。而第二种付款方式对卖方有利，按银行利率，卖方所得的现值为

$$P = P_1 + A\left(\frac{P}{A}, i, n\right)$$

$$= 10\,000\ 元 + 1\,000\ 元 \times \left(\frac{P}{A}, 1\%, 24\right)$$

$$= (10\,000 + 1\,000 \times 21.243\,0)\ 元$$

$$= 31\,243.4\ 元$$

例 4-19 假设一个 25 岁的人投资人身保险，保险期 50 年，在这段期间，每年末缴纳 150 元保险费。在保险期间内，若发生人身死亡或期末死亡，保险人均可获得 10 000 元保险金。问投资这段保险期的有效利率？若该人活到 52 岁去世，则银行年利率为 6%，问保险公司是否吃亏？

解： 画出现金流量图，如图 4-18 所示。

已知 $A = 150$ 元，$F = 10\,000$ 元，$n = 50$ 年，求 i。

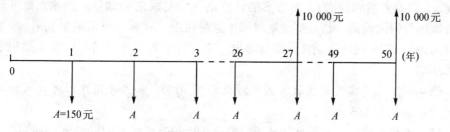

图 4-18　现金流量图

根据式 (4-6) $F = A\left(\dfrac{F}{A}, i, n\right)$ 可知

$$10\,000 = 150\left(\frac{F}{A}, i, 50\right)$$

$$\left(\frac{F}{A}, i, 50\right) = 66.667\,0 = f_0$$

查书后复利表可知：

$i_1 = 1\%$ 时，$\left(\dfrac{F}{A}, 1\%, 50\right) = 64.463\,0 = f_1$

$i_2 = 2\%$ 时，$\left(\dfrac{F}{A}, 2\%, 50\right) = 84.579\,0 = f_2$

说明，所求 i 介于 i_1 与 i_2 之间，利用式 (4-14) 得

$$i = i_1 + \frac{(f_0 - f_1)(i_2 - i_1)}{f_2 - f_1}$$

$$= 1\% + \frac{66.667 - 64.463}{84.579\,0 - 64.463\,0}(2\% - 1\%) = 1\% + 0.11\% = 1.11\%$$

所以，50 年保险期的有效利率为 1.11%。

若此人活到 52 岁就去世了，则在保险期内的第 27 年保险公司要赔偿 10 000 元，若计算其是否吃亏，就与存款在银行所得本利和作比较：

$$F = A\left(\frac{F}{A}, i, n\right) = 150\ \text{元}\left(\frac{F}{A}, 6\%, 27\right) = 150 \times 63.706\,0\ \text{元} = 9\,555.9\ \text{元}$$

保险公司亏损 $(10\,000 - 9\,555.9)$ 元 $= 444.1$ 元

可见，此人投保期间的有效利率只有 1.11%。若此人 52 岁时去世了，则保险公司就亏损 444.1 元。

说明社会保险是一项社会福利事业，如果社会投保面广，经营得当，也是盈利大的事业。

三、计算未知年数

在计算技术方案等值的过程中另一种可能的情况是：已知方案现金流量 P、

F 或 A，以及方案的利率 i，而方案的计算期 n 为待求的未知量。例如，要求计算方案的投资回收期，借款清偿期就属于这种情况。这时仍可借助复利表（本书后的附表），利用线性内插法近似地求出 n 来。其求解基本思路与计算未知利率大体相同。

例4-20   假定国民经济收入的年增长率为10%，如果使国民经济收入翻两番，问从现在起需多少年？

解： 设现在的国民经济收入为 P，若干年后翻两番则为 $4P$，由式(4-4)得

$$F = P\left(\frac{F}{P}, 10\%, n\right)$$

$$4P = P\left(\frac{F}{P}, 10\%, n\right)$$

$$\left(\frac{F}{P}, 10\%, n\right) = 4$$

查书后附表10可知，当 $i = 10\%$ 时，4落在年数14年和15年之间。当 $n = 14$ 年时，$(F/P, 10\%, 14) = 3.797\,5$，当 $n = 15$ 年上时，$(F/P, 10\%, 15) = 4.177\,2$。用直线内插法得到

$$n = \left(14 + \frac{(4 - 3.797\,5)(15 - 14)}{4.177\,2 - 3.797\,5}\right) 年 = 14.53 \ 年$$

上述的例子推广到一般情况，仿照式(4-14)，可得出

$$n = n_1 + \frac{(f_0 - f_1)(n_2 - n_1)}{f_2 - f_1} \tag{4-16}$$

例4-21   某企业向外资贷款200万元建一工程，第3年投产，投产后每年净收益40万元，若年利率10%，问投产后多少年能归还200万元贷款的本息。

解： 画出现金流量图，如图4-19所示。

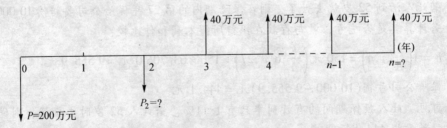

图4-19 现金流量图

为使计算方案能利用公式，将第2年末（第3年初）作为基期，计算 P_2。

$$P_2 = 200\left(\frac{F}{P}, 10\%, 2\right) = (200 \times 1.210\,0) 万元 = 242 \ 万元$$

然后，利用式(4-8)计算从投产后算起的偿还期 n。

$$P = A\left(\frac{P}{A}, 10\%, n\right)$$

$$242 = 40\left(\frac{P}{A}, 10\%, n\right)$$

$$\left(\frac{P}{A}, 10\%, n\right) = \frac{242}{40} = 6.05$$

在 $i = 10\%$ 的复利表（见附表10）上，6.05 落在第 9 年和第 10 年之间。当 $n_1 = 9$ 时，$(P/A, 10\%, 9) = 5.759\,0$；当 $n_2 = 10$ 时，$(P/A, 10\%, 10) = 6.144\,6$。根据式（4-15），有

$$n = n_1 + \frac{(f_0 - f_1)(n_2 - n_1)}{f_2 - f_1} = \left[9 + \frac{(6.05 - 5.759)(10 - 9)}{6.144\,6 - 5.759}\right] 年 = 9.754\,7 \; 年$$

即投产后 9.754 7 年后能全部还清货款的本息。

复 习 题

1. 某人存入银行 1 000 元，年利率为 9%，分别用单利和复利计算 3 年后获本利和各多少？

2. 现有两个存款机会，一为投资 1 000 万元，期限 3 年，年利率 7%，单利计算；二为同样投资及年限，但利率 6%，按复利计算，应选择哪种方式？

3. 某企业向银行贷款，第 1 年初借入 10 万元，第 3 年初借入 20 万元，利率为 10%，第 4 年末偿还 25 万元，并打算第 5 年末一次还清。试计算第 5 年末应偿还多少？并画出以借款人（企业）为立脚点的现金流量图和以贷款人（银行）为立脚点的现金流量图。

4. 下列一次支付的终值 F 为多少？

（1）年利率 12%，存款 1 000 元，存期 6 年。

（2）年利率 10%，投资 15 万元，5 年后一次回收。

5. 下列期终一次支付的现值为多少？

（1）年利率 5%，第 5 年末 4 000 元。

（2）年利率 10%，第 10 年末 10 000 元。

6. 下列等额支付的终值为多少？

（1）年利率 6%，每年年末存入银行 100 元，连续存款 5 年。

（2）年利率 10%，每年年末存入银行 200 元，连续存款 10 年。

7. 下列等额支付的现值为多少？

（1）年利率 8%，每年年末支付 100 元，连续支付 8 年。

（2）年利率 10%，每年年末支付 500 元，连续支付 6 年。

8. 下列终值的等额支付为多少？

（1）年利率 6%，每年年末支付一次，连续支付 10 年，10 年末积累金额 10 000 元。

（2）年利率 8%，每年年末支付一次，连续支付 6 年，6 年末积累金额 5 000 元。

9. 下列现值的等额支付为多少？

（1）年利率 6%，借款 2 000 元，计划借款后的第一年年末开始偿还，每年偿还一次，分

4 年还清。

(2) 年利率 8%，借款 4 万元，借款后第 1 年年末开始偿还，每年末偿还一次，分 10 年还清。

10. 某建设项目投资贷款 200 万元，银行要求 4 年内等额回收全部投资贷款，已知贷款利率为 8%，那么该项目年净收益应为多少才可按期偿还贷款？

11. 建设银行贷款给某建设单位，年利率为 5%，第 1 年初贷给 3 000 万元，第 2 年初贷给 2 000 万元，该建设单位第 3 年末开始用盈利偿还贷款，按协议至第 10 年末还清。问该建设单位每年末应等额偿还多少？

12. 某建筑企业 7 年前用 3 500 元购买了一台机械，每年用此机械获得收益为 750 元，在第 1 年时维护费为 100 元，以后每年递增维护费 20 元。该单位打算现在（第 7 年末）转让出售，问若年利率为 10%，最低售价应为多少？

13. 某人计划从 1 年后开始存入 500 元，并且预计要在 9 年之内每年存款额将逐年增加 100 元，若年利率是 5%，问该项投资的现值是多少？

14. 某技术转让项目，合同规定甲方向乙方第 1 年支付费用 4 万元，而后每年以 $j = 6\%$ 递增支付，直到第 10 年，若银行利率为 10%，求与之等值的现值、终值和年值各为多少？

15. 某企业采用每月月末支付 300 元的分期付款方式购买一台价值 6 000 元的设备，共分 24 个月付完。问名义利率是多少？

16. 一笔 10 万元的贷款，名义年利率 8%，每季复利一次，问 2 年后的本利和为多少？

17. 如果现在投资 1 000 元，10 年后可一次获得 2 000 元，问利率为多少？

18. 利率 10% 时，现在的 100 元，多少年后才成为 200 元？

19. 某企业以年利率 8% 存入银行 5 万元，用以支付每年年末的设备维修费。设每年末支付的维修费为 8 000 元，问该存款能支付多少年？

20. 有一支付系列，第 3 年年末支付 500 元，以后 12 年每年支付 200 元。设年利率为 10%，试画出此支付系列的现金流量图，并计算：

(1) 零期（第 1 年年初）的现值。

(2) 第 15 年年末的终值。

(3) 第 10 年年末的时值。

21. 以按揭贷款方式购房，贷款 30 万元。假定年名义利率为 12%，10 年内按月等额分期付款，每月应付多少？

22. 一技改工程准备 6 年后启动，计划投资 200 万元。若年利率是 8%，每年都存入等量资金，问每年年初需存入多少资金？

23. 某公司贷款 10 万元，10 年内于每年年末等额还清本利和，贷款年利率为 8%。试求到第 2 年年末，该公司共向银行支付多少利息？

第五章

现金流量法（一）——单方案评价

第一节 项目的计算期和现金流量表

对投资项目或技术方案进行评价和分析时，都是根据方案特定时期内的现金流量进行的，因此，首先应了解项目的计算期和现金流量表。

一、项目计算期的确定

项目计算期也称项目经济寿命期，是指对拟建项目进行现金流量分析时应确定的项目的服务年限。项目计算期包括拟建项目的建设期和运营期两个阶段。

1. 建设期

项目建设期是指项目从开始施工到全部建成投产所需要的时间。建设期的主要工作是：安排建设计划、签订经济合同、筹集资金、组织施工、检查工程进度、进行生产准备。建设期的长短与投资项目规模大小、行业性质和建设方式有关，应根据实际需要加以确定。在这里需要指出的是：一方面由于建设期内一般只有投入，没有或很少有产出，因此建设期过长，会增加项目的投资成本；另一方面，项目的建成投产标志着项目开始产生投资收益，建设期过长，会推迟这种获利机会的到来，从而影响到项目预期的投资效果；因此可以说，在确保投资项目工程建设质量的前提下，项目建设期应尽可能地缩短。

2. 运营期

运营期一般又分为达产期和投产期。投产后达到设计生产能力的时间成为投产期，达到设计生产能力后的时期称为达产期。项目生产期一般不等同于该项目建成后的服务期，而是根据该项目的性质、技术水平、技术进步即实际服务期的长短来合理确定。除某些采掘工业受资源储量限制需合理确定开采年限外，一般工业项目的生产期可按固定资产综合折旧寿命计，一般项目 15 年左右，最多不超过 20 年；对于某些折旧年限较长的特殊项目，如某些水利、交通等项目，其项目生产期可延长至25年，甚至30年以上；项目的生产期需要根据行业的特点来具体确定。

对于不同的投资项目，其现金流量的分布、资金的回收时间安排往往会有差异。若项目的计算期确定的太短，就有可能在决定项目取舍或投资方案比较或选择时，错过一些具有更大潜在盈利机会的投资项目；但项目的计算期又不宜定得过长，由于经济情况发生变化的可能性会变大，从而计算误差会变大。另一方面按折现法计算，将几十年后的收益金额折现为现值，数额较小，不会对评价结论发生关键性影响。因此，就要求我们在投资项目的经济分析和投资决策过程中应该合理地确定项目的计算期。

二、现金流量

在第四章中已简要地介绍了现金流量的概念，下面我们从工程经济分析的角度出发，对现金流量进行进一步的介绍与分析。

1) 对项目进行经济评价时，首先应分清项目的投入与产出的内容，也即要分清收入与支出的内容，这是我们正确理解与计算现金流量这个概念的前提。因为项目的现金流量是根据该项目在计算期内的收入与支出情况来确定的。一个工程项目在某一时间内支出的费用称为现金流出，如在项目计算期内发生的工程开发规划设计、征用土地、购置设备、土建施工、设备安装及其他建设费用等固定资产投资和流动资金投资、在项目生产期内发生的经营成本、税金等均属于现金流出的内容。而现金流入是指项目在该时间内即取得的收入，如在项目生产期内取得的销售收入，在项目寿命结束时应回收的固定资产余值和流动资金等均属于现金流入的范畴。现金流出和现金流入通称为现金流量。

2) 在计算项目的现金流量时，有一个需要注意的问题，就是现金流量只计算现金收支，不计算非现金收支；只考虑现金，不考虑借款利息。因为我们在进行项目的经济评价时，是把项目看作一个独立的系统，然后考察项目在建设期和生产期内各年流出系统的费用支出和流入该系统的现金流入，也就是考察现金流量，因此，那些发生在系统内部的资金转换，如折旧、维简费等，以及只在账面显示并没有实际发生的收支内容，如应收账款、应付款项等，就不能计入现金流量。

三、现金流量表

现金流量表是指能够直接、清楚地反映项目在整个计算期内各年的现金流量（资金收支）情况的一种表格，利用它可以进行现金流量分析，计算各项静态和动态评价指标，是评价项目投资方案经济效果的主要依据。

现金流量表的一般形式见表5-1。

表 5-1 现金流量表 （单位:万元）

序号	年 份 项 目	建设期		投产期		达产期				合计
		1	2	3	4	5	6	...	n	
	生产负荷									
1	现金流入									
1.1	产品销售(营业)收入									
1.2	回收固定资产余值									
1.3	回收流动资金									
2	现金流出									
2.1	固定资产投资									
2.2	流动资金									
2.3	经营成本									
2.4	销售税金及附加									
2.5	所得税									
3	净现金流量(1−2)									
4	累计净现金流量									
5	所得税前净现金流量									
6	所得税前累计净现金流量									

从表 5-1 可以看出，现金流量表的纵列是现金流量项目，其编排按现金流入、现金流出、净现金流量的顺序进行；表的横向是年份，按项目计算期的各阶段来排列。整个现金流量表中既包含现金流量各个项目的基础数据，又包含计算的结果；既可纵向看各年的现金流动情况，又可横向看各项目的发展变化，直观方便，综合性强。

在现金流量表中一个重要的栏目是净现金流量栏目。净现金流量是指项目在一定时期内现金流入与现金流出的差额。通常现金流入取正号，现金流出取负号。根据项目所处在计算期的不同阶段，各年的现金流量有正有负，其计算分述如下。

（1）项目建设期内每年净现金流量 计算式为

$$净现金流量 = -（固定资产投资 + 流动资金投资）$$

在这个阶段由于只有现金流出，而没有现金流入，因此净现金流量是负值。

（2）项目生产期初的每年净现金流量 计算式为

$$净现金流量 = 销售收入 - 经营成本 - 销售税金 - 所得税 - 流动资金增加额$$

在这个阶段由于还未达到设计生产能力，销售收入不太稳定，因而导致净现金流量可能为正，也可能为负。

（3）项目正常生产期内每年净现金流量 计算式为

$$净现金流量 = 销售收入 - 经营成本 - 销售税金 - 所得税$$

在这个阶段，一般情况下净现金流量是正值。如果出现负值，则说明项目亏损，是不可行的。

(4) 项目计算期最后一年的年净现金流量　计算式为

$$\text{净现金流量} = \text{销售收入} + \text{回收固定资产余值} + \text{回收流动资金} - \text{经营成本} - \text{销售税金} - \text{所得税}$$

项目计算期的最后一年也即项目寿命期终了的年份，在这个阶段，前期投入的流动资金要回收，还要回收固定资产余值，因此一般净现金流量是正值。

例 5-1　某公司准备购入一设备以扩充生产能力。需投资24 000元，使用寿命为5年，采用直线法计提折旧，5年后设备净残值收入4 000元。5年中每年销售收入10 000元，经营成本第1年为4 000元，以后随着设备陈旧，将逐年增加修理费200元，另需垫支营运资金3 000元，假设所得税率为40%，试计算该方案的现金流量。

解：该投资方案现金流量见表5-2。

表 5-2　投资方案现金流量表　　　　　　　　（单位：元）

项目 ＼ 时间	0	1	2	3	4	5
(1) 销售收入		10 000	10 000	10 000	10 000	10 000
(2) 固定资产余值						4 000
(3) 流动资金回收						3 000
(4) 固定资产投资	−24 000					
(5) 流动资产投资	−3 000					
(6) 经营成本		4 000	4 200	4 400	4 600	4 800
(7) 折旧		4 000	4 000	4 000	4 000	4 000
(8) 税前净利		2 000	1 800	1 600	1 400	1 200
(9) 所得税		800	720	640	560	480
(10) 税后净利		1 200	1 080	960	840	720
(11) 现金流量	−27 000	5 200	5 080	4 960	4 840	11 720

注：表中(7)折旧 $= \dfrac{\text{固定资产投资} - \text{设备残值}}{\text{折旧年限}} = \left(\dfrac{24\,000 - 4\,000}{5}\right)$元 $= 4\,000$ 元；

　　(8)税前净利 = (1) − (6) − (7)；

　　(9)所得税 = (8) × 40%；

　　(10)税后净利 = (8) − (9)；

　　(11)现金流量 = (1) + (2) + (3) − (4) − (5) − (6) − (9)。

第二节　单方案评价

单方案评价不涉及多个方案之间的比较，只研究独立项目的经济效果，并做出最后结论，为项目的取舍提供决策依据，所以也称绝对经济效益评价。即通过技术方案本身的效益与费用的计算与比较，评价、选择方案。技术方案的绝对经济效益，也叫总效益。技术方案可以是某个投资项目，也可以是某个项目的设计方案。在经济评价中分析单个方案常用的指标有：投资回收期，投资收益率，净现值，净年值、净终值，内部收益率等。通过这些指标来判断方案是否可行，故称判据。

第三节　投资回收期

投资回收期又叫投资返本期或投资偿还期。所谓投资回收期是指以项目的净收益抵偿全部投资所需要的时间。这里所说的净收益主要是指利润，此外还可以包括按制度规定允许作为还款用的折旧、摊销及其他资金；全部投资包括固定资产投资、固定资产投资方向调节税(现暂停征收)、建设期贷款利息和流动资金。

投资回收期，是反映项目财务上投资回收能力的重要指标，是用来考察项目投资盈利水平的经济效益指标。计算投资回收期(以年为单位)一般从方案投产时算起，若从投资开始时算起应予以注明。投资回收期的计算，按是否考虑时间价值而分为静态投资回收期与动态投资回收期。

一、静态投资回收期(P_t)

静态投资回收期的表达式为

$$\sum_{t=0}^{P_t} (CI - CO)_t = 0 \tag{5-1}$$

式中　　CI——现金流入量；

CO——现金流出量；

$(CI - CO)_t$——第 t 年的净现金流量。

如果投产或达产后的年净收益相等，或用年平均净收益计算时，则投资回收期的表达式转化为

$$P_t = \frac{P}{A} \tag{5-2}$$

式中　P_t——投资回收期(年)；

P——全部投资；

A——等额净收益或年平均净收益；

实际上，投产或达产后的年净收益不可能都是等额数值，因此，投资回收期亦可根据全部投资财务现金流量表中累计净现金流量计算求得，表中累计净现金流量等于零或出现正值的年份，即为项目投资回收的终止年份。其计算式为

静态投资回收期(P_t)

$$= \left[\begin{array}{c} \text{累计净现金流量} \\ \text{出现正值的年份} \end{array} \right] - 1 + \frac{\text{上年累计净现金流量的绝对值}}{\text{当年净现金流量}} \tag{5-3}$$

式中的小数部分也可化为月数，从而可用年和月表示计算结果。

设基准投资回收期为P_c，则判别准则为

若$P_t \leqslant P_c$，则项目可以接受；若$P_t > P_c$，则项目应予以拒绝。

例5-2　某方案的有关数据见表5-3，其建设期为3年，生产期为20年，并且各年的收益不同，已知基准投资回收期为8年，试用投资回收期指标评价方案。

解：根据表5-3可知，方案的建设期为3年，累计净现金流量出现正值的年份为投产后的第8年，当年的净现金流量为792万元，上年累计净现金流量的绝对值为282万元，按公式计算投资回收期P_t。

表5-3　静态投资回收期计算表　　　　　　（单位：万元）

年份	年初投资	年现金流入	累计净现金流量	年份	年初投资	年现金流入	累计净现金流量
1	-1 250		-1 250	13		1 074	+2 940
2	-1 500		-2 750	14		1 074	+4 014
3	-1 500		-4 250	15		1 074	+5 088
4	-750	374	-4 626	16		1 074	+6 162
5		374	-4 252	17		1 074	+7 236
6		374	-3 878	18		1 074	+8 310
7		374	-3 504	19		1 074	+9 384
8		1 074	-2 430	20		1 074	+10 458
9		1 074	-1 356	21		1 074	+11 532
10		1 074	-282	22		1 074	+12 606
11		1 074	+792	23		1 074	+13 680
12		1 074	+1 866				

$$P_t = \left(8 - 1 + \frac{282}{1\ 074}\right)\text{年} = 7.26\ \text{年}$$

由于$P_c = 8$，$P_t < P_c$。所以方案是可取的。

二、动态投资回收期

为了克服静态投资回收期未考虑资金时间价值的缺陷，可采用动态投资回收期指标对技术方案进行评价和比选。所谓动态投资回收期是指，在考虑资金时间价值条件下按设定的利率收回全部投资所需要的时间。其计算式为

$$\sum_{t=0}^{P'_t} (CI - CO)_t (1 + i_c)^{-t} = 0 \tag{5-4}$$

式中　P'_t——动态投资回收期（年）。

如果项目投产后或达到正常生产能力后年净收益相等，则动态投资回收期的

计算公式可推导如下：

设总投资 P 在计算期期初一次性投入，设定利率为 i，年净收益为 A。根据动态投资回收期计算公式，有

$$-P + A\left(\frac{P}{A}, i, P'_t\right) = 0$$

解得

$$P'_t = \frac{-\lg\left(1 - \frac{Pi}{A}\right)}{\lg(1+i)} \tag{5-5}$$

例 5-3 某企业初始投资为 1 000 万元，投产后每年获得收益 200 万元。如投资贷款年利率为 8%，求该企业的投资回收期。

解：（1）应用式(5-5)求精确解

$$P'_t = \frac{-\lg\left(1 - \frac{0.08 \times 1\,000}{200}\right)}{\lg(1+0.08)} \text{年} = 6.64 \text{ 年}$$

（2）根据式(5-4)，$-1\,000 + 200\left(\frac{P}{A}, 8\%, P'_t\right) = 0$

$$\left(\frac{P}{A}, 8\%, P'_t\right) = \frac{1\,000}{200} = 5$$

从书后附复利表中查得利率为 8% 时，P/A 系数为 5 的值在 6～7 年之间。即

6 年	4.622 9
P'_t 年	5.000 0
7 年	5.206 4

用插入法计算可得

$$P'_t = \left(6 + \frac{5.000\,0 - 4.622\,9}{5.206\,4 - 4.622\,9} \times 1\right) \text{年} = 6.65 \text{ 年}$$

与精确值相比略有出入，一般已够精度要求。假如该例题不考虑资金时间价值，则静态投资回收期为 5 年。显然，由于复利计算的结果，动态投资回收期大于静态投资回收期。但在投资回收期不长和折现率不大的情况下，两种投资回收期差别不大，不至于影响项目或方案的选择。因此，只有在静态投资回收期很长的情况下，才有必要进一步计算动态投资回收期。

如果投资方案各年的现金流量为非等额数值，可以用现金流量表计算，其计算方法与静态投资回收期类似，其公式为

动态投资回收期(P'_t)

$$= \left[\begin{array}{c}\text{累计净现金流量现}\\\text{值出现正值的年份}\end{array}\right] - 1 + \left[\begin{array}{c}\text{上年累计净现金流量现值的绝对值}\\\text{当年净现金流量的现值}\end{array}\right] \tag{5-6}$$

例 5-4 某项目有关数据见表 5-4，设 $i_c = 10\%$，计算该项目的动态投资回收期。

表5-4　某项目有关数据表　　　　　（单位：万元）

年　序	0	1	2	3	4	5	6	7
投资	20	500	100					
经营成本				300	450	450	450	450
销售收入				450	700	700	700	700
净现金流量	−20	−500	−100	150	250	250	250	250
折现系数 $1/(1+10\%)^t$	1.000 0	0.909 1	0.826 4	0.751 3	0.683 0	0.620 9	0.564 5	0.513 2
净现金流量现值	−20	−454.6	−82.6	112.7	170.8	155.2	141.1	128.3
累计净现金流量现值	−20	−474.6	−557.2	−444.5	−273.7	−118.5	22.6	150.9

根据式(5-6)，有

$$P'_t = \left(6 - 1 + \frac{|-118.5|}{141.1}\right)年 = 5.84 \ 年$$

动态投资回收期用于投资方案的判别准则可根据净现值的判别准则推出。根据净现值的计算公式（见第五节）和动态投资回收期的计算公式，可以得到

当 $NPV=0$ 时，有 $P'_t=n$，即净现值等于零时的动态投资回收期就是方案的寿命期；

当 $P'_t<n$ 时，则 $NPV>0$，方案可以考虑接受；

当 $P'_t>n$ 时，则 $NPV<0$，方案不可行。

投资回收期具有明确的经济意义，计算简单、直观，便于投资者衡量项目的风险能力，并能在一定程度上反映投资效益的优劣。项目决策面临着未来的不确定性因素的挑战，这种不确定性所带来的风险随着时间的推移而增加。为了减少这种风险，人们自然希望投资回收期越短越好，基准投资回收期就是使项目风险尽可能小的时间界限。因此，作为能够反映一定经济性和风险性的投资回收期指标，在项目评价中具有独特的地位和作用，并被广泛用作项目评价的辅助指标。然而，投资回收期也有其固有的局限性：①没有考虑计划投资的项目使用年限；②没有考虑投资回收期以后的收益。因此，投资回收期作为评价判据时，有时会使决策失误，往往与其他指标结合使用，以弥补其不足。

第四节　投资收益率

投资收益率也称投资报酬率、投资效果系数，是指项目达到设计生产能力后的一个正常年份的净收益额与项目总投资的比率，对生产期内各年的净收益额变化幅度较大的项目，则计算生产期年平均净收益额与项目总投资的比率。投资收

益率的含义是表明项目投产后单位投资所创造的净收益额,因此,也是进行财务盈利能力分析和考察项目投资盈利水平的重要指标。其计算公式为

$$R = \frac{A}{P} \qquad (5\text{-}7)$$

式中　R——投资收益率;

　　　P——项目总投资;

　　　A——项目达产后正常生产年份的净收益或年平均净收益额。

按分析目的不同,A 可以是年利润总额或年平均利润总额,也可以是年利税总额或年平均利税总额。

设 i_c 为基准投资收益率,则判别准则为:

若 $R \geqslant i_c$,则项目可以考虑接受;若 $R < i_c$,则项目应予以拒绝。

在实际评价工作中,根据分析的具体目的不同,主要计算以下三种投资收益率指标。

1. 投资利润率

投资利润率是指项目达到正常生产年份的利润总额或生产期年平均利润总额与项目总投资的比率。计算公式为

$$投资利润率 = \frac{年利润总额或年平均利润总额}{项目总投资} \times 100\%$$

式中　年利润总额 = 年产品销售收入 − 年产品销售税金及附加 − 年总成本费用

$$\begin{array}{l} 年产品销售 \\ 税金附加 \end{array} = 年增值税 + 年营业税 + 年资源税 + \begin{array}{c} 年城市建 \\ 设维护税 \end{array} + \begin{array}{c} 年教育 \\ 费附加 \end{array}$$

$$项目总投资 = 固定资产投资 + \begin{array}{c} 固定资产投资 \\ 方向调节税 \end{array} + \begin{array}{c} 建设期 \\ 贷款利息 \end{array} + 流动资金$$

项目的投资利润率,可根据项目评价损益表中有关数据计算求得,并与有关部门或行业的平均利润率相比较,以判明项目单位投资盈利能力是否已达到本行业平均水平。

例 5-5　某建设项目,投资估算总额为 85 780 万元,建设期贷款利息为 6 457.35 万元,流动资金为 4 025 万元,固定资产投资方向调节税为零。投产期为 2 年,年利润总额分别为 3 167 万元、4 846 万元,达到设计能力生产期为 16 年,年利润总额为 7 836 万元,求投资利润率。

解:(1) 按年利润总额计算。

$$投资利润率 = \frac{7\ 836}{85\ 780 + 6\ 457.35 + 4\ 025} \times 100\% = \frac{7\ 836}{96\ 262.35} \times 100\% = 8.14\%$$

(2) 按年平均利润总额计算。

$$投资利润率 = \frac{(3\ 167 + 4\ 846 + 7\ 836 \times 16) \div 18}{96\ 262.35} \times 100\%$$

$$= \frac{7\,410.5}{96\,262.35} \times 100\% = 7.7\%$$

2. 投资利税率

投资利税率是指项目达产后正常生产年份的利税总额或生产期年平均利税总额与项目总投资的比率。计算公式为

$$投资利税率 = \frac{年利税总额或年平均利税总额}{项目总投资} \times 100\%$$

式中　年利税总额 = 年销售收入 – 年总成本费用

或　年利税总额 = 年利润总额 + 年销售税金及附加

投资利税率，可根据项目评价损益表中的数据计算求得，并与部门或行业的平均利税率相比较，以判别项目单位投资对国家积累的贡献水平是否达到本行业的平均水平。

3. 资本金利润率

资本金利润率是指达产后正常生产年份的利润总额或生产期年平均利润总额与项目资本金的比率。计算公式为

$$资本金利润率 = \frac{年利润总额或年平均利润总额}{资本金} \times 100\%$$

资本金利润率，是反映项目的资本金盈利能力的重要指标。

一般地讲，投资收益率指标与项目的投资回收期指标互为倒数关系，即

$$R = \frac{1}{P_t} 或 P_t = \frac{1}{R}$$

为了做好建设项目经济评价工作，提高投资效益，保证各类投资项目评价标准的相对统一性、评价参数取值的合理性和评价结论的可比性，《建设项目经济评价方法与参数》(第三版)统一发布了全国各行业财务评价参数。其中财务基准收益率 i_c 和财务基准投资回收期 P_c 是作为项目财务评价的基准判据，而平均投资利润率与平均投资利税率是用来衡量项目的投资利润率或投资利税率是否达到或超过本行业平均水平的评判参数，只作为项目评价的参考依据，不作为项目投资利润率和投资利税率是否达到本行业最低要求的判据。

第五节　净　现　值

净现值(Net Present Value)是反映工程项目在建设期和生产服务年限内获利能力的综合性动态评价指标。净现值指标有财务净现值指标、经济净现值指标和外汇净现值指标，分别适用于项目的财务评价、国民经济评价、涉及外贸项目的评价。三类计算指标的计算方法是相同的。

一、净现值的含义与判别准则

净现值(NPV)是根据项目方案所期望的基准收益率,将方案在计算期内的现金流量折算到基准年的所有现值的代数和。其数学表达式为

$$NPV = \sum_{t=0}^{n} (CI - CO)_t (1 + i_c)^{-t} \tag{5-8}$$

式中　NPV——净现值;

　　　CI_t——第 t 年的现金流入量;

　　　CO_t——第 t 年的现金流出量;

　　　i_c——基准收益率(也称基准折现率);

　　　n——项目计算期。

式(5-8)实质是反映把资金投入某一项目之后,能够获得的增值。当 NPV 为零时,表示方案正好满足预定的收益率;NPV 为负,则表示达不到预定的收益率,但并不一定亏损;NPV 为正,表示除了保证方案得到预定的收益率外,尚有超额剩余。因此,净现值指标的判别准则为:

$NPV > 0$ 时,方案可以考虑接受;$NPV = 0$ 时,临界状态;$NPV < 0$ 时,方案应予以拒绝。

净现值的优点在于,它不仅考虑了资金的时间价值,进行动态评价,而且考虑了方案整个计算期的现金流量,因而它能比较全面地反映方案的经济状况,经济意义明确,能够直接以货币额表示项目的净收益。

净现值的缺点在于,必须首先确定一个符合经济现实的基准收益率,而收益率的确定往往是比较困难的,它只能表明项目的盈利能力超过、等于或未达到要求的水平,而该项目的盈利能力究竟比基准收益率的要求高多少或低多少,则表示不出来,不能真正反映项目投资中单位投资的使用效率。

例 5-6　某项目各年的现金流量见表 5-5,已知 $i_c = 10\%$,试用净现值指标评价其经济可行性。

表 5-5　某项目各年的现金流量表　　　　　　(单位:万元)

年　份 项　　目	0	1	2 ~ 7
销售收入			1 500
投资	2 000	2 000	
经营成本			100
净现金流量	-2 000	-2 000	1 400

解:(1)由表中各年净现金流量和式(5-8)可得

$$NPV = \left[-2\,000 - 2\,000\left(\frac{P}{F},10\%,1\right) + 1\,400\left(\frac{P}{A},10\%,6\right)\left(\frac{P}{F},10\%,1\right) \right]万元$$

$$= (-2\,000 - 2\,000 \times 0.909\,1 + 1\,400 \times 4.355\,3 \times 0.909\,1)万元$$

$$= 1\,724.6\ 万元$$

计算结果表明，该投资方案除达到预定的10%的收益率外，还有现值为1 724.6万元的余额，因此该方案可行。

（2）求净现值还可在现金流量表上继续计算，见表5-6。

表5-6　现金流量表　　　　　　　　　　（单位:万元）

项　目 ＼ 年　份	0	1	2	3	4	5	6	7
销售收入			1 500	1 500	1 500	1 500	1 500	1 500
投资	2 000	2 000						
经营成本			100	100	100	100	100	100
净现金流量	-2 000	-2 000	1 400	1 400	1 400	1 400	1 400	1 400
折现系数$(1+i_c)^t$	1.000 0	0.909 1	0.826 4	0.751 3	0.683 0	0.620 9	0.564 5	0.513 2
净现金流量现值	-2 000	-1 818.2	1 156.96	1 051.82	956.20	869.26	790.30	718.48
累计净现金流量现值	-2 000	-3 818.2	-2 661.24	-1 609.42	-653.22	216.04	1 006.34	1 724.82

由表上计算结果可知，净现值为1 724.82万元，说明该方案达到预定收益率的要求，还有额外剩余，因此该方案可行。

二、净现值函数的特征

净现值公式 $NPV = \sum_{t=0}^{n}(CI-CO)_t(1+i_c)^{-t}$ 中，令 $(CI-CO)_t$ 为 F_t。在常规投资条件下，即 $F_0 < 0$，$\sum_{t=1}^{n}F_t > 0$ $(t=1,2,\cdots,n)$，n 为有限值，F_t 仅改变一次符号，则 $NPV(i)$ 可展开为

$$NPV(i) = F_0 + F_1(1+i)^{-1} + F_2(1+i)^{-2} + \cdots + F_n(1+i)^{-n}$$

设 $NPV(i)$ 为连续函数，因此有

$$\frac{dNPV(i)}{d(1+i)} = -\frac{F_1}{(1+i)^2} - \frac{2F_2}{(1+i)^3} - \cdots - \frac{nF_n}{(1+i)^{n+1}} < 0$$

$$\frac{d^2NPV(i)}{d(1+i)^2} = +\frac{2F_1}{(1+i)^3} + \frac{6F_2}{(1+i)^4} + \cdots + \frac{n(n-1)F_n}{(1+i)^{n+2}} > 0$$

故 $NPV(i)$ 为向下凸的单调递减的函数曲线。

当 $i \to \infty$ 时，$NPV(i) \to -F_0$；

当 $i \to -1$ 时，$NPV(i) \to \infty$。

因此，在 $-1 < i < \infty$ 范围内，$NPV(i)$ 与横轴只相交一次，如图 5-1 所示。

实际的投资方案大多数现金流量都是开始有支出，而后有一系列收入，在 $0 < i < \infty$ 的范围内，常规投资方案大都属于这一类型。按照净现值判别准则，只要 $NPV(i) \geq 0$，方案或项目就可以接受，但由于 $NPV(i)$ 是 i 的减函数，故基准收益率定得越高，方案被接受的可能性就越小。那么，$NPV(i) > 0$，则 i 最大可以大到多少，仍可使方案可以接受呢？很明显，i 可以大到使 $NPV(i) = 0$ 时，这时的 i 达到

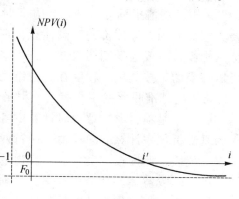

图 5-1　净现值函数曲线

了其临界值 i'，称为内部收益率，其意义将在下面章节中进行介绍。

三、净现值率($NPVR$)

为了考查资金的利用效率，可采用净现值率作为净现值的补充指标。所谓净现值率(Net Present Value Ratio)，也称净现值指数，是指方案的净现值与其投资现值之比。计算公式为

$$NPVR = \frac{NPV}{K_P} = \frac{\sum_{t=0}^{n}(CI - CO)_t(1 + i_c)^{-t}}{\sum_{t=0}^{n} K_t(1 + i_c)^{-t}} \tag{5-9}$$

式中　$NPVR$——净现值率；

K_P——项目总投资现值。

净现值的经济含义是，方案除确保基准收益率外，单位投资现值所取得的净现值额，也就是单位投资现值所获得的超额净收益。这个收益越大，说明每元投资的效率越好，也即方案的经济性越好。

仍用例 5-6 的数据，可得

$$净现值率(NPVR) = \frac{1\ 724.6}{2\ 000 + 2\ 000\left(\frac{P}{F}, 10\%, 1\right)} = 0.45$$

在经济评价中，净现值率判据同净现值判据一样，可以用于单方案评价，同时它作为投资的效率指标，也可用于多方案经济性优劣的排序。

四、基准收益率的选择与确定

采用净现值指标评价和选择方案时，正确选择和确定基准收益率非常重要，它关系到方案评价的正确性和合理确定项目的盈利水平。基准收益率又称目标收益率或最低期望收益率，用来贴求现值又称贴现率。它是投资者可以接受的，按其风险程度在金融市场上可以获得的收益率。

常用的基准收益率主要有行业财务基准收益率和社会折现率。行业财务基准收益率是项目财务评价时计算财务净现值的折现率。用行业基准收益率作为基准折现率计算的净现值，叫行业评价的财务净现值。行业财务基准收益率，代表行业内投资资金应当获得的最低财务盈利水平，代表行业内投资资金的边际收益率。社会折现率，是项目国民经济评价时计算净现值的折现率，用社会折现率作为基准折现率计算的净现值，叫国民经济评价的经济净现值。社会折现率表示从国家角度对资金机会成本和资金时间价值以及对资金盈利能力的一种估量。确定和采用适当的社会折现率，有助于合理使用建设资金、引导投资方向、调控投资规模、促进资金在短期和长期项目之间的合理配置。

利用基准收益率或目标收益率来选择确定项目，实际上是用它来作为一个衡量标准，这个标准收益率水平的高低对方案的选择有很大的影响。如果标准收益率定得太高，则可能会使许多经济效益好的方案被拒绝；若标准收益率定得太低，则可能会接受一些经济效益并不好的方案。从资金投入即收益的时间上来分析，当基准收益率定得偏高时，则时间间隔越长的未来价值在总现值中的比重越小，即对只有近期效益的项目有利。因此，如果资金短缺，应当把收益率标准定得稍高一些。这样，有利于把资金用在获利高、且短期效益好的项目上，有利于资金的增值。

基准收益率的确定必须考虑资金成本、机会成本、投资风险、通货膨胀。

1. 资金成本

资金成本是为取得资金使用权所支付的费用，主要包括筹资费和资金的使用费。筹资费是指在筹集资金过程中发生的各种费用，如委托金融机构代理发行股票、债券而支付的注册费和代理费等，向银行贷款而支付的手续费等。资金的使用费是指因使用资金而向资金提供者支付的报酬。项目投资后的所获利润额必须能够补偿资金成本，然后才能有利可图，因此，基准收益的最低限度不应小于资金成本率，否则便无利可图。

2. 投资的机会成本

投资的机会成本是指投资者将有限的资金用于拟建项目而放弃的其他投资机会所能获得的最大收益。换言之，由于资金有限，当把资金投入拟建项目时，将失去从其他最大的投资机会中获得收益的机会。机会成本的表现形式也是多种多样的。货币形式表现的机会成本，如销售收入、利润等；由于利率的大小决定货币的价格，采用不同的利率(贴现率)也表示货币的机会成本。我们应当看到机会成本是在方案外部形成的，它不可能反映在该方案财务上，必须通过工程经济分析人员的分析比较，才能确定项目的机会成本。机会成本虽不是实际支出，但在工程经济分析时，应作为一个因素加以认真考虑，有助于选择最优方案。显然，基准收益率应不低于单位资金成本和单位投资的机会成本，这样才能使资金得到最有效的利用。

3. 投资风险

通常，项目投资都存在发生亏损的可能性，即投资都是有风险的。为此，投资者自然就要求获得利润，否则是不愿意去冒风险的。为了限制对风险大、盈利低的项目进行投资，可以采取提高基准收益率的办法来进行项目经济评价。

4. 通货膨胀

所谓通货膨胀是指由于货币(这里指纸币)的发行量超过商品流通所需要的货币量而引起的货币贬值和物价上涨现象。在通货膨胀影响下，各种材料、设备、房屋、土地的价格以及人工费都会上升。为反映和评价出拟建项目在未来的真实经济效果，在确定基准收益率时，应考虑这种影响，结合投入产出价格的选用决定对通货膨胀因素的处理。

通货膨胀以通货膨胀率来表示，通货膨胀率主要表现为物价指数的变化，即通货膨胀率约等于物价指数变化率。在测定基准收益率时要考虑通货膨胀率的因素，对基准收益率进行修正。

总之，合理确定基准收益率，对于投资决策极为重要。确定基准收益率的基础是资金成本和机会成本，而投资风险和通货膨胀则是必须考虑的影响因素。

第六节　净年值、净终值

一、净年值

净年值(NAV)通常称年值，是指将方案计算期内的净现金流量，通过基准收益率折算成与其等值的各年年末等额支付序列。计算公式为

$$NAV = NPV\left(\frac{A}{P}, i_c, n\right)$$

$$= \sum_{t=0}^{n} (CI - CO)_t (1 + i_c)^{-t}\left(\frac{A}{P}, i_c, n\right) \tag{5-10}$$

净年值判别准则与净现值指标判别准则相同。即 $NAV > 0$，方案可以接受；$NAV = 0$，为临界状态；$NAV < 0$ 则方案应予以拒绝。净现值的含义是项目寿命期内取得的超出目标盈利的超额收益现值，而净年值则给出的是项目寿命期内平均每年取得的等额超额收益。

二、净终值

净终值(NFV)通常称终值，它是指方案计算期内的净现金流量，通过基准收益率折算成未来某一时点的终值代数和。计算公式为

$$NFV = NPV\left(\frac{F}{P}, i_c, n\right)$$

$$= \sum_{t=0}^{n} (CI - CO)_t (1 + i_c)^{-t}\left(\frac{F}{P}, i_c, n\right) \tag{5-11}$$

净终值判别准则与净现值判别准则相同。即 $NFV > 0$，方案可以接受，$NFV = 0$，为临界状态；$NFV < 0$，则方案应予以拒绝。

由于$(A/P, i_c, n)$即$\dfrac{i_c(1 + i_c)^n}{(1 + i_c)^n - 1}$，$(F/P, i_c, n)$即$(1 + i_c)^n$，则当$i_c$和$n$为有限值时，它们都是常数。即

$$NAV = NPV \times 常数$$
$$NFV = NPV \times 常数$$

这样，现值、年值、终值是成比例的，因而方案评价，不论用现值、年值、终值，其结果是等效的。在单方案评价中，净现值、净年值、净终值指标，实质上没有什么不同，只是它们的计算基准时间不同，3 种判据在实践中所得结论是一致的。但人们较多地使用净现值，净终值一般几乎不用，而净年值则多用于寿命不同的方案比较(见第六章)。

第七节　内部收益率

若把考虑资金时间价值的净现值、净年值指标称为价值型指标，那么内部收益率、净现值率就是考虑资金时间价值的效率型指标。内部收益率是方案盈利能力分析的重要评价判据。

一、内部收益率的概念及其经济含义、判别准则

内部收益率(Internal Rate of Return)，又称内部报酬率，是指项目在整个计算期内各年净现金流量现值代数和等于零(或净年值等于零)时的折现率。已经讨论过，常规投资方案净现值函数曲线，在 $-1 < i < \infty$ 的范围内，只与

横轴相交于一点,此时方案的 $NPV(i)$ 的利率 i 定义为该方案的内部收益率 IRR。它反映项目所占用资金的盈利能力,是考察项目资金使用效率的重要指标。其计算公式为

$$\sum_{t=0}^{n} (CI - CO)_t (1 + IRR)^{-t} = 0 \qquad (5\text{-}12)$$

式中 IRR——项目内部收益率。

内部收益率很久以来就已经成为方案评价的判据,由于收益率是方案收支对比的未知数,即由项目本身的现金支出和现金收入所决定的,取决于方案的"内部",故称内部收益率。内部收益率的经济含义是:它反映的是项目全部投资所能获得的实际最大收益率,是项目借入资金利率的临界值;它表明了项目对所占用资金的一种恢复(收回)能力,在项目整个计算期内尚未恢复的资金,按这一利率 $i = IRR$ 进行恢复,则到寿命终了时恰好恢复完毕。内部收益率率值越高,则说明方案的恢复能力越强,方案的经济性越好。

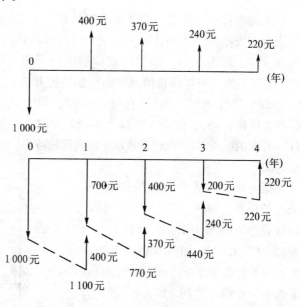

图 5-2 资金恢复图

假定某投资方案的现金流量系列如图 5-2 所示,其内部收益率为 10%。从图中可以看出,初始投资 1 000 元的投资方案,各年的净收益分别为 400 元、370 元、240 元和 220 元,第 1 年末以 10% 利率占用的待恢复投资 1 100 元 - 恢复资金 400 元 = 700 元,即尚未恢复的投资;第 2 年末以同样利率占用的待恢复投资 770 元 - 恢复资金 370 元 = 400 元,即尚未恢复的投资;第 3 年末以同样利率占用的待恢复资金 440 元 - 恢复资金 240 元 = 200 元,即尚未恢复的投资;第 4 年末以同样利率占用的待恢复资金 220 元 - 恢复资金 220 元 = 0,到此为止,以 10% 利率占用的投资全部得到恢复。可见内部收益率是未恢复的投资所赚得的利率,它不仅受项目初始投资规模的影响,而且受项目寿命期内各年净收益大小的影响。

内部收益率的判别准则为:计算求得的内部收益率 IRR 要与项目的基准收益

率 i_c（行业基准收益率或社会折现率）相比较，当 $IRR > i_c$ 时，则表明项目的收益率已超过基准折现率水平，项目可行，可以考虑接受；当 $IRR = i_c$ 时，为临界状态；当 $IRR < i_c$ 时，则表明项目的收益率未达到基准折现率水平，项目不可行，应予以拒绝。

二、内部收益率的计算

内部收益率实际上是净现值（年值、终值）的反算，计算净现值时利率 i 为已知值，而收益率 IRR 的计算，由式（5-12）可知是一个一元高次方程，不宜直接求解。在实际工作中，多采用试算插值法，即利用 $NPV(i)$ 曲线的特点，求解 IRR 的近似值。根据净现值函数曲线的特征知道：当 $i < i'$ 时（见图5-1），$NPV > 0$；当 $i > i'$ 时，$NPV < 0$；只有当 $i = i'$ 时，$NPV = 0$。因此，可先选择两个折现率 i_1 与 i_2，且 $i_1 < i_2$，使得 $NPV(i_1) > 0$ 和 $NPV(i_2) < 0$，然后用线性内插法求出 $NPV(i) = 0$ 时的折现率 i，此即是欲求出的内部收益率。用线性内插法计算内部收益率的步骤如下：

第一步　首先估计和选择两个适当的折现率 i_1 和 i_2，且 $i_1 < i_2$，然后分别计算净现值 $NPV(i_1)$ 和 $NPV(i_2)$，并使得 $NPV(i_1) > 0$ 和 $NPV(i_2) < 0$，因此，内部收益率即净现值为零时的利率必然是在 i_1 与 i_2 之间，即 $i_1 < IRR < i_2$。

第二步　推导求内部收益率 IRR 的计算式。用线性内插法求内部收益率 IRR 的示意图如图5-3所示。则有

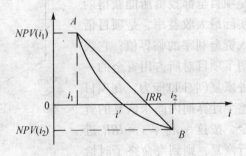

图5-3　用线性内插法求 IRR 的示意图

$$\frac{NPV(i_1)}{|NPV(i_2)|} = \frac{IRR - i_1}{i_2 - IRR}$$

展开后得到

$$IRR = i_1 + \frac{NPV(i_1)}{NPV(i_1) + |NPV(i_2)|}(i_2 - i_1) \tag{5-13}$$

应当指出，用线性内插法计算式（5-13）的 $(i_2 - IRR)$ 与试算选用的两个折现率差额 $(i_2 - i_1)$ 的大小有直接关系。为了控制误差不宜过大，通常试算选用的两个折现率之差 $(i_2 - i_1)$ 一般介于2%～5%之间。

例5-7　某项目计算期内净现金流量见表5-7，基准收益率为10%，试用内部收益率指标判断项目经济上是否可行。

表 5-7 净现金流量表 （单位:万元）

年 份	0	1 ~ 9	10
净现金流量	− 5 000	100	7 100

解: 为了求 IRR 的值，可列出等式

$$NPV(i) = -5\,000 + 100\left(\frac{P}{A}, IRR, 10\right) + 7\,000\left(\frac{P}{F}, IRR, 10\right) = 0$$

取 $i_1 = 5\%$，即

$$NPV(5\%) = -5\,000 + 100\left(\frac{P}{A}, 5\%, 10\right) + 7\,000\left(\frac{P}{F}, 5\%, 10\right) = 69.64$$

结果为正值，由现值函数规律可知 $NPV(i)$ 值随 i 的增加而减少，为使净现值为零或负值，用 $i = 6\%$ 试算，即

$$NPV(6\%) = -5\,000 + 100\left(\frac{P}{A}, 6\%, 10\right) + 7\,000\left(\frac{P}{F}, 6\%, 10\right)$$
$$= -355.19$$

可见，内部收益率必然在 5%~6% 之间，代入线性内插法计算公式求得

$$IRR = i_1 + \frac{NPV(i_1)}{NPV(i_1) + |NPV(i_2)|}(i_2 - i_1)$$
$$= 5\% + 1\% \frac{69.46}{69.46 + 335.19}$$
$$= 5.16\%$$

因为，$IRR = 5.16\% < 10\%$，故该方案在经济上应予以拒绝。

三、求内部收益率的几种情况

内部收益率方程式(5-12)是一元高次方程。为便于分析问题，令 $X = (1 + IRR)^{-1}$，$F_t = (CI - CO)_t (t = 0, 1, 2, \cdots, n)$，则内部收益率方程式可简写为如下形式，即

$$F_0 + F_1 X + F_2 X^2 + \cdots + F_n X^n = 0$$

这是一元 n 次方程，n 次方程应该有 n 个根(包括重根)，其中正实数根才可能是项目的内部收益率，而负根无经济意义。如果只有一个正实数根，则其应该是该项目的内部收益率，如果有多个正实数根，则需经过检验符合内部收益率经济含义的根才是项目的内部收益率。

根据 n 次多项式狄斯卡尔符号规则，系数为实数的 n 次多项式的正实数根的个数，不超过其系数数列符号变更的次数。因此，内部收益率的解也不一定超过现金流量数列 $F_0, F_1, F_2, \cdots, F_n$ 的符号变更次数。这样就可能出现如表 5-8 所示的情况，即无根、负根和多根。这将影响内部收益率作为判据的使用，因此有必

要进行讨论。

1）常规投资方案净现值曲线，只有一个正值解，如表5-8的方案C、D。

表5-8　常规投资方案净现值方程解表

方案 \ 年末	A	B	C*	D*	E*	F	G	H
0	+1 000	-1 000	-1 000	-1 000	-500	+500	+500	-2 000
1	+100	-500	+100	0	+200	-200	+400	+9 200
2	+100	-400	+500	+500	+200	-200	-1 000	-13 700
3	+400	-100	+200	0	0	0	+1 000	+6 600
4	+200	-500	+400	+800	0	0	+100	0
方程解	无解	无解	一个正值解	一个正值解	无正值解	无正值解	多解	10%，50%，100%

注：*表示常规投资方案，余者为非常规投资方案。

2）非常规投资方案H，根据上述符号规则，现金流量的符号改变三次，满足方案的解有三个，即10%，50%和100%，此时难以确认哪个是方案H的内部收益率。这是内部收益率判据的一个缺点。但在经济评价中非常规投资方案并不多见，如遇到这种情况，可采用其他方法进行评价。

3）方案A、B的无解和方案E、F的无正值解的情况，在实际工作中，可凭直观加以判别。遇有这种情况，可辅以其他方法进行评价。

4）如果互比方案年度现金流入不同，内部收益率不能正确地反映投资方案的经济效益。例如，把30万元资金投入方案A，10年后得150万元；投入方案B，寿命10年，每年可得8万元；若利率为10%，则A、B两方案的净现值为

$$NPV(10\%)_A = \left[-30 + 150\left(\frac{P}{F}, 10\%, 10\right)\right]万元 = 27.88 万元$$

$$NPV(10\%)_B = \left[-30 + 8\left(\frac{P}{A}, 10\%, 10\right)\right]万元 = 12.8 万元$$

A、B两方案的内部收益率为

$$NPV_A = -30 + 150\left(\frac{P}{F}, IRR_A, 10\right) = 0 \qquad IRR_A = 17.8\%$$

$$NPV_B = -30 + 8\left(\frac{P}{A}, IRR_B, 10\right) = 0 \qquad IRR_B = 23.4\%$$

因此，内部收益率判据的结论与净现值结论并不一致，所以内部收益率不应用于多方案比较。

内部收益率的优点：考虑了资金时间价值以及项目在整个寿命期的经济状况；能够直接衡量项目的真正的投资收益率；不需要事先确定一个基准收益率，

而只需要知道基准收益率的大致范围即可。

内部收益率的不足：需要大量的与投资有关的数据，计算比较麻烦；对于具有非常规现金流量的项目来讲，其内部收益率往往不是唯一的，在某些情况下甚至不存在。

四、净现值与内部收益率的关系

设 $(CI-CO)_t$ 为 F_t，由净现值公式得

$$NPV = \sum_{t=0}^{n} \frac{F_t}{(1+i_c)^t} \tag{5-14a}$$

$$0 = \sum_{t=0}^{n} \frac{F_t}{(1+IRR)^t} \tag{5-14b}$$

在常规投资条件下，$F_0 < 0$，$F_t(t=1,2,\cdots,n) > 0$，式 (5-14) 的 a、b 式相减得

$$NPV = \sum_{t=0}^{n} \frac{F_t}{(1+i_c)^t} - \sum_{t=0}^{n} \frac{F_t}{(1+IRR)^t}$$

$$= \left(\sum_{t=1}^{n} \frac{F_t}{(1+i_c)^t} - F_0 \right) - \left(\sum_{t=1}^{n} \frac{F_t}{(1+IRR)^t} - F_0 \right)$$

$$= \sum_{t=1}^{n} \frac{F_t}{(1+i_c)^t} - \sum_{t=1}^{n} \frac{F_t}{(1+IRR)^t}$$

当 $IRR = i_c$ 时，$NPV = 0$；当 $IRR > i_c$ 时，$NPV > 0$；当 $IRR < i_c$ 时，$NPV < 0$。因此，净现值与内部收益率的评价结论完全一致。

复 习 题

1. 什么是投资回收期？如何计算？
2. 什么是投资收益率？包括哪些指标？如何计算？
3. 什么是基准收益率？如何确定？
4. 什么是内部收益率？有何经济意义？如何计算？
5. 某方案的现金流量见表 5-9，试求投资回收期和投资利润率，以及投资回收后的经济效益。

表 5-9 某方案现金流量表 （单位:元）

年 份	现 金 流 量
0	−3 000.00
1~5	791.55

6. 各方案的现金流量系列见表 5-10，基准收益率为 10%，试求各方案的净现值、净年值和净终值。

表 5-10　各方案现金流量表　　　　　（单位:万元）

年份＼方案	A	B	年份＼方案	A	B
0	−2 000	−2 000	3	650	590
1	450	590	4	700	600
2	550	590	5	800	600

7. 已知现金流量表(见表 5-11),试绘出 i 的现值 $NPV(i)$ 函数的曲线。

表 5-11　现金流量表　　　　　（单位:万元）

年　份	0	1	2	3	4
现金流量	−6 000	2 000	2 000	2 000	2 000

8. 某投资方案的数据见表 5-12,基准收益率为 10%,试求:

(1) 现金流量图。

(2) 计算静态投资回收期、动态投资回收期、净现值和内部收益率。

表 5-12　某投资方案数据表　　　　　（单位:万元）

年　份	现 金 流 量
0	−2 500
1	−2 000
2~10	1 200

9. 建一临时仓库需 8 000 元,一旦拆除即毫无价值,假定仓库每年能得净收益 1 260 元,试求:

(1) 使用 8 年时,其投资收益率为若干?

(2) 若希望得到收益率为 10%,则该仓库至少应使用多少年才值得投资?

10. 某工程的现金流量见表 5-13,基准收益率为 10%,试用内部收益法分析该方案是否可行。

表 5-13　某工程投资方案数据表　　　　　（单位:万元）

年　份	0	1	2	3	4	5
现金流量	−2 000	300	500	500	500	1 200

第六章

现金流量法(二)——多方案评价

6

第一节 概　述

技术经济评价的一个重要方面就是多方案选优和排序，即在一个项目的规划、设计或施工过程中，从多种可以相互替代而又相互排斥的方案中，筛选出一个最优方案付诸实施；或在资源限定条件下各级计划部门对若干个独立的可行方案，按照它们的经济效果好坏，优先安排某些效益好的项目，保证有限资源用到最有利的项目上去，所以也称项目排队，其实质是对经过绝对经济效果检验的若干个方案进行比较优选，所以也称相对经济效果评价。

相对经济效益是与绝对经济效益相比较而言的，它舍弃了方案的相同部分，只计算、比较不同部分的经济效益。方案比较是寻求合理的技术方案的必要手段，也是建设项目经济评价的重要组成部分。在建设项目可行性研究过程中，各项重要的经济决策和技术决策，存在着生产规模、产品结构、生产工艺、主要设备选择等多个不同方案。假如这些方案在技术上都是可行的，经济上也是合理的，那么只有通过方案的比较，才能鉴别各方案的优劣，从中选择出最优方案，为项目的决策提供可靠的依据，把有限的资金、物力和人力资源配置到经济效益最好的项目上去，以便最大限度地提高资源的利用率。

第二节　方案类型和方案组合

根据方案的性质不同，技术方案一般可分为三种类型：互斥方案、独立方案和相关方案。

一、互斥方案

即在一组方案中，采纳其中一个方案，便不能再采纳其余方案。例如，某公司计划购买一台塔式起重机，市场上有生产同类型产品的三个厂家可供选择。因为只能购买其中一种，而不能同时选购各厂家的产品，这就是互斥的方案。互斥方案的效果不能叠加。

二、独立方案

即方案之间不具有排他性。在一组方案中，采纳某一方案不会影响采纳其他方案。例如，公司打算购买一台塔式起重机、一台推土机和一辆汽车，购买其中一台设备并不影响购买其他两种设备，这就是独立方案。独立方案的效果可以叠加。

三、相关方案

拒绝或接受某一方案，会显著改变其他方案的现金流量或影响其他方案的拒绝或接受。如厂内铁路货站的建设是以铁路专线建设为前提的。

投资方案实质上是由若干个投资建议组成的一种投资机会。投资建议不同于投资方案，它只是一种投资的可能性。方案组合就是列出由投资建议组成的所有可能的方案组。这样组成的方案在经济上都是互不相容的互斥方案，然后再根据约束条件进行方案的选择。现举例加以说明。

例6-1 有3个建议方案(见表6-1)，可组成多少互斥方案？

表6-1 3个建议方案 （单位:万元）

建 议 方 案	初 始 投 资
A	1.2
B	1.0
C	1.7

解：用A、B、C组成所有的互斥方案，第一次每取一个，可组成三个互斥方案；第二次每取两个，依此类推，其结果见表6-2，包括不投资建议方案，一共为八个互斥方案。采用这种方法组合方案，如果有 n 个建议方案，则可组成 2^n 个互斥方案。

表6-2 组 合 方 案

组 号	方 案 组 合	组 合 投 资	组 号	方 案 组 合	组 合 投 资
1	0	0	5	A、B	2.2
2	A	1.2	6	A、C	2.9
3	B	1.0	7	B、C	2.7
4	C	1.7	8	A、B、C	3.9

现在可用上面的例子，讨论约束条件如何影响方案组合的数目。

1）假定投资预算为2.8万元，超过这个限额的方案组 AC 和 ABC 将被排除。

2）若是受到互斥条件的约束，假如方案 B 和方案 C 为相互排斥的方案，若投资限额仍为 2.8 万元，则由于方案 B 和方案 C 是相互排斥的，这就否定了同时包含 BC 在一组的方案，因而，可行组合只有 B、A、C 和 AB 四个组。

3）此外，相关性方案也会减少方案组的数目，如 B 从属于 A，即 B 要实现、A 也一定要实现，A 实现、B 可以不实现，就是说 A 可以没有 B 而单独存在。这个约束条件要求从可行组中排除 B 或所有包括 B 而无 A 的组，这样应排除 B 组合、有 B 而无 A 的 BC 组合，于是，可行组合只剩下 A 和 C 及 AB 组合。

当然，还可以用其他约束条件来反映更现实的情况，但上述三点足以说明这类约束条件的作用，即减少可行方案组的数目。然后，便可从剩下的互斥方案中选择效益最好的方案。

与单方案评价相比，多方案的比选要复杂得多，所涉及的影响因素、评价方法以及要考虑的问题都要多得多，归纳起来，主要有以下四个方面：

（1）备选方案的筛选　剔除不可行的方案，因为不可行的方案是没有资格参加方案比选的。

（2）进行方案比选时所考虑的因素　多方案比选可按方案的全部因素计算多个方案的全部经济效益与费用，进行全面的分析对比；也可仅就各个方案的不同因素计算其相对经济效益和费用，进行局部的分析对比。另外，还要注意各个方案间的可比性，要遵循效益与费用计算口径一致的原则。

（3）各个方案的结构类型　对于不同结构类型的方案比较要选用不同的比较方法和评价指标，考察的结构类型所涉及的因素有：方案的计算期是否相同，方案所需的资金来源有否限制，方案的投资额是否相差过大等。

（4）备选方案之间的关系　备选方案之间的关系不同，决定了所用的评价方法也会有所不同。方案之间的关系如前所述，即互斥关系、独立关系和相关关系。

第三节　互斥方案的比较与选择

互斥方案是指诸方案之间存在着互不相容、互相排斥的关系，在多个方案中只能选择一个方案。互斥方案的选择一般先以绝对经济效益方法筛选方案，然后以相对经济效益方法优选方案。但是，无论如何，参加比较的方案，不论是寿命期相等的方案，还是寿命期不等的方案，不论使用何种评价指标，都必须满足方案间具有可比性的要求。

一、计算期相同的互斥方案的选择

在计算期相同的互斥方案的评价选择中可采用差额净现值、差额收益率、净现值和最小费用法判据进行评价。

（一）用差额收益率选择方案

例6-2　有互斥方案A和B，基准收益率为15%，解得它们的内部收益率和净现值分别列在表6-3中。

表6-3　内部收益率和净现值　　　　　　　　　（单位：万元）

方　　案	初始投资	年现金流入	寿命/年	净现值	内部收益率(%)
A	-5 000	1 400	10	2 026.3	25
B	-10 000	2 500	10	2 547.0	21.9

表6-3所列结果表明，方案A的内部收益率较高，但净现值较低；而方案B的内部收益率较低，但净现值较高。如果方案A、B为无约束条件下的两个独立方案，不论采用内部收益率或是净现值判据，方案A、B都是可以接受的。如果方案A、B为两个互斥方案，那就需要进行排队。遇到这种情况，要先求得两个方案的差额内部收益率，即

$$NPV = -(10\ 000 - 5\ 000) + (2\ 500 - 1\ 400)\left(\frac{P}{A}, i, 10\right) = 0$$

解得差额收益率17.6%，其含义是方案B比方案A多用掉的投资（10 000 - 5 000）元＝5 000元的利率，即差额收益率$\Delta i'$。现将两个方案的现值函数曲线画出（见图6-1），$\Delta i'$为交点o的折现率。

由图6-1可知，A、B两个方案按内部收益率排序，其结果是固定不变的，因为$i'_A = 25\%$总是大于$i'_B = 21.9\%$；如果按净现值排队，其结果就不一定了，因为净现值的大小取决于基准收益（或设定的收益率）。

例6-3 给定的基准收益率为15%，小于o点的折现率$\Delta i' = 17.6\%$，即基准收益率在$\Delta i'$的左侧，所以方案B优于方

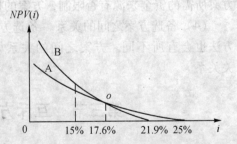

图6-1　方案A、B的现值函数曲线率

案A；若给定的基准收益率大于$\Delta i'$，即在$\Delta i'$的右侧，则方案A优于方案B。于是可以得出结论：当$i_c < \Delta i'$时，投资额大的方案B优于方案A；当$i_c > \Delta i'$时，投资额小的方案A优于方案B。所以两个方案选优，必须计算差额收益率$\Delta i'$。按图6-1所示，$\Delta i'$可由下列公式求得。

$$NPV(i)_B - NPV(i)_A = 0 \qquad (6\text{-}1)$$
$$NPV(i)_B = NPV(i)_A$$

或
$$NAV(i)_B - NAV(i)_A = 0 \qquad (6\text{-}2)$$
$$NAV(i)_B = NAV(i)_A$$

采用上列公式计算时,务必使初始投资差额为负值,以便差额现金流量系列符合常规投资形式。为此,在两个或多个方案排序时,先把方案按投资递增顺序排列起来,依次对比,进行逐个淘汰,最后选出最优方案。现举例说明互斥方案比选步骤。

例6-3 三个互斥方案见表6-4,设基准收益率为15%,试用差额收益率法选择最优方案。

解: 用差额收益率指标选择互斥方案的程序如下:

(1)按初始投资递增顺序排列,见表6-4。A_0为不投资方案,即维持现状,这也相当于一种方案。

表6-4 三个互斥方案 (单位:万元)

方案	初始投资	年现金流入	寿命	方案	初始投资	年现金流入	寿命
A_0	0	0	0	A_2	-16 000	3 800	10年
A_1	-10 000	2 800	10年	A_3	-20 000	5 000	10年

(2)选择初始投资最小的方案A_0为暂时最优方案,作为比较的基准。

(3)把暂时最优方案A_0与下一最优方案A_1进行比较,计算它们的现金流量之差,并求出内部收益率$\Delta i'_{A_1-A_0}$。若差额收益率$\Delta i'_{A_1-A_0}$<基准收益率时,则放弃方案A_1,仍以原来的暂时最优方案A_0同第二个方案A_2比较;若差额收益率$\Delta i'_{A_1-A_0}$>基准收益率,即方案A_1通过绝对经济效果评价,此时排除原暂时最优方案A_0,以方案A_1为新的暂时最优方案。按这样的步骤,依次进行比较。现在计算$\Delta i'_{A_1-A_0}$。

$$NPV(i)_{A_1-A_0} = -10\,000 + 2\,800\left(\frac{P}{A}, i, 10\right) = 0$$
$$\Delta i'_{A_1-A_0} = 25\%$$

因$\Delta i'_{A_1-A_0} = 25\% > 15\%$,所以淘汰方案$A_0$,方案$A_1$为暂时最优方案。

(4)重复上面的步骤,把方案A_1与下一个初始投资较高的方案A_2比较,计算期$\Delta i'_{A_2-A_1}$。

$$NPV(i)_{A_2-A_1} = -6\,000 + 1\,000\left(\frac{P}{A}, i, 10\right) = 0$$
$$\Delta i'_{A_2-A_1} = 10.5\%$$

这个值小于15%,所以淘汰方案A_2,仍以方案A_1称为暂时最优方案进行比较。

求 $\Delta i'_{A_3-A_1}$

$$NPV(i)_{A_3-A_1} = -1\ 000 + 2\ 200\left(\frac{P}{A},i,10\right) = 0$$

$$\Delta i'_{A_3-A_1} = 17.6\%$$

由于 $\Delta i'_{A_3-A_1} = 17.6\% > 15\%$，所以方案 A_3 优于方案 A_1，A_3 是三个方案中的最优方案。

若相互比较，第一步不设"不投资方案"，可把初始投资最低方案的内部收益率与基准收益率相比。当各互比方案只有经营费用不同，销售收入相同时，进行方案比较时可把两方案经营费用节约额视为"收入"。在这种情况下，可直接把初始投资最低的方案列为暂时最优的方案，再按上述程序进行比较，也可取得相同的结论。

(二) 用差额净现值和净现值选择方案

互斥方案评价，除了按差额收益率优选以外，还可以采用差额净现值（ΔNPV）和净现值指标进行比较。采用这两个判据比较互斥方案，首先要确定基准收益率才能对增额投资是否值得投资做出正确判断。

例 6-4 仍利用例 6-3 的数据，采用差额净现值进行方案选优。

解： 用差额净现值指标比较互斥方案的第一、第二两个步骤与采用差额收益率比较时相同。然后计算现金流量的差额净现值 ΔNPV。

(1) 方案 A_0 和 A_1 的现金流量差额净现值为

$$NPV(15\%)_{A_1-A_0} = -10\ 000\ 元 + 2\ 800\ 元\left(\frac{P}{A},15\%,10\right) = 4\ 052.64\ 元 > 0$$

说明初始投资大的方案 A_1 优于 A_0，淘汰 A，以 A_1 为暂时最优方案；若 $NPV < 0$ 则暂时最优方案 A_0 不变，放弃方案 A_1，让方案 A_2 参加比较。

(2) 反复进行上述步骤，即

$$NPV(15\%)_{A_2-A_1} = -6\ 000\ 元 + 1\ 000\ 元\left(\frac{P}{A},15\%,10\right) = -981.2\ 元 < 0$$

放弃方案 A_2，仍以方案 A_1 为暂时最优方案与方案 A_3 进行比较。

$$NPV(15\%)_{A_3-A_1} = -10\ 000\ 元 + 2\ 200\ 元\left(\frac{P}{A},15\%,10\right) = 1\ 041.36\ 元 > 0$$

根据上面的计算，方案 A_3 为三个方案中的最优方案。

例 6-5 仍利用例 6-3 的数据，用净现值判据选择最优方案。

解： $NPV(15\%)_{A_0} = 0$

$$NPV(15)_{A_1} = -10\ 000\ 元 + 2\ 800\ 元\left(\frac{P}{A},15\%,10\right) = 4\ 052.64\ 元$$

$$NPV(15\%)_{A_2} = -16\ 000\ 元 + 3\ 800\ 元\left(\frac{P}{A},15\%,10\right) = 3\ 071.44\ 元$$

$$NPV(15\%)_{A_3} = -20\,000\,\text{元} + 5\,000\,\text{元}\left(\frac{P}{A},15\%,10\right) = 5\,094.00\,\text{元}$$

计算结果表明,方案 A_3 仍是最优方案。

从例6-4和例6-5的结果可以看出,按差额净现值比较的结果同直接用净现值比较的结果完全一致,以公式表示之,即

$$NPV(i)_B - NPV(i)_A = NPV(i)_{B-A} \tag{6-3}$$

证明:按净现值公式,设 $(CI - CO)_t$ 为 F_t,则

$$NPV(i_c)_j = \sum_{i=0}^{n} F_{jt}(1+i)^{-t}$$

$$
\begin{aligned}
NPV(i)_B - NPV(i)_A &= \sum_{i=0}^{n} F_{Bi}(1+i)^{-t} - \sum_{i=0}^{n} F_{Ai}(1+i)^{-t} \\
&= F_{B0} - F_{A0} + F_{B1}(1+i)^{-1} + \cdots + F_{Bn}(1+i)^{-n} - F_{An}(1+i)^{-n} \\
&= F_{(B-A)0} + F_{(B-A)1}(1+i)^{-1} + \cdots + F_{(B-A)n}(1+i)^{-n} \\
&= \sum_{i=0}^{n} F_{(B-A)}(1+i)^{-t} = NPV(i)_{B-A}
\end{aligned}
$$

根据净现值、净年值和净终值的一致性,式(6-3)也可表示为

$$NAV(i)_B - NAV(i)_A = NAV(i)_{B-A}$$

$$NFV(i)_B - NFV(i)_A = NFV(i)_{B-A}$$

由此可见,采用差额收益率、差额净现值和净现值判据进行方案选优,它们是等效的,结果也是一致的,见表6-5。

表6-5 方案选优结果 （单位:元)

方案	初始投资	年净收益	方案对比	差额投资	差额收益	$\Delta i'$	ΔNPV	NPV	结论
A_0	0	0	0	0	0	0	0	0	放弃 A_0
A_1	-10 000	2 800	$A_1 - A_0$	-10 000	2 800	25%	4 052.64	4 052.64	采纳 A_1
A_2	-16 000	3 800	$A_2 - A_1$	-6 000	1 000	10.5%	-981.2	3 071.44	放弃 A_2
A_3	-20 000	5 000	$A_3 - A_2$	-10 000	2 200	17.6%	1 041.36	5 094.00	采纳 A_3

(三) 最小费用法

在工程经济中经常会遇到这样一类问题,两个或多个互斥方案其产出的效果相同或基本相同,但却难以进行具体估算。比如一些环保、国防、教育等项目,其所产生的效益无法或者说很难用货币直接计量,这样由于得不到其现金流量情况,也就无法采用诸如净现值法、差额内部收益率法等方法来对此类项目进行经济评价。在这种情况下,我们只能通过假定各方案的收益是相等的,对各方案的费用进行比较,根据效益极大化目标的要求及费用较小的项目比费用较大的项目更为可取的原则来选择最佳方案,这种方法称为最小费用法。最小费用法包括费

用现值比较法和费用年值比较法。

（1）费用现值（PC）比较法 费用现值比较法实际上是净现值法的一个特例，费用现值的一个含义是指利用此方法所计算出的净现值只包括费用部分。由于无法估算各个方案的收益情况，只计算各备选方案的费用现值（PC）并进行对比，以费用现值较低的方案为最佳。其表达式为

$$PC = \sum_{t=0}^{n} CO_t (1 + i_c)^{-t} = \sum_{t=0}^{n} CO_t \left(\frac{P}{F}, i_c, t \right) \tag{6-4}$$

例6-6 某项目有A、B两种不同的工艺设计方案，均能满足同样的生产技术需要，其有关费用支出见表6-6。试用费用现值比较法选择最佳方案，已知 $i_c = 10\%$。

表6-6 A、B两方案费用支出表

方 案	投资（第1年末）/万元	年经营成本（2～10年末）/万元	寿命期/年
A	750	280	10
B	900	245	10

解：根据费用现值的计算公式可分别计算出A、B两方案的费用现值为

$$PC_A = 750 \text{万元} \times \left(\frac{P}{F}, 10\%, 1 \right) + 280 \text{万元} \times \left(\frac{P}{A}, 10\%, 9 \right) \left(\frac{P}{F}, 10\%, 1 \right)$$

$$= (750 \times 0.909\,1 + 280 \times 5.759\,0 \times 0.909\,1) \text{万元} = 2\,147.77 \text{万元}$$

$$PC_B = 900 \text{万元} \times \left(\frac{P}{F}, 10\%, 1 \right) + 245 \text{万元} \times \left(\frac{P}{A}, 10\%, 9 \right) \left(\frac{P}{F}, 10\%, 1 \right)$$

$$= (900 \times 0.909\,1 + 245 \times 5.759\,0 \times 0.909\,1) \text{万元} = 2\,100.89 \text{万元}$$

由于 $PC_A > PC_B$，所以方案B为最佳方案。

（2）年费用（AC）比较法 年费用比较法是通过计算各备选方案的年等额费用（AC）并进行比较，以年费用较低的方案为最佳方案的一种方法，其表达式为

$$AC = \sum_{t=0}^{n} CO_t \left(\frac{P}{F}, i_c, t \right) \left(\frac{A}{P}, i_c, n \right) \tag{6-5}$$

例6-7 根据例6-6的资料，试用年费用比较法选择最佳方案。

解：根据式（6-5）可计算出A、B两方案的等额年费用如下：

$$AC_A = 2\,147.77 \text{万元} \times \left(\frac{A}{P}, 10\%, 10 \right) = (2\,147.77 \times 0.162\,7) \text{万元} = 349.55 \text{万元}$$

$$AC_B = 2\,100.89 \text{万元} \times \left(\frac{A}{P}, 10\%, 10 \right) = (2\,100.89 \times 0.162\,7) \text{万元} = 341.92 \text{万元}$$

由于 $AC_A > AC_B$，故方案B为最佳方案。

采用年费用比较法与费用现值比较法对方案进行比选的结论是完全一致的。

因为,实际上费用现值(PC)和等额年费用(AC)之间可以很容易进行转换。即

$$PC = AC\left(\frac{P}{A}, i, n\right)$$

或

$$AC = PC\left(\frac{A}{P}, i, n\right)$$

所以,根据最小费用的选择原则,两种方案的计算结果是一致的,因此在实际应用中对于效益相同或基本相同但又难以具体估算的互斥方案进行比选时,若方案的寿命期相同,则任意选择其中的一种方法即可,若方案的寿命期不同,则一般适用年费用比较法。

二、计算期不同的互斥方案的比较与选择

对于互斥方案来讲,如果其寿命期不相同,那么就不能直接采用净现值法等评价方法来对方案进行比选,因为,此时寿命期长的净现值与寿命期短的净现值不具有可比性。因此,为了满足时间上的可比的要求,需要对各备选方案的计算期和计算公式进行适当的处理,使各方案在相同的条件下进行比较,才能得出合理的结论。

为满足时间可比条件而进行处理的方法很多,常用的有年值法、最小公倍数法和研究期法等。

(一) 最小公倍数法

用净现值判据比较寿命不同的方案,计算期应取互比方案寿命的最小公倍数,以便在相同年限内进行比较,并假定每个方案寿命期终了,仍以同样方案继续投资,如有残值也应绘入现金流量图中,视为再投资的投入。

例6-8 某公司拟从现有的两种施工机械中选择一种用于施工,设利率为15%,现有设备数据见表6-7,试进行设备选择。

表6-7 设备数据表 (单位:元)

设 备	投 资	年现金流入	年经营费	残 值	寿命/年
A	11 000	7 000	3 500	1 000	6
B	18 000	7 000	3 100	2 000	9

解: 由于两种设备寿命不同,它们的最小公倍数为18年,因此可画出它们的现金流量图如图6-2所示。

$$NPV(15\%)_A = \left[-11\,000 - (11\,000 - 1\,000) \times \left(\frac{P}{F}, 15\%, 6\right) - \right.$$

$$\left. (11\,000 - 1\,000) \times \left(\frac{P}{F}, 15\%, 12\right) + 1\,000 \times \left(\frac{P}{F}, 15\%, 18\right) + \right.$$

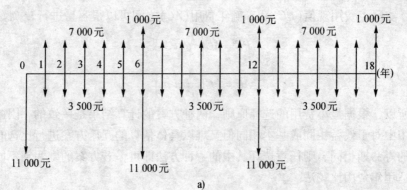

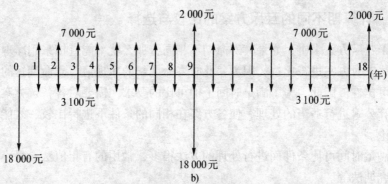

图 6-2 现金流量图

a）设备 A b）设备 B

$$(7\,000 - 3\,500) \times \left(\frac{P}{A}, 15\%, 18 \right) \Big] 元$$

$$= (-11\,000 - 10\,000 \times 0.432\,3 - 10\,000 \times 0.186\,9 + 1\,000 \times 0.080\,8 +$$

$$3\,500 \times 6.128\,0)元 = 4\,337 元$$

$$NPV(15\%)_B = \Big[-18\,000 - (18\,000 - 2\,000) \times \left(\frac{P}{F}, 15\%, 9 \right) +$$

$$2\,000 \times (P/F, 15\%, 18) + (7\,000 - 3\,100) \times \left(\frac{P}{A}, 15\%, 18 \right) \Big] 元$$

$$= (-18\,000 - 16\,000 \times 0.284\,3 + 2\,000 \times 0.080\,8 + 3\,900 \times 6.128\,0)元$$

$$= 1\,512 元$$

$$NPV(15\%)_A - NPV(15\%)_B = (4\,337 - 1\,512)元 = 2\,825 元$$

结果表明，选择设备 A 可以多获得 2 825 元。应当指出，由于这种计算方法可延长寿命时间，实际上夸大了两者的差别。

（二）年值法

年值法是对寿命期不相等的互斥方案进行比选时用到的一种最简明的方法。如用等额年值方法计算寿命不同的方案，由于方案寿命周期重复的现金流量相同,只需计算一个寿命周期的年值,便可进行方案比较。仍以例6-8的数据为例进行计算。

$$NAV(15\%)_A = -11\ 000\ 元 \times \left(\frac{A}{P},15\%,6\right) + 3\ 500 + 1\ 000\ 元 \times \left(\frac{A}{F},15\%,6\right)$$

$$= (-11\ 000 \times 0.264\ 2 + 3\ 500 + 1\ 000 \times 0.114\ 2)元 = 707.63\ 元$$

$$NAV(15\%)_B = -18\ 000\ 元 \times \left(\frac{A}{P},15\%,9\right) + 3\ 900 + 2\ 000\ 元 \times \left(\frac{A}{F},15\%,9\right)$$

$$= (-18\ 000 \times 0.209\ 6 + 3\ 900 + 2\ 000 \times 0.059\ 6)元 = 246.82\ 元$$

$$NAV(15\%)_A - NAV(15\%)_B = (707.63 - 246.82)元 = 460.81\ 元$$

结果表明,选用设备A,18年共多获得460.81元 × $(P/A,15\%,18)$ = $(461.6 \times 6.128\ 0)元 = 2\ 829\ 元$。说明两种计算结果相同。假定方案的寿命为$n$,如以$m$周期重复更新时,表示上述结论的一般公式为

$$NAV_{1n} = NAV_{mn}$$

证明:令方案在m次重复周期更新时的净现值为NPV_K,$K = 1,2,\cdots,m$。则

第一个周期为: NPV_1

第二个周期为: $NPV_2 = NPV_1/(1+i)^n$

第三个周期为: $NPV_3 = NPV_1/(1+i)^{2n}$

$\vdots$

第m个周期为: $NPV_m = NPV_1/(1+i)^{(m-1)n}$

$$NPV_{总} = \sum_{K=1}^{m} NPV_K = NPV_1 \frac{1-(1+i)^{-mn}}{1-(1+i)^{-n}}$$

令整个重复更新寿命期间的净年值为NAV_{m-n},则

$$NAV_{mn} = NPV_{总} \frac{i(1+i)^{mn}}{(1+i)^{mn}-1}$$

$$= NPV_1 \frac{1-(1+i)^{-mn}}{1-(1+i)^{-n}} \frac{i(1+i)^{mn}}{(1+i)^{mn}-1}$$

$$= NPV_1 \frac{1-(1+i)^{-mn}}{1-(1+i)^{-n}} \frac{i}{1-(1+i)^{-mn}}$$

$$= NPV_1 \frac{i}{1-(1+i)^{-n}}$$

$$= NPV_1 \frac{i(1+i)^n}{(1+i)^n-1} \doteq NAV_{1n}$$

(三) 研究期法

在用最小公倍数法对互斥方案进行比选时,如果诸方案的最小公倍数较大,则需要对计算期较短的方案进行多次的重复计算,而这与实际情况不相符合。因为技术是在不断地进步,一个完全相同的方案在一个较长的时期内反复实施的可

能性不大，因此，用最小公倍数法得出的方案评价结论就不太令人信服。这时可以采用一种称为"研究期法"的评价方法。

所谓研究期法，就是针对寿命期不相等的互斥方案，直接选取一个适当的分析期作为各个方案共同的计算期，通过比较各方案在该计算期内的净现值来对方案进行比选，以净现值最大的方案为最佳方案。其中，计算期的确定要综合考虑各种因素，通常有三种做法：①取最长寿命作为共同的分析计算期；②取最短寿命作为共同的分析计算期；③取计划规定年限作为共同的分析计算期。研究期法有一个严重的缺陷，即很难对资产的残值进行精确的估算。例如，采用最短寿命期时，较长寿命的方案要提前终止使用，那么未被使用的几年存在一个资产残值估价问题。而采用最长寿命期时，较短寿命的方案要重置，重置后的后几年也不使用，这也存在重估残值的问题。这项残值不能使用按各种折旧方法计算的该期的账面价值，而应采用该期的市场价值。

三、无限寿命方案的比较

一般情况下，方案的计算期都是有限的，但有些工程项目的服务年限或工作状态是无限的，如能维修好的，则可以认为能无限期的延长，也即其使用寿命无限长，如公路、铁路、桥梁、隧道、运河、水坝等。通常经济分析对遥远的现金流量是不敏感的，例如，当利率为4%时，50年后的一元，现值仅为1角4分，而利率为8%时，现值仅为2分。对这种永久性设施的等额年费用可以计算其资金化成本。所谓资金化成本是指项目在无限长计算期内等额年费用的折算现值，用CW表示，即

$$CW = \lim_{n \to \infty} A\left(\frac{P}{A}, i_c, n\right) = A \lim_{n \to \infty}\left[\frac{(1+i_c)^n - 1}{i_c(1+i_c)^n}\right]$$

$$= A\left[\lim_{n \to \infty}\frac{(1+i_c)^n}{i_c(1+i_c)^n} - \lim_{n \to \infty}\frac{1}{i_c(1+i_c)^n}\right] = \frac{A}{i_c} \tag{6-6}$$

式中　CW——资金化成本；

　　　A——等额年费用；

　　　i_c——基准折现率。

按无限期计算出来的资金化成本，相当于在一定单利情况下，每年取得的永恒收入，它的现值是多少。例如，当年利率为10%时，年收入恒为210元的现值（资金化成本）是多少？也就是说，在不动用本金的情况下，年收入永远为210元，投资现值应为多少？这个问题相当于单利10%，每年的收入永为210元，现值应是多少？其计算表达式为

$$CW = \left(\frac{210}{0.10}\right)元 = 2\,100\,元$$

这就是说，如果现在向银行存入 2 100 元，年利率为 10% 单利存储，今后可以无限期地每年得到 210 元的收入，而不动用资金。

例6-9　为修建横跨某河的大桥，有南北两处可以选点。由于地形要求南桥跨越幅度较大，要建吊桥，其投资为 3 000 万元，建桥购地 80 万元，年维护费 1.5 万元，水泥桥面每 10 年翻修一次 5 万元；北桥跨越幅度较小，可建桁架桥，预计投资 1 200 万元，年维护费 8 000 元，该桥每 3 年粉刷一次需 1 万元，每 10 年喷砂整修一次，需 4.5 万元，购地用款 1 030 万元，若年利率为 6%，试比较两方案何者为优？

解：根据题意，绘出现金流量图，如图 6-3 所示。

$$NPV(6\%)_{南} = \left[3\ 000 + 80 + \dfrac{1.5 + 5\left(\dfrac{A}{F}, 6\%, 10\right)}{6\%}\right] 万元$$

$$= \left[3\ 080 + \dfrac{1.5 + 0.379\ 5}{0.06}\right] 万元 = 3\ 111.33\ 万元$$

$$NPV(6\%)_{北} = \left[1\ 200 + 1\ 030 + \dfrac{0.8 + 1\left(\dfrac{A}{F}, 6\%, 3\right) + 4.5(A/F, 6\%, 10)}{6\%}\right] 万元$$

$$= \left(2\ 230 + \dfrac{0.8 + 0.314\ 1 + 0.341\ 5}{0.06}\right) 万元 = 2\ 254.26\ 万元$$

$$NPV(6\%)_{南} - NPV(6\%)_{北} = 3\ 111.33\ 万元 - 2\ 254.2\ 万元 = 857.07\ 万元$$

结果表明，建北桥(桁架桥)可以节省 857.07 万元，所以选建北桥方案。

例6-10　两种疏浚灌溉渠道的技术方案，一种是用挖泥机清除渠底淤泥，另一种在渠底铺设永久性混凝土板，数据见表 6-8，利率为 5%，试比较两个方案的优劣？

表6-8　两种技术方案数据表　　　　(单位:元)

方案 A	费用	方案 B	费用
购买挖泥设备(寿命 10 年)	65 000	河底混凝土板(无限寿命)	650 000
挖泥设备残值	7 000	年维护费	1 000
挖泥作业年经营费	22 000	混凝土板维修(5 年一次)	10 000
控制水草年度费用	12 000		

解：绘制现金流量图，如图 6-4 所示。

方案 A 的现金流量图属于无限循环而且每个周期的现金流量完全相同。因此，只需计算一个周期的年金等额成本即可。

对于具有无限寿命的方案 B，只要把它的初始投资乘上年利率即可换算出年

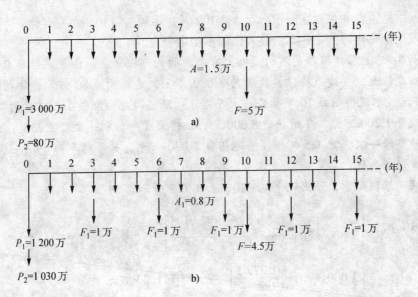

图 6-3　建桥用现金流量图

a) 南桥　b) 北桥

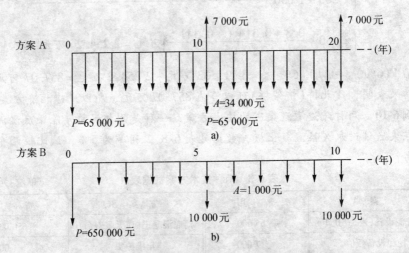

图 6-4　疏浚灌溉渠道现金流量图

a) 方案 A　b) 方案 B

成本。换言之,永久性一次投资的年金成本只不过是一次投资的每年的利息而已。

$$NAV(5\%)_A = \left[65\,000 \times \left(\frac{A}{P}, 5\%, 10 \right) - 7\,000 \times \left(\frac{A}{F}, 5\%, 10 \right) + 22\,000 + 12\,000 \right] 元$$

$$= (65\,000 \times 0.129\,5 - 7\,000 \times 0.079\,5 + 34\,000) 元 = 41\,861\ 元$$

$$NAV(5\%)_B = \left[650\,000 \times 5\% + 10\,000 \times \left(\frac{A}{F}, 5\%, 5\right) + 1\,000\right]元$$

$$= (32\,500 + 10\,000 \times 0.181\,0 + 1\,000)元 = 35\,346\,元$$

$NAV(5\%)_B < NAV(5\%)_A$　所以，方案 B 优于方案 A。

第四节　独立方案的选择

一、资金不限情况下的方案选择

当企业或投资部门有足够的资金可供使用，此时独立方案的选择，可以采用单个方案评价判据，即 $NPV > 0$ 或内部收益率 $i_c' > i_{基}$ 时，方案可以采纳。否则，不符合这些条件的方案应该放弃。

二、资金有限情况下的方案选择

在大多数情况下资金总是有限的，因而不能实施所有可行方案。这时问题的实质是排列方案的优先次序，使净收益大的方案优先采纳，以求取得最大的经济效益。

1. 独立方案互斥化法

独立方案互斥化法是指在资金限制的情况下，将相互独立的方案组合成总投资额不超过投资限额的组合方案，这样各个组合方案之间的关系就变成了互斥的关系，然后利用互斥方案的比选方法，如净现值法等，对方案进行比选，选择出最佳方案。

例6-11　有 A、B、C 三个独立的方案，其净现金流量情况见表6-9，已知总投资限额为 800 万元，$i_c = 10\%$，试做出最佳投资决策。

表6-9　A、B、C 三方案的净现金流量表　　　　（单位：万元）

方案＼年份	1	2～10	11
A	−350	62	80
B	−200	39	51
C	−420	76	97

解：首先计算三个方案的净现值。

$$NPV_A = \left[-350\left(\frac{P}{F}, 10\%, 1\right) + 62 \times \left(\frac{P}{A}, 10\%, 9\right)\left(\frac{P}{F}, 10\%, 1\right) + \right.$$

$$\left. 80 \times \left(\frac{P}{F}, 10\%, 11\right)\right]万元 = (-350 \times 0.909\,1 + 62 \times 5.759\,0 \times 0.909\,1 +$$

$$80 \times 0.350\,5)万元 = 34.46\,万元$$

$$NPV_B = \left[-200 \times \left(\frac{P}{F}, 10\%, 1 \right) + 39 \times \left(\frac{P}{A}, 10\%, 9 \right) \left(\frac{P}{F}, 10\%, 1 \right) + \right.$$

$$\left. 51 \times \left(\frac{P}{F}, 10\%, 11 \right) \right] 万元 = (-200 \times 0.909\ 1 + 39 \times 5.759\ 0 \times 0.909\ 1 +$$

$$51 \times 0.350\ 5) 万元 = 40.24\ 万元$$

$$NPV_C = \left[-420 \times \left(\frac{P}{F}, 10\%, 1 \right) + 76 \times \left(\frac{P}{A}, 10\%, 9 \right) \left(\frac{P}{F}, 10\%, 1 \right) + \right.$$

$$\left. 97 \times \left(\frac{P}{F}, 10\%, 11 \right) \right] 万元 = (-420 \times 0.909\ 1 + 76 \times 5.759\ 0 \times 0.909\ 1 +$$

$$97 \times 0.350\ 5) 万元 = 50.08\ 万元$$

由于 A、B、C 三个方案的净现值均大于零，从单方案检验的角度来看 A、B、C 三个方案均可行。

但现在由于总投资额要限制在 800 万元以内，而 A、B、C 三个方案加在一起的总投资额为 970 万元，超过了投资限额，因而不能同时实施。

这里，我们采用独立方案互斥化法来进行投资决策，其步骤如下。

首先，列出不超过总投资限额的所有组合投资方案，则这些组合方案之间具有互斥的关系。

其次，将各组合方案按投资额大小顺序排列。分别计算各组合方案之间的净现值，以净现值最大的组合方案为最佳方案。详细计算结果，见表6-10。

表6-10　用净现值法比选最佳组合方案　　　（单位：万元）

序　　号	组 合 方 案	总 投 资 额	净 现 值	结　　论
1	B	200	40.24	
2	A	350	34.46	
3	C	420	50.08	
4	AB	550	74.70	
5	BC	620	90.32	最佳
6	AC	770	84.54	

计算结果表明，方案 B 与方案 C 的组合为最佳投资组合方案，也即投资决策为投资方案 B 与 C。

2. 净现值率排序法

所谓净现值率排序法，是指将净现值率大于或等于零的各个方案按净现值率的大小依次排序，并依此次序选取方案，直至所选取的方案组合的投资总额最大限度地接近或等于投资限额为止。

例6-12 根据例6-11的资料，试利用净现值率排序法做出最佳投资决策。

解：首先计算 A、B、C 三个方案的净现值率

$$NPVR_A = 10.83\%$$

$$NPVR_B = 22.13\%$$

$$NPVR_C = 13.12\%$$

然后将各方案按净现值率从大到小顺序排序，结果见表 6-11。

表 6-11　A、B、C 三个方案的 *NPVR* 排序表　　　（单位：万元）

方　　案	净现值率（%）	投　资　额	累计投资额
B	22.13	200	200
C	13.12	420	620
A	10.83	350	970

根据表 6-11 可知，方案的选择顺序是 B→C→A。由于资金限制为 800 万元，故最佳投资决策为方案 B、C 的组合。

在对具有资金限制的独立方案进行比选时，独立方案互斥化法和净现值率排序法各有其优劣。净现值率排序法的优点是计算简便，选择方法简明扼要；缺点是由于投资方案的不可分性，经常会出现资金没有被充分利用的情况，因而不一定能保证获得最佳组合方案。而独立方案互斥化法的优点是在各种情况下均能保证获得最佳组合方案，其缺点则是在方案数目较多时，其计算比较繁琐。因此在实际应用中，应该综合考虑各种因素，选用适当的方法进行方案比较。

第五节　一般相关方案的比选

一般相关方案是指，各方案的现金流量之间相互影响，如果我们接受（或拒绝）某一方案就会对其他方案的现金流量产生一定的影响，进而会影响到其他方案的接受（或拒绝）。

对一般相关方案进行比选的方法很多，我们这里只介绍一种常用的方法——组合互斥方案法，其基本步骤如下：

1）确定方案之间的相关性，对其现金流量之间的相互影响作出准确的估计。

2）对现金流量之间具有正的影响的方案，等同于独立方案看待，对相互之间具有负的影响的方案，等同于互斥方案看待。

3）根据方案之间的关系，把方案组合成互斥的组合方案，然后按照互斥方案的评价方法对组合方案进行比选。

例 6-13　为了满足运输要求，有关部门分别提出要求在某两地之间上一铁路

项目和(或)一公路项目。只上一个项目时的净现金流量见表6-12,若两个项目都上,由于货运分流的影响,两个项目都将减少净收益,其净现金流量见表6-13。当 $i_c = 10\%$ 时,应如何决策?

表6-12 只上一个项目的净现金流量表 （单位:百万元）

年 份\方 案	0	1	2	3~32
铁路(A)	-200	-200	-200	100
公路(B)	-100	-100	-100	60

表6-13 两个项目都上的净现金流量表 （单位:百万元）

年 份\方 案	0	1	2	3~32
铁路(A)	-200	-200	-200	80
公路(B)	-100	-100	-100	35
两个项目合计(A+B)	-300	-300	-300	115

解: 先将两个相关方案组合成三个互斥方案,再分别计算其净现值,结果见表6-14。

表6-14 组合方案及其净现值表 （单位:百万元）

年 份\方 案	0	1	2	3~32	*NPV*
铁路(A)	-200	-200	-200	100	281.65
公路(B)	-100	-100	-100	60	218.73
AB	-300	-300	-300	115	149.80

根据净现值最大的评价标准,在三个互斥方案中,$NPV_A > NPV_B > NPV_{A+B} > 0$,故方案A为最优可行方案。

复 习 题

1. 什么是投资回收期?如何计算?

2. 什么是投资收益率?包括哪些指标?如何计算?

3. 什么是基准收益率?如何确定?

4. 什么是内部收益率?有何经济含义?

5. 不同类型的技术方案如何进行比较和选择?

6. 某项目净现金流量见表6-15,若基准贴现率为12%,要求:

（1）计算静态投资回收期、净现值、净现值率、净年值、内部收益率和动态投资回收期。

（2）画出累计净现金流量现值曲线。

表6-15　项目净现金流量　（单位：万元）

年　份	0	1	2	3	4	5	6	7
净现金流量	−60	−80	30	40	60	60	60	60

7. 已知 A、B 为两个独立项目方案，其净现金流量见表 6-16，若基准贴现率为 12%，试按净现值和内部收益率指标判断它们的经济性。

表6-16　A、B方案净现金流量　（单位：万元）

方　案＼年　份	0	1	2	3 ~ 8
A	−120	20	22	25
B	−50	10	12	15

8. 已知 A、B 为两个互斥项目方案，其有关资料见表 6-17，在基准收益率为 15% 时，哪个方案为优？

表6-17　A、B方案的有关资料　（单位：万元）

方　案	初始投资	年收入	年支出	经济寿命
A	3 000	1 800	800	5
B	3 650	2 200	1 000	10

9. 拟建运动看台，设计部门提出两种方案。甲方案：钢筋混凝土建造，投资 35 万元，每年保养费 2 000 元；乙方案：木造，其中以泥土填实，投资 20 万元，以后每 3 年油漆一次需 1 万元，每 12 年更换座位需 4 万元，36 年全部木造部分拆除更新需 10 万元，其中泥土部分不变，利率为 5%，在永久使用的情况下，哪个方案经济？

第七章
不确定性分析

第一节　不确定性分析的基本概念

工程项目的评价和决策人员要对工程项目进行经济评价或投资决策，就必须采用大量的数据。而被采用的数据，大部分来自对工程项目未来情况的估计和预测，例如投资额、利率、建设年限、建设项目的经济寿命、产量、价格、成本、收益等，这些数据在很大程度上是不确定的。原因是我们对工程项目估计和预测的结果可能与未来的实际情况有较大的出入，甚至有时难以估计和预测出工程项目中各种变量未来的变化情况，这就产生了对工程项目未来情况的不确定性问题。

产生不确定性问题的因素很多，这些因素发生变化，就会对建设项目方案的未来经济效果产生影响。因此，在对工程项目进行经济评价或投资决策时，应对工程项目投资方案中各个不确定因素进行分析，对工程项目的未来情况做到胸中有数，并采取相应的措施。

一、不确定性分析的含义

对工程项目投资方案进行不确定性分析，就是对工程项目未来将要发生的情况加以掌握，分析这些不确定因素在什么范围内变化，以及这些不确定因素的变化对方案的技术经济效果的影响程度如何，即计算和分析工程项目不确定因素的假想变动对方案技术经济效果评价的影响程度。

通过对工程项目不确定因素变化的综合分析，就可以对工程项目的技术经济效果是否可接受做出评价，提出具体的论证结果或修改方案的建议和意见，从而做出比较切合实际的方案评价或投资决策。同时，通过不确定性分析还可以预测工程项目投资方案抵抗某些不可预见的政治与经济风险的冲击能力，从而说明建设项目的可靠性和稳定性，尽量弄清和减少不确定性因素对建设项目经济效益的影响，避免投产后不能获得预期利润和收益的情况发生，避免企业出现亏损状态。因此，为了有效地减少不确定性因素对项目经济效果的影响，提高项目的风险防范能力，进而提高项目投资决策的科学性和可靠性，除了对项目进行确定性分析外，还有必要对建设项目进行不确定性分析。

严格来讲，这里我们所说的不确定性分析包含了两方面内容：不确定性分析和风险分析。也就是说，从根本上讲不确定性和风险是不同的。美国经济学家奈特认为，风险是"可测定的不确定性"，而"不可测定的不确定性"才是真正意义上的不确定性。日本学者武井勋归纳出风险定义本身应具有三个基本因素：①风险与不确定性有差异；②风险是客观存在的；③风险可以被测算。在此基础上，武井勋提出了风险的定义"风险是在特定环境中和特定期间内自身存在的、导致经济损失的变化。"因此，工程项目风险分析就是分析工程项目在其环境中和寿命期内自然存在的、导致经济损失的变化。而工程项目不确定性分析就是对项目风险大小的分析，即分析工程项目在其存在的时空内自然存在的、导致经济损失之变化的可能性及其变化程度。

虽然我们分析了不确定性分析和风险分析的区别，但是，从工程项目经济评价的实践角度来看，将两者严格区分开来的实际意义并不大，因此，我们一般习惯于将不确定分析和风险分析统称为不确定性分析，并将其概括为分析和研究由于不确定性因素的变化所引起的工程项目经济效益指标的变化和变化程度。

二、不确定性产生的原因

一般情况下，产生不确定性的主要原因如下。

（1）项目数据的统计偏差 这是指由于原始统计上的误差，统计样本点的不足，公式或模型套用不合理等造成的误差。比如说，工程项目固定资产投资和流动资金投资是项目经济评价中重要的基础数据，但在实际中，往往会由于各种原因而高估或低估了它的数额，从而影响了项目经济评价的结果。

（2）通货膨胀 由于有通货膨胀的存在，会产生物价的浮动，从而会影响工程项目经济评价中所采用的价格，进而导致诸如年经营收益、年经营成本等数据与实际发生偏差。

（3）技术进步 技术进步引起新老产品和工艺的替代，这样，根据原有技术条件和生产所估计出的年经营成本、收益等指标就会与实际值发生偏差。

（4）市场供求结构的变化 市场供求结构的变化会影响到产品的市场供求状况，进而对某些指标值产生影响。

（5）其他外部影响因素 如政府政策的变化，新的法律、法规的颁布，国际政治经济形势的变化等，均会对项目的经济效果产生一定的、甚至是难以预料的影响。

当然，还有其他一些影响因素。在工程项目经济评价中，如果我们想全面分析这些因素的变化对项目经济效果的影响是十分困难的，因此，在实际工作中，我们往往要着重分析和把握那些对工程项目影响较大的关键因素，以期取得较好的结果。

三、不确定性分析的方法和内容

不确定性分析包括盈亏分析、敏感性分析和概率分析三种方法，其内容各有不同。

对工程项目进行不确定性分析的方法和内容要在综合考虑了工程项目的类型、特点、决策者的要求、相应的人力、财力以及项目对国民经济的影响程度等条件下来选择。一般来讲，盈亏平衡分析只适用于工程项目的财务评价，而敏感性分析和概率分析则可以同时用于财务评价和国民经济评价。

第二节　盈亏平衡分析

工程项目的盈亏平衡分析又称为损益平衡分析，它是根据项目正常生产年份的产品产量(或销售量)、变动成本、固定成本、产品价格和销售税金等数据，确定项目的盈亏平衡点 BEP(Break-evenpoint)，即盈利为零时的临界值，通过 BEP(盈亏平衡点)分析项目的成本与收益的平衡关系的一种方法，也是在工程项目不确定性分析中常用的一种方法。

投资项目的经济效果受到许多因素的影响，当这些因素发生变化时，可能会导致原来盈利的项目变为亏损项目。盈亏平衡分析的目的就是找出这种由盈利到亏损的临界点，据此判断项目风险的大小及项目对风险的承受能力，为投资决策提供科学依据。

盈亏平衡分析，按成本、销售收入与产量之间是否呈线性关系可分为线性盈亏平衡分析和非线性盈亏平衡分析；按是否考虑时间因素，又可分为静态盈亏平衡分析和动态盈亏平衡分析。

一、盈亏平衡点及其确定

在项目盈亏平衡分析中，首先要做的就是盈亏平衡点(BEP)的确定，然后据此来分析和判断项目风险的大小。所谓盈亏平衡点(BEP)是项目盈利与亏损的分界点，它标志着项目不盈不亏的生产经营临界水平，反映了在达到一定的生产经营水平时，该项目的收益与成本的平衡关系。盈亏平衡点通常用产量来表示，也可以用生产能力利用率、销售收入或产品单价来表示。

盈亏平衡点的确定，主要是根据其定义来进行的。

根据盈亏平衡点的定义，在盈亏平衡点处，项目处于不盈不亏的状态，也即项目的收益与成本相等，用公式表示如下

$$TR = TC \tag{7-1}$$

式中　TR——项目的总收益；

　　　TC——项目的总成本。

由于 TR 和 TC 通常都是产品产量的函数，因此通过式(7-1)即可求出项目在盈亏平衡点处的产量 Q^*，它也可称为盈亏平衡产量或最低经济产量。

例 7-1　某新建项目生产一种电子产品，根据市场预测估计每件售价为 500 元，已知该产品单位产品变动成本为 400 元，固定成本为 150 万元，试求该项目的盈亏平衡产量。

解：根据收益、成本与产量的关系可有

$$产量 = P \times Q = 500Q$$

式中　P——产品单位价格(元)；

　　　Q——产品的产量。

$$TC = 固定成本 + 变动成本 = 固定成本 + 单位产品变动成本 \times 产量$$
$$= 1\,500\,000 + 400Q$$

设：该项目的盈亏平衡产量为 Q^*，则当产量为 Q^* 时应有 $TR = TC$

即　　　　　　　　$500Q^* = 1\,500\,000 + 400Q^*$

解得　　　　　　　$Q^* = 15\,000$ 件

盈亏平衡点反映了项目对市场变化的适应能力和抗风险能力，项目的盈亏平衡点越低，其适应市场变化的能力就越大，抗风险能力也就越强。以盈亏平衡产量为例，如果一个项目的盈亏平衡产量比较低，那么在项目投产后，只要销售少量产品就可以保本，这样，只要市场不发生很大的变化，其实际销售量就很有可能超过这个比较的盈亏平衡产量，从而使项目产生盈利。因此也可以说，盈亏平衡点的高低反映了项目风险性的大小。

二、线性盈亏平衡分析

在企业中，一般将收益看成是产品的单价与销售量的乘积，尽管产品产量可以在相当大的范围内变动，但收益基本上是呈直线变化的。成本包括变动成本和固定成本，变动成本和产量成正比，固定成本不随产量而变化，则成本与产量也是线性关系。那么，在对项目做盈亏平衡分析时，如果项目的收益与成本均为产量的线性函数，就称为线性盈亏平衡分析。此时，产品的产量、固定成本、变动成本、销售收入、利润之间有如图 7-1 所示的关系。

线性盈亏平衡分析一般是基于以下三个假设条件来进行的：①产品的产量与

销售量是一致的；②单位产品的价格保持不变；③成本分为变动成本与固定成本，其中变动成本与产量成正比例关系，固定成本与产量无关，保持不变。

线性盈亏平衡分析的方法一般有图解法和解析法两种。

1. 图解法

图解法即画盈亏平衡图（见图7-1），它是线性盈亏平衡分析中常用的一种方法，其基本步骤如下：

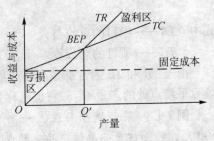

图 7-1　盈亏平衡图

1）画出坐标图，以横轴表示产量，纵轴表示收益与成本。

2）以原点为起点，按照下面的公式求出 TR 后，在坐标图上画出收益线，即

$$TR = （单位产品价格 - 单位产品销售税金及附加）\times 产量$$

3）画出固定成本线。由于前面我们假定固定成本不随产量的变化而变动，因此固定成本线是一条与横轴平行的水平线。

4）以固定成本与纵轴的交点为起点，按照下面的公式求出 TC 后，在坐标图上画出成本线，即

$$TC = 固定成本 + 变动成本 = 固定成本 + 单位产品变动成本 \times 产量$$

5）坐标内的三条线即组成了盈亏平衡图，收益线与成本线的交点即为盈亏平衡点。盈亏平衡点对应的产量即为盈亏平衡产量 Q^*（见图7-1）。

从盈亏平衡图（见图7-1）可以看出，当产量水平低于盈亏平衡产量 Q^* 时，TR 线在 TC 线的下方，项目是亏损的；当产量水平高于盈亏平衡产量 Q^* 时，TR 线在 TC 线的上方，项目是盈利的。盈亏平衡点越低，达到此点的盈亏平衡产量和收益与成本也就越少，因而项目的盈利机会就会越大，亏损的风险就越小。

2. 解析法

解析法是通过数学解析方法计算出盈亏平衡点的一种方法。根据盈亏平衡点的概念，当项目达到盈亏平衡状态时，其收益与成本正好相等，即

$$TR = TC$$

根据线性盈亏平衡分析的三个假设，有

$$TR = (P - t)Q$$

式中　P——单位产品价格；

　　　t——单位产品销售税金及附加；

　　　Q——产品产量（销售量）。

$$TC = C_f + C_v Q$$

式中　C_f——固定成本；

　　　C_v——单位产品变动成本。

设盈亏平衡产量为 Q^*，则当 $Q=Q^*$ 时，有 $TR=TC$，即
$$(P-t)Q^* = C_f + C_v Q^*$$

可解得

$$Q^* = \frac{C_f}{P-t-C_v} \tag{7-2}$$

盈亏平衡点（BEP）除经常用产量表示外，还可以用生产能力利用率、单位产品价格等指标来表示，其具体表达式如下

$$BEP(\text{生产能力利用率}) = \frac{Q^*}{Q_0} \times 100\% \tag{7-3}$$

式中　Q_0——设计生产能力。

$$BEP(\text{单位产品价格}) = \frac{F}{Q_0} + V + t \tag{7-4}$$

例 7-2　某项目设计生产能力为年产 50 万件产品，根据资料分析，估计单位产品价格为 100 元，单位产品变动成本为 80 元，固定成本为 300 万元，试用产量、生产能力利用率、单位产品价格分别表示项目的盈亏平衡点。已知该产品销售税金及附加的合并税率为 5%。

解：（1）求 Q^*。

根据题中所给条件，可有
$$t = P \times 5\% = 100 \text{ 元/件} \times 5\% = 5 \text{ 元/件}$$
$$TR = (P-t)Q = (100-5)Q = 95Q$$
$$TC = C_f + C_v Q = 3\ 000\ 000 + 80Q$$

因为 $TR=TC$，且 $Q=Q^*$，所以有
$$95Q^* = 3\ 000\ 000 + 80Q^*$$

解得　$Q^* = 200\ 000$ 件。

（2）$BEP(\text{生产能力利用率}) = \dfrac{200\ 000}{500\ 000} \times 100\% = 40\%$

（3）$BEP(\text{单位产品价格}) = \left(\dfrac{3\ 000\ 000}{500\ 000} + 80 + 5 \right) \text{元/件} = 91 \text{ 元/件}$

从项目盈利及承受风险的角度出发，其 $BEP(\text{生产能力利用率})$ 越小，BEP（单位产品价格）越低，则项目的盈利能力就越强，抗风险能力也就越强。

三、非线性盈亏平衡分析

在实际生产经营过程中，产品的销售收入与销售量之间，成本费用与产量之间，并不一定呈现出线性的关系。比如，当项目的产量在市场中占有较大的份额时，其产量的高低可能会明显影响市场的供求关系，从而使得市场价格发生变化；再比如，根据报酬递减规律，变动成本随着生产规格的不同而与产量呈非线

性的关系，在生产中还有一些辅助性的生产费用(通常称为半变动成本)随着产量的变化而呈梯形分布。由于这些原因，造成产品的销售收入和总成本与产量之间存在着非线性的关系，在这种情况下进行的盈亏平衡分析称为非线性盈亏平衡分析。

非线性盈亏分析的基本过程，如图7-2所示。

在图7-2中，当产量小于Q_1或大于Q_2时，项目都处于亏损状态，只有当产量处于$Q_1 \leqslant Q \leqslant Q_2$时，项目才处在盈利区域，因此$Q_1$和$Q_2$是项目的两个盈亏平衡点。其解法如下：

假设产品的产量等于其销售量，均为Q，则产品的销售收益和总成本与产量的关系可表示如下，即

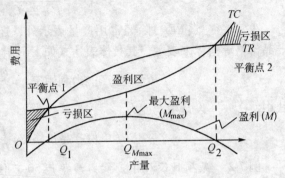

图7-2 非线性盈亏平衡分析图

$$TR(Q) = a_1 Q^2 + b_1 Q + c_1$$
$$TC(Q) = a_2 Q^2 + b_2 Q + c_2$$

式中，a_1，b_1，c_1，a_2，b_2，c_2均为系数。

根据盈亏平衡点的定义　　$TR(Q) = TC(Q)$

代入整理后得到　$(a_1 - a_2)Q^2 + (b_1 - b_2)Q + (c_1 - c_2)$

解此一元二次方程，得到两个解即分别为Q^1和Q^2，也即求出了项目盈亏平衡点的产量。

另外，根据利润的表达式

利润 = 收益 - 成本 = $TR - TC$

通过求上式对产量的一阶导数并令其等于零，即

$$\frac{d[(TR - TC)]}{dQ} = 0$$

还可以求出使得利润为最大的产量水平Q_{max}，Q_{max}又称为最大盈利点。

盈亏平衡分析虽然能够度量项目风险的大小，但并不能提示产生项目风险的根源。比如说虽然我们知道降低盈亏平衡点就可以降低项目的风险，提高项目的安全性，也知道降低盈亏平衡点可采取降低固定成本的方法，但是如何降低固定成本？应该采取哪些可行的方法或通过哪些有利的途径来达到这个目的？盈亏平衡分析并没有给我们答案，还需采用其他一些方法来帮助达到这个目标。因此，在应用盈亏平衡分析时应注意使用的场合及欲达到的目的，以便能够正确地运用这种方法。

第三节 敏感性分析

一、概述

1. 敏感性分析的含义

不确定因素的变化会引起项目经济指标随之变化，各个不确定因素对经济指标的影响又是不一样的，有的因素可能对项目经济的影响较小，而有的因素可能会对项目经济带来大幅度的变动，我们就称这些对项目经济影响较大的因素为敏感性因素。

敏感性分析是指通过测定一个或多个敏感因素的变化所导致的决策评价指标的变化幅度，了解各种因素的变化对实现预期目标的影响程度，从而对外部条件发生不利变化的投资建设方案的承受能力作出判断。

对敏感性分析应注意三个方面的问题：

1）敏感性分析是针对某一个（或几个）效益指标而言来找其对应的敏感因素，即具有针对性。

2）必须有一个定性（或定量）的指标来反应敏感因素对效益指标的影响程度。

3）作出因这些因素变动对投资方案承受能力的判断。

在建设项目计算期内，不确定性因素主要有：产品生产成本、产量（生产负荷）、主要原材料价格、燃料或动力价格、变动成本、固定资产投资、建设周期、外汇汇率等。

敏感性分析的作用是：能使决策者了解不确定因素对项目经济评价指标的影响，并使决策者对最敏感的因素或可能产生最不利变化的因素提出相应的决策和预防措施，还可以启发评价者重新进行分析研究，以提高预测的可靠性，其特点是：方法简单、易掌握。

2. 敏感性分析的一般步骤

1）确定具体的要进行敏感性分析的经济评价指标。这些评价指标必须是根据投资项目的特点和实际需要来确定，一般选择最能反映经济效益的综合性评价指标作为分析（或）评价的对象。如内部收益率、投资回收期、净现值等都可能作为敏感性分析的指标。由于敏感性分析是在确定性分析的基础上进行的，一般不能超出确定性分析所用的指标范围另立指标。当确定性经济分析中使用的指标较多时，敏感性分析可能围绕其中一个（或若干个）最重要的指标进行。

2）选择对评价指标有影响的不确定因素，并设定这些因素的变动范围。一般是从两个方面考虑：第一方面是预计这些因素在可能的变化范围内，对投资效果影响较大；第二个方面是这些因素发生变化的可能性较大。如项目总投资、经营成本等。

3）计算各个不确定因素对经济评价指标的影响程度。首先固定其他因素，变动其中一个（或多个）不确定因素，并按一定的变化幅度改变他的数值，然后计算这种变化对经济评价指标的影响数值，最后将其与该指标的原始数值相比较，得出该指标的变化率。用公式表示为

$$变化率(\beta) = \frac{\left|\text{评价指标变化幅度}\right|}{\left|\text{变量因数变化幅度}\right|} = \frac{\left|\Delta Y_j\right|}{\left|\Delta X_i\right|} = \frac{\left|\dfrac{Y_{j1} - Y_{j0}}{Y_{j0}}\right|}{\left|\Delta X_i\right|} \tag{7-5}$$

式中　ΔX_i——第 i 个变化量因素的变化幅度（变化率）；

　　　Y_{j1}——第 j 个指标受变量因素变化影响后所达到的指标值；

　　　Y_{j0}——第 j 个指标未受变量因素变化影响时的指标值；

　　　ΔY_j——第 j 个指标受变量因素变化影响时的差额度（变化率）。

具体确定因素敏感性大小的方法有两种，一种称为相对测定法，另一种则称为绝对测定法。相对测定法，即假定需分析的因素均从基准值开始变动，各种因素每次变动幅度相同，比较每次变动对经济指标的影响效果。绝对测定法，即假定某特定因素向降低投资效果的方向变动，并设该因素达到可能的悲观（最坏）值，然后计算方案的经济评价指标，看其是否已达到使项目在经济上不可行的程度。如果达到使该方案在经济上不可行的程度，则表明该因素为此方案的敏感因素。

4）绘制敏感性分析图，并对方案进行综合方面分析，实施控制弥补措施。敏感性分析结果通常汇总编制敏感性分析表。根据分析表，以某个评价指标为纵坐标，以不确定因素的变化率为横坐标作敏感分析图，来确定敏感因素，这就使决策者和项目的经营者可结合不确定因素变化的可能性和预测这些因素变化对项目带来的风险，采取相应的控制和弥补措施。

二、单因素敏感性分析

单因素敏感性分析是就单个确定因素的变动对方案经济效果影响所作的分析。它可以表示为该因素按一定百分率变化时所得到的评价指标值，也可表示为评价指标达到临界点时，某一因素变化的极限变化率或弹性容量。

例7-3　假定某公司计划修建一个商品混凝土搅拌站。估计寿命期为15年，计划年初一次性投资200万元，第2年年初投产，每天生产混凝土100m³，每年可利用250天时间，混凝土售价估计为40元/m³，混凝土的固定成本为20元/m³，混凝土变动费用估计为10元/m³。估计到期时设备残值为20万元，基准贴现率为15%，试就售价、投资额、混凝土方量三个影响因素对投资方案

进行敏感分析。

解：选择净现值（NPV）为敏感分析对象，计算出项目在初始条件下的净现值。现金流量如图7-3所示。

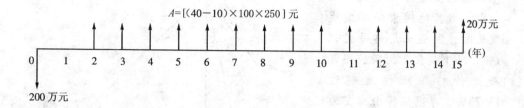

图7-3　搅拌站现金流量图

$$NPV_0 = \left[-200 \times 10^4 + 100 \times 250 \times (40-10) \times \left(\frac{P}{A},15\%,14\right)\left(\frac{P}{F},15\%,1\right) + \right.$$

$$\left. 20 \times 10^4 \times \left(\frac{P}{F},15\%,15\right) \right] 万元$$

$$= (-200 \times 10^4 + 75 \times 10^4 \times 5.724\ 5 \times 0.869\ 6 + 20 \times 10^4 \times 0.122\ 9) 万元$$

$$= 175.8\ 万元$$

从 NPV_0 可得出该项目的初始方案可行。

下面就投资额、混凝土价格、混凝土方量三个因素进行敏感性分析，此时，项目在变动条件下的净现值用公式表示为：其中设投资额变化率为 x；混凝土方量变化率为 y；混凝土价格变化率为 z。

$$NPV = -200 \times 10^4(1+x) + \left[100(1+y) \times 250 \times 40(1+z) - 100(1+y) \times \right.$$

$$\left. 250 \times 10 \right] \times \left(\frac{P}{A},15\%,14\right)\left(\frac{P}{F},15\%,1\right) + 20 \times$$

$$10^4 \times (P/F,15\%,15)$$

$$= -200 \times 10^4(1+x) + \left[100 \times (1+y) \times 250 \times 40(1+z) - 100 \times (1+y) \times \right.$$

$$250 \times 10 \right] \times 5.724\ 5 \times 0.869\ 6 + 20 \times 10 \times 0.122\ 9$$

现在令其逐一在初始值的基础上按 ±10%、±20% 的变化幅度变动，分别计算相应的净现值的变化情况，得出结果见表7-1和图7-4所示。

表7-1　单因素敏感性分析表

变　化　幅　度	−20%	−10%	0	+10%	+20%	变化幅度	平均 +1%	平均 −1%
投资额/万元	215.8	195.8	175.8	155.8	135.8	投资额变化	−1.14%	1.14%
混凝土价格/（元/m³）	71.32	123.56	175.8	220.65	270.43	混凝土价格变化	2.55%	−2.55%
混凝土方量/m³	101.13	138.47	175.8	208.21	250.54	混凝土方量	1.84%	−1.84%

由表7-1和图7-4可以看出，在各个变量因素变化率相同的情况下，首先，混凝土价格的变动对 NPV 的影响最大，当其他因素均不发生变化时，混凝土价格每变化1%，NPV 变化2.55%，当混凝土价格下降幅度超过13.73%，净现值将由正变为负，项目由可行变为不可行；其次，对 NPV 影响较大的因素是混凝土方量，在其他因素均不发生变化时，混凝土方量

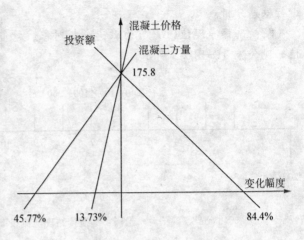

图7-4 搅拌站敏感性分析图

每变动1%，NPV 将变动1.84%；最后，对 NPV 影响较小的因素是投资额，在其他因素均不发生变化的情况下投资额上下浮动1%，NPV 上下浮动1.14%。由此可见，按净现值对各个因素的敏感程度排序依次是：混凝土价格、混凝土方量、投资额。最敏感的因素是混凝土价格。这就要求决策者和经营者，应对混凝土价格进一步、更准确的测算，因为从项目的风险角度讲，未来混凝土价格发生变化的可能性较大，就意味着这一项目的风险性较大。

三、多因素敏感性分析

在单因素敏感性分析中，当计算某个不确定性因素对项目投资评价指标的影响时，是基于其他影响因素均保持不变的前提下进行的，但实际中各种因素的变动可能存在着相互关联性，一个因素的变动往往会引起其他因素的随之变动。如例7-3中的钢筋混凝土价格变化可能导致混凝土需求量的变化，投资的变化可能导致设备残值的变化等。这时单因素敏感性分析就存在着一定的局限性，所以就应同时考虑多种因素变化的可能性，使敏感性分析更接近于实际过程。这种同时考虑多种因素同时变化的可能性的敏感性分析就是多因素敏感性分析。多因素敏感性分析要考虑被分析的各因素可能的不同变化幅度的多种组合，计算起来比单因素敏感性分析要复杂得多，一般可采用解析法和作图法相结合的方法进行分析。同时变化的因素不超过三个时，一般用作图法；当同时变化的因素超过三个时，就只能采用解析法了。下面就双因素和三因素敏感性分析进行介绍。

1. 双因素敏感性分析

双因素敏感性分析，是指在投资方案现金流量中每次考虑两个因素同时变

化，而其他的影响因素保持不变时，对方案效果的影响，其分析思路是，首先通过单因素敏感性分析确定出两个关键因素，其次做出两个因素同时变化的分析图，最后对投资效果的影响进行分析。

例 7-4 某投资方案的基础数据见表 7-2，试对该方案中的投资额和产品价格进行双因素敏感性分析。

表 7-2 投资方案基础数据

项 目	初始投资	寿命期	残 值	价 格	年经营费	贴现率	年生产能力
数据	1 200 万元	10 年	80 万元	35 元/台	140 万元	10%	10 万台

解： 以净现值作为分析指标，设投资变化百分率为 x，产品价格变化百分率为 y，则

$$NPV = -1\ 200 \times (1+x) + \left[35 \times (1+y) \times 10 - 140\right] \times \left(\frac{P}{A}, 10\%, 10\right) + $$

$$80\left(\frac{P}{F}, 10\%, 10\right)$$

$$= -1\ 200 - 1\ 200x + (350 + 350y - 140) \times \frac{(1+i)^{n-1} - 1}{i(1+i)^n} + 80 \times$$

$$\frac{1}{(1+i)^n} = 121.\ 21 - 1\ 200x + 2\ 150.\ 60y$$

取 NPV 的临界值，即令 $NPV = 0$，则

$$1\ 200x = 121.\ 21 + 2\ 150.\ 60y$$

$$x = 0.\ 101 + 1.\ 79y(实际是一条线性函数)$$

取 x 和 y 两因素的变动量均为 ±10% 和 ±20% 做图，可得到图 7-5 所示的双因素敏感性分析图。

从图 7-5 可以看出：$x = 0.\ 101 + 1.\ 79y$ 为 $NPV = 0$ 临界线，当投资与价格同时变动时，所影响的 NPV 值落在直线的右上方区域，投资方案可行；若落在临界线右下方的区域表示 $NPV < 0$，投资方案不可行；若落在临界线上，$NPV = 0$，方案勉强可行。还可以看出，在各个正方形内，净现值小于零的面积所占整个正方形面积的比例反映了因素在此范围内变动时方案风险的大小。例如，在 ±10% 的区域内，净现值小于零

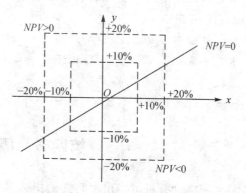

图 7-5 双因素敏感性分析图

的面积约占整个正方形面积的20%，这就表明当投资额和价格在±10%的范围内同时变化时，方案盈利的可能性为80%，出现亏损的可能性为20%。

2. 多因素敏感性分析

当同时变化的因素很多时，构成的状态组合数目就多，这给计算带来很多麻烦。所以我们在这里针对3个因素同时变化时进行敏感性分析。对多个因素进行敏感性分析一般采用降维的方法进行。所谓降维，就是把几个因素中的某一个因素依次取定值，来求其他因素相应于这些定值的临界线。

例7-5 根据例7-4的数据，对该投资方案的投资额、产品价格和经营成本三个因素同时变化对NPV进行敏感性分析。

解：设投资额变化率为x，产品价格变化率为y，产品年经营成本变化率为z，则净现值表示为：

$$NPV = -1\,200(1+x) + [35(1+y) \times 10 - 140(1+z)] \times$$

$$\left(\frac{P}{A}, 10\%, 10\right) + 80\left(\frac{P}{F}, 10\%, 10\right)$$

分别取z为10%、20%、5%；并令$NPV(z) = 0$，按照上例的双因素变化方法进行计算，可得出下列临界线

$$NPV(z = 5\%) = 1\,200x - 2\,150.75y - 78.28 = 0$$

$$y_5 = 0.558x - 0.036$$

$$NPV(z = 10\%) = 1\,200x - 2\,150.75y - 35.26 = 0$$

$$y_{10} = 0.558x - 0.016$$

$$NPV(z = 20\%)$$

$$= 1\,200x - 2\,150.75y + 50.77 = 0$$

$$y_5 = 0.558x + 0.024$$

作出初始投资、产品价格、年经营成本三因素同时变化的敏感性分析，如图7-6所示。

读者可试着就投资或产品价格确定几个定值，来进行产品和经营成本或投资成本的变化临界线，来分析三因素同时变化的敏感性。

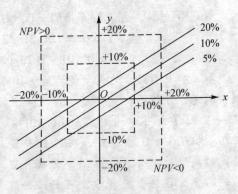

图7-6 三因素敏感性分析图

第四节 概率分析

敏感性分析可指出项目评价指标对各不确定因素的敏感程度，找出敏感因素，但它不能说明不确定因素发生变动的情况的可能性是大还是小，没有考虑不

确定因素在未来发生的概率，因而如需进一步指明不确定性因素的变化对项目经济评价指标的影响产生的可能性大小时，敏感性分析便无能为力，这就需要借助于概率分析。

概率分析又称风险分析，是利用概率研究和预测不确定因素对项目经济评价指标影响的一种定量分析法。其目的在于确定影响方案投资效果的关键因素及其可能变动的范围，并确定关键因素在此变动范围内的概率，然后计算经济评价指标的期望值及评价指标可行时的累计概率。概率分析法很多，常用的方法是来计算项目净现值的期望值及净现值大于或等于零的累计概率。

以净现值指标的分析为例，设某方案的寿命期为 n 年，在各种不确定因素综合影响下，该方案的净现金流量序列呈 k 种状态，于是在第 j 种状态下，方案的净现值为

$$NPV^{(j)} = \sum_{t=1}^{n} Y_t^{(j)} (1 + i_0)^{-t} \tag{7-6}$$

这里 $\qquad Y_t^{(j)} = \{ Y_t \mid t = 0, 1, 2, \cdots, n \} \quad j = 1, 2, \cdots, k \tag{7-7}$

式(7-7)中 Y_t 为第 t 年的净现金流量；k 为自然数，其值为各个输入变量能取值的个数的连乘积。

假定 j 种状态发生概率是已知或可计算、预测的，且有 $\sum_{t=1}^{k} P_j = 1$，于是方案净现值的期望值计算公式为：

$$E(NPV) = \sum_{t=1}^{k} NPV^{(j)} P_j \tag{7-8}$$

式中 $\quad E(NPV)$——NPV 的期望值；

$\qquad NPV^{(j)}$——各种现金流量情况下的净现值；

$\qquad P_j$——对应各种现金流量情况的概率值。

概率分析的一般计算步骤是：

1）列出各种应考虑的不确定因素，如投资、经营成本、销售价格等。

2）设想各种不确定因素可能发生的变化情况，即确定其数值发生变化的个数。

3）分别确定各种情况出现的可能性及概率，并保证每个不确定因素可能发生的情况的概率之和等于1。

4）分别求出各种不确定因素发生变化时，方案净现金流量各状态发生的概率和相应状态下的净现值 NPV，然后求出净现值的期望值。

5）求出净现值大于或等于零的累计概率。

6）对概率分析结果作出说明。

例7-6 某房地产开发项目的现金流量见表7-3，根据预测和经验判断，开

发成本、租售收入(两者相互独立)可能发生的变化及其概率见表7-4。试对此项目进行概率分析并求净现值大于或等于0的概率,取基准折现率为12%。

表7-3 现金流量表 (单位:万元)

年 份	1	2	3	4	5
销售收入	1 600	6 400	8 800	8 800	8 200
开发成本	4 500	5 900	6 900	1 800	200
其他支出				2 500	3 000
净现金流量	-2 900	500	1 900	4 500	500

表7-4 因素变动及概率 (单位:万元)

变化幅度	-20%	0	+20%
租售收入	0.3	0.6	0.1
开发成本	0.1	0.4	0.5

解: 参照以下步骤进行分析和计算。

(1) 欲分析的不确定因素为开发成本和租售收入。

(2) 这两个不确定因素可能发生的变化及其概率见表7-4。

(3) 利用概率树图列出本项目净现金流量序列的全部可能状态,共9种状态,如图7-7所示。

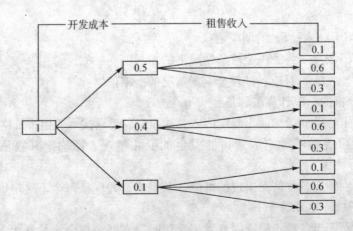

图7-7 概率树图

(4) 分别计算项目净现金流量序列各状态的概率 $P_j(j=1,2,\cdots,9)$, 即

$$P_1 = 0.5 \times 0.1 = 0.05$$
$$P_2 = 0.5 \times 0.6 = 0.30$$

其余类推，结果如图7-7所示。

（5）分别计算各个状态下的项目净现值 $NPV^{(j)}(j=1,2,\cdots,9)$，即

$$NPV^{(1)} = \sum_{t=1}^{5}(CI_t - CO_t)^{(1)}(1+12\%)^{-t} = 7\,733.2$$

$$NPV^{(2)} = \sum_{t=1}^{5}(CI_t - CO_t)^{(2)}(1+12\%)^{-t} = 2\,106.3$$

其余类推，结果见表7-5。

表7-5　净现值表

j	P_j	$NPV^{(j)}$/万元	$NPV^{(j)}P_j$/万元
1	0.05	7 733.2	386.66
2	0.35	2 106.3	631.89
3	0.15	− 3 054.7	− 458.21
4	0.04	10 602.7	424.11
5	0.24	5 441.7	1 306.01
6	0.12	280.8	33.70
7	0.01	13 938.1	139.38
8	0.06	8 777.2	526.63
9	0.03	3 616.2	108.49
合计	1.00	49 441.5	3 098.66

（6）计算加权净现值 $NPV^{(j)}P_j(j=1,2,\cdots,9)$，结果见表7-5，然后依式(7-8)求得项目净现值的期望值 $E(NPV)=3\,098.66$ 万元。

（7）项目净现值为非负的概率是

$$P(NPV \geqslant 0) = 1 - P(NPV < 0) = 1 - 0.15 = 0.85$$

同理可计算任何情况的概率。

（8）结论：因 $E(NPV)=3\,098.66$ 万元 >0，故本项目是可行的；又 $P(NPV \geqslant 0)=0.85$，说明项目具有较高的可靠性。

复　习　题

1. 什么叫不确定性分析？为什么要对建设项目进行不确定性分析？

2. 某建设项目拟定产品销售单价为6.5元，生产能力为2 000 000单位，单位生产成本中可变费用为3.5元，总固定费用为3 280 000元，试用产量、销售收入、生产能力利用率表示盈亏平衡点并求出具体数值。

3. 拟兴建某项目，由于采用机械化程度的不同有三种方案可供选择。参数见表7-6，试进行方案比较。

表 7-6　各方案参数

方　案	A	B	C
产品变动成本/(元/件)	80	40	20
产品固定成本/元	1 500	3 000	6 000

4. 某制造厂生产产品需购买 X、Y、Z 中的任一种设备。这些设备的价格均为 10 万元。设备的运转成本和生产能力见表 7-7。产品的销售价格为每个 1.30 元，该厂预计开始时每年销售 100 000 个，在五年内直线升到 130 000 个。根据上述数据，应购买哪种设备？

表 7-7　运转成本和生产能力

设 备 种 类	设备 X	设备 Y	设备 Z
年固定成本/元	40 000	70 000	90 000
单位变动成本/元	0.59	0.20	0.05
设备生产能力/元	150 000	150 000	200 000

5. 在习题 4 中，若设备 X 的单位可变费用降低 10%，设备 Z 增加 10%，再选择设备。

6. 某化工项目的投资、其现金流量见表 7-8：表中的数据均为预测估计值、估计产品产量、产品价格和固定资产投资三个因素可能在 20% 的范围内变化。$i_c = 15\%$（基准收益率），试对上述不确定因素分别进行单因素敏感性分析。

7. 某项目的总投资为 450 万元，年经营成本为 36 万元，年销售收入为 9 万元，项目寿命周期为 10 年，基准折现率为 13%。

(1) 试找出敏感性因素。

(2) 试就投资与销售收入同时变动进行敏感性分析。

8. 某投资项目其主要经济参数的估计值为：初始投资 1 500 万元，寿命为 20 年，残值为 0，年收入为 350 万元，年支出为 100 万元，投资收益率为 15%，试分析初始投资、年收入与寿命三参数同时变化时对净现值的敏感性。

9. 某项目需投资 250 万元，建设期为 1 年。根据预测，项目生产期的每年收入为 5 万元、10 万元和 12.5 万元的概率分别为 0.3、0.5 和 0.2，在每一收入水平下生产期为 2 年、3 年、4 年和 5 年的概率分别为 0.2、0.2、0.5 和 0.1，按折现率为 10% 计算，试进行概率分析。

表 7-8　现金流量表　　　　　　　　　　（单位:万元）

项　目	年　份		
	1	2~9	10
现金流入			
1. 产品销售收入		1 000×8	1 000
2. 固定资产残值			32
3. 流动资金回收			200

（续）

项 目	年 份		
	1	2~9	10
现金流出			
1. 固定资产投入	800		
2. 流动资金	200		
3. 经营成本		600×8	600
其中：固定成本		130×8	130
变动成本		470×8	470
4. 销售税金及附加		110×8	100

第八章

建设项目可行性研究与经济评价

8

第一节　可行性研究概述

一、可行性研究的发展和必要性

建设项目可行性研究，是一项根据国民经济长期发展规划、地区发展规划和行业发展规划的要求，对拟建的建设项目在技术、工程和经济上是否合理可行，进行全面分析、系统论证、多方案比较和综合评价，为编制和审批设计任务书提供可靠依据的工作。

根据原国家计委计资〔1983〕116号文件的规定，可行性研究是建设前期工作的主要内容，是基本建设程序的重要组成部分。

利用外资项目、技术引进项目和设备进口项目、大型工业交通项目（包括重大技术改造项目）都应进行可行性研究。除了主体工程外，凡属总体设计内的配套工程，如供电、供水、铁路及公路专线、职工住宅等也都要作为一个整体进行考核和评价。

国外开展可行性研究工作较早。20世纪30年代，美国为开发田纳西河流域首次采用了可行性研究的方法。以后通过不断的充实和完善，至20世纪60年代已发展成为一种系统的进行项目投资前可行性研究的科学方法，并为许多国家所广泛采用。

我国在第一个五年计划期间，曾对一些重大建设项目进行过技术经济分析。虽然技术经济分析在内容上不像西方国家的可行性研究那样详细深入，但由于当时我国工业刚刚兴起，经济情况还不十分复杂，所以这种技术经济分析还是起了一定的作用。"一五"计划期间建设的项目，基本上做到了建设周期短，工程质量好，投产快，效益大，取得了较好的经济效果。当时的技术经济分析是在项目已经确定，计划任务书已经下达之后在设计工作过程中进行的，而不是在投资前期进行的,因此在项目该不该上马的问题上有一定的盲目性。"三年冒进"(1958~1961年)和"十年动乱"(1966~1976年)中则基本上取消了技术经济分析工作,很多项目盲目上马,在经济上造成了很大损失。

党的十一届三中全会后,发现我国在20世纪70年代建设的一批项目,诸如"8个半"万吨维尼纶厂、9个合成脂肪酸厂、25个万吨小炸药厂以及100个小纸浆厂等的经济效果都不好。原因主要是由于片面强调需要,在技术尚不成熟的条件下,凭"长官意识"仓促拍板、成批上马所致。但也有些重大项目,如武钢从原联邦德国、日本引进的1700轧机,总投资40亿元,10万基建大军苦战4年,建成了70万m^2的建筑,安装了16万t设备,应当说在设计、安装和施工上都是成功的。但在项目建成后,由于电力缺乏与设计的炼铁、炼钢能力不配套,迟迟不能发挥生产能力,以致长期经济效益很差。追溯原因可以发现,根本问题在于决策前对投资的可行性研究不足,没有进行经济评价,特别是没有进行国民经济评价,因而很难避免决策的失误和损失。

建国50多年的实践证明,社会主义现代化建设中的许多问题,单从自然科学、工程技术的角度或者单从社会科学的角度来考虑是得不到正确解决的。一个建设项目是否成立,不仅要看技术上是否先进适用,还要看市场和资源是否落实,建设是否有保证。此外更要看它在经济上是否有益,不仅要看建设项目本身有无效益和效益大小,更要看它对整个国民经济有无贡献和贡献大小。这就必须做好建设项目的可行性研究工作。因此,自1983年起,我国已把建设项目的可行性研究正式列入基本建设程序。规定"凡是没有经过可行性研究或可行性研究程度不够的建设项目,不应批准设计任务书"。执行几年的结果表明,建设项目的可行性研究对改进项目的管理,做好建设前期工作,避免和减少建设项目决策的失误,提高建设投资的综合效益起到很大的作用。

二、可行性研究的概念

可行性研究是在建设项目规划阶段所作的考察和鉴定,要对拟建的项目进行全面的、综合的技术经济调查研究和系统分析,通过技术经济的分析论证,要作出是放弃这个项目(不可行)或实施这个项目(可行)的结论的一门综合性学科。从项目的考查和规划来说,所谓可行性,主要包括项目在技术上的先进性、适用性和经济上的合理性、盈利性,即包括在技术上和经济上能否成功的两个方面。

由此可见,可行性研究是一门横跨自然科学、工程技术和经济管理等多学科的新兴综合性应用科学,其研究对象是项目投资决策中的技术经济问题,研究目的是揭示建设项目的客观规律,提供科学手段,减少决策失误的风险,有效利用有限资源,以获取尽可能高的投资综合效益。一项成功的可行性研究工作,应当可以明确地回答拟议项目是否应该投资?如何投资?并在多种可能的方案中推荐最佳选择。正因为如此，可行性研究才成为投资前期工作中成败攸关的重要步骤。

三、可行性研究的目的和作用

（一）可行性研究的目的

可行性研究的目的受社会制度和生产资料所有制的制约。

在资本主义社会，生产资料属资本家所占有，资本家建设工程的目的是获得高额利润。投资者为了避免盲目性，避开投资的风险，在竞争中获得利润，就要在进行资本转移和投资时，认真进行决策，多方面做好预测和估算，论证进行某建设项目的投资是否有利。其目的可以概括为对投资项目进行全面调查分析，以进行投资决策，获得最大利润。

社会主义社会实行生产资料公有制，进行建设项目的建设目的，是为了满足人民物质文化生活的需要，而不是单纯获利。但在项目的建设中，要注重投资效果。因而，进行可行性研究的目的是为了论证投资是否会给社会带来更大的经济效果和社会效果，力求用较少的人力、物力、财力的耗费取得较大的经济效果和社会效果。

（二）可行性研究的作用

可行性研究的作用主要体现在以下几个方面。

1. 确立合理的投资方向、投资规模与投资结构

国家和地区的经济发展、社会进步，离不开投资建设，有投入才会有产出。而任何投资决策，都是基于对未来收益（效益）的预期作出的。在投资决策时，要依据历史的和当前的、直接的和间接的各种相关资料，分析、判断出今后可能的结果，从而决定是否投资、投资多少以及投资的组成。这个工作是决策的核心内容，也就是可行性研究。在研究工作完成后，人们可以清楚地看到，对于拟建项目在投资方向、投资规模和投资结构上，究竟采用何种方案为好。

2. 客观综合地考虑经济效益、社会效益和环境效益

一个投资项目的实施，尤其是大中型项目的实施，必然会对所在地区的经济、社会和生态环境等方面带来影响。这些影响可能是积极的，也可能是消极的；可能是相容的，也可能是对立的；可能是即时的，也可能是潜在的……各种情况都有可能发生。仅考虑其中的一个或几个环节是不够的，可能不但达不到投资者预期的结果，反而会造成某种损失或灾难。而可行性研究正是要把决策的层面，从狭隘的企业角度扩展到社会角度，从单纯的经济利益扩展到社会效益和环境效益，使决策更全面、更符合公众的根本利益。越是大型项目，越应慎之又慎。例如，举世瞩目的三峡水利枢纽工程，之所以论证了几十年，也争论了几十年，就在于它不仅有蓄能发电、防洪减灾、清障通航等巨大利益，也有造成百万移民、改变生态环境、淹没一些重要景观和文物古迹，以及阻断水生生物生存繁

衍的自然通道等不利影响，而正反两方面的因素孰轻孰重，的确不是一个简单问题，有些甚至不是现在可以回答的。可见，可行性研究也是一个十分艰巨繁杂的系统工程。

3. 为向金融机构和社会筹集资金提供依据

世界银行等国际金融组织和我国的商业银行等金融机构，都明确要求建设项目在申请贷款时，必须先行提交该项目的可行性研究报告，银行将对该报告进行仔细审验，以确认该项目是否具有偿还贷款的能力、银行是否承受了过大的风险。

同样，建设项目在以发行债券、股票等方式向社会筹集资金的同时，也须履行同样手续，向有关证券监督管理部门提交项目可行性研究报告并获得审查通过。

4. 为编制设计文件和进行建设工作提供依据

我国基本建设程序规定，在项目可行性研究通过后，才能着手编制有关设计文件；而设计工作又应该在可行性研究报告提出的建设选址、建设规模、工艺流程、设备选型、总图布置、投资规模等方面的原则性框架基础上进行，即在可行性研究报告的指导下，编制初步设计和设计概算、技术设计和修正概算、施工图设计和施工图预算、施工进度计划和施工设计方案等一系列文件。

此外，环境保护管理部门通过审查可行性研究报告，据以分析拟建项目对环境的影响是否符合国家标准，并决定是否准许进行建设；而城市规划管理部门在核发建设用地规划许可证和建设工程规划许可证前，一般也要求建设单位提交可行性研究报告以供审验。

5. 为签订与项目有关的合同、协议等经济文件提供依据

可行性研究报告是进行工程招投标，拟订招标文件和标书、标底，签订工程承发包合同，以及签订相关设备订货合同、原材料供应合同、产品销售合同等经济文件的重要依据。上述文件的基本原则和主要内容（如建设规模、投资数额、产品结构等），都已在可行性研究阶段得以研究和确定。

四、可行性研究的范围和一般要求

（一）可行性研究的适用范围

可行性研究的运用领域极其广泛。一般包括新建、扩建和改建的工业项目，大型民用建筑工程（如旅馆、商业中心、住宅区等），交通运输中的建设项目（如高速公路、公路、桥梁、港口、铁路、机场等），还包括科学技术中的研究项目，地区开发项目，资源综合利用项目以及技术措施、技术政策的制定、运用等项目。大量而经常进行可行性研究的是工业、交通等工程项目。

（二）可行性研究的一般要求

建设项目的可行性研究，要求对项目做全面的调查研究。调查研究的深度和广度要求能判断是放弃或是对项目继续研究并支付费用，直到作出项目是"可行"或是"不可行"的最后结论。

研究的结果一般要求能回答以下六个方面的问题：①What（投资什么项目）；②Why（投资该项目的目的——为什么要投资该项目）③When（何时投资为宜）④Where（项目建在何处）⑤Who（谁来承担为好）⑥How（怎样进行为好）。要准确回答上述六个方面的问题，就必须深入调查研究，收集相关数据，综合运用工程方面的知识和经济学科的理论，对研究对象从技术和经济两方面综合论证，做出向投资者推荐的技术经济均较佳的方案。

五、可行性研究的依据

对一个拟建项目进行可行性研究，必须在国家有关的规划、政策、法规的指导下完成，同时，还要有相应的各种技术资料。可行性研究工作的主要依据有：

1）国家有关的发展规划、计划文件。包括对该行业的鼓励政策，特许、限制、禁止等有关规定。

2）项目主管部门对要求进行项目建设的请示的批复。

3）项目建议书及其审批文件。

4）项目承办单位委托进行可行性研究的合同或协议。

5）企业的初步选址报告。

6）拟建地区的环境现状资料。

7）试验测试报告。在进行可行性研究前，对某些需要经过试验的问题，应由项目承办单位委托有关单位进行实验和测试，并将其结果作为可行性研究的依据。

8）项目承办单位与有关方面取得的协议，如投资、原料供应、建设用地、运输等方面的初步协议。

9）国家和地区关于工业建设的法令、法规。如"三废"排放标准、土地法规、劳动保护条例等。

10）国家有关经济法规、规定。如中外合资企业法，税收、外资、贷款等规定。

11）国家关于建设方面的标准、规范、定额资料等。

12）市场调查报告。

13）主要工艺和装置的技术资料。

14）项目所在地的自然、社会、经济方面的有关资料。

第二节　可行性研究的阶段、主要内容和工作程序

一、可行性研究的阶段划分

可行性研究是投资决定前的主要工作。一般来说，可行性研究有三种类型（也称为相应的工作阶段），即投资机会研究（也称为投资机会鉴定）、初步可行性研究和可行性研究（也称为详细可行性研究或最终可行性研究）。但有时将投资评价报告从可行性研究中独立出来，或者必要时增加辅助研究，这时，可行性研究就成为四种类型，或者说，可行性研究工作就分为四个阶段。

（一）投资机会研究

这个阶段工作的主要目的是，通过调查研究，了解有哪些可能投资的机会，并提出建设项目最优投资方向的建议。在发展中国家和处于工业发展初期的国家里，选定投资项目或寻找最有利的投资机会是一个比较复杂的问题。现在这种工作一般多由国营和私营的企业或其主管部门来承担，但政府和公共机构在选定投资项目工作中也负有一定的责任。

我国在实行计划经济时期，由于计划机构可以提供相当详细的各种经济指标，并制订出各部门的优先顺序，因此，项目初选是比较容易的。现在我国实行社会主义市场经济体制，计划机构不可能再做那么具体的工作（也不宜再做），但国家仍制订和发布产业政策和经济、社会、科技发展长期规划和年度计划，仍可以引导投资方向。

在联合国工业发展组织为发展中国家所编写的《工业可行性研究报告编写手册》一书中，将投资机会研究分为两种，即一般机会研究和特定项目的机会研究。究竟进行一般机会研究，还是进行特定项目的机会研究，或者是两种研究同时开展，这要根据建设项目的特点和具体情况而确定。

1. 一般机会研究

进行一般机会研究的目的，是为投资者指出具体的投资建议。这类研究的方式有三种。

（1）地区研究　地区研究的目的是通过研究选定一个特定地区，例如某一个省、市、自治区或其中的某一个市县；某沿海发达地区或落后地区；某个铁路枢纽地区或一个港口的供应地区等，论证其投资机会的可能性。

（2）分部门研究　分部门研究的目的，是要选定在一个特定部门（例如在食品加工部门、机械制造部门、建筑工程部门），论证其投资机会的可能性。

（3）以资源为基础的研究　根据各种自然资源，工业、农业产品的综合利用情况，以及人力资源的使用情况等方面的资源因素，进行综合研究分析，从而

寻找投资机会。

2. 特定项目的机会研究

特定项目的机会研究多是在一般机会研究完成并得到通过之后才进行，这样可以避免不必要的损失和浪费。特定项目的机会研究应在已选定投资机会的基础上，形成具体的投资项目建议，并提出若干项目设想的技术方案。为了刺激投资者进一步参与投资可行性论证的积极性，在特定项目机会研究中，必须包括一些基本资料和数据，以便于可能的投资者考虑该项投资的可能性是否有足够的吸引力。

在投资机会研究阶段，在分析研究项目投资机会时必须考虑掌握以下情况：

1）自然资源的条件。例如用于木材加工工业的用材林的数量、质量和获得的可能性；又如，作为农产品加工工业基础的现有农业的情况及供给能力。

2）项目产品在国内外市场上的需求量情况及前景预测，包括对某些由于人口增加或购买力增长而有发展潜力的消费品以及某些新产品的需求量。

3）用项目产品代替进口产品的可能性。须分析了解该项目产品目前的进口量，并确定可代替进口产品的范围。

4）该建设项目在国民经济发展中与现有地区工业布局的关系。

5）国内宏观经济形势和一般的投资趋势。

6）在发展水平、资本、劳动力、自然资源和经济背景等方面与我国相类似的其他国家里，项目获得成功的经验和实例。

7）项目建设的范围和内容，规模和未来发展的设想。

8）该建设项目与国内其他各工业部门之间的相互关系和影响。

9）对该项目生产的产品品种类型进行研究，并分析其综合利用的途径。

10）项目建设的资金条件，包括资金筹集方式、贷款利率等。

11）对该项目的经济和财务等方面的情况进行初步研究，包括各生产要素的成本及其来源情况。

12）政府对该类项目发展的有关政策法令。

投资机会研究这一阶段的工作是比较粗略的，主要依靠以往工作中所遇到的相类似的建设项目的数据，例如性质相同、规模类似的建设项目的投资、成本等指标和数据进行笼统的估计，而不是详细计算。通过这一个阶段的工作要确定有无必要进行下一步的初步可行性研究，并为其提出有投资可能性的明确论据。

（二）初步可行性研究

初步可行性研究是在投资机会研究完成并被肯定之后才得以进行的。由于进行详细可行性研究要耗费大量的费用和很长的时间，特别对于一些较为复杂的建设项目，更是如此。因此，为了节省时间和费用，在可行性研究之前先进行初步可行性研究，以便进一步落实投资机会的可能性。如果在初步可行性研究阶段发现投资机会不可行，则可及早放弃，以免耗费更多的时间和费用。通过初步可行性研究需要确定以下一些问题：

1）投资机会是否确实可行？是否像在投资机会研究中提出的确有前景。在初步可行性研究阶段所详尽阐述的资料基础上，能否直接作出投资决定。

2）在详细可行性研究阶段，重点应研究哪些问题？有无必要对某些问题进行专门研究或辅助研究。例如市场调查、实验室实验、中间试验等。

3）项目范围和未来效益是否值得通过可行性研究进行详尽分析。

4）已掌握的资料是否足以证明这个项目不可行，或者对某个投资者或投资集团缺乏足够的吸引力。

初步可行性研究是投资机会研究和详细可行性研究的中间环节，它与详细可行性研究有着相同的结构。它们三者之间的主要差别在于，所掌握资料的详尽程度和论证结论的准确程度。在初步可行性研究阶段需要对技术方案的以下问题作粗略审查研究：

1）确定市场需求情况和销售、推销能力，确定项目的生产规模。

2）各种生产要素的投入需求。

3）厂址选择。

4）项目设计，包括工艺和设备，以及土建工程。

5）基础、公用设施是否落实；技术和设备供应有无保证。

6）职工来源。

7）项目进度。

8）财务状况，例如投资费用、资金如何筹措、生产成本和盈利等。

投资机会研究是要确定投资的可能性，而初步可行性研究则是要将一些效益不高的项目筛选掉，对剩下更有把握的方案继续进行下一步的研究。当部门研究或资源机会研究具有足够的项目数据，可以决定直接进入项目的可行性研究阶段或者中止研究时，初步可行性研究也可以省略。但对于一些大型项目或者比较复杂的建设项目，技术经济方面的结论不可能轻易得出，一般都需要经过初步可行性研究阶段。

在初步可行性研究阶段，对于投资费用和生产成本的主要组成部分，不能仅依靠厂商的报价单来估计，而需要通过一些简便的方法加以估算。例如，若要确定流动资金，可对某一时期经营中的现金流出量（包括原材料、人工费、管理费、公用设施费、维护修理费、备件库存费等）进行估算，这一时期应相当于流动资金在其中周转的生产周期。按我国的情况，一般把这个时期定为4~6个月。例如，全年现金总流量若为2 000万元，流动资金的需要量则可定为700万~1 000万元。又如，海外运费、保险费、清算和手续费以及国内的运费，可采用占离岸价格的百分率来估算。若按占离岸价的8%来计算，则其中海外运输费占5%，保险费占0.75%，清算和手续费为1%，国内运输费为1.25%。再如，各种成套装置和设备的安装费，可根据占成套装置和设备的交货价格的百分率进行估算，但由于成套装置和机器的性能各不相同，其所占百分率也不相同，而且往往有很大的差别。

（三）辅助研究

辅助研究也叫做功能性研究或专门研究。对于某些特殊或大规模投资的建设项目的某些重要而又复杂的关键问题或环节，有时有必要进行一些辅助性的研究，或者是针对关键性问题进行专门的研究，其主要目的是减轻详细的可行性研究阶段的工作量。

辅助研究通常围绕以下几个方面进行：

1）通过市场研究，预测对拟生产的产品的需求情况以及产品对市场的渗透能力；对于涉外项目，还应对国际市场情况加以调查分析。

2）项目所需的基本原材料以及燃料、动力等投入要素的来源情况、价格情况，以及它们将来的变化趋势。

3）研究建厂地区，分析厂址选择是否合理，特别是对于运输量大的建设项目，例如钢铁、炼油、建材厂等，更需要考虑合适的厂址，以尽可能节省运输费用。

4）通过实验室和中间实验，对所选定的原材料进行化验分析，检验其是否符合项目生产工艺的要求，并需调查了解这些原材料是否有稳定的供应渠道。

5）设备选择研究。当所建项目的生产工艺复杂，需要的设备种类很多，项目构成和项目的经济性在很大程度上又取决于设备的类型，甚至项目的生产效率也直接受到所选设备的影响时，就必须对各种不同的设备来源、设备的技术性能、设备价格、日常的操作费用等各方面有关问题进行研究。当所选设备涉及许多供应来源而且价格相差悬殊时，也必须认真进行设备选择研究工作，以便为下一步的可行性研究提供依据。

6）规模经济分析。规模经济分析应结合项目所选择的工艺技术路线进行，然而在分析时可仅限于规模的经济性，而不必涉及复杂的生产工艺。规模经济分析的主要目的是考虑到可供选择的工艺、市场趋势、投资费用、生产成本和产品价格等因素，计算项目的不同生产能力并选择经济效益最好的、适当的生产规模，以取得好的项目经济效益并为制订和选择技术方案打下基础。

一般来说，辅助研究在可行性研究之前进行；但当辅助研究过于复杂，又不便于作为可行性研究的一部分而按顺序进行时，也可以和可行性研究同时进行。辅助研究的内容摘要，构成可行性研究的一个组成部分，并可减轻可行性研究的工作量。

由于辅助研究的目的是减少可行性研究阶段的工作，减少可行性研究的大量费用，节约开支，因此，辅助研究的费用应与可行性研究的费用结合起来考虑。

（四）可行性研究

可行性研究也称为详细可行性研究或者最终可行性研究。只有在项目通过初步可行性研究并有足够根据可获得成功时，才能转入项目的详细可行性研究阶段，以便在初步可行性研究的基础上，进一步开展工作。详细可行性研究是一个关键步骤，在这一研究阶段要求对建设项目进行深入的技术经济论证。论证项目的生产规划、建厂地区、厂址选择、生产工艺、设备、电气、厂房、机械、车间划分、土建工程、投资总额、建设时间，进行多方案的分析比较，以使生产组织合理，投资费用和生产成本降到最低程度。如果所取得的最终数据表明项目不可行，则应考虑调整生产规划和生产工艺，修改参数，重新考虑原材料等投入物，力求提出安排合理的可行项目，并将逐步改进的过程在可行性研究中加以描述。总之，这是一个互相关联、互为因果、反复研究的过程。如果全部技术方案在审查之后项目仍不可行，则应在文件中加以陈述并论证。

可行性研究各个阶段的研究深度不同，所花费的时间与费用也不同。一般来说，机会研究需用 1 个月左右的时间，研究费用约占项目总投资的 0.2%～1.0%；初步可行性研究需要 1～3 个月的时间，研究费用约占项目总投资的0.25%～1.25%；详细可行性研究需要 3～6 个月的时间，大项目的研究费用约占项目总投资的 0.8%～1.0%，小项目的约占 1.0%～3.0%。

二、可行性研究的主要内容

可行性研究的内容十分广泛，概括起来一般包括以下主要内容：项目的背景和历史，市场调查和工厂生产能力，原材料供应或矿山资源，建厂地区和厂址选择，工程项目设计，工厂组织机构和管理费用，劳动力来源及培训，建设进度、投资估算与筹措，生产成本估算、企业财务分析，国民经济评价、比较和结论等。以上内容对一般项目来说都应包括，对于不同项目，又各有侧重点。

下面对各项内容作简要介绍。

（一）项目背景和历史

在这一部分内容里主要介绍该项目与其他经济部门的关系，对工业发展的影响，说明项目成立的必要性，具体有以下几点。

1. 项目背景

介绍该项目的设想打算；列出与项目有关的各项主要参数，作为编制可行性研究报告时的指导原则，例如产品和产品组合，工厂生产能力和厂区，产品的市场情况和原料来源，建设进度等；概述经济、工业、财政、社会以及其他有关政策；说明该项目的地位，如国际的、区域的、国家的、地区的或者地方的等各种级别；说明本项目对国家经济部门及有关经济方面的影响等。

2. 项目历史

在这一部分里需要列出在本项目历史中发生过的重大事件，发生日期及当时情况；叙述已经进行过哪些调查研究，写明调查题目、作者和完成日期，以及从调查研究中得出的并拟在可行性研究中采用的某些结论和决定。

3. 项目主办人或发起人

说明项目发起人的姓名、住址，是否有可能为项目提供资金以及他们在项目中所起的作用等。

（二）市场调查和工厂生产能力

市场实际需求状况和工厂生产能力是可行性研究中首先需要进行调查研究的问题。只有对当前市场进行详细的调查，掌握需求的大小和具体要求，才能估算出某种特定产品进入市场的可能性和占有程度。同时考虑本项目的生产能力、所采用的工艺、生产规划和摊销策略，并对销售收入作出规划。在这一阶段的主要内容是：

1. 需求和市场情况调查与预测

这部分的主要任务是了解产品在当前和今后市场上的需求情况，为确定拟建工厂的生产规模提供依据。市场调查方法包括典型调查、对过去统计资料进行分析和对今后需要的变化情况进行预测。通过调查，应该提出当前市场对该种产品的需求情况和结构；在该项目经济寿命期内市场需求变化的预测；并说明该种产品在市场上的竞争能力。因为项目的生存力，在很大程度上取决于市场需求和该产品对市场的渗透能力。

2. 产品的销售预测和推销规划

在对市场需求分析的基础上，进行销售和销售收入的预测，是可行性研究中的又一个重要内容。因为判断建设项目是否可行，在很大程度上取决于产品的销售情况及其收入。对于销售额和销售收入的估算，仅对市场和需求的数据进行详细分析是不够的，还需要考虑工厂生产能力、生产工艺、技术水平、生产计划和销售策略等一系列因素，因此，这是一个反复计算的过程。销售收入的最终确定，只有在确定了生产工艺和工厂生产能力之后才有可能。

对于一些短线产品的建设项目，其产品实际需求超过了生产能力，这时，虽然也要进行某些推销活动，但毕竟阻力很小，其销售量常常可以与工厂的产品产量基本相等。这时，对于生产企业来说，产品定价也处于有利的地位。相反，对于某些长线产品或有代用品的产品，市场竞争激烈，需求弹性较大，情况就比较复杂，这时，就必须很好地研究市场，并制订适当的销售策略，其主要内容包括：产品定价；推销策略和措施；销售组织和必需的销售费用等。

3. 确定生产能力和制订生产规划

在对不同阶段的销售情况进行预测之后，就应着手制订详细的生产计划，也就是对在一定时期内所要达到的产量水平加以确定。这一生产水平的高低主要取决于生产能力的大小及其发挥程度。在一般情况下，生产初期大多数项目都不可能达到设计能力，而是在项目投产后逐年增加，这与多方面的因素有关系，一般在 3~5 年后才能达到规定的设计能力。

（三）原材料、燃料、动力等物资和投入

由于工业生产的过程是在原材料投入之后，经过加工，转变为产品、副产品和废料的过程。因此，在可行性研究中对各种需要投入的物料，包括各种原料，必须进行详细的调查研究。选择原材料和投入的根据是需求分析以及与需求分析有关的生产规划和工厂生产能力。

（四）建厂地区和厂址选择

在对市场需求以及项目的生产能力、生产规划和投入需要等作出估算以后，必须确定适于该项目建设的厂址。也就是通过对该项目建设经营与厂址周围环境的相互影响的研究，进行厂址选择。厂址选择包括选择项目的坐落地点和确定具体厂址两项内容。选择地点是指在相当广阔的地理区域内进行考察选定，例如在全国范围内、在一个地区或省或某段河岸等范围内选择适宜的区域；然后在已选定的区域内考虑几个可供选择的厂址。

（五）工程项目设计

在项目设计阶段，首先应确定项目范围。项目范围所包含的不仅限于厂区，而且包括为原材料供应、产品销售和提供辅助基础结构所需的全部其他活动。在项目范围内，在已经确定的生产能力的基础上，完成项目设计的所有内容，包括选定项目的生产工艺；选定机械设备类型；确定厂房、辅助构筑物和厂房基础的结构，以及土建工程方案等，并计算所需的费用。

（六）工厂组织机构和管理费用

工厂组织规划是与上面所谈到的项目设计密切相关的，因此，应该在一系列分析计算工作中同时反复进行。车间是工厂组织机构的主要内容，其规模大小，为适应生产需要进行的分类，车间的附设机构以及管理、服务和销售单位的数目，大小规模和机构体制，都取决于项目的生产能力和工程技术状况。

在工厂组织机构确定以后，可以进行企业管理费用的计算工作。对于某些项目，企业管理费在很大程度上决定了企业的盈利率。因此，对于新建设项目，其组织机构的规划，必须考虑到有关工厂生产、行政和销售以及分销服务业务的企业管理费用。为了便于计算分析，可将生产过程按有关职能进行分类。这种做法，也适用于服务、行政和销售等方面的管理费用的计算分析。

企业管理费用主要包括这样几个部分，即工厂管理费用、行政管理费用、折旧费和财务费用。

1. 工厂管理费

工厂管理费用常常是按照材料费和人工费总投入的百分比进行估算的，应该说，这种计算方法虽然简单、省时间，但在大多数情况下，都是不够准确的。工厂管理费的项目构成一般有以下几项：

1）非生产人员的工资。

2）辅助材料费。

3）办公用品费用。

4）水、电、煤气、蒸汽等公用设施费用。

5）合同中规定的修理保养费。

6）排污物处理费。

2. 行政管理费

行政管理费在一般情况下包括在工厂管理费中一并计算，只有在行政管理费具有十分重要的意义时才加以单独计算。构成行政管理费的典型项目有以下几点：

1）包括各种津贴和社会保险在内的工资。

2）办公用品费。

3）公用设施和通信费用。

4）设计费和差旅费。

5）福利费。

6）保险和税金（财产）。

3. 折旧费

折旧费通常包括在工厂管理费中一并计算。但由于在资金的现金流量分析中不包括折旧费，因此，也可以单独进行计算。折旧费应该根据固定资产原值、按照规定并批准的方法和比率进行计算。

4. 财务费用

例如，定期贷款的利息等财务费用常常作为企业行政管理费的一部分加以处理。在对企业管理费用进行预测时，需要考虑到通货膨胀这一因素。由于企业管理费用由许多项目组成，如果逐项计算其增长额，相当繁琐，这时，可采取从总体上进行估算的做法，即估算出企业管理费用的综合通货膨胀率的数值。

（七）人力的来源及培训

在确定了工厂的生产能力和所采用的生产工艺之后，就需要对该项目所需的各种管理人员和工人作出规划，确定他们的级别和数量，并列出培训方案。

在确定工人投入的数量和技能等级时，应以项目的生产能力和工艺流程作为考虑基础；在确定职员的数量和水平时，则要以企业机构设置的具体情况作为依据。在人员规划时，还必须考虑到以下因素：

1）对人力的需求情况进行全面估计，特别是项目所在地区的人力需求情况。

2）根据该项目所选择的技术和工艺特点的要求，对在国内或本地区可以得到的人力和专业技术人员的可能性作出估计。

3）对于所需人力的估计，在投产前时期和生产时期是应有区别的。在投产前时期，需先招聘经理人员、工程技术负责人和机器操作人员。因为对于这些人员要进行培训，而且他们可以进行工程施工和设备安装的管理工作。在生产时期，则应按职别和技术水平的需要按部门来规划人力需求。

（八）建设进度

项目建设时期，包括从决定投资到开始正常生产这段时期。在这段时期中，需要同各方面进行谈判、签订合同、进行工程项目设计、建筑施工、试运转和投入生产等几个阶段。

建设期的长短对建设项目的盈利高低有着至关重要的影响，因此，应该合理地安排建设进度，进行科学的项目建设计划的编制工作。以便在项目投产前后都筹措有足够的资金，以保证项目的顺利实施。

（九）生产成本估算

在考虑项目是否值得兴建时，除了投资大小等因素外，还必须对该项目建设方案的生产成本进行预测。以前许多建设项目的计划任务书或扩大设计里常常忽视这部分内容，因此，常常导致项目建成后难以维持生产，甚至长期亏损。

三、可行性研究的工作程序

根据我国现行的基本建设程序和原国家计委颁发的《建设项目进行可行性研究的试行管理办法》[计资(1983)116号]，我国开展可行性研究一般应经历以下工作程序。

1. 投资建设单位提出项目建议书

即投资者根据国家经济发展的长远规划和行业、地区规划、经济建设的方针、技术经济政策和建设任务，结合资源条件、市场情况，在调查研究、收集资料、踏勘建设地点、初步分析投资效果的基础上，提出需要进行可行性研究的项目建议书。

2. 下达或委托进行可行性研究工作

各级主管部门及计划部门对有关项目建议书进行汇总、平衡，当项目建议书被审定批准后，即可下达或委托有相应资质条件和研究能力的设计、咨询单位进行可行性研究工作。

3. 承接单位开展可行性研究工作

设计、咨询单位在承接任务后，一般按以下步骤开展研究工作：

（1）组建研究小组，制订研究计划　首先要掌握项目建议书的精神和立项背景资料，了解投资者的意图和要求，明确研究目的及内容，在此基础上组建研究小组。小组成员应包括多方面的专家，如有关的技术工艺、工程设计、市场营销、经济分析和政策法规等方面的专业人士，以保证研究工作全面、细致、有针对性。

（2）调查研究，收集资料　研究小组要查阅、收集与项目相关的社会、经济、自然、工程等基础材料，拟定调查提纲，然后进行实地踏勘和调查，必要时开展若干专题调查、试验和研究，对某些重要问题进行更深入、详细的分析论证。调查研究主要从资源和市场两方面入手，最后整理所收集的各项资料。

（3）方案设计和优选　在收集到的相关材料、图样、数据的基础上，建立几种可能的技术方案和建设方案；同投资者一起确定方案选择的原则和标准，从若干方案中筛选出综合评价较优的方案，论证项目在技术上的可行性。

（4）社会经济分析和评价　选定与项目有关的经济评价、社会评价基础数据和定额标准、参数，对拟建方案进行详细的财务预测、财务评价、国民经济评价、社会效益评价与环境影响评价，研究论证项目在经济上的合理性、财务上的盈利性和环境上的可行性。

（5）编制可行性研究报告　在以上调查、研究、分析、论证的基础上，编写全面的可行性研究报告，提出结论性意见和重大措施建议，为投资决策提供依据。

4. 组织对可行性研究报告进行评审

重点是对报告的编制依据、主要技术与经济参数、方案思路及其与现行政策、法规、规划有无违背冲突之处等方面进行审核。评审委员会应有各方面的专家参加，以保证评审的客观公正性和科学性。

第三节　可行性研究报告

一、可行性研究报告的编制阶段

可行性研究从资料调查、理论推导到得出结论有一个程序问题。一般说来，可行性研究报告的编制要经过以下几个阶段：

（1）准备阶段　报告编制人员要熟悉所调查的全部内容，熟悉写可行性研究报告的要领、应采用的分析方法、替代方案、各项技术经济指标的内容等，要把已调查的数据资料协调、充实起来，在脑海里形成一个总体，把各方面情况有机地联系起来。可行性研究的项目负责人应全面负责，而每个成员要充分协调要调查的内容。同时，要掌握结构方面具体的设计深度，成本预测如何进行，以及要调查些什么内容，如何调查等。各小组的负责人要写出小组的调查研究报告，小组报告要有整体性，搜集的资料数据要有准确性、有效性。

（2）调查作业阶段　调查工作要着重于现场调查，要把重点放在野外调查上，要对凡涉及该项目的影响因素尽可能作全面的调查。各小组在调查后，要在较短时间内写出分项调查报告，报告要简洁明了。

（3）资料分析阶段　要根据调查报告中的资料数据进行具体的分析计算，用具体数字引出结论意见，数字、文章一定要与分析有关，不必要的数据资料一律舍弃。对项目有关的内容都要涉及，不明确的数据资料决不能马虎草率，应完全弄清楚。项目评价部分要认真、详细地分析，结论应当有理有据并经得起评论。资料的收集、分析不够充分的地方，应当指明，不要含混。在没有资料的情况下，要尽量避免引用别的地区或项目的资料，要尽可能获得与本地区或本项目有关的实际调查资料。

（4）执笔阶段　要将各部分资料用文字简洁地表述出来。报告应力求简洁，使读者只看正文部分便明了其中的内容。不要让人看完全部资料才能理解。在编写报告时，每小节内容要统一，不同的内容不要放在同一小节内，每一节的篇幅不要太长。引用外部资料时，要注明资料来源。在表现手法上要简明扼要。报告中不要只记述计算结果，而要给出结论并使人明白得出该结论的全过程及其依据。一旦作了评论，就必须明确说明是正确或是错误，不能含混。

（5）编辑阶段　由于大的建设项目涉及的因素多，内容复杂，其报告的内容也多，不可能由一人执笔，而是分部分由各专题组完成。在这种情况下，要使研究报告带有整体性、条理性，就要将各部分报告进行编辑，使之成为一篇有机整体的文章。一般说来，正文与调查资料要分开编册（调查资料可作为附录编册）。风险分析和敏感性分析并非是附带的内容，应当放在正文中。图表要准确，要尽可能利用地形图，使未到过现场的人也能和文中的地名对上号。有照片的，也可以作为附件收入。

（6）完成阶段　报告经过编辑后，形成了一篇整体的报告，经过最后检查校对后，该报告就算基本完成。对于有争议的问题，应尽量达成协议。对需要重新调查的问题，要写明调查的内容、调查的方法等。

对需要补充调查的资料，亦应提出，以便尽快补充调查，而把缺项内容补充完善。报告完成后，应征求参加可行性研究的人员的意见，以便对不尽完善的地方作出修改。

二、可行性研究报告的格式

可行性研究报告的格式，随研究的对象不同而有所差别，难以千篇一律地硬性规定。但大体上应为以下基本格式：

1. 可行性研究报告正文

（1）总论　即对项目情况、可行性研究情况以及研究结论等最主要内容进行简明扼要的介绍，实际上是整个可行性研究报告的浓缩与综述。这部分内容包括：

1）项目名称、建设地点、建设单位。

2）项目来源及提出的背景。

3）建设的必要性。

4）研究单位、研究依据及工作过程。

5）项目概貌及主要研究结论。

（2）市场需求预测与建设规模　即在对与项目相关的国内与国外、现实与潜在的市场进行广泛深入调查研究的基础上，对项目产出物的市场前景进行量化预测，并由此确定项目的合适建设规模。这部分内容包括：

1）相关的市场调查与分析。

2）市场前景预测。

3）建设规模。

（3）建设条件与选址　即对目前具备的或可能获得各种内外部建设条件和环境进行分析，并对可能的几个建设地点进行综合考察和比较，确定最终选址。这部分内容包括：

1）资源、原材料、辅助材料及能源的供应。

2）外部协作条件。

3）相关地区社会经济发展与投资环境。

4）备选地址综合分析及选址说明。

（4）工程技术方案　即对项目的工艺技术流程、场区规划与建筑设计，设备选型等技术方案提出建设意见，以作为指导投资估算、效益评估等的依据。这部分内容包括：

1）项目组成及建设范围。

2）工艺技术流程设计方案。

3）主要设备选型。

4）场区规划、总平面布置、建设运输方案。

5）土建工程和辅助、附属设施工程方案。

6）主要建筑设计方案要点。

7）抗震及人防。

（5）环境保护与劳动安全　即对项目的环境影响、污染源及其危害进行分析，提出污染防止和治理的设计方案，并论证项目进行中的劳动卫生与安全条件和必要的防护措施。这部分内容包括：

1）主要污染源与污染物。

2）污染综合治理与废物利用。

3）环境影响评价。

4）劳动卫生与劳动安全。

5）消防。

（6）企业组织与人员培训　即对项目建成运营后的企业组织机构方案，以及管理人员、生产技术人员等的配备和培训提出意见。这部分内容包括：

1）企业组织机构。

2）劳动定员和来源。

3）岗位要求与人员培训。

（7）实施计划与建设进度　即对项目实施中的各项工作和工程建设的周期、内容与进度作出安排。这部分内容包括：

1）项目实施计划。

2）建设进度安排。

（8）投资估算与资金规划　即对项目的固定资产投资额和流动资金需求量进行测算，并提出资金规划，包括资金来源及其比例、使用计划、还款时间及其方式等。这部分内容包括：

1）固定资产投资估算。

2）流动资金估算。

3）资金规划方案。

（9）经济效益与社会效益评价　即在对项目投产后计算期内各年的经营成本、销售收入等现金流量预测的基础上，进行财务评价、国民经济评价和社会评价。这是可行性研究报告的重点，决定着项目的取舍与否。这部分内容包括：

1）销售收入与销售税金。

2）经营成本与固定资产折旧。

3）利润分配与借款还本付息。

4）财务评价。

5）国民经济评价。

6）不确定性分析。

7）社会评价。

（10）结论与建议　即对上述各部分内容进行总结，得出研究结论，并就项目存在的问题、改进的办法和建设运营中的重大问题提出意见和建议。这部分内容包括：

1）研究结论。

2）项目存在的问题及建议。

2. 可行性研究报告附件

（1）研究工作的依据性文件　这些文件是开展研究、提出主要观点的依据，包括以下内容：

　　1）项目建议书。

　　2）初步可行性研究报告。

　　3）各类批文及协议。

　　4）市场调查报告和技术资料汇编。

　　5）其他有关文件。

　　(2) 项目建设的基础性文件　这些文件是项目成立和实施建设的基础，包括以下内容：

　　1）建设地址选择报告书。

　　2）资源勘探报告书。

　　3）贷款意向书。

　　4）环境影响报告书。

　　(3) 可行性研究报告附图　这些附图有助于直观地表达报告的内容，是报告的有机组成部分，主要有：

　　1）区域位置图。

　　2）现状地形图。

　　3）总平面布置图。

　　4）工艺流程简图。

　　5）其他有关附图。

　　(4) 可行性研究报告基本报表　这些报表是项目经济评价的工具和手段，能清晰明确地反映其经济效果，主要有：

　　1）现金流量表。

　　2）损益表。

　　3）资金来源及运用表。

　　4）资产负债表。

　　5）外汇平衡表。

　　6）国民经济效益费用流量表。

　　(5) 可行性研究报告辅助报表　这些报表是基本报表的扩展和说明，同样是报告的有机组成部分，主要有：

　　1）固定资产投资估算表。

　　2）流动资金估算表。

　　3）投资计划及资金筹措表。

　　4）借款还本付息估算表。

　　5）产品销售收入和销售税金估算表。

　　6）总成本费用估算表。

7）固定资产折旧费估算表。

8）无形资产及递延资产摊销估算表。

9）主要产出物和投入物使用价格依据表。

10）单位产品生产成本估算表。

11）经济外汇流量表。

12）国民经济评价投资调整计算表。

13）国民经济评价销售收入调整计算表。

14）国民经济评价经营费用调整计算表。

15）出口（替代进口）产品国内资源流量表。

第四节　建设项目财务分析

一、财务分析概述

（一）财务分析的概念及作用

1. 财务分析的概念

财务分析是根据国家现行财税制度和价格体系，在财务效益与费用的估算以及编制财务辅助报表的基础上，分析、计算项目直接发生的财务效益和费用，编制财务报表，计算财务分析指标，考查项目盈利能力、清偿能力以及外汇平衡等财务状况，据以判别项目的财务可行性。财务分析是建设项目经济评价中的微观层次，它主要从微观投资主体的角度分析项目可以给投资主体带来的效益以及投资风险。作为市场经济微观主体的企业进行投资时，一般都进行项目财务分析。

2. 财务评价的作用

1）考查项目的财务盈利能力。

2）用于制订适宜的资金规划。

3）为协调企业利益与国家利益提供依据。

4）为中外合资项目提供双方合作的基础。

（二）财务分析的程序

财务分析是在项目市场研究、生产条件及技术研究的基础上进行的，它主要通过有关的基础数据，编制财务报表，计算分析相关经济评价指标，得出评价结论。其程序大致如下：

1）选取财务分析的基础数据与参数。

2）估算各期现金流量。

3）编制基本财务报表。

4）计算财务分析指标，进行盈利能力和偿债能力分析。

5）进行不确定性分析。

6）得出评价结论。

二、融资前财务分析

项目决策可分为投资决策和融资决策两个层次。投资决策重在考查项目净现金流的价值是否大于其投资成本，融资决策重在考查资金筹措方案能否满足要求。严格意义上说，投资决策在先，融资决策在后，根据不同决策的需要，财务分析可分为融资前分析和融资后分析。

财务分析一般宜先进行融资前分析。融资前分析是指在考虑融资方案前就可以开始进行的财务分析，即不考虑债务融资条件下进行的财务分析。在融资前分析结论满足要求的情况下，初步设定融资方案，再进行融资后分析。融资前只进行盈利能力分析，并以投资现金流量分析为主要手段。

融资前项目投资现金流量分析，是从项目投资总获利能力角度，考查项目方案设计的合理性，以动态分析（折现现金流量分析）为主，静态分析（非折现现金流量分析）为辅。根据需要，可从所得税前或所得税后两个角度进行考查，选择计算所得税前或所得税后指标。

计算所得税前指标的融资前分析（所得税前分析）是从息前税前角度进行的分析；计算所得税后指标的融资前分析（所得税后分析）是从息前税后角度进行的分析。

（一）正确识别选用现金流量

进行现金流量分析应正确识别和选用现金流量，包括现金流入和现金流出。融资前财务分析的现金流量应与融资方案无关。从该原则出发，融资前项目投资现金流量分析的现金流量主要包括建设投资、营业收入、经营成本、流动资金、营业税金及附加和所得税。

为了体现与融资方案无关的要求，各项现金流量的估算中都需要剔除利息的影响。例如，采用不含利息的经营成本作为现金流出，而不是总成本费用；在流动资金估算、经营成本中的修理费和其他费用估算过程中应注意避免利息的影响等。

所得税前和所得税后分析的现金流入完全相同，但现金流出略有不同，所得税前分析不将所得税作为现金流出，所得税后分析视所得税为现金流出。

（二）项目投资现金流量表的编制

融资前动态分析主要考虑整个计算期内现金流入和现金流出，编制项目投资财务现金流量表见表8-1。

1）现金流入主要是营业收入，还可能包括补贴收入，在计算期最后一年，还包括回收固定资产余值及回收流动资金。营业收入的各年数据取自营业收入和营业税金及附加估算表。固定资产余值回收额为固定资产折旧费估算表中最后一年的固定资产期末净值，流动资金回收额为项目正常生产年份流动资金的占用额。

表 8-1　项目投资财务现金流量表　　　　　（单位：万元）

序号	项　　目	合计	计　算　期					
			1	2	3	4	…	n
1	现金流入							
1.1	营业收入							
1.2	补贴收入							
1.3	回收固定资产余值							
1.4	回收流动资金							
2	现金流出							
2.1	建设投资							
2.2	流动资金							
2.3	经营成本							
2.4	营业税金及附加							
2.5	维持运营投资							
3	所得税前净现金流量(1-2)							
4	累计所得税前净现金流量							
5	调整所得税							
6	所得税后净现金流量(3-5)							
7	累计所得税后净现金流量							

计算指标：项目投资财务内部收益率(所得税前)：　　　　　%

　　　　　项目投资财务内部收益率(所得税后)：　　　　　%

　　　　　项目投资财务净现值(所得税前)(i_c=%)：　　　万元

　　　　　财务净现值(所得税后)(i_c=%)：　　　　　万元

　　　　　项目投资回收期(所得税前)：　　　　　年

　　　　　项目投资回收期(所得税后)：　　　　　年

　　2）现金流出主要包括有建设投资、流动资金、经营成本、营业税金及附加。建设投资和流动资金的数额取自项目总投资使用计划与资金筹措表；流动资金为各年流动资金增加额；经营成本取自总成本费用估算表；营业税金及附加包括营业税、消费税、资源税、城市维护建设税和教育费附加，它们取自营业收入、营业税金及附加和增值税估算表。尤其需要注意的是，项目投资现金流量表中的"所得税"应根据息税前利润(EBIT)乘以所得税率计算,称为"调整所得税"。原则上,息税前利润的计算应完全不受融资方案变动的影响,即不受利息多少的影响,包括建设期利息对折旧的影响(因为折旧的变化会对利润总额产生影响,进而影响息税前利润)。但这样将会出现两个折旧和两个息税前利润(用于计算融资前所得税的息税前利润和利润表中的息税前利润)。为简化起见,当建设期利息占总投资比例不是很大时,也可按利润表中的息税前利润计算调整所得税。

3)项目计算期各年的净现金流量为各年现金流入量减对应年份的现金流出量,各年累计净现金流量为本年及以前各年净现金流量之和。

4)按所得税前的净现金流量计算的相关指标,即所得税前指标,是投资盈利能力的完整体现,用以考查项目方案设计本身所决定的财务盈利能力,它不受融资方案和所得税政策变化的影响,仅仅体现项目方案本身的合理性。所得税前指标可以作为初步投资决策的主要指标,用于考查项目是否基本可行,并是否值得为之融资。所谓"初步"是相对而言的,指的是根据该指标投资者可以作出项目实施后能实现投资目标的判断,此后再通过融资方案的比选分析,有了较为满意的融资方案后,投资者才能决定最终出资。所得税前指标应该受到项目有关各方(项目发起人、项目业主、项目投资人、银行和政府管理部分)广泛的关注。所得税前指标还特别适用于建设方案设计中的方案比选。

三、融资后财务分析

在融资前分析结果可以接受的前提下,可以开始考虑融资方案,进行融资后分析。融资后分析包括项目的盈利能力分析、偿债能力分析以及财务生存能力分析,进而判断项目方案在融资条件下的合理性。融资后分析是在比选融资方案、进行融资决策和投资者最终决定性研究报告完成之后的进一步深化分析,完成融资后分析才能最终完成融资决策。

(一)融资后盈利能力分析

融资后的盈利能力分析,包括动态分析(折现现金流量分析)和静态分析(非折现现金流量分析):

1. 动态分析

动态分析是通过编制财务现金流量表,根据资金时间价值原理,计算财务内部收益率、财务净现值等指标,分析项目的获利能力。融资后的动态分析可分为下列两个层次:

(1)项目资本金现金流量分析　在市场经济条件下,对项目整体获利能力有所判断的基础上,项目资本金盈利能力指标是投资者最终决定是否投资的最重要的指标,也是比较和取舍融资方案的重要依据。

项目资本金现金流量分析，应在拟定的融资方案下，从项目资本金出资者整体的角度，确定其现金流入和现金流出，编制项目资本金现金流量表(见表8-2)。

表8-2 项目资本金现金流量表 (单位:万元)

序号	项 目	合计	计 算 期					
			1	2	3	4	…	n
1	现金流入							
1.1	营业收入							
1.2	补贴收入							
1.3	回收固定资产余值							
1.4	回收流动资金							
2	现金流出							
2.1	项目资本金							
2.2	借款本金偿还							
2.3	借款利息支付							
2.4	经营成本							
2.5	营业税金及附加							
2.6	所得税							
2.7	维持运营投资							
3	净现金流量(1−2)							

计算指标：资本金内部收益率(%)

1) 现金流入各项的数据来源与项目投资财务现金流量表相同。

2) 现金流出项目包括：项目资本金、借款本金偿还、借款利息支付、经营成本、营业税金及附加、所得税和维持运营投资。其中，项目资本金取自项目总投资计划与资金筹措表中资金筹措项下的自有资金分项。借款本金偿还由两部分组成：一部分为借款还本付息计划表中本年还本额；一部分为流动资金借款本金偿还，一般发生在计算期最后一年。借款利息支付数额来自总成本费用估算表中的利息支出项。现金流出中其他各项与项目投资现金流量表中相同。

3) 项目计算期各年的净现金流量为各年现金流入量减对应年份的现金流出量。

项目资本金现金流量表将各年投入项目的项目资本金作为现金流出，各年交付的所得税和还本付息也作为现金流出。因此，其净现金流量就包容了企业在缴税和还本付息之后所剩余的收益(含投资者应分得的利润)，也即企业的净收益，又是投资者的权益性收益。那么根据这种净现金流量计算得到的资本金内部收益率指标应该能反映从投资者整体角度考查盈利能力的要求，也就是从企业角度对盈利能力进行判断的要求。因为企业只是一个经营实体，而所有权是属于全部投资者的。

（2）投资各方现金流量分析　对于某些项目，为了考查投资各方的具体收益，还应从投资各方实际收入和支出的角度，确定其现金流入和现金流出，分别编制投资各方财务现金流量表（见表8-3），计算投资各方的内部收益率指标。

表8-3　投资各方财务现金流量表　　　　　　　　（单位：万元）

序号	项　　　目	合计	计　算　期					
			1	2	3	4	…	n
1	现金流入							
1.1	实分利润							
1.2	资产处置收益分配							
1.3	租赁费收入							
1.4	技术转让或使用收入							
1.5	其他现金流入							
2	现金流出							
2.1	实缴资本							
2.2	租赁资产支出							
2.3	其他现金流出							
3	净现金流量（1－2）							

计算指标：投资各方财务内部收益率（%）

投资各方现金流量表中现金流入是指出资方因该项目的实施将实际获得的各种收入。现金流出是指出资方因该项目的实施将实际投入的各种支出。表中各项应注意的问题包括：

1）实分利润是指投资者由项目获取的利润。

2）资产处置收益分配是指对有明确的合营期限或合资期限的项目，在期满时对资产余值按股比或约定比例的分配。

3）租赁费收入是指出资方将自己的资产租赁给项目使用所获得的收入，此时应将资产价值作为现金流出，列为租赁资产支出科目。

4）技术转让或使用收入是指出资方将专利或专有技术转让或允许该项目使用所获得的收入。

2. 静态分析

除了进行现金流量分析以外，还可以根据项目具体情况进行静态分析，即非折现盈利能力分析，选择计算一些静态指标。静态分析编制的报表是利润与利润分配表。利润与利润分配表中损益栏目反映项目计算期内各年的营业收入、总成本费用、利润总额的情况；利润分配栏目反映所得税及税后利润的分配情况，见表8-4。

表8-4　利润与利润分配表　　　　（单位:万元）

序号	项　　目	合计	计　算　期					
			1	2	3	4	…	n
1	营业收入							
2	营业税金及附加							
3	总成本费用							
4	补贴收入							
5	利润总额(1-2-3+4)							
6	弥补以前年度亏损							
7	应纳税所得额(5-6)							
8	所得税							
9	净利润(5-8)							
10	期初未分配利润							
11	可供分配的利润(9+10)							
12	提取法定盈余公积金							
13	可供投资者分配的利润(11-12)							
14	应付优先股股利							
15	提取任意盈余公积金							
16	应付普通股股利(13-14-15)							
17	各投资方利润分配							
	其中：××方							
	××方							
18	未分配利润(13-14-15-17)							
19	息税前利润(利润总额+利息支出)							
20	息税折旧摊销前利润 (息税前利润+折旧+摊销)							

可供投资者分配的利润根据投资方或股东的意见在任意盈余公积金、应付利

润和未分配利润之间进行分配。应付利润为向投资者分配的利润或向股东支付的股利，未分配利润主要指用于偿还固定资产投资借款及弥补以前年度亏损的可供分配利润。

（二）融资后偿债能力分析

1. 借款偿还期

对筹措了债务资金的项目，偿债能力考查项目按期偿还借款的能力。根据借款还本付息计划表、利润与利润分配表与总成本费用表的有关数据，通过计算利息备付率、偿债备付率指标，判断项目的偿债能力。如果能够得知或根据经验设定所要求的借款偿还期，可以直接计算利息备付率、偿债备付率指标；如果难以设定借款偿还期，也可以先大致估算出借款偿还期，再采用适宜的方法计算出每年需要偿还的本金和利息的金额，带入公式计算利息备付率、偿债备付率指标。需要估算借款偿还期时，可按下式估算

$$借款偿还期 = 借款偿还后开始出现盈余的年份 - 开始借款年份 + \frac{当年借款}{当年可用于还款的资金额} \tag{8-1}$$

要注意的是，该借款偿还期只是为估算利息备付率和偿债备付率指标所用，不应与利息备付率和偿债备付率指标并列。

2. 资产负债表的编制

资产负债表通常按企业范围编制。企业资产负债表是国际上通用的财务报表，表中数据可由其他报表直接引入或经适当计算后列入，以反映企业某一特定日期的财务状况。编制过程中资产负债表的科目可以适当简化，反映的是各年年末的财务状况（见表 8-5）。

表 8-5　资产负债表　　　　　　　　　　（单位：万元）

序号	项　目	合计	计算期					
			1	2	3	4	…	n
1	资产							
1.1	流动资产总额							
1.1.1	货币资金							
1.1.2	应收账款							
1.1.3	预付账款							
1.1.4	存货							
1.1.5	其他							
1.2	在建工程							
1.3	固定资产净值							

（续）

序号	项　目	合计	计算期					
			1	2	3	4	…	n
1.4	无形及其他资产净值							
2	负债及所有者权益(2.4+2.5)							
2.1	流动负债总额							
2.1.1	短期借款							
2.1.2	应付账款							
2.1.3	预收账款							
2.1.4	其他							
2.2	建设投资借款							
2.3	流动资金借款							
2.4	负债小计(2.1+2.2+2.3)							
2.5	所有者权益							
2.5.1	资本金							
2.5.2	资本公积金							
2.5.3	累计盈余公积金							
2.5.4	累计未分配利润							
计算指标： 资产负债率(%)								

资产由流动资产、在建工程、固定资产净值、无形及其他资产净值四项组成。

1）流动资产为货币资金、应收账款、预付账款、存货、其他之和。应收账款、预付账款和存货三项数据来自流动资金估算表；货币资金数据则取自财务计划现金流量表的累计资金盈余与流动资金估算表中现金项之和。

2）在建工程是指建设投资和建设期利息的年累计额。

3）固定资产净值和无形及其他资产净值分别从固定资产折旧费估算表和无形及其他资产摊销估算表取得。

负债包括流动负债、建设投资借款和流动资金借款。流动负债中的应付账款、预收账款数据可由流动资金估算表直接取得。后两项需要根据财务计划现金流量表中的对应项及相应的本金偿还项进行计算。

所有者权益包括资本金、资本公积金、累计盈余公积金及累计未分配利润。其中，累计未分配利润可直接来自利润表；累计盈余公积金也可由利润表中盈余公积金项计算各年份的累计值，但应根据是否用盈余公积金弥补亏损或转增资本金的情况进行相应调整；资本金为项目投资中累计自有资金（扣除资本溢价），当存在由资本公积金或盈余公积金转增资本金的情况时应进行相应调整。资本公积金为累计资本溢价及赠款，转增资本金时进行相应调整。

资产负债表满足等式：

$$资产 = 负债 + 所有者权益$$

（三）财务生存能力分析

财务生存能力分析旨在考查项目（企业）在整个计算期内的资金充裕程度，分析财务可持续性。判断项目在财务上的生存能力应根据财务计划现金流量表进行。

财务计划现金流量表是国际上通用的财务报表，它用于反映计算期内各年的投资活动、融资活动和经营活动所产生的现金流入、现金流出和净现金流量，分析项目是否有足够的净现金流量维持正常运营，是表示财务状况的重要财务报表。为此，财务生存能力分析亦称资金平衡分析。财务计划现金流量表见表8-6，其中绝大部分数据可来自其他财务表格。

表8-6　财务计划现金流量表　　　　　　（单位：万元）

序号	项　目	合计	计　算　期					
			1	2	3	4	…	n
1	经营活动净现金流量(1.1－1.2)							
1.1	现金流入							
1.1.1	营业收入							
1.1.2	增值税销项税额							
1.1.3	补贴收入							
1.1.4	其他收入							
1.2	现金流出							
1.2.1	经营成本							
1.2.2	增值税进项税额							
1.2.3	营业税金及附加							
1.2.4	增值税							
1.2.5	所得税							
1.2.6	其他流出							
2	投资活动净现金流量(2.1－2.2)							
2.1	现金流入							
2.2	现金流出							
2.2.1	建设投资							

（续）

序号	项　　目	合计	计　算　期					
			1	2	3	4	…	n
2.2.2	维持运营投资							
2.2.3	流动资金							
2.2.4	其他流出							
3	筹资活动净现金流量(3.1-3.2)							
3.1	现金流入							
3.1.1	项目资本金投入							
3.1.2	建设投资借款							
3.1.3	流动资金借款							
3.1.4	债券							
3.1.5	短期借款							
3.1.6	其他流入							
3.2	现金流出							
3.2.1	各种利息支出							
3.2.2	偿还债务本金							
3.2.3	应付利润(股利分配)							
3.2.4	其他流出							
4	净现金流量(1+2+3)							
5	累计盈余资金							

财务生存能力分析应结合偿债能力分析进行，项目的财务生存能力分析可通过以下相辅相成的两个方面进行。

1. 分析是否有足够的净现金流量维持正常运营

（1）在项目（企业）运营期间，只有能够从各项经济活动中得到足够的净现金流量，项目才能持续生存。财务生存能力分析应根据财务计划现金流量表，考查项目计算期内各年的投资活动、融资活动和经营活动所产生的各项现金流入和流出，计算净现金流量和累计盈余资金，分析项目是否有足够的净现金流量维持正常运营。

（2）拥有足够的经营净现金流量是财务上可持续的基本条件，特别是在运营初期。一个项目具有较大的经营净现金流量，说明项目方案比较合理，实现自身资金平衡的可能性大，不会过分依赖短期融资来维持运营；反之，一个项目不能产生足够的经营净现金流量，说明项目方案缺乏合理性，实现自身资金平衡的可能性小，有可能要靠短期融资来维持运营，有些项目可能需要政府补助来维持运营。

（3）通常运营期前期的还本付息负担较重，故应特别注重运营期前期的财务生存能力分析。如果安排的还款期过短，致使还本付息负担过重，导致为维持资金平衡必须筹措的短期借款过多，可以设法调整还款期，甚至寻求更有利的融资方案，减轻各年还款负担。所以，财务生存能力分析应结合偿债能力分析进行。

2. 各年累计盈余资金不出现负债是财务可持续的必要条件

各年累计盈余资金不出现负债是财务可持续的必要条件。在整个运营期间，允许个别年份的净现金流量出现负值，但不能允许任一年份的累计盈余资金出现负值。一旦出现负值时，应适时进行短期融资。该短期融资应体现在财务计划现金流量表中，同时短期融资的利息也应纳入成本费用和其后的计算。较大的或较频繁的短期融资，有可能导致以后的累计盈余资金无法实现正值，致使项目难以持续运营。

四、财务评价指标体系与方法

建设项目财务评价方法是与财务评价的目的和内容相联系的。财务评价的主要内容包括：盈利能力评价和清偿能力评价。财务评价的方法有以现金流量表和利润表为基础的动态获利性评价和静态获利性评价，以资产负债表为基础的财务比率分析，以借款还本付息计划表和财务计划现金流量表为基础的偿债能力分析和财务生存能力分析等。

（一）建设项目财务评价指标体系

建设项目财务评价指标体系是按照财务评价的内容建立起来的，同时也与编制的财务评价报表密切相关。建设项目财务评价内容、评价报表、评价指标之间的关系见表8-7。

表8-7　财务评价指标体系

评价内容	基本报表		评价指标	
			静态指标	动态指标
盈利能力分析	融资前分析	项目投资现金流量表	项目投资回收期	项目投资财务内部收益率 项目投资财务净现值
	融资后分析	项目资本金现金流量表		项目资本金财务内部收益率
		投资各方现金流量表		投资各方财务内部收益率
		利润与利润分配表	总投资收益率 项目资本金净利润率	

（续）

评价内容	基本报表	评价指标	
		静态指标	动态指标
偿债能力分析	借款还本付息计划表	偿债备付率 利息备付率	
	资产负债表	资产负债率 流动比率 速动比率	
财务生存能力分析	财务计划现金流量表	累计盈余资金	
外汇平衡分析	财务外汇平衡表		
不确定性分析	盈亏平衡分析	盈亏平衡产量 盈亏平衡生产能力利用率	
	敏感性分析	灵敏度 不确定因素的临界值	
风险分析	概率分析	$FNPV \geqslant 0$ 的累计概率	
		定性分析	

（二）建设项目财务评价方法

1. 财务盈利能力评价

财务盈利能力评价主要考查投资项目投资的盈利水平，是在编制项目投资现金流量表、项目资本金现金流量表、利润和利润分配等财务报表的基础上，计算财务净现值、财务内部收益率、项目投资回收期、总投资收益率和项目资本金净利润率等指标。

（1）财务净现值（FNPV）　财务净现值是指把项目计算期内各年的财务净现金流量，按照一个设定的标准折现率（基准收益率）折算到建设期初（项目计算期第一年年初）的现值之和。财务净现值是考查项目在其计算期内盈利能力的主要动态评价指标。其表达式为

$$FNPV = \sum_{t=0}^{n} (CI - CO)_t (1 + i_c)^{-t} \tag{8-2}$$

式中　$FNPV$——净现值;

　　　　CI——现金流入;

　　　　CO——现金流出;

　　　　n——项目计算期;

　　　　i_c——设定的折现率(同基准收益率)。

项目财务净现值是考查项目盈利能力的绝对量指标,它反映项目在满足按设定折现率要求的盈利之外所能获得的超额盈利的现值。如果项目财务净现值大于或等于零,表明项目的盈利能力达到目的或超过了所要求的盈利水平,也就是项目在财务上可行。

(2) 财务内部收益率($FIRR$)　财务内部收益率是指项目在整个计算期内各年财务净现金流量的现值之和等于零时的折现率,也就是使项目的财务净现值等于零时的折现率,其表达式为

$$\sum_{t=0}^{n} (CI - CO)_t (1 + FIRR)^{-t} = 0 \tag{8-3}$$

财务内部收益率是反映项目实际收益率的一个动态指标,该指标越大越好。一般情况下,财务内部收益率大于等于基准收益率时,项目可行。项目财务内部收益率一般通过计算机软件中配置的财务函数计算。若需要手工计算,可根据财务现金流量表中净现金流量,采用试算插值法计算,将求得的财务内部收益率与设定的判别基准 i_c 进行比较,当 $FIRR \geq i_c$ 时,即认为项目的盈利性能够满足要求。其计算公式为

$$FIRR = i_1 + \frac{FNPV_1}{FNPV_1 - FNPV_2}(i_2 - i_1) \tag{8-4}$$

根据投资各方财务现金流量表也可以计算内部收益率指标,即投资各方内部收益率。不过应注意的是,投资各方内部收益率实际上是一个相对次要的指标。在普遍按股本比例分配利润和分担亏损与风险的原则下,投资各方的利益是均等的。只有投资者中的各方有股权之外的不对等的利益分配时,投资各方的利益才会有差异。比如其中一方有技术转让方面的收益,或一方有租赁设施的收益,或一方有土地使用权方面的收益时,需要计算投资各方的内部收益率。对于投资各方的内部收益率来说,其最低可接受收益率只能由各投资者自己确定,因为不同的投资者的资本实力和风险承受能力有很大差异,且出于某些原因,可能会对不同项目有不同的收益水平要求。

(3) 投资回收期　投资回收期按照是否考虑资金时间价值可以分为静态投资回收期和动态投资回收期。

1）静态投资回收期。静态投资回收期是指以项目每年的净收益回收项目全部投资所需要的时间，是考查项目财务上投资回收能力的重要指标。这里所说的全部投资既包括建设投资，又包括流动资金投资。项目每年的净收益是指税后利润加折旧。静态投资回收期的表达式为

$$\sum_{t=0}^{P_t} (CI - CO)_t = 0 \qquad (8-5)$$

式中　P_t——静态投资回收期。

如果项目建成投产后各年的净收益不相同，则静态投资回收期可根据累计净现金流量用插值法求得。其计算公式为

$$P_t = 累计净现金流量开始出现正值的年份 - 1 + \frac{上一年累计现金流量的绝对值}{当年净现金流量}$$

$$(8-6)$$

当静态投资回收期小于等于基准投资回收期时，项目可行。

2）动态投资回收期。动态投资回收期是指在考虑了资金时间价值的情况下，以项目每年的净收益回收项目全部投资所需要的时间。这个指标主要是为了克服静态投资回收期指标没有考虑资金时间价值的缺点而提出的。动态投资回收期的表达式为

$$\sum_{t=0}^{P_t'} (CI - CO)_t (1 + i_c)^{-t} = 0 \qquad (8-7)$$

式中　P_t'——动态投资回收期。

与 P_t 类似，P_t' 也可以用插值法求出，计算公式为

$$P_t' = 累计净现金流量现值开始出现正值的年份 - 1 +$$
$$\frac{上一年累计现金流量现值的绝对值}{当年净现金流量现值} \qquad (8-8)$$

动态投资回收期是在考虑了项目合理收益的基础上收回投资的时间，只要在项目寿命期结束之前能够收回投资，就表示项目已经获得了合理的收益。因此，只要动态投资回收期不大于项目寿命期，项目就可行。

（4）总投资收益率（ROI）　总投资收益率是指项目达到设计能力后正常年份的年息税前利润或营运期内年平均息税前利润（$EBIT$）与项目总投资（TI）的比率。其表达式为

$$ROI = \frac{EBIT}{TI} \times 100\% \qquad (8-9)$$

总投资收益率高于同行业的收益率参考值，表明用总投资收益率表示的盈利能力满足要求。

（5）项目资本金净利润率（ROE）　项目资本金净利润率是指项目达到设计能力后正常年份的年净利润或运营期内平均净利润（NP）与项目资本金（EC）的比

率。其表达式为

$$ROE = \frac{NP}{EC} \times 100\% \tag{8-10}$$

项目资本金净利润率高于同行业的净利润率参考值，表明用项目资本金净利润率表示的盈利能力满足要求。

2. 清偿能力评价

投资项目的资金构成一般可分为借入资金和自有资金。自有资金可长期使用，而借入资金必须按期偿还。项目的投资者自然要关心项目偿债能力；借入资金的所有者——债权人也非常关心贷出资金能否按期收回本金。因此，偿债分析是财务分析中的一项重要内容。

（1）利息备付率（ICR） 利息备付率是指项目在借款偿还期内的息税前利润（EBIT）与应付利息（PI）的比值，它从付息资金来源的充裕性角度反映项目偿付债务利息的保障程度。利息备付率的含义和计算公式均与财政部对企业绩效评价的"已获利息倍数"指标相同，用于支付利息的息税前利润等于利润总额和当期应付利息之和，当期应付利息是指计入总成本费用的全部利息。利息备付率应按下式计算

$$ICR = \frac{EBIT}{PI} \tag{8-11}$$

利息备付率应分年计算。对于正常经营的企业，利息备付率应当大于1，并结合债权人的要求确定。利息备付率高，表明利息偿付的保障程度高，偿债风险小。

（2）偿债备付率（DSCR） 偿债备付率是指项目在借款偿还期内，各年可用于还本付息的资金（$EBITDA - T_{AX}$）与当期应还本付息金额（PD）的比值，它表示可用于还本付息的资金偿还借款本息的保障程度，应按下式计算

$$DSCR = \frac{EBITDA - T_{AX}}{PD} \tag{8-12}$$

式中 $EBITDA$——息税前利润加折旧和摊销；

T_{AX}——企业所得税。

偿债备付率可以按年计算，也可以按整个借款期计算。偿债备付率表示可用于还本付息的资金偿还借款本息的保证倍率，正常情况下应大于1，并结合债权人的要求确定。

（3）资产负债率 资产负债率是反映项目各年所面临的财务风险程度及偿债能力的指标，其计算公式为

$$资产负债率 = \frac{负债合计}{资产合计} \times 100\% \tag{8-13}$$

资产负债率表示企业总资产中有多少是通过负债得来的，是评价企业负债水

平的综合指标。适度的资产负债率表明企业投资人、债权人的风险较小，同时表明企业经营安全、稳健、有效，具有较强的融资能力。国际上公认的较好的资产负债率指标值是 60%。过高的资产负债率表明企业财务风险太大；过低的资产负债率则表明企业对财务杠杆利用不够，因此，不能也很难简单地用资产负债率指标对企业的经营状况及风险进行判断。实践表明，行业间的资产负债率差异也较大。所以，实际分析时应结合国家总体经济运行状况、行业发展趋势、企业所处竞争环境的具体条件进行判定。

（4）流动比率　流动比率是反映项目各年偿付流动负债能力的指标，其计算公式为

$$流动比率 = \frac{流动资产总额}{流动负债总额} \times 100\% \tag{8-14}$$

流动比率衡量企业资金流动性的大小，考虑流动资产规模与负债规模之间的关系，判断企业短期债务到期前，可以转化为现金用于偿还流动负债的能力。该指标越高，说明偿还流动负债的能力越强。但该指标过高，说明企业资金利用效率低，对企业的运营也不利。国际公认的标准是 200%。但行业间流动比率会有很大差异，一般说，若行业生产周期较长，流动比率就应该相对提高些；反之，就可以相对降低些。

（5）速动比率　速动比率是反映项目各年快速偿付流动负债能力的指标，计算公式为

$$速动比率 = \frac{流动资产总额 - 存货}{流动负债总额} \times 100\% \tag{8-15}$$

速动比率指标是对流动比率指标的补充，是将流动比率指标计算公式的分子剔除了流动资产中变现力最差的存货后，计算出的企业实际的短期债务偿还能力指标，速动比率较流动比率更为准确。速动比率指标越高，说明偿还流动负债的能力越强。与流动比率一样，该指标过高，说明企业资金利用效率低，对企业的运营也不利。国际公认的速动比率标准为 100%。同样，该指标在行业间也有较大差异，实践中应结合行业特点分析判断。

在项目评价过程中，可行性研究人员应该综合考查以上的盈利能力和偿债能力分析指标，分析项目的财务运营能力能否满足预期的要求和规定的标准要求，从而评价项目的财务可行性。

第五节　建设项目经济评价

建设项目经济评价即指项目经济费用效益分析，是按合理配置资源的原则，采用影子价格、影子率、社会折现率等经济评价参数，分析项目投资的经济效率

和对社会福利的贡献，评价项目的经济合理性。对于财务现金流量不能全面、真实地反映其经济价值，需要进行经济费用效益分析的项目，应将经济费用效益分析的结论作为项目决策的主要依据之一。

一、经济费用效益分析的项目范围

经济费用效益分析的理论基础是新古典经济学有关资源优化配置的理论。从经济学的角度看，经济活动的目的是通过配置稀缺经济资源用于生产产品和提供服务，尽可能地满足社会需要。当经济体系功能发挥正常，社会消费的价值达到最大时，就认为是取得了"经济效率"。

（一）经济费用效益分析与财务分析的区别

1. 分析的角度与基本出发点不同

与传统的国民经济评价是从国家的角度考查项目不完全相同的是，经济费用效益分析更关注从利益群体各方的角度来分析项目，解决项目可持续发展的问题；财务分析是站在项目的层次，从项目的投资者、债权人、经营者的角度，分析项目在财务上能够生存的可能性，分析各方的实际收益和损失，分析投资或贷款的风险及收益。

2. 费用和效益的含义与范围划分不同

经济费用效益分析是对项目所涉及的所有成员或群体的费用和效益作全面分析，考查项目所消耗的有用社会资源和对社会提供的有用产品，不仅考虑直接的费用和效益，还要考虑间接的费用和效益，某些转移支付项目，例如流转税等，应视情况判断是否计入费用和效益。财务分析是根据项目直接发生的财务收支，计算项目的直接费用和效益。

3. 所使用的价格体系不同

经济费用效益分析使用影子价格体系；而财务分析使用预测的财务收支价格。

4. 分析的内容不同

经济费用效益分析通常只有盈利性分析，没有清偿能力分析；而财务分析通常包括盈利能力分析、清偿能力分析和财务生存能力分析等。

（二）需要进行经济费用效益分析的项目类别

在现实经济中，由于市场本身的原因及政府不恰当的干预，都可能导致市场配置资源的失灵，市场价格难以反映建设项目的真实经济价值，客观上需要通过经济费用效益分析来反映建设项目的真实经济价值，判断投资的经济合理性，为投资决策提供依据。因此，当某类项目依靠市场无法进行资源合理配置时，就需要进行经济费用效益分析。

1. 需要进行经济费用效益分析的项目判别准则

符合以下特性之一的项目，都需要进行经济费用效益分析：

1）自然垄断项目。对于电力、电信、交通运输等行业的项目，存在着规模效益递增的产业特征，企业一般不会按照帕累托最优规则进行运作，从而导致市场配置资源失效。

2）公共产品项目。即项目提供的产品或服务在同一时间内可以被共同消费，具有"消费的非排他性"（未花钱购买公共产品的人不能被排除在此产品或服务的消费之外）和"消费的非竞争性"（一人消费一种公共产品并不以牺牲其他人的消费为代价）特征。由于市场价格机制只有通过将那些不愿意付费的消费者排除在该物品的消费之外才能得以有效运作，因此市场机制对公共产品项目的资源配置失灵。

3）具有明显外部效果的项目。外部效果是指一个个体或厂商的行为对另一个个体或厂商产生了影响，而该影响的行为主体又没有负相应的责任或没有获得应有报酬的现象。产生外部效果的行为主体由于不受预算约束，因此常常不考虑外部效果承受者的损益情况。这样，这类行为主体在其行为过程中常常会低效率甚至无效率地使用资源，造成消费者剩余与生产者剩余的损失及市场失灵。

4）对于涉及国家控制的战略性资源开发及涉及国家经济安全的项目，往往具有公共性、外部效果等综合特征，不能完全依靠市场配置资源。

5）政府对经济活动的干预，如果干扰了正常的经济活动效率，也是导致市场失灵的重要因素。

2. 需要进行经济费用效益分析的项目类别

从投资管理角度，现阶段需要进行经济费用效益分析的项目可以分为以下几类：

1）政府预算内投资（包括国债资金）的用于关系国家安全、国土开发和市场不能有效配置资源的公益性项目和公共基础设施建设项目、保护和改善生态环境项目、重大战略性资源开发项目。

2）政府各类专项建设基金投资的用于交通运输、农林水利等基础设施、基础产业建设项目。

3）利用国际金融组织和外国政府贷款，需要政府主权信用担保的建设项目。

4）法律、法规规定的其他政府性资金投资的建设项目。

5）企业投资建设的涉及国家经济安全，影响环境资源、公共利益，可能出现垄断，涉及整体布局等公共性问题，需要政府核准的建设项目。

二、建设项目经济费用和效益的识别

（一）建设项目经济费用和效益的内容和范围

1. 经济费用

项目的经济费用是指项目耗用社会经济资源的经济价值，即按经济学原理估算出的被耗用经济资源的经济价值。

项目经济费用包括三个层次的内容，即项目实体直接承担的费用，受项目影响的利益群体支付的费用，以及整个社会承担的环境费用。第二、三项一般称为间接费用，但更多地称为外部效果。

2. 经济效益

项目的经济效益是指项目为社会创造的社会福利的经济价值，即按经济学原理估算出的社会福利的经济价值。

与经济费用相同，项目的经济效益也包括三个层次的内容，即项目实体直接获得的效益，受项目影响的利益群体获得的效益，以及项目可能产生的环境效益。

（二）经济费用效益识别的一般原则

1. 遵循有无对比的原则

项目经济费用效益分析应建立在增量效益和增量费用识别和计算的基础之上，不应考虑沉没成本和已实现的效益。应按照"有无对比"增量分析的原则，通过项目的实施效果与无项目情况下可能发生的情况进行对比分析，作为计算机会成本或增量效益的依据。

2. 对项目所涉及的所有成员及群体的费用和效益作全面分析

经济费用效益分析应全面分析项目投资及运营活动耗用资源的真实价值，以及项目为社会成员福利的实际增加所作出的贡献。

1）分析体现在项目实体本身的直接费用和效益，以及项目引起的其他组织、机构或个人发生的各种外部费用和效益。

2）分析项目的近期影响，以及项目可能带来的中期、远期影响。

3）分析与项目主要目标直接联系的直接费用效益，以及各种间接费用和效益。

4）分析具有物质载体的有形费用和效益，以及各种无形费用和效益。

3. 正确识别和计算正面和负面的外部效果

在经济费用效益识别时，应考虑项目投资可能产生和其他关联效应，并对项目外部效果的识别是否适当进行评估，防止漏算或重复计算。对于项目的投入或产出可能产生的第二级乘数波及效应，在经济费用效益分析中不予考虑。

4. 合理确定效益和费用的空间范围和时间跨度

经济费用效益识别应以本国居民作为分析对象，应重点分析对本国公民新增的效益和费用。项目对本国以外的社会群体所产生的效果，应进行单独陈述。

经济费用效益识别的时间跨度应足以包含项目所产生的全部重要费用和效益，而不应仅根据有关财务核算规定确定。如财务分析的计算期可根据投资各方的合作期进行计算，而经济费用效益分析不受此限制。

5. 根据不同情况区别对待和调整转移支付

项目的有些财务收入和支出，从社会角度看，并没有造成资源的实际增加或减少，因而称为经济费用效益分析中的"转移支付"。转移支付代表购买力的转移行为，接受转移支付的一方所获得的效益与付出方所产生的费用相等，转移支付行为本身没有导致新增资源的发生。因此，在经济费用效益分析中，税赋、补贴、借款和利息等均属于转移支付。但是，一些税收和补贴可能会影响市场价格水平，导致包括税收和补贴的财务价格可能并不反映真实的经济成本和效益。在进行经济费用效益分析中，转移支付的处理应区别对待。

1）剔除企业所得税或补贴对财务价格的影响。

2）一些税收、补贴或罚款往往是用于校正项目"外部效果"的一种重要手段，这类转移支付不可剔除，可以用于计算外部效果。

3）项目投入与产出中流转税应具体问题具体处理：①对于产出品，增加供给满足国内市场供应的，流转税不应剔除；顶替原有市场供应的，应剔除流转税；②对于投入品，用新增供应来满足项目的，应剔除流转税；挤占原有用户需求来满足项目的，流转税不应剔除；③在不能判别产出或投入是增加供给还是挤占（替代）原有供给的情况下，可简化处理：产出品不剔除实际缴纳的流转税，投入品剔除实际缴纳的流转税。

三、建设项目经济费用和效益的计算

项目投资所造成的经济费用和效益的计算，应在利益相关者分析的基础上，研究在特定的社会经济背景下相关利益主体获得的收益及付出的代价，计算项目相关的费用和效益。

（一）建设项目经济费用和效益的计算原则

1. 支付意愿原则

项目产出物的正面效果的计算遵循支付意愿原则，用于分析社会成员为项目所产出的效益愿意支付的价值。

2. 受偿意愿原则

项目产出物的负面效果的计算遵循接受补偿意愿原则，用于分析社会成员为接受这种不利影响所得到的补偿的价值。

3. 机会成本原则

项目投入的经济费用的计算应遵循机会成本原则，用于分析项目所占用的所有资源的机会成本。机会成本应按资源的其他最有效利用所产生的效益进行计算。

4. 实际价值计算原则

项目经济费用效益分析应对所有费用和效益采用反映资源真实价值的实际价

格进行计算，不考虑通货膨胀因素的影响，但应考虑相对价格变动。

在费用与效益货币化过程中，用于估算其经济价值的价格应为影子价格。对于已经有市场价格的货物（或服务），不管该市场价格是否反映经济价值，代表其经济价值的价格称为影子价格，形象地说是指在日光下原有"价格杠杆"的"影子"；对于没有市场价格的产品，代表其经济价值的价格要根据特定环境、利用特定方法进行估算。影子价格的测算在建设项目的经济费用效益分析中占有重要地位。

（二）具有市场价格的货物（或服务）的影子价格计算

若该货物或服务处于竞争性市场环境中，市场价格能够反映支付意愿或机会成本，应采用市场价格作为计算项目投入物或产出物影子价格的依据。考虑到我国仍然是发展中国家，整个经济体系还没有完成工业化过程，国际市场和国内市场的完全融合仍然需要一定时间等具体情况，将投入物和产出物区分为外贸货物和非外贸货物，并采用不同的思路确定其影子价格。

1. 可外贸货物

可外贸的投入物或产出物的价格应基于口岸价格进行计算，以反映其价格取值具有国际竞争力，其计算公式为

出口产出的影子价格（出厂价）＝离岸价（FOB）×影子汇率－出口费用

进口投入的影子价格（到厂价）＝到岸价（CIF）×影子汇率＋进口费用

2. 非外贸货物

非外贸货物，其投入或产出的影子价格应根据下列要求计算：

1）如果项目处于竞争性市场环境中，应采用市场价格作为计算项目投入或产出的影子价格的依据。

2）如果项目的投入或产出的规模很大，项目的实施将足以影响其市场价格，导致"有项目"和"无项目"两种情况下市场价格不一致，在项目经济费用效益分析中，取两者的平均值作为计算影子价格的依据。

（三）不具有市场价格的货物（或服务）的影子价格计算

如果项目的产出效果不具有市场价格，或市场价格难以真实反映其经济价值时，应遵循消费者支付意愿和（或）接受补偿意愿的原则，按下列方法计算其影子价格。

1. 显示偏好法

按照消费者支付意愿的原则，通过其他相关市场价格信号，按照"显示偏好"的方法，寻找揭示这些影响的隐含价值，对其效果进行间接估算。如项目的外部效果导致关联对象产出水平或成本费用的变动，通过对这些变动进行客观量化分析，作为对项目外部效果进行量化的依据。

2. 陈述偏好法

根据意愿调查评估法，按照"陈述偏好"的原则进行间接估算。一般通过对被评估者的直接调查，直接评价对象的支付意愿或接受补偿的意愿，从中推断出项目造成的有关外部影响的影子价格。应注意调查评估中可能出现的以下偏差：

1）调查对象相信他们的回答能影响决策，从而使他们实际支付的私人成本低于正常条件下的预期值时，调查结果可能产生的策略性偏差。

2）调查者对各种备选方案介绍得不完全或使人误解时，调查结果可能产生的资料性偏差。

3）问卷假设的收款或付款方式不当，调查结果可能产生的手段性偏差。

4）调查对象长期免费享受环境和生态资源等所形成的"免费搭车"心理，导致调查对象将这种享受看做是天赋权利而反对为此付款，从而导致调查结果的假想性偏差。

（四）特殊投入物的影子价格

1. 劳动力的影子价格——影子工资

项目因使用劳动力所付的工资，是项目实施所付出的代价。劳动力的影子工资等于劳动力机会成本与因劳动力转移而引起的新增资源消耗之和。

2. 土地的影子价格

土地是一种重要的资源，项目占用的土地无论是否支付费用，均应计算其影子价格。

1）项目所占用的农业、林业、牧业、渔业及其他生产性用地，其影子价格应按照其未来对社会可提供的消费产品的支付意愿及因改变土地用途而发生的新增资源消耗进行计算。

2）项目所占用的住宅、休闲用地等非生产性用地，市场完善的，应根据市场交易价格估算其影子价格；无市场交易价格或市场机制不完善的，应根据支付意愿价格估算其影子价格。

3. 自然资源的影子价格

项目投入的自然资源，无论在财务上是否付费，在经济费用效益分析中都必须测算其经济费用。不可再生自然资源的影子价格应按资源的机会成本计算；可再生资源的影子价格应按资源再生费用计算。

四、建设项目经济费用效益分析的指标

项目经济费用与经济效益估算出来后，可编制经济费用效益流量表，计算经济净现值、经济内部收益率与经济效益费用比等经济费用效益分析指标。

（一）经济费用效益流量表的编制方法

经济费用效益流量表的编制可以在项目投资现金流量表的基础上，按照经

济费用效益识别和计算的原则和方法直接进行，也可以在财务分析的基础上，将财务现金流量转化为反映真正资源变动状况的经济费用效益流量。具体形式见表8-8。

表8-8　项目投资经济费用效益流量表

序号	项　　目	合计	计　算　期					
			1	2	3	4	…	n
1	效益流量							
1.1	项目直接效益							
1.2	资产余值回收							
1.3	项目间接效益							
2	费用流量							
2.1	建设投资							
2.2	维持运营投资							
2.3	流动资金							
2.4	经营费用							
2.5	项目间接费用							
3	净效益流量(1-2)							
4	累计所得税前净现金流量							
5	调整所得税							
6	所得税后净现金流量(3-5)							
7	累计所得税后净现金流量							

计算指标：

经济内部收益率(%)

经济净现值(i_s = %)

1. 直接经济费用效益流量的识别和计算

1）对于项目的各种投入物，应按照机会成本的原则计算其经济价值。

2）识别项目产出物可能带来的各种影响效果。

3）对于具有市场价格的产出物，以市场价格为基础计算其经济价值。

4）对于没有市场价格的产出效果，应按照支付意愿及接受补偿意愿的原则计算其经济价值。

5）对于难以进行货币量化的产出效果，应尽可能地采用其他量纲进行量化。难以量化的，进行定性描述，以全面反映项目的产出效果。

2. 在财务分析的基础上进行经济费用效益流量的识别和计算

1）剔除财务现金流量表中的通货膨胀因素，得到以实价表示的财务现金流量。

2）剔除运营期财务现金流量中不反映真实资源流量变动情况的转移支付因素。

3）用影子价格或影子汇率调整建设投资各项组成，并提出其费用中的转移支付项目。

4）调整流量资金，将流动资产和流动负债中不反映实际资源耗费的有关现金、应收、应付、预收、预付款，从流动资金中剔除。

5）调整经营费用，用影子价格调整主要原材料、燃料及动力费用、工资及福利费等。

6）调整营业收入，对于具有市场价格的产出物，以市场价格为基础计算其影子价格；对于没有市场价格的产出效果，以支付意愿及接受补偿意愿的原则计算其影子价格。

7）对于可货币化的外部效果，应将货币化的外部效果计入经济效益费用流量；对于难以进行货币化的外部效果，应尽可能地采用其他量纲进行量化。难以量化的，进行定性描述，以全面反映项目的产出效果。

（二）经济费用效益分析主要指标

1. 经济净现值（*ENPV*）

经济净现值是项目按照社会折现率将计算期内各年的经济净效益流量折现到建设期初的现值之和，是经济费用效益分析的主要评价指标。其计算公式为

$$ENPV = \sum_{i=1}^{n} (B - C)_t (1 + i_s)^{-t} \tag{8-16}$$

式中　B——经济效益流量；

C——经济费用流量；

$(B - C)_t$——第 t 期经济净效益流量；

n——项目计算期；

i_s——社会折现率。

社会折现率是用以衡量资金时间经济价值的重要参数，代表资金占用的机会成本，并且用作不同年份之间资金价值折算的折现率。社会折现率应根据经济发展的实际情况、投资效益水平、资金供求状况、资金机会成本、社会成员的费用效益时间偏好以及国家宏观目标取向等因素进行综合分析测定。

在经济费用效益分析中，如果经济净现值大于或等于0，说明项目可以达到社会折现率要求的效率水平，认为该项目从经济资源配置的角度可以被接受。

2. 经济内部收益率（*EIRR*）

经济内部收益率是项目在计算期内经济净效益流量的现值累计等于0时折现率，是经济费用效益分析的辅助评价指标。其计算公式为

$$\sum_{i=1}^{n} (B-C)_t (1+EIRR)^{-t} = 0 \qquad (8\text{-}17)$$

式中　B——经济效益流量；

　　　C——经济费用流量；

　$(B-C)_t$——第 t 期经济净效益流量；

　　　n——项目计算期；

　$EIRR$——经济内部收益率。

如果经济内部收益率等于或者大于社会折现率，表明项目资源配置的经济效率达到了可以被接受的水平。

3. 效益费用比（R_{BC}）

效益费用比是项目在计算期内效益流量的现值与费用流量的现值的比率，是经济费用效益分析的辅助评价指标。其计算公式为

$$R_{BC} = \frac{\sum_{t=1}^{n} B_t (1-i_s)^{-t}}{\sum_{t=1}^{n} C_t (1+i_s)^{-t}} \qquad (8\text{-}18)$$

式中　R_{BC}——经济内部收益率；

　　　B_t——经济效益流量；

　　　C_t——经济费用流量。

如果效益费用比大于1，表明项目资源配置的经济效率达到了可以被接受的水平。

第六节　建设项目的环境评价

一、建设项目对环境的影响

任何建设项目总是处在一定的环境之中。在这里，环境的概念指的是包含了一切有生命的物体，以及它们生存于其中的自然环境。环境既是一切生物生存发展的物质载体，又是其生存发展的制约条件。地球上自从有了人类活动以来，环境问题便如影随形。尤其是在大规模的工业化与城市化浪潮席卷之下，各种环境公害更是层出不穷，人们不得不为自己对环境的鲁莽行为和对资源的无节制欲望付出十分沉重的代价。今天，人类终于认识到，环境问题是超越国界与意识形态的世界性问题，只有各国政府、国际社会和全体人民一起行动起来，才能把地球从环境灾难中拯救出来。因此，人类共同的行为准则，就是坚定不渝地奉行"可持续发展"（sustainable development）战略。这条原则要贯彻到一切生产与生

活活动之中。投资项目的建设也毫不例外。

1. 项目对环境影响的形式

项目对环境的影响是指项目的开发建设活动所引起的原有环境条件的改变和新的环境条件的形成。环境影响的形式可以从不同的角度进行划分：

（1）按项目实施阶段划分　可以分成原发性影响和继发性影响：前者是指项目开发活动引起的直接后果；后者是指由直接后果引起的其他后果。例如，砍伐森林造成植被破坏，是原发性影响；植被破坏引起水土流失、诱发泥石流，是继发性影响。

（2）按影响存在时间划分　可以分成短期影响和长期影响：前者是指项目开发活动引起的即时直接后果；后者是指在较长时间持续存在的后果。例如，工厂排放有毒废水导致河流中的水生生物死亡，是短期影响；用受污染的河水灌溉农田，导致有毒物质在土壤中蓄积并进入农作物中，最终被人食用而损害人的健康，则是长期影响。

（3）按环境复原程度划分　可以分成可恢复性影响和不可恢复性影响：前者是指项目开发活动引起的环境变化经过一定的培育工作，可以全部或大部复原；后者是指这种环境变化为永久性的、不可恢复的。例如，毁林开荒后可以退耕还林，是可恢复性影响；但毁林若造成某些特有物种灭绝，则为不可恢复性影响。

2. 项目对环境影响的表现

建设项目对环境的影响（主要是指不利影响），表现为以下三个方面：

（1）环境污染　环境污染是指人类在生产和生活活动中排放的废物，超过了环境的净化能力所允许的最高限量，从而使环境质量下降。环境污染的类型主要有：

1）大气污染。如粉尘、有毒有害气体的排放。

2）水体污染。如地表水、地下水受废液和固体废弃物污染，使水质改变。

3）固体废弃物污染。如堆放、处理固体废弃物方式、地点不当，易使大气、土壤、水体遭受污染。

4）噪声污染。如工业生产、建筑施工、交通都可以产生噪声，从而对人体健康形成危害。

5）其他污染。如振动、辐射，以及光化学污染等多种形式。

（2）资源破坏　即由于项目开发活动使各种自然资源遭受破坏，主要表现有：

1）植被和野生生物资源破坏。如森林、湿地、草场消失，野生生物栖息地被破坏导致种群数量减少、品质退化乃至物种灭绝。

2）水资源破坏。如地表水径流量减少、枯竭，地下水水位下降。

3）土地资源破坏。如土壤沙化、盐碱化，耕地退化、荒漠化或无法耕作，土地沉陷或抛荒等。

4）矿藏资源破坏。如由于开发建设不当，使现有的或潜在的矿藏资源无法开采或低效利用。

5）自然景观资源破坏。尤其是在风景名胜区、自然保护区、旅游度假区和其他具有重要景观价值的区域内部或周边敏感区进行不适当的建设活动，会使景观对象物的美学价值降低甚至丧失。

（3）自然灾害　即由于项目开发活动导致或诱发各种自然灾害，主要表现有：

1）水土流失，土壤沙化和大面积荒漠化。

2）山体滑坡、泥石流。

3）诱发洪水。

4）诱发地震。

5）传播和扩散有害细菌、病毒及其他病虫害。

上述三大类的环境影响，往往不是孤立地出现的。这是因为，自然环境与生态系统本身是一个紧密联系的有机体，其中的任一环节遭到扰动，都会波及其他部分，使受影响的区域和对象渐次扩散，最终可能演变成一场环境公害和生态灾难。因此，对投资项目进行环境影响评价，做到防患于未然，是十分必要的。

二、环境评价的概念与内容

正因为环境状况的严重恶化已成为全球性问题，故而在建设项目中实施有关环境评价和环境保护的制度，便成为社会普遍认可的一项必要措施。

1. 环境评价的概念与相关制度

所谓建设项目的环境评价，又称环境影响评价，是指项目实施前，在充分调查研究的基础上，分析项目可能给环境带来的影响，作出全面的、科学的定量预测，分析这些环境要素的变化给人类带来的有利与不利的影响。

我国目前的经济发展水平和资源开发水平虽然要远远落后于西方发达国家，但由于正处于高速工业化和城市化的普及阶段，加之全民环境保护意识普遍还不强，造成生态破坏和环境污染的程度已不亚于西方发达国家在20世纪50～60年代环境公害高峰时的状态，一批大城市已在联合国环境与发展组织公布的全球污染严重城市的"黑名单"之列。有鉴于此，我国政府规定，在基本建设活动中强制实施环境保护措施和环境评价制度，在由原国务院环保委、原国家计委、原国家经委颁发的《建设项目环境保护管理办法》(1986年3月26日[86]国环字第003号)中明文规定：

"凡从事对环境有影响的建设项目都必须执行环境影响报告书的审批制度，

执行防治污染及其他公害的设施与主体工程同时设计、同时施工、同时投产使用的'三同时'制度。"

"建设项目建成后，其污染物的排放必须达到国家或地方规定的标准和符合环境保护的规定。"

"建设单位负责提出环境影响报告书或环境影响报告表。……建设项目的环境影响报告书或环境影响报告表应当在可行性研究阶段完成。……环境影响评价费用在建设项目可行性研究费用中支出。"

上述规定对于我国在建设项目中正式开展环境评价工作，有极大的推动作用。而环境评价工作本身又可分成两大部分：一是独立的环境影响报告书或环境影响报告表；二是包含在项目各设计阶段的有关环境保护要求的论述。

对于大中型建设项目或对环境影响较大的小型项目，需编制环境影响报告书。编制环境影响报告书的目的是，在项目的可行性研究阶段，即对项目可能对环境造成的近期影响和远期影响、拟采取的防治措施进行评价；论证和选择技术上可行，经济、布局上合理，对环境的有害影响较小的最佳方案，为领导部门决策提供科学依据。

对于一般小型项目，若对环境影响较小，可只编制环境影响报告表，其内容实际上与环境影响报告书差不多，只不过格式上更简化扼要而已。

2. 环境评价的原则

环境评价是一项关系国计民生和长远发展的重要工作，必须慎重对待、认真处理。在工作中应把握以下几项原则：

（1）规范化、法制化原则　环境评价不是可有可无的多余之举，它对于建设项目具有"一票否决权"，即环境影响评价通不过的项目，哪怕经济效益再好，也坚决不能上马。从评价的对象、内容、格式、承接单位资质，到审批程序，国家都以立法（行政法规）的手段予以规范。因此，在这个问题上绝无讨价还价、"酌情变通"的余地，否则就是违法行为。

（2）科学性、综合性原则　正因为环境评价关系项目的命运，就必须以实事求是的科学精神，客观、公正、全面地分析项目对环境影响以及环境变化给人类社会带来的益处或危害，按照自然规律和经济规律制订相应对策。在评价工作中，它需要预测大气、水质、生物、土壤等各环境要素的物理、化学和生物学变化，并应用经济学、社会学知识进行评价，因此是一项综合性很强的工作。

（3）坚持"三同时"原则　即一切新建或改扩建项目的防止和治理污染及其他公害的设施，必须与主体工程同时设计、同时施工、同时投产使用，决不可预留缺口、事后弥补。这样，在项目建议书和可行性研究阶段，就必须完成环境影响评价报告书或环境影响评价报告表，以及相关环境保护的论述。

（4）综合利用、化害为利、达标排放原则　即采取新技术、新工艺，对废物进行综合利用处理，化害为利、变废为宝，既节约资源，又减少排放，且符合国家环境要求和排放标准。

3. 环境评价的内容

在原国家计委、原国务院环保委颁发的《建设项目环境保护设计规定》(1987年3月20日[87]国环字第002号)中，对设计阶段的环境保护要求规定如下：

（1）项目建议书阶段　这个阶段的环境评价主要是根据项目的性质、规模、建设地区的环境现状等有关资料，对项目可能的环境影响进行简要说明，内容为：

1）所在地区的环境现状。

2）可能造成的环境影响分析。

3）当地环保部门的意见和要求。

4）存在的问题。

（2）可行性研究与设计任务书阶段　这个阶段的环境评价须编制环境影响评价报告书或环境影响评价报告表，并在可行性研究报告中，完成以下专门论述：

1）建设地区的环境现状。

2）主要污染源和主要污染物。

3）资源开发可能引起的生态变化。

4）设计采用的环境保护标准。

5）控制污染和生态变化的初步方案。

6）环境保护投资估算。

7）环境影响评价结论或环境影响分析。

8）存在的问题及建议。

复 习 题

1. 什么是可行性研究？可行性研究的主要内容有哪些？

2. 可行性研究的步骤和基本格式是什么？

3. 对建设项目为什么要进行经济评价？其主要内容有哪些？

4. 简述建设项目财务评价的指标与方法。

5. 建设项目的财务评价与经济评价有何异同？

6. 什么是影子价格？什么是影子汇率？

7. 经济费用效益分析的项目判别准则是什么？有哪些主要指标？

第九章

价 值 工 程

9

第一节　价值工程的基本原理

一、价值工程的产生和发展

价值工程(VE)又称价值分析(VA)，是第二次世界大战以后发展起来的一种现代化的科学管理技术，一种新的技术经济分析方法。它们都是通过产品的功能分析以达到节约资源和降低成本的目的的有效方法，在建筑工程领域内也被广泛采用。

价值工程起源于 20 世纪 40 年代的美国。当时叫做价值分析(VA)，后来在世界上一些工业先进国家中都称为价值工程(VE)。今天 VA 和 VE 是一回事，但严格地说它们是有区别的。从产品投产到制造，进行价值活动分析，即事后分析，称价值分析。从科研、设计、生产、准备、试制新产品的生产过程之前进行的价值活动分析，即事前分析称价值工程(VE)。

1947 年，美国通用电气公司设计工程师迈尔斯(L. D. Miles)主持采购部门的工作，当时敷设仓库用的石棉板缺乏，专家会议认为可以使用代用品，从而引起了对产品功能的研究。于是迈尔斯考虑，这种材料的功能是什么？能否用代用材料？能否在现有人力、物力资源条件下或通过其他途径来获得同样的功能。这样，他从研究代用材料开始逐步总结出在保证同样功能的前提下，降低成本的一套较完整的科学方法，即今天的价值工程方法。由于推行价值分析的经济效果显著，引起美国各部门的注意。1955 年，美国空军在物资器材供应和制造技术方面采用了价值分析。1956 年扩大到民间的造船业。据统计，在 1964 ~ 1972 年间，美国国防部由于推行价值分析，节约的金额在 10 亿美元以上。

近年来，世界各工业国也迅速地推广价值工程方法。1955 年日本引进了价值工程，1960 年大量推行。开始时，以重型电动机、汽车等行业为中心推行，到20世纪70年代，价值工程的应用已扩展到钢铁、设备制造等产业部门。1968年价值工程引入日本建设业，并在造船、车辆和机械等行业中应用。

自1979年我国开始引进价值工程以来，就非常重视其推广及应用，有些企业开始实践并取得显著的经济效果。

价值工程更适宜于量大产品或功能产品的管理上，如批量性住宅。近年来，世界各先进国家住宅功能项目的开发和成本信息现代体系的建立，都有益于价值工程方法在建设业中的应用。

价值工程开始于材料的采购和代用品的研究上，继而扩展到产品的研究和设计，零部件的生产和改进、工具、装备的改进等方面，后来又发展到改进工作方法、作业程序、管理体系等领域。总之，凡是有功能要求和需要付出代价的地方都可以用这种方法进行分析。

在产品方面应用价值分析的重点是在开发和设计阶段，但新产品的设计并不是经常进行的，因此大量的工作是对现有产品进行分析和改进。

二、价值工程的定义

1. 价值的概念

价值工程中价值的概念不同于政治经济学中有关价值的概念。在这里价值是作为"评价事物(产品或作业)的有益程度的尺度"提出来的。价值高，说明有益程度高；价值低，则说明益处不大。例如，有两种功能完全相同的产品，但价格不同，从价值工程的观点看，价格低的物品价值就高，价格高的物品价值就低。

价值工程中的"价值"可用下式表示，即

$$V = \frac{功能(F)}{成本(C)}$$

式中 V——产品或服务的价值；

F——产品或服务的功能；

C——产品或服务的成本。

根据以上公式，提高价值的几种途径见表9-1。

表9-1 提高价值途径表

序号	特 征	结 果	F	C	V
1	功能不变、成本降低	提高价值	→	↓	↑
2	功能提高、成本不变	提高价值	↑	→	↑
3	功能提高、成本降低	大大地提高价值	↑	↓	↑↑
4	功能大大提高、成本略有提高	适当地提高价值	↑↑	↑	↑
5	功能略有降低、成本大大减少	适当地提高价值	↓	↓↓	↑

表中所列的前 4 种情况是常采用的途径，第 5 种情况用于性能不同档次的产品。例如，为了使产品适应广大购买能力较低的对象，可以生产一些廉价档次的产品，往往也能取得很好的经济效果。

2. 价值工程的实质

价值工程是以功能为中心所进行的分析和研究。如建筑产品，它需具有必不可少的功能(称为基本功能)，它必须花费一定的成本。为了实现基本功能，还要有二次功能，这就是用户(或顾客)要求的功能和设计构想而产生的功能，它又必须有一定的成本。进而把不需要的功能、过剩的和重复的功能，从所考虑的功能中去掉，从而改变设计构想，留有降低成本的余地。

通过功能分析，明确产品必需的功能，从而去掉多余的、过剩的和重复的功能。然后再把产品划分成构件逐个进行分析，从而提出方案，据此进行功能评价。

在一般的价值工程活动中，首先应按下列顺序解决七个方面的问题：

1) 产品(或服务)是什么？

2) 产品(或服务)是做什么的？

3) 产品(或服务)的成本是多少？

4) 产品(或服务)的价值怎么样？

5) 是否有代用产品(或服务)？

6) 它的成本是多少？

7) 它能否满足要求？

前述 1)、2)两项给出了功能的定义，3)、4)两项给出了功能的评价内容，5)、6)、7)3 项给出了替代方案的编制要求。

3. 价值工程的定义

价值工程是提高产品(或服务)价值的科学方法。价值工程中的"工程"的含义是指为实现提高价值的目标所进行的一系列分析研究活动。因此，价值工程可定义为：以最低的寿命周期费用，可靠地实现产品(或服务)的必要的功能，对产品的功能，成本所进行的有组织的分析研究活动。这个定义主要强调价值工程的三个主要特点：着眼于寿命周期费用最低；着重于功能分析；强调有组织的活动。

(1) 最低的全寿命周期费用 全寿命周期可以有两种解释，其一是指一个产品从设计、制造、使用，一直到报废以前为止的寿命的整个时期，又称自然寿命周期；其二是指源于技术进步，原有的产品由于效率低、性能落后、经济效果低而不宜继续使用，需转让或报废的时期，又称为产品的经济寿命期，即"从用户对某种产品或服务提出需求开始，到用户满足需要为止的整个时期"。价值工程中的全寿命周期就是指产品的经济寿命周期。全寿命周期费用包括生产费用(含设计费用)与使用期间所花费用的总和，见图 9-1。

图中 C_1 为生产费用，C_2 为使用费用，C 为寿命周期费用，它是 C_1 与 C_2 之和。在寿命周期费用曲线上有一最低点 C_{min}，这是追求的目标。如果产品目前的寿命周期费用在 C' 处，其对应的功能水平为 P'，那么就有可能把功能水平从 P' 提高到 P 的同时，寿命周期费用 C' 将降至 C_{min}，此处功能即达到最适宜水平。

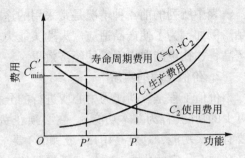

图9-1　全寿命周期费用

以上可以看出，价值工程的着眼点是致力于降低产品整个寿命周期的费用，即不仅要考虑降低生产费用，而且要尽量降低使用费用。如建造一幢住宅，首先是造价的节约，为建设者节约资金，同时也应使用户的使用费用降低。

（2）功能分析　功能分析是价值工程的核心。功能分析的目的是用最小的寿命周期费用实现产品的必要功能，去掉产品的不必要功能，提高产品的价值。我们进行建筑产品的生产，不仅是为了建造一个空间，而且应使用户充分利用建筑产品的一切功能。因此价值工程分析，首先不是分析产品的结构，而是在分析功能的基础上再分析结构。

通过功能分析，可发现哪些功能是必要的或过剩的。在改进方案中，去掉不必要的功能，减少过剩的功能，补充不足的功能，使产品功能结构更加合理。

（3）有组织的活动　"有组织的活动"是价值工程活动的重要特点之一。开展价值工程活动不是某一个人能胜任得了的，必须有组织、有领导地进行。参加的人员应有合理的"智力结构"，在每个部门都可以建立这样的组织。

三、价值工程的工作程序

价值工程整个过程大致可划分为三个阶段：分析、综合和评价。

为了解决问题，通常把上述三个阶段归纳为依次回答下列表9-2中问题的若干个步骤。

表9-2　价值工程的实施程序

决策的一般程序	价值工程实施程序		价值工程提问
	基本步骤	详细步骤	
分　析	功能定义	收集情报	这是什么
		功能定义	它是作什么用的
		功能整理	
	功能评价	功能成本分析	它的成本是多少
		功能评价选择对象范围	它的价值是多少

（续）

决策的一般程序	价值工程实施程序		价值工程提问
	基本步骤	详细步骤	
综　合评　价	制定改进方案	制造	有无其他的方法实现同样的功能
		初步评价	新方案的成本是多少
		具体化、调查、详细评价提案	新方案能满足要求吗

价值工程的提问是作为严格执行价值工程步骤的指针。这些提问要求按顺序一一回答。以下从选择对象和收集资料、功能定义和功能评价，以及改进方案的制定与评价三个方面加以阐述。

第二节　VE 对象选择和信息资料收集

一、VE 对象选择的原则

开展价值工程活动首先要确定其对象是什么。一个企业所生产产品的品种、规格可能较多，而每种产品又由许多零部件组成。例如建筑产品，一个建筑工程可划分成若干个分部工程，每个分部工程又可划分成若干个分项工程，分项工程又划分为若干个工序。这就要求调整轻重缓急，根据设定的原则和方法来选择价值工程对象。如果 VE 对象确定得当，其工作可事半功倍；确定不当，则可能劳而无功。

总之，VE 对象选择的原则，一定要根据国家建设和企业生产经营发展的需要，要考虑到提高产品价值的可能性、存在的问题与薄弱环节等。VE 对象的选择一般应从以下几个方面考虑。

（1）设计方面　考虑结构复杂、体大量重、材料昂贵、性能较差的产品或构配件。

（2）施工生产方面　考虑产量较大、工艺复杂、原材料消耗高、成品率低的产品或构配件。

（3）销售方面　考虑用户意见多、竞争能力差、未投入市场的新产品，需扩大销路的老产品等。

（4）成本方面　考虑成本高于同类产品或高于功能相近的产品等。

二、VE 对象选择的方法

1. A、B、C 分析法

A、B、C 分析法又称不均匀分布定律法。它是按局部成本在总成本中所占

的比重从高到低进行对象选择的方法。例如，通过成本分析可以发现：占零件数

10%左右的零件，其成本占整个产品总成本的60%～70%，这类零件可划为A类；占零件数20%左右的零件其成本占总成本的20%，这类零件可划为B类；占零件数70%左右的零件其成本仅占成本的10%～20%，这类零件可划为C类。A类即优先分析，其次为B类和C类(见图9-2)。

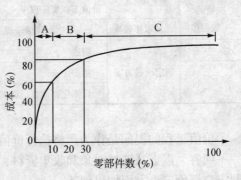

图9-2 对象选择的ABC法

2. 强制确定法

在选择价值工程对象时，有些产品或构配件，其功能重要程度相差较大，不宜以成本的高低来选择VE对象，此时可应用价值系数进行选择。强制确定法就是根据所求出的功能评价系数和成本系数计算价值系数，再根据价值系数的高低选择VE对象的一种方法，具体做法如下：

（1）功能评价系数 将产品或产品的构配件排列起来，一对一地进行功能重要性比较，重要的得1分，不重要的得0分，然后对每一种产品或构配件累计得分，全部的累计得分之和为总分，每一产品或构配件的累计得分与总分之比称为该产品或构配件的功能评价系数，见表9-3。

表9-3 一对一强制评分及功能评价系数

产品或构配件	一对一的比较结果								得分累计	功能评价系数
A	1	1	0	1	1	1	1		6	0.214
B	0	1	0	1	1	1	1		5	0.179
C	0	0	0	1	1	1	0		3	0.107
D	1	1	1	1	1	1	1		7	0.250
E	0	0	0	0	1	0	0		1	0.036
F	0	0	0	0	0	1	1		2	0.071
G	0	0	0	0	0	0	0		0	0.000
H	0	0	1	0	1	1	1		4	0.143
总 计									28	1.000

（2）成本系数 每一产品或构配件的成本与全部产品或构配件的总成本之比称为成本系数(见表9-4)，即

$$成本系数 = \frac{产品或构配件成本}{全部产品或构配件成本之和}$$

（3）价值系数　根据价值＝功能/成本的原理，功能评价系数与成本系数之比为价值系数（见表9-4），即

$$价值系数 = \frac{功能评价系数}{成本系数}$$

（4）VE对象选择　若价值系数 $V_i < 1$，即功能评价系数小于成本系数，则说明功能不太重要，而成本较高，应作为VE对象。

若 $V_i > 1$，即功能评价系数大于成本系数，则说明功能较重要，而成本偏低，有可能存在过剩功能，故是否作为VE对象和提高成本，应视情况而定。

若 $V_i = 1$，说明功能和成本相适应，是比较理想的状况，则不作为VE对象。

表9-4　成本系数、功能评价系数与价值系数

构 配 件	成本/元	成 本 系 数	功能评价系数	价 值 系 数
A	1 818	0.252	0.214	0.849
B	3 000	0.416	0.179	0.430
C	285	0.040	0.107	2.675
D	284	0.039	0.250	6.410
E	612	0.085	0.036	0.424
F	407	0.056	0.071	1.268
G	82	0.011	0.000	0.000
H	720	0.100	0.143	1.430
总　　计	7 208	1.000	1.000	13.486

3. 最合适区域法

这种方法是由日本田中教授提出来的，是一种通过求算价值系数选择VE对象的方法。求算价值系数的方法可用强制确定法，而在最终选取VE对象时提出了一个选用价值系数的最合适区域，该区域由围绕 $V = 1$ 的两条曲线组成。凡价值系数落在该区域之内的点都认为是比较满意的；价值系数落在区域之外的点则作为VE对象。

最合适区域的基本思路是：价值系数相同的对象，由于各自的成本系数和功能评价系数不同，而对产品的实际价值产生影响的差异较大。在选择VE对象时不应将价值系数相同的对象等同看待，应区别成本系数和功能评价系数绝对值的大小，分别加以控制。如表9-5所示，A与B及C与D的价值系数相同，但对产品价值改善的实际影响差异较大。例如A，价值系数提高0.1，成本可降低10元；而B，价值系数提高0.1，则成本仅能降低1元。可见，产品的成本和功能的影响差异是明显的。在用价值系数选择对象时，还应区别成本系数与功能评价系数的大小分别加以控制，不允许其价值系数偏离1过大。

表9-5 价值系数相同，成本系数、功能评价系数不同的情况

构 配 件	现实成本/元	成本系数	功能评价系数	价值系数
A	100	0.10	0.090	0.90
B	10	0.01	0.009	0.90
C	100	0.10	0.200	2.00
D	10	0.01	0.020	2.00
⋮	⋮	⋮	⋮	⋮
合　计	1 000	1.00	1.000	

如图9-3所示，以纵坐标表示功能评价系数，以横坐标表示成本系数，则价值系数 $V=1$ 的点均在与坐标轴成45°的直线上。由两条曲线所围成的斜线区域即为"最合适区域"。凡落在区域内的点（如 c 点）被认为是合理的，可以不作为分析重点；凡落在区域外越远的点则应重点加以分析（如 a 点）。

最合适区域的确定方法如下：

设 Q 为曲线上任意一点，其坐标为 (x_i, y_i)，$QP \perp OP$，则 P 点的坐标可表示为 $\left(\dfrac{x_i+y_i}{2}, \dfrac{x_i+y_i}{2}\right)$。因此

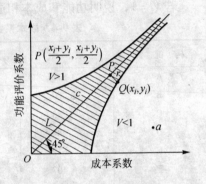

图9-3 最合适区域图

$$l = \sqrt{2}\left(\frac{x_i+y_i}{2}\right) = \frac{1}{\sqrt{2}}\,|x_i+y_i|$$

$$r = \sqrt{2}\left(x_i - \frac{x_i+y_i}{2}\right) = \frac{1}{\sqrt{2}}\,|x_i-y_i|$$

设　$lr = b$，则

$$lr = \frac{1}{2}\,|x_i^2 - y_i^2| = b$$

所以
$$y_i = \sqrt{x_i^2 \pm 2b}$$

此式即为"最合适区域"边缘曲线方程式，其中 b 为设定的常数。b 值越大，区域则越宽。图9-3中 $b=50$。区域越宽，价值工程的对象就可选得少一些；反之，则曲线接近标准线（$V=1$），选定的 VE 对象就多一些。在应用时可以通过试验，代入不同的 b 值，直到获得满意结果为止。

三、信息资料的收集

在价值工程中，信息是指对现实 VE 目标有益的知识、情况和资料。VE 的

目标是提高价值，为达到或实现这一目标所做出的决策，都离不开必要的信息。一般说来，必要的或有益的信息越多，价值提高的可能性就越大，但错误的信息会导致错误的决策。因此，VE 成果的大小一般取决于信息收集的质量、数量和时间。

1. 信息收集的原则

（1）目的性　收集信息要事先明确所收集的信息是用来实现 VE 特定目标的，不要盲目地碰到什么就收集什么，要避免无的放矢。

（2）可靠性　信息是行动和决策必不可少的依据，若信息不可靠、不准确，将严重影响 VE 的预期效果，还可能最终导致 VE 的失效。

（3）计划性　在收集信息之前应预先编制计划，加强该工作的计划性，使这项工作具有明确的目的和确定的范围，以便提高工作效率。

（4）时间性　在收集信息时要收集近期的、较新的信息。此外，信息应适时，决策之后再提供信息是毫无用处的。

2. 收集信息的内容

（1）用户要求方面的信息　用户使用产品的目的、使用环境、使用条件；用户所要求的功能和性能；用户对产品外观要求，如造型、体积、色彩等；用户对产品价格、交货期、构配件供应、技术服务等方面的要求。

（2）销售方面的信息　产品产销数量的演变及目前产销的情况、市场需求量及市场占有率的预测。产品竞争的情况，目前有哪些竞争厂家和产品，其产量、质量、价格、销售服务、成本、利润等情况；同类企业和同类产品的发展计划、拟增投资额、规模大小、重新布点、扩建改建或合并调整情况等。

（3）成本方面的信息　包括产品及构配件的定额成本、工时定额、材料消耗定额、各种费用定额、企业历年来各种有关成本费用数据、国内外其他厂家与 VE 对象有关的成本费用资料。

（4）科学技术方面的信息　与产品有关的学术研究或科研成果、新结构、新工艺、新材料、新技术以及标准化方面的资料；该产品研制设计的历史及演变、本企业产品及国内外同类产品有关的技术资料。

（5）生产及供应方面的信息　产品生产方面的信息，如生产批量、生产能力、施工方法、工艺装备、生产节拍、检验方法、废次品率、厂内运输方式等；原材料及外协或外购件种类、质量、数量、价格、材料利用率等信息；供应与协作部门的布局、生产经营情况、技术水平、价格、成本、利润等；厂外运输方式及运输经营情况。

（6）政策、法令、条例、规定方面的信息　信息的收集不是一项简单的工作，应收集何种信息很难完全列举出来，但只要遵照信息收集原则，发挥主动性和灵活性，就一定会做好这项工作。

第三节 功能分析、整理和评价

一、功能分析

价值工程的核心是进行功能分析。产品的功能就是指产品的用途。例如一幢建筑物或其中一个分部分项工程，用户需要的是它的功能，也就是能在其中生活、工作、活动，能满足需要的空间。建筑业生产产品实质上是为用户提供必要功能的手段。通过功能分析可以搞清产品各功能之间的关系，去掉不合理的功能，调整功能间的比重，使产品的功能结构更加合理。

1. 功能定义

进行功能分析时首先要给功能下定义。功能定义就是用简单明确的语言对产品或各构配件的功能下个确切的定义，是对 VE 对象的用途、作用或功能所做的明确的表达。通过功能定义能够限定功能的内容，明确功能的本质，并与其他功能概念相互区别。

通过功能定义，可以使设计者准确掌握用户的功能要求，抓住问题的本质，扩大思考范围，打开设计思路，加深对产品功能的理解，为创造高价值的方案打下基础。此外，实现功能的最低费用是与功能的水平相联系的，而功能水平的确定有赖于功能定义，通过功能定义尽量对功能做出定量的表述，就可以具体确定出功能的水平，为功能评价打下基础。总之，功能定义的主要目的是：明确功能；便于进行功能评价，便于构思方案。

为建筑产品功能下定义，必须对建筑产品或构配件的作用有深刻的认识和理解，只有这样才能对建筑产品或构配件的功能描述得确切和简明扼要。在为产品或构配件下定义时，通常用一个动词加一个名词表述。如传递荷载、分隔空间、保温、采光等。

2. 功能分类

用户所要求产品的功能是多种多样的。功能的性质不同，其重要程度就不同，一般可作如下分类：

（1）按重要程度可分为基本功能与辅助功能 基本功能就是用户对产品所要求的功能，是为了达到其使用目的所必不可少的功能，是产品存在的条件。若失去了基本功能，则产品或构配件就丧失了存在的价值。例如，住宅的基本功能就是居住，柱子的基本功能是承受上部荷载，内墙的基本功能是分隔空间等。基本功能可从三方面加以确定：它的功能是必不可少的；它的功能是主要的；如果它的功能改变，则产品的结构或构配件与施工工艺就会随之改变。

辅助功能是设计人员为实现基本功能而在用户直接要求的功能之上附加上去

的功能，又称为二次功能，是为了更好地帮助基本功能的实现而存在的功能。一般在特定的技术条件下，对特定的设计方案而言，特定的辅助功能是必不可少的，但在不影响基本功能的前提下是可以改变的。例如，内墙的基本功能是分隔空间，而隔声就是一个辅助功能。辅助功能也可从三方面来加以判断：它对基本功能的实现起辅助作用；与基本功能相比处于从属地位；是实现基本功能的手段。

在辅助功能中往往包含着不必要功能，应通过改进设计予以消除。

（2）按用户的需要分必要功能与不必要功能　从用户的角度出发，可把功能划分为必要功能与不必要功能。对用户而言，基本功能无疑都是必要的，由于用户所要求的是产品的功能而不是产品的实体，因此只有基本功能具有较大的价值。不必要功能往往存在于辅助功能之中。辅助功能是为实现用户要求的基本功能所附加的，因而有的属于必要功能，有的属于不必要功能。

（3）按满足要求的性质分使用功能与美观功能　对产品而言，使用功能是指产品的实际用途或使用价值。美观功能是指产品的外观、形状、色彩、艺术性等，使用功能与美观功能是通过基本功能或辅助功能实现的。区分使用功能与美观功能往往可以发现不必要功能。

二、功能整理

功能整理就是将功能按"目的—手段"的逻辑关系，把 VE 对象的各个组成部分的功能根据其流程关系相互连接起来，整理成功能系统图。目的是为了更确认真正要求的功能，发现不必要的功能，确认功能定义的正确性，认识功能领域。

进行功能整理，目前常采用的是"功能分析系统技术"，其工作步骤如下：

（1）明确基本功能、辅助功能和最基本功能

（2）明确各功能之间的相互关系　产品中各功能之间都是相互配合、相互联系，都在为实现产品的整体功能而发挥各自的作用。因此，要明确各功能之间是并列关系还是上下位关系。

例如，住宅的最基本功能是居住，为实现该项功能，住宅必须具有遮风避雨、御寒防暑、采光、通风、隔声、防潮等功能，这些功能之间是属并列关系的，都是实现居住功能的手段，因而居住是上位功能，上述所列的并列功能是居住的下位功能，即上位功能是目的，下位功能是手段。

但上下位关系是相对的。如为达到居住的目的必须通风，则居住是目的，是上位功能，通风则是手段，是下位功能；为达到通风的目的，必须组织自然通风，则通风又是目的，是上位功能，组织自然通风是手段，是下位功能；为达到自然通风的目的，必须提供进出风口，则组织自然通风又是目的，是上位功能，

提供进出风口是手段，是下位功能等，见图9-4。

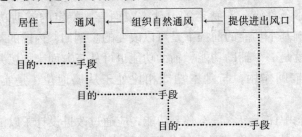

图9-4 上、下位功能关系图

（3）绘制功能系统图 根据上述原理，将各功能按并列关系，上、下位功能关系，以一定的顺序排列起来，即形成功能系统图，如图9-5所示。

图中 F_0 是产品的最基本功能，即最上位功能；$F_1, F_2, \cdots, F_i$ 是并列关系的功能，是实现 F_0 的手段，也是 F_0 的下位功能；$F_{11}\cdots$、$F_{21}\cdots$、$F_{i1}\cdots$ 等分别是 $F_1, F_2, \cdots, F_i$ 的手段和下位功能。

通过绘制功能系统图，可以清楚地看出每个功能在全部功能中的作用和地位，使各功能之间的相互关系系统化。价值工程的原理之一是"目的是主要的，手段是可以广泛选择的"。根据这一原理并结合功能系统图就可

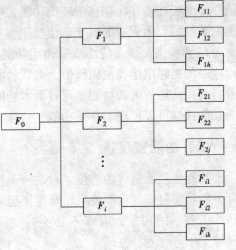

图9-5 功能系统图

以从上位功能出发，抛开原有结构，广泛设想实现这一功能的各种途径。并且便于发现不必要功能，提高价值。

三、功能评价

（一）功能评价的概念

根据 VE 的工作程序，功能分析之后就要进行功能评价。功能评价就是确定出功能的现实成本、目标成本、目标成本与现实成本的比值、现实成本与目标成本的差值4个数据。根据价值系数和差值来选择作为价值工程对象的功能领域。其工作程序如下：

1）计算功能的现实成本。

2）求出功能的目标成本（功能评价值）。

3）计算功能价值和改善期望值，选择价值低的功能作为改善对象。

在功能评价时所使用的公式仍为

$$V = \frac{F}{C}$$

式中 V——功能价值；

F——目标成本（功能评价值）；

C——功能现实成本。

可知式中 V、F、C 的具体含义与 VE 对象选择中价值公式的含义有所区别。

（二）功能现实成本

根据功能评价的程序，首先要求算功能的现实成本。以前所涉及的成本都是以产品或构配件为对象进行计算的。而功能成本则不然，它是按产品或构配件的功能来计算的。在建筑产品中一个构配件往往具有多种功能，而一种功能也往往通过几种构配件来实现。因此，求算功能的现实成本，实际上就是把构配件的成本转移分配到功能成本上去。

功能现实成本的计算可按表 9-6 所示进行，例如，计算 $F_1 \sim F_6$ 共六种功能的现实成本，由五种构配件来实现，其步骤如下：首先把与功能相对应的零部件名称及其现实成本填入表中；然后再把功能或功能领域 $F_1 \sim F_6$ 填入表中。把各构配件的现实成本逐一分摊到有关的功能上去，例如 C 构件具备 F_1、F_3、F_6 三种功能，则将 C 构件的 250 元成本根据实际情况及所起的作用的重要程度分配到这三种功能中去。

表 9-6 功能现实成本计算表

构配件			功能（或功能领域）					
序 号	名 称	成本/元	F_1	F_2	F_3	F_4	F_5	F_6
1	A	300	100		100		100	
2	B	200		50		150		
3	C	250	50		50			150
4	D	150		100		50		
5	E	100			40		60	
合 计		C	C_1	C_2	C_3	C_4	C_5	C_6
		1 000	150	150	190	200	160	150

最后，把每项功能所分摊的成本加以汇总，便得出功能 $F_1 \sim F_6$ 的现实成本 $C_1 \sim C_6$。

（三）功能评价值（目标成本）

所谓功能评价实际上就是评定功能的价值，即把功能的现实成本与实现这种功能的最低可能费用进行比较，根据两者的比值来判定功能价值的高低。功能评价值就是实现这种功能的最低费用，它是衡量功能价值的标准。如果它小于功能现实成本，则功能价值低；如果它与功能现实成本相等，则功能价值高。功能评价值不像功能现实成本那么容易确定，求算方法也不相同，下面着重介绍功能系数评价法。

功能系数评价法是一种按功能系数分配产品目标成本，确定功能评价值的方法。它先确定产品目标成本，然后按功能系数分配产品的目标成本，从而求出功能领域或相应构配件的目标成本。功能系数评价法有如下两类，现分别加以介绍。

1. 按功能重要程度进行评价

这种方法就是根据功能的重要程度确定出功能重要性系数，再根据该系数分配产品的目标成本，求出各项功能的目标成本。在实际工作中，它又分为老产品改进设计和新产品设计两种情况。

（1）老产品改进设计 老产品在改进设计之前功能现实成本就已存在，因此可以利用功能系数和现实成本来确定功能评价值，老产品功能目标成本的计算可按表9-7所示进行。

表9-7 老产品功能目标成本的计算

功能领域	现实成本/元 ①	功能系数 ②	重新分配成本/元 ③ = ② × 500	功能评价值/元 （目标成本） ④	成本降低目标/元 ⑤
F_1	100	0.23	115	100	
F_2	60	0.18	90	60	
F_3	130	0.20	100	100	30
F_4	60	0.14	70	60	
F_5	50	0.15	75	50	
F_6	100	0.10	50	50	50
合 计	500	1.00	500	420	80

1）首先根据功能领域图（见图9-6）决定所评价功能的级别。例如，所要评价的功能领域为 $F_1 \sim F_6$（见图9-6）。

2）将功能领域 $F_1 \sim F_6$ 的现实成本和功能系数分别填入表9-7中的①、②两栏。产品的现实成本为500元，将之按功能重要性系数重新分配给各功能领域，其结果见表9-7第③栏。

3）将各功能领域新分配的成本与现实成本进行比较，其结果可能出现如下三种情况：

① 各功能领域重新分配到的成本等于现实成本，则该成本就作为功能评价值。

② 新分配到的成本小于功能现实成本，例如 F_3、F_6，则应以新分配到的成本作为功能评价值。

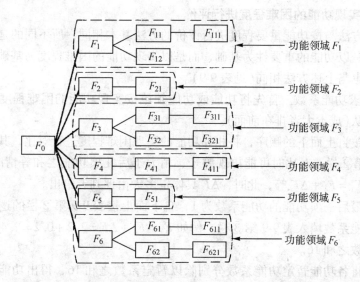

图9-6 功能领域图

③ 新分配到的成本大于功能现实成本，例如 F_1、F_4 等，此时要根据实际情况做出判断。首先要分析功能系数确定得是否合理，若不合理，则应先调整功能系数，然后确定功能评价值；其次，应注意现实成本的投入是否过少，是否保证必要功能的实现。如果确实是用较少的成本实现了必要的功能，则应以现实成本作为功能评价值，否则，功能评价值就应超出功能现实成本。

4）将表9-7中第④栏各功能领域的评价值汇总得 420 元，即可将之作为产品的目标成本，而各功能领域的成本降低目标也随之计算出来，见表9-7中的第⑤栏。

（2）新产品设计 在这种情况下，产品的目标成本基本上已被大致地确定了，但由于新产品设计不像老产品改进设计那样可利用原始成本资料，因此，只能将新产品目标成本按功能重要性系数进行分配，求出各功能或功能领域的功能评价值作为功能目标成本。现设新产品设计的目标成本为 500 元，其功能评价值的具体求法见表9-8。

表9-8 新产品设计目标成本的确定

功能领域 ①	功能系数 ②	功能评价值/元 ③ = ② × 500
F_1	0.23	115
F_2	0.18	90
F_3	0.20	100
F_4	0.14	70
F_5	0.15	75
F_6	0.1	50
合 计	1.00	500

2. 按实现功能的困难程度进行评价

该种方法与按功能重要程度进行评价的方法基本相同，所不同的是功能系数的确定不是以功能的重要性为基础，而是以实现功能的困难程度为基础。评价的具体步骤也与上述方法相同（见表9-9）。

（1）求功能系数　首先将功能或功能领域按实现功能的困难程度或按成本的大小排队（成本大者排在前面）。

然后按自上而下的顺序，将相邻功能的实现困难程度进行对比，其结果填入表9-9中第②栏。对比时可能出现等于、稍大于后几项功能之和等情况，例如，$F_5 = F_6$、$F_3 = F_4 + \Delta F$ 等，此时，ΔF 具体定多大由评判者给出。

暂定最后一项功能的功能系数为1，自下而上按表9-9第②栏的逻辑关系求出暂定功能系数填入表9-9第③栏。例如 $F_3 = F_4 + \Delta F = 2.2 + 0.2 = 2.4$ 等。再求出暂定系数之和16。

最后将各功能暂定功能系数分别除以暂定系数之和16，得出功能系数，填入表9-9中第④栏。例如，F_1 的功能系数为 $4.8 \div 16 = 0.30$。

表 9-9　按实现功能的困难程度进行的评价

功能或功能领域 ①	实现功能困难度对比 ②	暂定功能系数 ③	功能系数 ④ = ③/16	按功能系数分配目标成本/元 ⑤ = ④ × 1 000
F_1	$F_1 = F_2 + \Delta F$	4.8	0.30	300
F_2	$F_2 = F_3 + F_4$	4.6	0.29	290
F_3	$F_3 = F_4 + \Delta F$	2.4	0.15	150
F_4	$F_4 = F_5 + F_6 + \Delta F$	2.2	0.14	140
F_5	$F_5 = F_6$	1.0	0.06	60
F_6	—	1.0	0.06	60
合　计	—	16.0	1.00	1 000

（2）求目标成本　已知产品的目标成本为 1 100 元，为了更加有效地控制成本，可留出一小部分在产品设计时灵活使用。现将 100 元预留出来为机动费用，将 1 000 元作为产品的目标成本进行分配。例如，F_1 的功能系数为 0.30，则其目标成本为 1 000 × 0.30 = 300 元，其他值见表9-9中第⑤栏。

（四）功能价值与功能改善对象的选择

求出功能现实成本和功能评价值后，根据价值公式 $V = F/C$ 便可求出功能价值，根据功能价值的高低选择功能改善对象及其先后优选顺序。功能价值 V 可能出现如下三种情况：

（1）$V = 1$　功能价值高，不作为功能改善对象。

（2）$V < 1$　功能价值低，作为功能改善对象。

（3）$V > 1$　情况复杂，视情况而定。

在优先选择功能改善对象时，应注意不仅要以 V 这个相对数为依据，而且还应参考功能现实成本 C 和功能评价值 F 的绝对数，见表9-10。

表9-10　功能现实成本 C 和功能评价值 F 的绝对数

功能或功能领域	功能现实成本 $C/$元	功能评价值 $F/$元	功能价值 $V = F/C$	成本降低目标 $C - F/$元	功能改善优先顺序
F_1	100	100	1.00	—	—
F_2	60	60	1.00	—	—
F_3	130	100	0.77	30	2
F_4	60	60	1.00	—	—
F_5	50	50	1.00	—	—
F_6	100	50	0.55	50	1
合　计	500	420	—	80	—

第四节　改进方案的制订与评价

在确定了目标成本后，是否得到实现，还要取决于能否制订出具体可行的最优方案。因此，制定改进、优化方案是十分重要的。一般说来，现行方案总有改进的余地，任何事物不能十全十美，所以说改进是无止境的。

1. 方案创造的方法

（1）头脑风暴法　这是国外在方案创造阶段使用较多的一种方法。它的原意是指神经病人的胡思乱想，转意为自由奔放、打破常规、创造性思考问题，并以开小组的方式进行。参加会议人数不宜过多，以 5 ~ 6 人为宜。会议应遵守以下规则：不墨守成规；不迷信权威；不互相指责；不互相批判；不怕行不通，力求彻底改进；要求在改善或结合别人意见的基础上提出设想。

（2）哥顿法　此法是1964 年美国人哥顿创造的。这种方法的指导思想是把所要研究解决的问题适当抽象，以利于开拓思路。提方案也是采用会议方式进行，具体目的先不说明，以免束缚大家的思想。例如，要研究"屋面排水"的方案，开始只是出"如何把水排掉？"这个问题，让大家提方案。

（3）专家审查法(传阅会签法)　先由主管设计工程师提出书面设想(包括设想内容、技术经济效果、必要的图样资料)，按一定的传递路线，由有关部门的专家传阅、审查和签署意见，最后由总工程师、总会计师综合各方面意见，决定取舍。

这种方法的好处是：初步方案由熟悉业务的人员提出，工作效率高；在传阅审查过程中，因为已有初步方案，便于具体提出修改意见或提反对意见；参与审查人员不是原设计者，不存在先入为主的问题，可以不受约束地从各个角度提出意见。缺点是：方案只有一个，不能进行比较；审查花费的时间较多；缺乏思想交流和面对面地商讨。

2. 方案的具体化

在设计方案提出之后，要先进行初步分析。去掉一些明显的希望不大的方案，留下少数可行方案再进一步考虑，把方案实物化、具体化，有些问题是在具体化的过程中才能发现的。具体化的过程如图9-7所示。

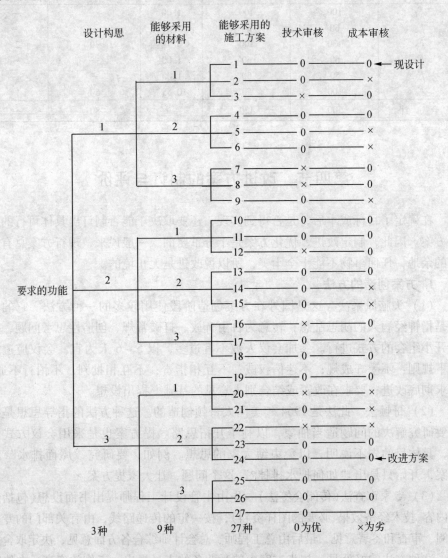

图9-7　设计构想与设计方案的选择

3. 方案组合法

在方案具体化的基础上，从不同角度抽出各方案中比较理想的部分进行重新组合，往往可以得到新的理想方案。"最低成本组合法"，就是把各方案实现某一功能的成本最低部分抽出来加以组合，可能更有希望实现降低成本的意图，见表9-11。

表中 A、B、C、D、E 为已有方案，F_1、F_2、F_3、F_4 为产品应具备的功能。对各个方案按照实现某一功能所花成本的高低排出次序，成本最低者为①。例如，对实现功能 F_1 来说，成本最低者为 B 方案。对 F_2 来说则为 A 方案。同样对 F_3、F_4 来说为 C、E 方案。这样，可把方案 B 中 F_1 部分和方案 A 中的 F_2、方案 C 中的 F_3、方案 E 中 F_4 抽出，重新加以组合，则可能形成一个降低成本的更好方案。

表 9-11　最低成本组合法

功　　能	方　　案				
	A	B	C	D	E
F_1	2	①	3	5	4
F_2	①	2	5	4	3
F_3	4	3	①	2	5
F_4	5	4	3	2	①

这一方法对其他性能指标同样适用。

4. 方案的评价和选择

方案的评价和选择主要考虑能否满足各方案提出的要求。方案评价包括三个内容如图9-8所示。

技术评价是围绕"功能"所进行的评价，主要是评定方案能否满足要求，以及方案本身在技术上有无实现的可能；经济评价是围绕经济效果所进行的评价，主要是评定

图9-8　方案评价

以成本为代表的经济可行性，即有无降低成本的可能，能否实现预定的目标成本；社会评价是针对方案给社会带来的影响所进行的评价，把它单独列出，目的在于引起人们的重视。

在以上三个方面评价的基础上，还应对方案进行综合评价，并得出正确而必要的结论。

详细评价方法有判定表法、重要系数法、方案相关评价法，下面分别介绍。

（1）判定表法　这是一种简便易行的方法，分三步进行。

步骤 1　定出评价要素。所谓评价要素就是决定产品竞争能力的主要因素。例如，目前影响建筑产品销路的主要因素是制造成本高、功能可靠性差、外观也

不太好，那么就可以把这三项定为评价要素。

步骤2　定出评价要素比重。对各评价要素不能同等对待，应有主次之分。要定出位次、定出比重（权值）。比重值大小是基于调查研究的结果来定的，不能靠生产者主观臆断。

例如，经过对市场、用户的调查，绝大多数人都提出了提高功能可靠性的要求，但也有不少人要求降低价格，也有些人提出了外观的要求。再根据竞争能力的需要定出各种要求的比重如下：功能比重为30%、成本为60%、外观为10%。

步骤3　列评价表，即判定表法（见表9-12）。

表9-12　判定表法

评价要素	比　重	对要素的满足程度（%）		评 价 值	
		A	B	A	B
功　能	0.3	80	60	24	18
成　本	0.6	60	50	36	30
外　观	0.1	10	80	1	8
Σ	1.0	150	190	61	56

表中 A、B 为两个备选方案。A 能较好地满足功能要求，能满足降低成本的要求，适当照顾了外观。因此，方案 A 对三个评价要素的满足程度分别定为80%、60%、10%。而 B 方案则较好地满足了外观要求，基本满足了功能要求，成本也降低不少，其满足程度分别定为 60%、50%、80%。如果不考虑评价要素的比重，则 B 的综合满足程度（190）超过了 A（150），似应当选；但如果考虑了市场和用户因素，则评价值应当用比重同 A 或 B 满足程度的乘积的和表示。显然可以看出 A 优于 B。

（2）重要系数法（见表9-13）　这种方法是用一套由相互比较而确定的系数，进行方案的评价和选择。

表9-13　重要系数法

评价要素①	暂定重要系数②	修正重要系数③	重要系数 w④
A	2.0	4.50	0.33
B	0.5	2.25	0.16
C	3.0	4.50	0.33
D	1.5	1.50	0.11
E		1.00	0.07
合　计		13.75	1.00

首先确定评价要素的重要系数。先把评价要素列入表9-13的第①栏，然后将上下相邻的要素，由下到上两两对比作出系数评定，叫暂定重要系数，记入②

栏。具体的比较方法是：A 和 B 比；如 B 为 1.0，则 A 为 2.0。B 和 C 比，如 C 为 1.0 则 B 为 0.5。依次比下去，E 为 1.0 时则 D 为 1.5，此栏结束。

然后，统一以最下面的 E 为比较的基础，对②栏的数字加以修正，叫修正重要系数，记入③栏。即 E 为 1.0 时，D 为 $1.0 \times 1.5 = 1.5$；当 D = 1.5 时，则 C 为 $3.0 \times 1.5 = 4.5$ 等。

最后再用③栏的合计数（总值）（13.75）分别去除各评价要素的单项值，就可能得到各要素的最后的重要系数（w），记入④栏。

功能重要性系数法所确定的功能评价值能够同产品的目标成本保持一致，使整体目标的实现有可靠的基础。但存在的问题是用户所要求的功能实现程度很难确切把握，功能重要性系数的评定也不易作得十分准确，使所确定的功能评价值发生这样或那样的偏差，从而使目标实现的可靠性缺乏充分的保证。

（3）方案相关评价法 在几种不同的方案中，有时方案之间是互相影响的，方案之间很少有相互独立的。

利用前面提到的强制决定法或最合适区域法，先求出综合评价值，填入表 9-14 的①及③、④、⑤栏对应的位置，再求评价对象间的相互影响系数（干涉系数）。β_{ij} 表示 j 方案对 i 方案的影响系数。

然后对原有的评价值（V）进行修正，用 V' 来表示修正后的评价值，即

$$V' = \frac{1}{2}\left[V + \frac{\sum\limits_{i=1}^{n}\beta_{ij}V_i}{\sum\limits_{i=1}^{n}\sum\limits_{j=1}^{n}\beta_{ij}V_i} \times 100 \right]$$

β 值可正、可负，分别表示好的影响和不好的影响。

例9-1 有三个评价对象，已知评价值 V 为 25、40、35，其影响系数为

$$\beta_{12} = 2 \qquad \beta_{13} = -2 \qquad \beta_{21} = 0$$
$$\beta_{23} = 4 \qquad \beta_{31} = 0 \qquad \beta_{32} = 8$$

在考虑影响之后进行方案的优选。

解： 见表 9-14，这是一个修正的评价值表，从表中可以看出：考虑了相互影响后，最优方案应是 C 方案（51），而不是没考虑影响时的 B 方案（40）。

表9-14 修正的评价值

V (1)	评价对象 (2)	25 A(3)	40 B(4)	35 C(5)	$\sum\beta_{ij}V_i$ (6)	(6)/470 (7)	(1)+(7) (8)	(8)/2 (9)
25	A		2/80	-2/-70	10	2.1	27.1	14
40	B	0/0		4/140	140	29.8	69.8	35
35	C	0/0	8/320		320	68.1	103.1	51
合计	—	—	—	—	470	100	200	100

（4）方案的实施 在前面讲述了评价值的求法及评价值的修正方法，根据评价值可进行方案的优选，选出的方案要经过实验来验证其是否最优，然后可进行推广与实施。

复 习 题

1. 什么叫价值工程？什么叫价值分析？两者有何区别？

2. 价值的含义是什么？提高价值工程对象的价值有哪些途径？

3. 什么叫全寿命周期？什么叫全寿命周期费用？

4. 价值工程的工作程序是什么？每个程序都解决什么问题？

5. 选择价值工程对象的方法有哪些？各有什么优缺点？

6. 为什么说价值工程的核心是功能分析？

7. 方案创造的方法有哪些？各有什么特点？

第十章

10

工程经济学在工程中的应用

第一节　工程设计中的经济分析

在工程产品全寿命周期中不同阶段进行工程造价控制的重点和效果是完全不同的。据有关资料分析，投资决策和初步设计阶段对投资的影响程度为90%左右；技术设计阶段对投资的影响程度为75%左右；施工图设计阶段对投资的影响程度为35%左右；而过去人们所着重的施工阶段对投资的影响程度则仅为10%左右。很显然，工程造价控制的关键在于施工前的投资决策和设计阶段，工程项目的工艺、流程、方案一经确定，则该项目的工程造价也就基本确定了。因此，工程设计中的经济分析工作是一项很重要、而且十分有意义的工作。

一、工业建设设计中的主要内容与经济指标

工业建设中的主要内容包括如下几个方面。

（一）总图运输方案设计

1. 厂区总平面图设计

厂区总平面图设计是否经济合理，对整个工程设计和施工以及投产后的生产、经营都有重大影响，正确合理的总平面设计可以大大减少建筑工程量，节约建设用地，节省建设投资，加快建设速度，降低工程造价和生产后的使用成本，并为企业创造良好的生产组织、经营条件和生产环境以及树立良好的企业形象，还可以增添优美的艺术整体。

1）总平面图设计的原则包括：①满足工艺要求，使运输配合协调，避免交叉；②考虑功能分区，保证生产联系和工作环境，动力设施靠近负荷中心；③因地制宜，节约用地；④满足防火、卫生和安全条件，满足施工、绿化和埋设管线的要求；⑤厂容和总体规划协调，减少对环境的影响；⑥有利于管理；⑦考虑发

展要求。

2）总平面布置的技术要求。总平面布置除了满足自然条件、技术条件与要求外，还要考虑如下几个方面：①生产要求，做到流程合理，负荷集中，运输通畅；②满足防火、防爆、卫生、环保、防地质病害等安全要求；③发展要求；④湿陷性黄土地区的布置要求；⑤节约用地的措施。

2. 竖向布置

1）竖向布置的任务：①根据自然条件选择、确定厂区竖向布置的系统和方式；②确定建（构）筑物、露天堆场、铁路、道路、广场、绿地及排水构筑物等的标高，并有利于厂区内外运输；③确定场地平整方案，力求土石方工程量最小，并使厂区填挖方量接近平衡；④确定场地排水方式，计算雨水流量和管道断面，保证厂区排水顺利；⑤确定必须建立的人工构筑物。

2）竖向布置系统与方式：①竖向布置系统可分为平坡式和台阶式两类系统；②竖向布置的方式可分为连续式、重点式和混合式。

3）设计标高的确定。确定竖向布置标高应遵循以下原则：①土石方工程量最小，并使厂区填挖方量达到接近或平衡；②保证厂区不受洪水淹没；③保证车间之间运输方便；④有利于降低建筑造价。

4）厂区排水：①厂区排水的方式有明沟排水、管道系统排水和带盖板的排水沟三种；②厂区排水组织方式是，厂区整平坡度一般不小于5%，困难地段不宜少于3%，最大不宜超过6%，排水组织方式包括自由式向外排水、有组织向外排水、用泵抽水外排等方式。

5）土石方计算。土石方计算的方法包括方格网法、横断面法。

3. 管线综合布置

管线综合布置的任务是使厂区管线之间，以及管线与建（构）筑物、铁路、道路及绿化设施之间相互协调，满足施工、检修、安全等要求和贯彻节约用地的原则。

4. 厂区运输

1）厂区运输设计的要求：①使厂内外和车间内部运输密切结合，使全厂物料运输形成有机整体；②大宗原材料燃料最好直接运至车间或料库；③厂区运输系统的设计有利于搬运；④保证运输安全；⑤运输、装卸设备的选用满足节约能源和环保要求。

2）运输方式的选择：①标准轨铁路运输；②水上运输；③无轨运输；④带式运输机运输。

3）运输量统计方法有：①全厂运输量棋盘表法；②全厂运输量统计表法。

4）运输工具。厂区运输多以汽车运输为主。运输工具的吨位数可按下式计算，即

$$N = \frac{Q}{q}$$

式中　N——需要的车辆总吨位数(车·t)；

　　　Q——车辆年总运量(t,a)；

　　　q——每车吨全年完成平均运输量(t,车·t·a)。

5. 厂区道路

1）道路布置要求：①道路布置满足生产、运输和消防的要求，使货物运输通畅，人流、物流路线短捷，运输安全，工程量小；②道路布置与工厂的总平面布置，竖向布置、铁路、管线、绿化、美化等相协调；③道路尽可能与主要建筑物平行布置；④道路等级及其主要技术指标的选用，应根据工厂规模、企业类型、道路类别、使用要求、交通量等综合考虑确定；⑤当人流集中区段的厂区道路，应设置人行道，尽量使人行方便。

2）道路方案设计包括：道路形式、路面宽度和纵坡的确定以及路面的选择。

6. 绿化布置

工厂的绿地率一般要求不小于20%，洁净程度要求高的，一般不小于30%。

7. 技术经济指标

厂区总平面布置的技术经济指标，采用多方案比较，以衡量方案设计的经济性、合理性和技术水平。其中主要包括建筑系数和场地利用系数。

8. 总图运输方案比选

1）技术经济指标比选。

2）功能比选。

3）拆迁方案比选。

4）运输方案的比选。运输方案比选的要求是：①能够统筹规划场内和外部运输，做到物料流向合理，场内和外部运输、接卸、储存形成完整、连续的系统；②项目的外部运输，做到尽量依托社会运输系统，拟自建专用铁路、公路、码头的，应有足够的运量，避免浪费投资；③主要产出品、大宗原材料和燃料的运输，避免多次倒运，以降低运输成本，提高运输效率；④自建的外部运输线路、车站和码头，符合规划要求。

（二）土建工程方案设计

（1）建筑设计的一般规定　这些规定包括：①厂房平面和空间设计满足工艺生产要求，流程合理、方便操作、便于管理、利于设备安装维修；②符合防火、防爆、防震、防腐等安全要求；③建筑形式的选择，应根据生产特点、建厂地区条件和其他各种因素综合考虑；④厂房柱网、层高和定位轴线，应遵循国家规定的《建筑模数协调统一标准》和《厂房建筑模数协调标准》的有关规定；⑤建筑围护结构要满足车间生产上的温湿度要求，防止车间过热和结露，并应根据需要满足通风、采光要求；⑥要考虑车间运输对建筑的要求；⑦生产过程中噪声超过规范的，要采取隔声和吸声等措施；⑧贯彻适用、经济，在可能条件下注意美观的方针。

（2）结构选型　选型要注意：①根据生产工艺的特点，满足生产、采光、通风、运输等要求；②保证厂房结构强度、稳定性和耐久性；③力求经济合理，注意节约维修费用；④必须因地制宜；⑤结构布置和构造处理有利于构件标准化、定型化、通用化；⑥积极合理地采用新结构、新材料和新技术；⑦一般采用钢筋混凝土结构。

（3）基础处理　基础埋置深度应考虑：①建（构）筑物场地的地质与水文地质条件；②土壤的冻结深度；③地下室、地下沟道及地下管线和邻近建（构）筑物的影响；④基础荷重的大小及性质。

（4）建筑和结构方案比选　在满足生产需要前提下，符合适用、经济、美观原则，结合具体条件合理开展建筑方案设计。

（5）编制主要建筑物、构筑物一览表。

（三）公用与辅助工程方案设计

公用与辅助工程各分项方案设计中应包括采用标准规范、负荷核算和必要的平衡计算、设备选型并编制主要设备表，进行工程量核算等。通过方案比较，选取适宜的建设方案。

1. 给水排水工程与消防工程的设计

1）水源与水处理：①供水水源的选择，应在掌握资料的基础上，进行技术经济比较后确定；②采用海水或水质较差的水源时，应考虑海水的腐蚀性和海水生物繁殖的影响以及水质不佳带来的问题；③采用地下水为水源时，取水构筑物数量应能满足生产、生活及消防用水的要求；④给水处理，水质较好时，一般不加处理；如水质较差时，须经处理后再用作生产、消防或生活用水。

2）给水系统：①生产、生活、消防（低压）给水系统；②软水给水系统；③脱盐水给水系统；④冷冻水给水系统；⑤循环冷却水系统；⑥专用消防水（高压）给水系统。

3）排水系统：①清洁废水系统；②生活污水系统；③生产污水系统；④雨水排水系统。

4）消防系统：①采用低压消防制时，如厂区附近无消防队或消防队不能兼顾厂区消防时，应自行设置消防车站；②采用临时高压消防制时，厂区并设有满足3h消防用水蓄水池的企业，一般不再设置消防车站；③固定消防水泵应采用自灌式引水，确有困难时，可采用真空泵或水射器等形式；④室外消火栓应使用方便，标记明显；⑤消防水池的容量按3h内用水总量计算。

2. 供电与通信工程的设计

1）供电电源：一般企业应从电力系统取得供电电源，有些企业不能从电力系统购得全部电能时，经有关部门统一规划也可自建电厂；电源电压应根据用电量等条件与电力部门协商确定，一般企业选用 10kV 电源，当 6kV 用电设备较多时，可选用 6kV 电源；用电量较大时，可以采用 35kV 或 110kV 电源。

2）供电系统。电源系统结线方式：①当供电电压为 6kV 或 10kV 时，设置两回路专用电源线路和单母线分断高压开关站，也可以采用一回路专用架空线；②35kV/0.4kV 直变供电方式；③当供电电压为 35kV 或 110kV，企业用电量大时，设置总降变电所，并尽可能做成终端变电所；④当企业需要自建电厂时，应与电力部门协商电源系统结线方案。

3）配电系统：①配电电压的确定；②配电系统结线，分为树干式和放射式；③线路结构；④车间变电所。

4）动力与配线。低压配电系统总要求是：①满足工艺生产对供电可靠性和电能质量的要求；②结线简单，操作方便，运行安全；③结构合理，施工方便；④节省有色金属消耗，节约投资，减少电能消耗和运行费用。

生产车间配电网络接线方式主要有两种：①放射式接线方式；②链式接线方式；这两种方式常综合运用。线路敷设方式包括桥架系统、电缆沟敷设、电缆支架明敷、线卡明敷、钢管明敷或暗敷等。

5）照明：种类可分为正常照明和事故照明；方式有一般照明、局部照明和混合照明；照度标准、照度均匀度、灯具要求参照《工业企业照明设计标准》。

6）通信：企业一般设置行政管理电话和生产调度电话两种电信设施。

3. 供热工程的设计

1）热源的选择。蒸汽或热水一般由热电站或自备锅炉供给。自设锅炉时，蒸汽参数应满足生产、空调与采暖通风的要求，燃料以燃煤为主。锅炉最少配两台，采用相同类型、容量。

2）供热管道。管道敷设可选用的方式有架空敷设、地沟敷设和沿地敷设（管墩）三种。

3）热力站应靠近负荷中心，便于与锅炉房管道相连。

4. 通风、空调与除尘工程

通风、空调的设计方案应根据工艺特点、使用要求、室外气象条件、能源状况等，同时符合国家有关规定。

5. 制冷工程

1）制冷方式的选择。

2）制冷机选型应考虑冷冻水温、有无蒸汽、蒸汽压力高低等因素。台数不宜过多，也不宜少于两台。

6. 工业气体工程

1）工业气体，包括压缩空气、氧气、氮气、煤气、乙炔气等。

2）工业气体的设计，必须遵守《建筑设计防火规范》（GBJ 16—1987）、《工业企业设计卫生标准》（GBZ 1—2002）和相应的标准、规范、规定执行。

3）站房的布置，应靠近主要用户，通风和采光良好。

4）设计容量，按用户的昼夜平均小时消耗量或最大小时消耗量乘以同时使用系数确定。

5）设备选择，台数按大容量、少机组原则确定并统一型号。

6）工业气体的管道敷设，注意最大流速、管材选用、静电接地、与其他物料管道共架敷设、共沟敷设的要求，并参照有关规定。

7. 分析检验设计

工厂的分析检验工作由车间化验室和中心试验室两部分承担，并有防振、防火、防爆、防尘、防腐蚀、防噪声、防阳光直射等要求。

8. 维修设施

工厂维修一般情况下分为大修和维护安全两级，内容包括设备维修、电气维修、仪表维修、管道维修和土木工程维修。

9. 仓储设施

仓储设施要符合保证生产、加快周转、合理储备、防止损失的原则，合理确定仓库面积。

1）仓库的组成，有原材料库、设备库、机物料库、成品库、生活用品库、劳保用品库、修缮材料库、包装材料库、化学品库、危险品库等。

2）储存方式，包括封闭式（室内）存放、棚库存放及露天存放。

3）储存期，是相对储备定额，即由时间（日、月）表示的定额。我国采用的定额方法有供应期法和经济订购批量法。

4）仓库面积的确定，可采用荷重法、物料分析法和概略面积指标法等来确定。

5）装卸运输工具与设备，根据要求可选择人力搬运装卸车辆，叉车及堆垛机，悬挂式或梁式起重机，桥式起重机，板式输送机、带式输送机、辊道式输送机、链式输送机等。

6）土建要求。仓库设计必须符合国家《建筑设计防火规范》以及其他有关标准、规定的要求。

（四）厂外配套工程

1）厂外配套工程类别：①运输配套项目；②公用工程配套项目；③环保配套项目；④其他配套项目。

2）厂外配套工程的设计原则：①根据工厂生产特点和使用要求，结合建厂地区条件，遵照确保生产、因地制宜、合理配置的原则进行设计；②厂外配套工程建设同城市和地区规划相协调，保证合理布局；③要考虑使用管理方便，利用已有的条件和设备以及生产协作条件，力求减少工程量，节省投资；④符合环保要求；⑤与工厂和当地发展规划相协调；⑥要在充分调查基础上进行技术经济综合分析、论证，选择最佳方案。

工业设计中通常采用的技术经济指标主要有如下几个方面：

1）建筑系数，即建筑密度。是指厂区内（一般指厂区围墙内）建筑物、构筑物和各种露天仓库及堆场、操作场地等的占地面积与整个厂区建筑用地面积之和，是反映总平面图设计用地是否经济合理的指标。建筑系数越大，表明布置越紧凑，可以节约用地，减少土石方量，又可缩短管线距离，降低工程造价。

2）土地利用系数，是指厂区内建筑物、构筑物、露天仓库及堆场，操作场所铁路、道路、广场、排水设施及地上、地下管线等所占面积与整个厂区建设用地面积之比，它综合反映出总平面布置的经济合理性和土地利用效率。

3）工程量指标，它是反映工厂总图投资的经济指标，包括：场地平整土石量，铁路、道路和广场铺砌面积，排水工程、围墙长度及绿化面积。

4）运营费用指标，是反映运输设计是否经济合理的指标，包括：铁路、无轨道路、每吨货物的运输费用及其经常费用等。

5）合理确定厂房建筑的平面布置。平面布置应满足生产工艺的要求，力求合理地确定厂房的平面与组合形式，各车间、各工段的位置和柱网、走道、门窗等单厂平面形状越接近方形越经济，并尽量避免设置纵横跨，以便采用统一的结构方案，尽量减少构件类型和简化构造。

6）厂房的经济层数。单层厂房：对于工艺上要求跨度大和层高高，拥有重型生产设备和起重设备，生产时常有较大振动和散发大量热气和气体的重工业厂房，采用单层厂房是经济合理的。而对于工艺紧凑，可采用垂直工艺流程和利用重力运输方式，设备与产品重量不大，并要求恒温条件的各种轻型车间，采用多层厂房可减少占地面积与基础工程量、缩短运输线路及厂区围墙的长度等。厂房层数的多少应根据地质条件，建筑材料的性能，建筑结构形式，建筑面积、施工方法和自然条件（地震、强风）等因素以及工艺要求等具体情况确定。

多层厂房的经济层的确定主要考虑两个因素：一是厂房展开面积的大小，展开面积越大，经济层数就越可增加；二是与厂房的长度和宽度有关，长度与宽度越大，经济层数越可增加，造价随之降低。

7）合理确定厂房的高度和层高。层高增加，墙与隔墙的建造费用、粉刷费用、装饰费用都要增加；水电、暖通的空间体积与线路增加；楼梯间与电梯间设备费用也会增加；起重运输设备及其有关费用都会提高；还会增加顶棚施工费。

决定厂房高度的因素是厂房内的运输方式、设备高度和加工尺寸，其中以运输方式的选择较为灵活。因此，为降低厂房高度，常选用悬挂式起重机，架空运输、带输送、落地龙门起重机以及地面上的无轨运输方式。

8）柱网选择。对单跨厂房，当柱距不变时，跨度越大则单位面积造价越小。这是因为除屋架外，其他结构分摊在单位面积上的平均造价随跨度增大而减少；对于多跨厂房，当跨度不变时，中跨数量越多越经济，这是因为柱子和基础分摊在单位面积上的造价减少。

9）厂房的体积与面积。在满足工艺要求和生产能力的前提下，尽量减少厂房体积和面积以减少工程量和降低工程造价。为此，要求设计者尽可能地选用先进生产工艺和高效能设备，合理而紧凑地布置总平面图和设备流程图以及运输路线；尽可能把可以露天作业的设备尽量露天而不占厂房的设计方案，如炉窑、反应塔等；尽可能将小跨度、小柱距的分建小厂设计方案合并为大跨度、大柱距的大厂房设计方案，提高平面利用率，减少工程量，降低造价。

二、民用建筑设计与工程经济性的关系

民用建筑中住宅建筑占了很大比例，下面重点论述住宅建筑设计参数的经济性问题。而住宅设计中的经济性指标主要包括用地指标与造价指标两个方面，下面将分别从这两方面来分析方案设计对工程经济性的影响。

（一）影响用地指标的因素分析

土地是一种宝贵的资源，如何做到科学合理地利用土地，在住宅设计中探求提高土地利用率的途径，对人多地少、城市用地紧张的我国来说具有十分重大的现实意义。住宅设计中影响用地的参数主要包括以下几个方面：

1. 平面形状对用地的影响

住宅的平面形状对节约用地有显著的影响，平面形状越规则，越有利于提高土地利用率。如图 10-1 所示，虽然 A、B 两栋住宅楼的用地面积均为 304m²，但 A 住宅的建筑面积为 304m²，而 B 住宅的建筑面积只有 256.5m²。但是，我们不能为节约用地而千篇一律地把住宅设计成方形或矩形，我们既要讲究艺术风格，又要注意节约用地，做到两者兼顾。

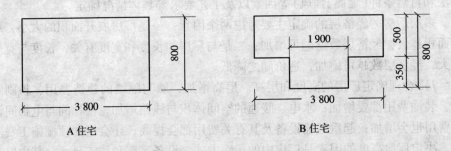

图 10-1　平面形状对用地的影响

2. 剖面形状对用地的影响

如果将住宅的剖面形式做成台阶状，可降低檐口的高度，从而可降低住宅的间距，更好地满足住宅的日照要求（如图 10-2 所示，图中两斜线平行，在住宅高度相同的情况下两栋住宅为获得同等日照要求，住宅间距 $d_2 > d_1$）。

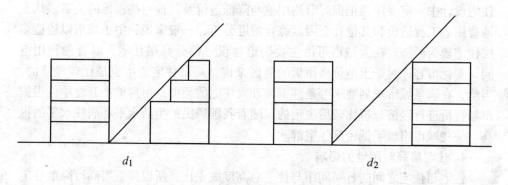

图 10-2　剖面形状对用地的影响

3. 住宅层数对用地的影响

$$住宅用户基本用地 = (进深 \times 层数 \times 间距系数) \times \frac{每户平均面宽 + 平均山墙间距}{层数}$$

根据上面的公式可知：提高住宅层数，可有效地节约用地，但由于在住宅建设时必须考虑到建筑密度的问题，所以不是说住宅设计时，层数越多就会越节约用地。住宅层数对用地的影响，我们可通过实际数据来进行分析。例如，某地区住宅设计标准如下：进深 10.1m，层高 2.8m，长为 63.6m，每户平均面宽 5.3m，每户平均山墙间距 0.7m，在间距系数为 2 时住宅层数与节约用地的关系见表10-1。

表 10-1　层数与节约用地关系表

层　　　数	每户用地/m²	与上一层比较节约用地/m²	与第一层比较所占百分比（%）
1	94.2		100
2	63.9	30.3	67.8
3	53.8	10.1	57.1
4	48.8	5.0	51.8
5	45.7	3.1	48.5
6	43.7	2.0	46.4
7	42.3	1.4	44.9

从表 10-1 中可以看出，住宅层数由 1 层增至 4 层时，节约用地的效果是十

分显著的，而在6层以上继续增加层数时，节约用地的效果明显减弱。这是因为随着层数的增加，住宅与住宅之间的日照间距也应相应增加，基地面积在每户建筑面积中所占比重逐步减少，所以节约用地的效果逐渐减弱。同时在设计时还要考虑到高层住宅在建筑成本、建设周期、抗振、防火避难等方面的问题，所以在住宅设计中一定要注意把握好节约用地与降低造价及其他一些指标的关系。从土地费用、工程造价和其他社会因素综合角度分析，一般来说，中小城市以建造多层住宅较为经济；在大城市可沿主要街道建设一部分高层住宅，以合理利用空间，美化市容；对于土地价格昂贵的地区来讲，高层住宅为主也是比较经济的。当然，在满足城市规划要求等条件下，开发住宅的类型是由房地产开发单位根据市场行情进行经济分析比较后决定的。随着我国居民的生活水平和居住水平的提高，一些城市出现了低密度住宅群。

4. 住宅层高对用地的影响

住宅与住宅之间的日照间距与住宅总高度成正比，所以降低层高可降低住宅的总高度，从而减少住宅间的日照间距，达到节约用地的目的。因为国家对住宅的层高有明确规定，所以在住宅设计时在遵循国家有关规定的前提下尽量降低层高是一种有效节约用地的方法。

5. 每户面宽对用地的影响

在每户建筑面积相同的前提下，加大进深，尽量缩小每户面宽，可以有效地节约用地。但在实际设计中要考虑到进深的加大会不利于采光，甚至出现暗室，即使用内天井采光的方法也会降低住宅的环境质量。

6. 住宅间距对用地的影响

合理地确定住宅间距可有效地节约用地。而住宅间距的确定，除上面提到过的日照条件外，还要考虑通风、视野、绿化、道路、庭院、施工、防火、私密性等一系列问题，在住宅设计的时候应分清主次对各因素进行综合分析研究，在保证住宅功能及居民环境质量的前提下，降低住宅间距，达到节约用地的目的。

7. 住宅群体布置对用地的影响

在住宅设计时，采取高低搭配、点条结合、前后错列及局部东西向布置、斜向布置或拐角单元等手法，可有效地节约用地，并提高住宅区的环境条件，这也是住宅设计中一个不可忽略的因素。

（二）影响造价的设计参数分析

1. 平面形状对造价的影响

平面设计中用每平方米建筑面积的平均外墙周长作为评价造价的指标之一。由于立面装修及建筑热工要求，外墙造价一般比内墙造价高。所以减少外墙周长的经济效果比较显著。外墙周围周长与平面形状有关，在设计中可采用如下方式来缩短外墙周长：

（1）平面形状力求规则 规则的平面形状，方形或矩形，这样既可减少外墙周长，又方便施工。如果设计时平面形状凹凸曲折，则增加墙体长度和转角。

（2）合适的住宅深度 通过加大住宅进深，可减少外墙周长，节省基础和墙体的工程量。

（3）合适的住宅长度 当住宅进深一定时，适当增加住宅长度，外墙周长会减少。住宅长度在60m范围内，当地基条件允许时应尽量采用多单元拼接，增加住宅长度。当然住宅长度不宜过长，否则因有温度缝的要求而设置双墙造价反而上升。

2. 平面系数对造价的影响

平面设计合理，可以提高面积利用率，增加使用面积，相应地降低了造价。在住宅设计中，平面系数是评价使用面积是否经济合理的一个参考指标，其意义是以相同的造价取得最大的使用面积。不同的平面布置、不同的住宅层数，其平面系数也不同。多层住宅的平面系数一般在50%以上。影响平面系数的因素主要有以下几个方面：

（1）结构面积 住宅的结构面积与结构型式、住宅层数、墙体的功能要求有关。要减少结构面积，首先应发展新型建筑材料，合理选择结构体系，尤其是工业化住宅建筑群体系。

（2）交通面积 与交通面积有关的是住宅的层数以及对交通的功能要求。例如，在高层住宅中，电梯间的设置便增加了交通面积的比重。交通面积过少直接影响使用功能，交通面积过大则增加住宅的造价。提高平面系数，关键是在满足使用要求的前提下，合理布置门厅过道、走廊、楼梯及电梯间等交通面积。

3. 住宅层高对造价的影响

降低层高可以减少墙柱和粉饰工程量。据理论测算，住宅层高每降低10cm，可降低造价1.2%~1.5%。例如，当住宅层高从3m降至2.8m时，可降低造价3%~3.5%。

层高降低可提高住宅区建筑密度，以六层住宅为例，层高降低20cm或30cm，可分别提高建筑密度5%~8%。从而可以节约征地拆迁费和城市市政工程费。在寒冷地区，降低层高可节约冬季采暖费用，经济效益亦十分可观。

4. 住宅层数对造价的影响

住宅层数对造价的影响是个比较复杂的问题。对多层住宅（2~6层）来说，提高层数可相应降低平均每户造价1%左右。但对于高层住宅（7~8层以上）来说，由于要设置电梯和加压水泵等，造价则相应上升。而且，高层住宅的使用功能和环境质量较多层住宅差，因此，一般应控制高层住宅的建造，只有在大城市的特定地区，当高层住宅节约用地效果显著时，才可以建造少量高层住宅。

总之，在住宅设计时，必须以满足住宅的使用功能和环境质量要求为前提，这是合理选择设计参数的先决条件。必须防止牺牲必要的安全、卫生条件而片面强调降低造价的错误做法。

（三）评价住宅设计中的常用技术经济指标

评价住宅设计中的常用技术经济指标，见表10-2。

表10-2　住宅设计中的常用经济指标

指 标 名 称	计 算 公 式	指 标 名 称	计 算 公 式
居住用地系数(%)	$\dfrac{居住用地面积}{小区占地总面积}$	居住面积净密度(%)	$\dfrac{居住建筑总居住面积}{居住用地}$
公共建筑系数(%)	$\dfrac{公共建筑用地面积}{小区占地总面积}$	居住建筑工程造价(元/m^2)	$\dfrac{居住建筑总投资}{居住建筑总面积}$
人均用地指标/(m^2/人)	$\dfrac{总居住建筑用地面积}{小区居住总人口}$	平面系数(%)	$\dfrac{居住面积}{建筑面积}$
绿化用地系数(%)	$\dfrac{绿化用地面积}{小区占地总面积}$	辅助面积系数(%)	$\dfrac{辅助面积}{居住面积}$
居住建筑面积毛密度/(万 m^2/ha)	$\dfrac{居住建筑面积}{居住区总用地}$	结构面积系数(%)	$\dfrac{结构面积}{建筑面积}$
居住建筑面积净密度/(万 m^2/ha)	$\dfrac{居住建筑面积}{居住区居民用地}$	墙体面积系数(%)	$\dfrac{墙体面积}{建筑面积}$
居住建筑净密度(%)	$\dfrac{居住建筑占地面积}{居住用地}$		

三、设计方案的经济分析与选择

投资决策中的各项技术经济决策对项目的工程造价都有重大影响，有些甚至影响到项目的整个寿命过程，而工艺流程的设计与确定、材料设备的选用、建设标准的确定，对工程造价的影响更大。工程设计人员应参与主要方案的讨论，与各部门人员共同办公，密切合作，做好多方案的技术经济的分析比较，进行事前控制，选出技术先进、经济合理的最优方案。设计方案的经济分析与比较就是根据前面章节介绍的方法，解决工程设计中多个优选问题。

1. 多指标综合评分法

在以经济效益为中心进行社会主义现代化建设的今天，经济标准无疑是最重要的。但是，在评价重大技术方案时，判别好坏的客观标准不是单一的经济标准，应该有多个方面标准，如政治、国防、社会、技术、经济、环境、生态和自然资源等。所以，必须对这些多个方面的效益进行综合评价。

综合评价的评价方法有两种：一是评分法，又分调查咨询评分法（即通过调查咨询的方法对被评价的标准予以打分）和定量计算评分法（即按评价标准要求规定的数值和实际达到数值的相对关系予以打分)两种。二是指数法,它是根据某项评价标准的实际数值同评价标准规定数值的比值进行评价。

在综合评价中,对每个标准的评价包含两个内容:一是评价技术方案对每个标准的满足程度,二是评价每个标准的相对重要程度。满足系数是反映满足程度的一个数值,这个数值有两种表示方法,一种是用评分法和指数法所得数值表示,另一种是用它们的百分数表示。重要系数是反映每个标准相对重要程度的一个数值。有两种确定重要系数的方法:一种是非强制打分法,打分者可以通过调查咨询,根据实际重要程度的相对大小任意打分;另一种是强制打分法,如04法、01法、五分制法、百分制法、13579法。

技术综合评价实际上是一个多目标决策问题。多目标决策方法的实质是对不同的评价标准的满足系数和重要系数进行相加、相乘、加乘混合、相除或用最小二乘法以求得综合的单目标数值(即综合评价值),然后以此值大小选择最优方案。

2. 单指标评价方法

单指标可以是效益性指标也可以是费用性指标。效益性指标主要是对于其收益或者功能有差异的多方案的比较选择,对于专业工程设计方案和建筑结构方案的比选来说,往往尽管设计方案不同,但方案的收益或功能没有太大的差异,这种情况下可采用单一的费用指标,即采用最小费用法选择方案。

采用费用法比较设计方案根据工程项目不同有两种方法:一种是只考查方案初期的一次费用,即造价或投资;另一种方法是考查设计方案全寿命期的费用。设计方案全寿命期费用包括:工程初期的造价(投资),工程交付使用后的经常性开支费用(包括经常费用、日常维护修理费用、使用过程中的大修费用和局部更新费用等),以及工程使用期满后的报废拆除费用等。考虑全寿命周期费用是比较全面合理的分析方法,但对于一些设计方案,如果建成后的工程在日常使用费用上没有明显的差异或者以后的日常使用费用难以估计时,可直接用造价(投资)来比较优劣。

3. 价值分析方法

价值分析(即价值工程)法是一种相当成熟和行之有效的管理技术与经济分析方法,这种方法力求以最低的寿命周期费用,可靠地实现产品或作业的必要功能,借以提高其价值,而着重于功能研究的,有组织的活动。有关价值工程原理已在前面章节中作了详细介绍。

下面通过一些例子说明设计方案的经济比较与选择。

例10-1　某市住宅试点小区两幢科研楼及一幢综合楼,设计方案对比项目如下:

A方案　结构方案为大柱网框架轻墙体系,采用预应力大跨度叠合楼板,墙体材料采用多孔砖及移动式可拆装式分室隔墙，窗户采用单框双玻璃钢塑窗，面积利用系数 93%，单方造价为 1 437.58 元/m²。

B 方案　结构方案同 A 方案墙体，采用内浇外砌、窗户采用单框双玻璃空腹钢窗，面积利用系数为 87%，单方造价 1 108 元/m²。

C 方案　结构方案采用砖混结构体系，采用多孔预应力板，墙体材料采用标准粘土砖，窗户采用单玻璃空腹钢窗，面积利用系数 70.69%，单方造价 1 081.8 元/m²。

经专家分析评价确定，方案功能得分及重要系数见表 10-3。

表 10-3　ABC 三方案功能得分及重要系数对比表

功能方案	方案得分			方案功能重要系数
	A	B	C	
结构体系	10	10	8	0.25
模板类型	10	10	9	0.05
墙体材料	8	9	7	0.25
面积系数	9	8	7	0.35
窗户类型	9	7	8	0.10

1）试用价值工程方法选择最优设计方案。

2）为了控制工程造价及进一步降低费用，拟对最优方案的土建部分以工程材料费为对象进行价值分析，现将土建工程划分为四个功能项目，各功能项目的评分值及其目前成本见表 10-4，且已确定目标成本额为 12 170 万元。试分析各功能项目的目标成本及成本可能降低的程度，并确定功能改进顺序。

表 10-4　最优方案工程材料表

序　号	功能项目	功能评分	目前成本/万元
1	桩基围护工程	11	1 520
2	地下室工程	10	1 482
3	主体结构工程	35	4 705
4	装饰工程	38	5 105
合　计		94	12 812

解：对于第一个问题，根据价值分析原理，首先计算各方案的成本系数，见表 10-5。

表 10-5 成本系数计算表

方 案	造价/(元/m²)	成本系数
A	1 437.48	0.396 3
B	1 108.00	0.305 5
C	1 181.80	0.298 2
合 计	3 627.28	1.000 0

第二步，功能因素评分与功能系数计算，见表 10-6。

表 10-6 功能因素评分与功能系数计算表

功能因素	重要系数	方案功能得分加权值(方案功能得分×功能重要系数)		
		A	B	C
结构体系	0.25	$0.25 \times 10 = 2.50$	$0.25 \times 10 = 2.50$	$0.25 \times 8 = 2.00$
模板类型	0.05	$0.05 \times 10 = 0.50$	$0.05 \times 10 = 0.50$	$0.05 \times 9 = 0.45$
墙体材料	0.25	$0.25 \times 8 = 2.00$	$0.25 \times 9 = 2.25$	$0.25 \times 7 = 1.75$
面积系数	0.35	$0.35 \times 9 = 3.15$	$0.35 \times 8 = 2.80$	$0.35 \times 7 = 2.45$
窗户类型	0.10	$0.10 \times 9 = 0.90$	$0.10 \times 7 = 0.70$	$0.10 \times 8 = 0.80$
各方案加权平均总分		9.05	8.75	7.45
功能系数		$\frac{9.05}{9.06 + 8.75 + 7.45} = 0.358$	$\frac{8.75}{9.06 + 8.75 + 7.45} = 0.347$	$\frac{7.45}{9.06 + 8.75 + 7.45} = 0.295$

第三步，计算各方案价值系数，见表 10-7。

表 10-7 各方案价值系数计算表

方案名称	功能系数	成本系数	价值系数	方案选优
A	0.358	0.396 3	0.903	
B	0.347	0.305 5	1.136	最优方案
C	0.295	0.298 2	0.989	

通过对比，方案 B 价值系数为 1.136 > 1 且为最大，所以 B 方案为最优方案。

对于第二个问题，根据已知，我们分别可计算各功能项目的功能系数和成本系数，再求出其价值系数，然后根据功能系数和总目标成本计算各功能项目目标成本。通过目标成本和现有成本可计算其成本降低幅度，具体计算见表 10-8。

表 10-8 各方案目标成本及成本降幅计算表

序号	功能项目	功能评分	功能系数	目前成本/万元	成本系数	价值系数	目标成本/万元	成本降幅(%)
1	桩基围护工程	11	0.117 0	1 520	0.118 6	0.986 5	1 423.89	96.11
2	地下室工程	10	0.106 4	1 482	0.115 7	0.919 6	1 294.89	187.11
3	主体结构工程	35	0.372 3	4 705	0.367 2	1.013 9	4 530.89	174.11
4	装饰工程	38	0.404 3	5 105	0.398 5	1.014 6	4 920.33	184.67
合　计		94	1.000 0	12 812	1.000 0		12 170	642.00

例 10-2 某 6 层单元式住宅共 54 户，建筑面积为 3 949.62m²。原设计方案为砖混结构，内外墙为 240mm 砖墙。现拟定的新方案为内浇外砌结构，外墙做法不变，内墙采用 C20 混凝土浇筑。新方案内横墙厚为 140mm，内纵墙厚为 160mm。其他部位的做法、选材及建筑标准与原方案相同。两方案各项数据见表 10-9。

表 10-9 两方案的数值

方　案	建筑面积/m²	使用面积/m²	总投资/元
砖混结构	3 949.62	2 797.20	8 163 789
内浇外砌	3 949.62	2 881.98	8 300 342

问题：(1)根据两方案的单位建筑面积造价和单位使用面积造价指标对两方案进行经济比较分析。

(2) 若该住宅楼作为商品房出售，在按使用面积和建筑面积出售两种情况下对两方案进行经济分析。

(3) 经专家评议，对两方案各指标权重和方案评分值见表 10-10，试用多指标综合评价法对两方案进行优劣分析。

表 10-10 两方案指标值与权重

指　标		平面布局	使用功能	造　价	使用面积	经济效益	结构安全
权重		0.15	0.20	0.20	0.15	0.20	0.10
方案	砖混结构	8	8	9	7	7	7
	内浇外砌	8	8	8	8	9	8

解：根据题意，问题(1)是对两方案的单个指标，即单位面积造价或单位使用面积造价进行经济分析，所以我们可先计算出两方案的单位面积造价值或单位使用面积造价值如下：

砖混方案

$$单位建筑面积投资 = \frac{8\ 163\ 789}{3\ 949.62}元/m^2 \approx 2\ 066.98\ 元/m^2$$

$$单位使用面积投资 = \frac{8\ 163\ 789}{2\ 797.20}元/m^2 \approx 2\ 918.56\ 元/m^2$$

内浇外砌方案

$$单位建筑面积投资 = \frac{8\ 300\ 342}{3\ 949.62}元/m^2 \approx 2\ 101.55\ 元/m^2$$

$$单位使用面积投资 = \frac{8\ 300\ 342}{2\ 881.98}元/m^2 \approx 2\ 880.08\ 元/m^2$$

从上面的计算结果可以看出，按单位建筑面积计算，内浇外砌方案投资高于砖混结构方案，而按单位使用面积计算时，砖混方案投资高于内浇外砌方案，因为只有使用面积才能真正发挥住宅的功能，所以内浇外砌方案优于砖混方案。

对于问题(2)，如果按单位建筑面积出售，如采用内浇外砌方案，若总建筑面积两方案相同，而总投资内浇外砌方案投资高于砖混方案，显然对房地产商不利。而对于购房人来说，房价不变，但采用该方案时每户增加面积 $= \frac{2\ 881.98 - 2\ 797.20}{54}m^2 = 1.57m^2$，所以选择第二种方案对购房人有利。

如果按单位使用面积出售，对于购房人来说，如果不考虑其他因素影响，房屋结构对其使用功能不产生影响。而对于房地产商来说，采用内浇外砌方案使用面积增加比 $= \frac{2\ 881.98 - 2\ 797.20}{2\ 797.20} \times 100\% = 3.03\%$，大于总投资增加比 $= \frac{8\ 300\ 342 - 8\ 163\ 789}{8\ 163\ 789} \times 100\% = 1.67\%$，所以在通常情况下，按使用面积出售时有利于房地产供应商。

对于问题(3)，根据题意计算出两方案的综合评价值为：

砖混方案　$8 \times 0.15 + 8 \times 0.20 + 9 \times 0.20 + 7 \times 0.15 + 7 \times 0.20 + 7 \times 0.10 = 7.75$

内浇外砌方案　$8 \times 0.15 + 8 \times 0.20 + 8 \times 0.20 + 8 \times 0.15 + 9 \times 0.20 + 8 \times 0.10 = 8.20$

内浇外砌方案综合评价值高于砖混方案，所以应选择内浇外砌方案。

第二节　工程施工中的经济分析

工程施工的技术经济分析，就是为了获得最优施工方案，从若干可行的施工工艺方案、施工组织方案中，分析、比较和评价诸方案的经济效益，从中择优选择实施的施工方案。工程施工中的经济分析在很大程度上决定施工组织的质量和施工任务完成的好坏，是施工任务顺利完成的前提条件。

在工程施工阶段进行技术经济评价时，主要有两项工作：即施工方案的评价和采用新结构、新材料的评价。施工方案是单位工程或建筑群施工组织设计的核心，是编制施工进度计划，绘制施工平面图的重要依据。施工方案技术经济评价的主要内容有如下。

一、施工工艺方案的经济评价指标体系

施工工艺方案，是指分部（项）工程和工种工程的施工方案，如主体结构工程、基础工程、安装工程、装饰工程、水平运输、垂直运输、大体积混凝土浇筑、混凝土运送以及模板支撑方案等。在施工中采用新工艺、新技术问题，实际上仍属于施工工艺方案问题。

1. 技术性指标

技术性指标是指用以反映方案的技术特征或适用条件的指标，可用各种技术性参数表示。如主体结构为现浇框架工程施工工艺方案时，可用的现浇混凝土总量、混凝土运输高度等参数；如装配式结构工程施工工艺方案，可用的安装构件总量、构件最大尺寸、构件最大重量、最大安装高度等参数；如模板工程施工工艺方案的技术性指标，可用模板型号数、各型模板尺寸、模板单件重量等参数。

2. 经济性指标

经济性指标主要反映完成施工任务必要的劳动消耗，由一系列实物量指标、劳动量指标所组成，主要有：

（1）工程施工成本　主要用施工直接费用成本来表示，包括人工费、材料费、施工设施的成本或摊销费、防止施工公害的设施费等。

（2）主要专用机械设备需要量　包括设备型号、台数、使用时间、总台班数等。

（3）施工中的主要资源需要量　这里的资源不是指构成工程实体的材料、半成品或结构件，而是指顺利进行施工所必需的资源，主要包括施工所需的材料、不同施工工艺方案引起的材料消耗增加量和能源需要量等。

（4）主要工种工人需要量　可用主要工种工人需用总数、需用期、月平均需用数、高峰期需用数来表示。

（5）劳动消耗量　可以用总劳动消耗量、月平均劳动消耗量、高峰期劳动消耗量来表示。

3. 效果（效益）指标

效果指标主要反映采用该施工工艺方案后所能达到的效果，主要有：

（1）工程效果指标　如施工工期、工程效率等指标。

（2）经济效果指标　如成本降低率或降低额、材料（资源）节约额或节约率等指标。

4. 其他指标

其他指标是指未包括在上述三类中的指标，如施工临时占地，所采用施工方

案对工程质量的保证程度，对抗拒自然灾害的能力，采用该工艺方案后对企业技术装备、素质、信誉、市场竞争力和专有技术拥有程度等方面的影响。这些指标可以是定量的，也可以是定性的。

二、施工组织方案的评价

施工组织方案是指单位工程以及包括若干个工程的建筑群体的施工组织方法，如流水施工、平行流水立体交叉作业等组织方法。施工组织方案包括施工组织总设计、单位工程施工组织设计、分部工程施工组织设计和施工装备的选择等。施工组织方案的评价指标有如下。

（1）技术性指标　主要有：

1）反映工程特征的指标，如建筑面积、主要分部（项）工程量等。

2）反映施工方案特征的指标，如施工方案有关的指标说明等。

（2）经济性指标　主要有：

1）工程施工成本。

2）主要专用机械设备需要量。

3）主要材料资源消耗量。

4）劳动消耗量。

5）反映施工均衡性的指标。

（3）效果指标　主要有：

1）工程总工期。

2）工程施工成本节约。

3）施工机械效率，可用两个指标评价：一是主要大型机械单位工程（单位面积、长度或体积等）耗用台班数；二是施工机械利用率，即主要机械在施工现场的工作总台班数与在现场的日历天数的比值。

4）劳动效率（劳动生产率），可用 3 个指标评价：一是单位工程量（单位面积、长度或体积等）用工数（如：总工日数建筑面积）；二是分工种的每工产量（m，m^2，m^3 或 t/工日）；三是生产工人的日产值（元/工日）。

5）施工均衡性，可用下列指标评价（系数越大越不均衡），即

$$主要工种工程施工不均衡性系数 = \frac{高峰月工程量}{平均月工程量}$$

$$主要材料资源消耗不均衡性系数 = \frac{高峰月耗用量}{平均月耗用量}$$

$$劳动量消耗不均衡性系数 = \frac{高峰月劳动消耗量}{平均月劳动消耗量}$$

（4）其他指标　如施工临时占地等。

三、新结构、新材料的经济评价

1）采用新结构、新材料的技术经济效果。

① 改善建筑功能，如改善保温、隔热、隔声等功能，以及扩大房屋的有效使用面积等。

② 减轻建筑物自重，节约运输能力，降低工程造价。

③ 有利于缩短施工工期，加快施工的机械化、装配化、工厂化，从而加快了施工速度。

④ 有利于利用废渣、废料，节约能源。

⑤ 减轻施工劳动强度，改善施工作业条件，提高机械化程度，实现文明施工。

2）新结构、新材料的技术经济评价指标。

① 工程造价，这是反映方案经济性的综合指标，一般用预算价格计算。

② 主要材料消耗量，指钢材、水泥、木材、粘土砖等的消耗量。

③ 施工工期，指从开工到竣工的全部日历时间。

④ 劳动消耗量，这个指标反映活劳动消耗量，现场用工与预制用工应分别计算。

⑤ 一次性投资额，指为了采用某种新结构、新材料而需建立的相应的材料加工厂、制品厂等的基建投资。

3）辅助指标。

① 建筑物自重，指采用新结构、新材料后，单位建筑面积建筑物的自重。

② 能源消耗量，指采用新结构、新材料后，在生产制造、运输、施工、安装、使用过程中的年能源消耗量。

③ 工业废料利用量，指采用新结构、新材料后，每平方米建筑面积可利用工业废料的数量。

④ 建筑物使用年限。

⑤ 经常使用费，指采用新结构、新材料后每年的日常使用费及维护修理费等。

在进行方案评价时，应以主要指标作为基本依据。在主要指标间发生矛盾时，应着重考虑造价和主要材料消耗量指标。当主要指标相差不大时，则需分析辅助指标，作为方案评价的补充论证。

四、施工方案经济分析与评价的方法

施工方案总体来说包括前面提到的三大类，具体而言最为常见的有施工机械的选择与调度、人员的安排、运输方案的选择、施工流水作业方案设计、现场总

平面布置等。一般来说，小型工程的方案选择不需要花费大量人力、物力及时间，一般施工管理人员就可完成，但大型工程项目或有各种特殊要求的项目施工方案选择时，就需要进行详细的分析、评价与比较，才能及时做出正确的选择。施工方案选择与评价的方法和本章第一节中施工设计的选择与评价方法类似，常见的同样有多指标综合评价法、单指标评价法及价值分析方法 3 种。但由于设计与施工中的评价指标体系不同，在分析时的着重点也就不同。下面我们将通过实例来对施工中的一些常见问题进行分析与选择。

例 10-3 某机械化施工企业承担了某工程的基坑土方施工，土方量为 20 000m³，平均运土距离为 8km，计划工期为 15 天，每天一班制施工。该企业现有 WY50、WY75、WY100 挖掘机各 2 台以及 5t、8t、10t 自卸汽车各 20 台，其主要参数见表 10-11，表 10-12。

（1）若挖掘机和自卸汽车按表中型号各取一种，WY50 + 5t 自卸、WY75 + 8t 自卸、WY100 + 10t 自卸，哪种组合最经济？相应的每立方米土方的挖土、运输直接费为多少？

（2）根据该公司现有的挖掘机和自卸汽车的数量，完成土方挖运任务每天应安排几台何种型号的挖掘机和几台何种型号的自卸汽车？

（3）根据所安排的挖掘机和自卸汽车数量，该土方工程可在几天内完成？相应的每立方米土方的挖土、运输直接费为多少？

表 10-11 自卸汽车主要参数表

载重能力/t	5	8	10
运距 8km 台班产量/(m³/台班)	32	51	81
台班单价/(元/台班)	413	505	978

表 10-12 挖掘机主要参数表

型 号	WY50	WY75	WY100
容量/m³	0.50	0.75	1.00
台班产量/(m³/台班)	480	558	690
台班单价/(元/台班)	618	689	915

解： 问题（1）

步骤 1 分析各种机械的单位费用。

挖掘机 WY50：$\frac{618}{480}$元/m³ = 1.29 元/m³

WY75：$\frac{689}{558}$元/m³ = 1.23 元/m³

$$WY100: \frac{915}{690} 元/m^3 = 1.33 \ 元/m^3$$

自卸汽车5t: $\frac{413}{32} 元/m^3 = 12.91 \ 元/m^3$

$$8t: \frac{505}{51} 元/m^3 = 9.90 \ 元/m^3$$

$$10t: \frac{978}{81} 元/m^3 = 12.07 \ 元/m^3$$

步骤2　分别计算3种组合的每立方米挖土、运输直接费。

WY50 + 5t 自卸　$(1.29 + 12.91) 元/m^3 = 14.20 \ 元/m^3$

WY75 + 8t 自卸　$(1.23 + 9.90) 元/m^3 = 11.13 \ 元/m^3$

WY100 + 10t 自卸　$(1.33 + 12.07) 元/m^3 = 13.40 \ 元/m^3$

所以"WY75 + 8t 自卸"是最佳经济组合。

问题(2)

步骤1　从费用最低的机械选起。

先选挖掘机,若选取WY75型,则每天需要的台数为:

$$\frac{20\ 000}{558 \times 15} 台 = 2.38 \ 台$$

企业拥有2台WY75,每天完成

$$558 \times 2m^3 = 1\ 116m^3$$

而要满足工期要求,则日产量必需 $\geqslant \frac{20\ 000}{15} m^3 = 1\ 333.3m^3$。另选1台WY50
型挖掘机,日产量达到 $(558 \times 2 + 480)m^3 = 1\ 596m^3$。

步骤2　选择自卸汽车与挖掘机配合。

自卸汽车从8t的选起,要达到日产 $1\ 596m^3$。与开挖量相配合,所需台数为

$$\frac{1\ 596}{51} 台 \approx 31.3 \ 台$$

企业拥有20台8t自卸汽车,全部选用,每天还有不能完工的余土为

$$(1\ 596 - 20 \times 51)m^3 = 576m^3$$

余土由5t和10t自卸汽车进行运输,选取6台10t自卸汽车和3台5t自卸汽
车,则其每天运量为

$$(81 \times 6 + 32 \times 3)m^3 = 582m^3$$

可以满足要求。

每天应安排1台WY50、2台WY75挖掘机和3台5t、6台10t、20台8t自卸
汽车来完成挖运任务。

问题(3)

步骤 1 计算施工天数，即

$$\frac{20\ 000}{1\ 596}\text{天} \approx 13\ \text{天}$$

步骤 2 计算每立方米挖运成本，即

$$[(618 \times 1 + 689 \times 2 + 413 \times 3 + 505 \times 20 + 978 \times 6) \times 13/20\ 000]\ \text{元}/\text{m}^3$$
$$= 12.48\ \text{元}/\text{m}^3$$

第三节 设备方案的更新与选择

一、设备更新概述

（一）设备更新的概念

设备更新是指用技术性能更完善、经济效益更显著的新型设备来替换原有技术上不能继续使用或经济上不宜继续使用的设备。由于现代科学技术日新月异，机器设备的陈旧化越来越快，更新的周期越来越短，为了适应现代化的要求，充分发挥企业的技术优势，对现有设备进行更新具有重要的意义。

（二）机械设备使用中的技术规律

1. 机械设备的损耗及其补偿形式

任何机械设备在长期的使用过程中，会逐渐损耗，从而降低其使用效能，也降低其价值，这就是机械设备的损耗。

机械设备的损耗有以下形式：

（1）有形损耗（又称物质损耗） 它包括使用损耗和自然损耗。

使用损耗是指机械设备在使用过程中的慢性磨损和损伤（包括机械损伤和化学损伤）引起的损耗。这是机械设备损耗中的主要部分。机械设备的使用损耗主要与以下因素有关：负荷程度、机械设备的质量和耐磨程度、机械设备装配和安装的准确性、机械设备的固定程度、设备使用过程中防避外界（如粉尘、水气、高温等）影响的程度、设备的维修情况、工人操作熟练程度。

自然损耗是指由于自然力的作用，如大气中的水分、粉尘和污染物等产生的锈蚀、腐烂造成的有形损耗。

机械设备的有形损耗，可以通过维修工作，使一部分损耗得到修复和补偿。因此，机械设备的有形损耗又可分为可消除的有形损耗与不可消除的有形损耗两类。

（2）无形损耗（又称精神损耗） 产生无形损耗有以下两种原因：一是机械设备的技术结构、性能没有变化，但由于再生产费用下降，价格降低，而使原有同种机械设备发生贬值。二是由于发明了更完善的、高效率的机械设备，使原有同种机械设备的性能相对下降而发生贬值。这两种原因产生的无形损耗，都使得设备继续使用在经济上已不合算而提前淘汰。

针对机械设备损耗的不同形式，应采取不同的措施加以补偿，即进行维修、改造和更新。机械设备的损耗与补偿之间的关系，如图 10-3 所示。

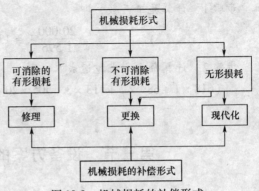

图 10-3　机械损耗的补偿形式

2. 机械设备的磨损规律

机械设备的磨损规律，是指机械设备从投入使用以后，机械设备磨损量随时间变化的关系。这里的磨损是指有形损耗的使用损耗，机械零件的磨损过程通常经历不同的磨损阶段，直至失效。图 10-4 给出的典型的有形磨损特性曲线。

图 10-4 中的纵坐标表示单位

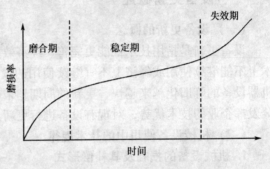

图 10-4　设备磨损曲线规律图

时间的磨损量，称磨损率。通常在磨合期内，磨损率比较大，并是递降的。然后进入一个较长时间的稳定期，磨损率较小。直至某一点，斜率陡升，这意味着磨损急剧增大，失效即将发生。对于一些磨损过程，例如滚动轴承或齿轮中发生的表面疲劳磨损，开始时磨损率可能为零，当工作时间达到一定数值后，点蚀开始出现并迅速扩展，磨损率迅速上升，很快发展为大面积剥落和完全失效。

3. 机械设备故障率变化规律

所谓故障率，就是机械设备在工作的单位时间内发生故障的次数。了解机械设备的磨损规律后，也就好理解机械设备故障变化规律，机械设备故障变化规律和设备磨损规律一样有三个阶段，示意图可参照浴盆曲线（见图 10-5）。

（1）初期故障期　此阶段内故障发生的原因多数是由于设计、制造上的缺陷，零部件磨合关系不好，搬运、拆卸、安装时的缺欠，操作人员不适应造成的。特别对于进口机械设备，操作人员的不熟练造成初期故障率较高，对于使用单位来说，要慎重地进行搬迁、拆卸，严格地进行验收、试运转，以及培训好操作人员等。

（2）偶发故障期　此阶段设备处于正常运转时期，故障率最低，故障的发生主要是由于操作人员的疏忽与错误造成。因此，此时期的工作重点应是落实正

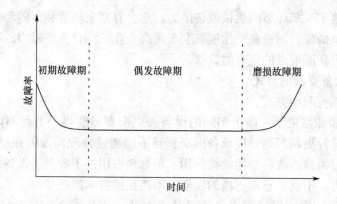

图 10-5 设备故障率变化图

确操作规范，做好日常维护和保养工作。机械设备的寿命在很大程度上决定于正确操作和日常维护。

（3）磨损故障期 由于磨损严重，此阶段机械设备性能劣化而造成故障。为了防止其故障发生，就要在零部件达到极限磨损前加以更换。

（三）设备的寿命

机械设备的更新要求分析设备的寿命周期，以确定最佳的更新周期。设备的寿命周期，不仅要考虑设备的自然寿命，而且还要考虑设备的技术寿命和经济寿命。

（1）设备的自然寿命（设备的物质寿命） 这是由于物质磨损的原因所决定的设备的使用寿命，即设备从开始投入使用，因物质磨损使设备老化、坏损、直至报废为止所经历的时间。一般说，设备的物质寿命较长。

（2）设备的经济寿命 是根据设备的使用费用包括维持费用和折旧来决定的设备的寿命。超过了经济寿命而勉强继续使用，在经济上往往是不合理的。有人把这个阶段叫做"恶性使用阶段"。

（3）设备的技术寿命 由于科学技术的迅速发展，在设备使用过程中出现了技术上更先进、经济上更合理的新型设备，而使现有设备在物质寿命尚未结束前被逐渐淘汰。设备从开始使用，直至因技术落后而被淘汰为止所经历的时间，叫做设备的技术寿命。有时也叫做设备的技术老化周期。

更新机械设备时还有一个要求是，必须有利于提高安全性、环保性，以及减轻工人的劳动强度。另外，机械设备更新必须同加强原有设备的维修和改造结合起来。这是因为在一定时期内，更新机械设备的数量总是有限的。因此，我们应根据需要和可能，除有计划、有重点地更新部分设备外，对于大量的机械设备必须加强维修和改造，以保证生产的不断发展。

最后，在更新机械设备时要注意克服薄弱环节，提高企业的综合生产能力。

由于企业各施工生产环节的机械设备能力，总会有富余环节和薄弱环节，只有先更新薄弱环节的陈、旧设备，才能有利于提高企业的综合生产能力，否则，就难以发挥设备更新所带来的应有的效果。

（四）设备更新的方式

设备更新有两种方式：

（1）设备原型更新　即用相同的设备去更换有形磨损严重而不能继续使用的旧设备。这种更新只是解决设备因磨损且不能通过修理而改善并继续使用的，或即使能通过维修而改善并能继续使用、但修理费用高于购置新设备时所采用的方式。这种方式不具有技术更新的性质，不能促进技术的进步。

（2）通过购置或对原有设备通过技术改造　用技术更先进、结构更完善、效率更高、性能更好、耗费能源和原材料更少的新型设备来替换那些在物理上不能继续或在经济上不宜继续使用的旧设备。采用这种方式进行设备更新的经济分析就是如何确定一个最佳的设备更新时间，也就是在什么时间更新现在的设备在经济上最为有利。

设备更新同技术方案选择一样，应遵循有关的技术政策，进行技术论证和经济分析，做出最佳的选择。如果因设备暂时故障而草率做出报废的决定，或者片面追求现代化，一味购买最新式设备，都会造成资本的流失；而如果延缓设备更新，失去设备更新的最佳时机，同时竞争对手又积极利用现代化设备降低产品成本和提高产品质量时，则企业必定会丧失竞争力。因此，识别设备在什么时间不能再有效地使用、应该怎样更新和何时更新等，是工程经济学要解决的重要问题。

二、设备原型更新的技术经济分析

设备原型更换时，主要通过对设备经济寿命进行分析而做出更新决策。具体来说是分析使一台设备的年平均使用成本最低的年数。设备的使用成本是由两部分组成，一是设备购置费的年分摊额，二是设备的年运行费用（操作费、维修费、材料费及能源耗费等），依据前面设备的故障率与磨损规律分析可知，这部分费用是随着设备使用年限的延长而增加的。例如一辆汽车，随着使用时间的延长，每年分摊的购置投资会减少，但每年支出的汽车修理保养费和燃料费用都会增加，因此投资分摊额的减少会被使用费用的增高所抵消。这就是说，设备在整个使用过程中，其年平均使用总成本是随着使用时间变化的，在最适宜的使用年限内会出现年平均总成本的最低值；而能使用的平均总成本最低的年数，就是设备的经济寿命，如图10-6所示。适时地更换设备，既能促进技术进步、加速经济增长，又能节约资源，提高经济效益。

机器设备在使用过程中发生的费用叫做运行成本，运行成本包括：能源费、

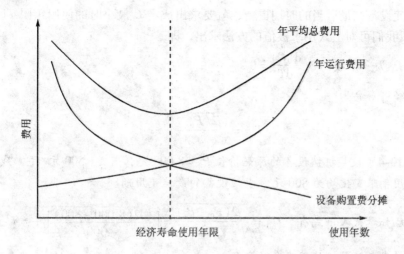

图 10-6 设备的经济寿命

保养费、修理费(包括大修理费)、停工损失、废次品损失等。一般情况下,随着设备使用期的增加,运行成本每年以某种速度在递增,这种运行成本的逐年递增称为设备的劣化。为简单起见,首先假定每年运行成本的劣化增量是均等的,即运行成本呈线性增长;设每年运行成本增加额为 λ,若设备使用 T 年,则第 T 年时的运行成本为

$$C_T = C_1 + (T-1)\lambda$$

式中　C_1——第 1 年的运行成本。

T 年内运行成本的年平均值将为

$$C_{T1} = \frac{\sum C_t}{T} = C_1 + \frac{T-1}{2}\lambda$$

除运行成本外,在使用设备的年总费用中还有每年分摊的设备购置费用,其金额为

$$C_{T2} = \frac{P_0 - P_t}{T}$$

式中　P_0——设备的原始价值;

P_t——设备处理时的残值。

随着设备使用时间的延长,每年分摊的设备费用是逐年下降的,而年均运行成本却逐年线性上升。综合考虑这两个方面的因素,一般来说,随着使用时间的延长,设备使用的年平均总费用的变化规律是先降后升,呈"U"型曲线(见图 10-6)。年平均总费用的计算公式为

$$C = C_{T1} + C_{T2} = C_1 + \frac{T-1}{2}\lambda + \frac{P_0 - P_t}{T}$$

要使设备在最适当的时期更新，就要求出成本 C 最小时的使用年限 T(经济寿命)，我们可对上式用求极值的方法求出，即

设 P_t 为一常数，令 $\dfrac{\mathrm{d}(C)}{\mathrm{d}T}=0$

则经济寿命为

$$T_{opt}=\sqrt{\dfrac{2(P_0-P_t)}{\lambda}}$$

例10-4 设某机械设备的原始价值 $P_0=8\,000$ 元，若 $\lambda=300$ 元/年，残值 P_t 不随使用年限变化均为 800 元，求该设备的最佳使用期。

把已知量代入上式有 $T_{opt}=\sqrt{\dfrac{2(P_0-P_t)}{\lambda}}=\left[\sqrt{\dfrac{2(8\,000-800)}{300}}\right]$ 年 $=7$ 年

即该设备的最优使用寿命为 7 年。

但如果该设备的残值不是常数，即 P_t 会随使用年限不同而无规律变动；运行成本不呈线性增长趋势，即不存在恒定的 λ 时，可根据历史记录或预测用列表法来判断设备的经济寿命。

例10-5 某机械设备原始价值为 10 万元，物理寿命为 8 年，设备的年运行费用及各使用年限的年末残值(即设备经济寿命)见表 10-13，求该设备何时更新为宜。

表10-13 设备经济寿命的计算 （单位:万元）

使用年限	运行成本	年末残值	平均运行成本	平均设备费用	年平均总成本
①	②	③	④$=\dfrac{\sum②}{①}$	⑤$=\dfrac{10-③}{①}$	⑥$=④+⑤$
1	1	6	1	4	5
2	1.2	5	1.1	2.5	3.6
3	1.4	4.5	1.2	1.83	3.03
4	1.5	4	1.28	1.5	2.78
5	1.7	3	1.36	1.4	2.76
6	1.9	2.5	1.45	1.25	2.7
7	2.0	2	1.53	1.14	2.67 *
8	2.1	1	1.6	1.13	2.73

从表 10-13 可知，设备的年平均总成本在第 7 年时最低，其值为 26 700 元，即该设备应在使用 7 年后更新。

例10-6 例 10-7 的经济寿命计算没有考虑资金的时间价值，如果考虑资金

的时间价值，则设 $i_c = 15\%$ ，试计算例 10-7 中设备的经济寿命。

解：列表计算，见表 10-14。

表 10-14　设备经济寿命的计算（ $i_c = 15\%$ ）　　　　（单位:万元）

使用年限	运行成本	残值	现值系数 $(P/F, 15\%, n)$	运行成本在第 1 年初的现值	残值在第 1 年的现值	运行成本设备费用现值和	年金系数 $(A/P, 15\%, n)$	年平均总成本
①	②	③	④	⑤ = $\sum(②\times④)$	⑥ = ③×④	⑦ = 10+⑤－⑥	⑧	⑨ = ⑦×⑧
1	1	6	0.869 6	0.869 6	5.217 6	5.652	1.150 0	6.499 8
2	1.2	5	0.756 1	1.776 92	3.780 5	7.996 42	0.615 1	4.918 598
3	1.4	4.5	0.657 5	2.697 42	2.958 75	9.738 67	0.438 0	4.265 537
4	1.5	4	0.571 8	3.555 12	2.287 2	11.267 92	0.350 5	3.949 406
5	1.7	3	0.497 2	4.400 36	1.491 6	12.908 76	0.298 3	3.850 683
6	1.9	2.5	0.432 3	5.221 73	1.080 75	14.140 98	0.264 2	3.736 047
7	2	2	0.375 9	5.973 53	0.751 8	15.221 73	0.240 4	3.659 304
8	2.1	1	0.326 9	6.660 02	0.326 9	16.333 12	0.222 9	3.640 652

因为年平均总成本最小值为第 8 年时的值，所以该设备应在第 8 年后更新，说明当考虑资金的时间价值时，设备的经济寿命和物理寿命相同，即使用该设备至其报废时才进行更新。

复 习 题

1. 某校专家楼在设计时设计师考虑选择家用中央空调系统。该楼每幢各三层，建筑面积大约都在 230m² ，每幢楼需要配备空调的房间有 8 间，如选择水系统家用中央空调系统，需要配置 9 台室内风盘。现有两种品牌的家用中央空调系统供选择：

A 型　购置费（包括安装费用）为 7.6 万元，年平均运行费用 4 260 元。

B 型　购置费（包括安装费用）为 6.0 万元，年平均运行费用 5 080 元。

空调平均使用寿命为 20 年，均无残值。基准收益率为 6%。

（1）用单指标评价方法选择最优型号。

（2）与 B 型相比，A 型为一知名品牌，具有低故障率、稳定性好、运行可靠、智能化程度高、售后服务体系完善等优势。试综合考虑以上因素，对各方案进行对比评分，并对进行方案优选。

2. 某工程项目进行施工方案设计时，为了选择、确定刷浆工程的质量、进度和成本，已初选出石灰浆、大白浆、水泥色浆和聚合物水泥浆 4 种浆液类型。根据调查资料和实践经验，已定出各评价要素的权重及方案的评分值（见表 10-15）。试对各方案进行比选。

表 10-15 各用浆方案评分表

序号	评价要素	权重(%)	方案评分值			
			石灰浆	大白浆	水泥色浆	聚合物水泥浆
1	质量	30	75	80	90	100
2	成本	40	100	95	90	85
3	进度	10	100	100	85	90
4	操作难度	5	100	95	90	90
5	技术成熟度	15	100	100	95	95

3. 某工程需制作一条 10m 长的钢筋混凝土梁,可采用 3 种设计方案(见表 10-16),经测算,A、B、C 3 种标号的混凝土的制作费分别为 220 元/m³,230 元/m³,225 元/m³,梁侧模的摊销费为 24.8 元/m²,钢筋制作、绑扎费用为 3 390 元/t,问哪个方案最优?

表 10-16 混凝土梁的 3 种方案

方 案	梁断面尺寸	钢筋混凝土/(kg/m³)	混凝土标号
1	300mm × 900mm	95	A
2	500mm × 600mm	80	B
3	300mm × 800mm	105	C

4. 某厂因生产需要 3 年前花 1 800 元买了一台抽水机,年度使用费为 1 000 元,估计还能使用 5 年,不计残值。现在,该厂又有一个机会,花 2 700 元可以购买一台新的抽水机,估计寿命为 5 年,也不计残值,年度使用费为 400 元。假如现在购买新抽水机,旧抽水机可以以 200 元售出,基准贴现率为 6%。问企业是否应该淘汰原有抽水机?

5. 某种机器,原始费用为 2 000 元,第一年年度使用费为 1 000 元,以后每年增加 200 元,任何时候都不计残值。不计利息,求机器的经济寿命。

6. 有一台机器,原始费用为 20 000 元。表 10-17 列出了机器各年的使用费和各服务年年末的残值。假如 $i_c = 10\%$,求这台机器的经济寿命。

表 10-17 机器的年使用费和年末残值 (单位:元)

服务年数	年度使用费	年末残值	服务年数	年度使用费	年末残值
1	2 200	10 000	6	7 700	5 000
2	3 300	9 000	7	8 800	4 000
3	4 400	8 000	8	9 900	3 000
4	5 500	7 000	9	11 000	2 000
5	6 600	6 000	10	12 100	1 000

7. 5 年前花 27 000 元在工厂安装了一套输送设备系统,估计系统的使用寿命为 20 年,年度使用费为 1 350 元。由于输送的零件数增加了 1 倍,现有两种方案可供选择。

方案 A 保留原输送设备系统,再花 22 000 元安装一套输送能力、使用寿命、年度使用费等和原系统完全相同的输送设备系统。

方案 B　花 31 000 元安装一套输送能力增加一倍的系统，其年度使用费为 2 500 元，使用寿命为 20 年。安装此系统后，原系统能以 6 500 元售出。

三种系统使用寿命期末的残值均为原始费用的 10%，$i_c = 12\%$，选择研究期为 15 年，试比较 A、B 两种方案。

8. F 企业正在进行设备的更新。旧设备是 5 年前用 100 000 元安装的，目前残值为 35 000 元，以后每年贬值 4 000 元。保留使用一年的年使用费为 65 000 元，以后每年增加 3 000 元。新设备的安装成本为 130 000 元，经济寿命为 8 年，8 年末的残值为 10 000 元，年度使用费固定为 49 000 元，假如公司的基准贴现率为 15%。问：

（1）旧设备是否马上更换？

（2）如果要更换，何时更换最经济？

9. 某企业两年前花 80 000 元购买了一台施工设备，设备在以后 5 年服务寿命中，其年度使用费分别为 2 000 元，10 000 元，18 000 元，26 000 元和 34 000 元，目前的残值为 40 000 元，以后各年的残值均为零。

市场上有一种新的该种设备，原始费用为 70 000 元，在 5 年服务寿命中年度使用费固定为 8 000 元，任何时候的残值均为零。如果 $i_c = 8\%$，试计算两种设备 5 年中的等值年度费用，并求出新旧设备的经济寿命。考虑 5 年研究期，应采用哪种设备？

第十一章

经济评价案例——某钢铁联合企业财务评价

为了掌握财务评价和不确定性分析等内容，使理论与实践紧密结合，本章改编了某钢铁联合企业的财务评价案例。本案例以某新建钢铁项目为背景，演示了一个钢铁联合企业的财务分析简单的过程。大型钢铁联合企业包括原料场、烧结、焦化、球团、炼铁、炼钢、连铸、热连轧、冷连轧等主要生产厂及与之配套的辅助公用设施，其生产工序连续，投入产出关系复杂，本案例没有对联合企业内部的投入产出关系以及相关的费用与效益流量进行深入的梳理和分析，而是抓住外部原材料投入与成品钢材产出两个环节，界定了项目的财务边界，简化了分析过程。同时，本案例利用历史统计资料，结合对未来我国经济发展趋势与市场形势的分析，对项目的主要产品和主要原材料的价格进行了相对可靠的预测，保证项目经济评价结论的可信性。案例分析中价格预测方法的总结对大多数项目也有借鉴意义。在学习本案例时要注意理清表格中数据的来龙去脉，并掌握根据表格数据计算有关的经济评价指标的方法。

一、概述

1949 年新中国成立时，我国的钢铁年产量不足百万吨，到 2005 年已实现钢产量 3.5 亿 t，钢材产量 3.7 亿 t，钢铁产能已超过全世界的 1/3。目前，我国钢铁产品的生产能力与年产量都居世界首位。今后的工作重点将放在淘汰落后设备、提高企业集中度、节能降耗、增强产品竞争力方面。本案例讲述的是在沿海某地规划建设一座大型联合钢铁企业以替代该地区众多的小型钢铁企业。本项目所在地临近港口，铁路，公路系统发达，交通便利。

建设内容包括：原料场、烧结、焦化、球团、炼铁、炼钢、连铸、热连轧、冷连轧等主要生产厂及与之配套的辅助公用设施。项目生产所需的铁矿石拟主要依靠进口，煤炭、石灰石、白云石由周边地区采购，电力需求除自供外，不足部分由当地电网供应。

二、项目基础数据

本案例中的大型联合钢铁企业设计年产烧结矿 1 010.7 万 t、球团 389.1 万 t、焦炭 233.5 万 t、铁水 898.2 万 t、转炉钢水 950.4 万 t、连铸坯 926.6 万 t、热轧商品板卷 351.8 万 t、冷轧商品板卷共计 505.0 万 t（其中：冷轧商品板卷 213.0 万 t、冷轧镀锌商品板卷 192.0 万 t、冷轧硅钢板卷 100.0 万 t）。

项目建设期 4 年，生产期 20 年，项目建成后第 1 年达产 60%，第 2 年达产 90%，第 3 年达产 100%。

三、财务评价

（一）价格预测

按照《建设项目经济评价方法与参数》（第三版）的要求，财务评价"采用以市场价格体系为基础的预测价格"。在实际工作中，对于固定资产投资，通行做法是按照国家有关部门发布的价格变动指数作相应调整（即在投资中增加涨价预备金项），当涨价预备金系数为零时，固定资产投资按编制时的价格计算（涨价预备金项为零）。对产品销售价格、成本价格，通常有以下做法：一种是在建设期内考虑价格变动因素，预测一套投产开始时的投入产出价格，生产期内价格不再变动；另一种是在整个项目评价期内，投入产出的各种价格各自按照一定规律进行变动。

本案例中的产品销售价格、成本价格将按照上述第一种方法选取。根据钢铁企业项目的特点，主要选取钢铁产品的销售价格和矿石、煤炭等的成本价格进行预测。

通过近 8～10 年的统计资料显示，国内和国际钢材市场的价格变化规律基本相同，说明我国钢铁市场基本上与国际市场接轨，甚至有时中国的市场需求对国际市场价格会产生决定性的影响。

财务分析中各种投入产出物价确定的原则是：建设期各年采用时价（考虑通货膨胀因素），生产期各年均采用建设期末价格（生产期不考虑通货膨胀因素）。

1. 价格确定的背景（设 2006 年为基期）

20 世纪 90 年代以来，随着国民经济快速稳定发展，我国钢材生产和消费增长较快。1996 年，我国钢产量首次突破 1 亿 t，跃居为世界第一产钢大国；到 2005 年我国的钢产量已经达到 3.5 亿 t。

进入 21 世纪，随着世界经济的复苏和结构调整的加快，特别是我国经济的快速发展使我国钢铁工业呈现持续高增长的发展态势，令世人瞩目。钢铁的高增长，为我国用钢行业的快速发展提供了基础原材料保障，为我国国民经济的发展作出了巨大的贡献，并为推动世界钢铁工业的发展做出了巨大贡献。同时，我国国内市场需求旺盛，也为钢铁工业快速发展提供了广阔的市场空间，城市化进程的加快，消费结构的升级、"世界加工中心"向中国转移等，为钢铁需求持续提升注入了活力。

2002年以来，在需求高速增长的带动下，我国钢铁行业更是得到了前所未有的快速发展，钢铁产品的价格也进入了快速增长期，在钢铁行业高利润的刺激下，产能的增长超过市场需求，造成上游能源、资源的短缺，2005年下半年，由于产能的集中释放，造成市场供过于求，钢材价格又开始快速下跌，尤其以板材价格更为明显，在上下游市场的双重挤压和国家政策的宏观调控下，钢材价格的波动逐渐加大。

为使经济分析采用的计算价格更趋于合理，在确定主要投入产出物价格时，收集了近10年的实际价格，并根据我国钢铁工业发展的具体情况，分段进行了整理分析。

2. 价格的确定

经过对历史价格的分析发现，1994～2001年投入产出物的价格水平呈上下波动状态，价格与时间相关度不大，只在1994、1995年出现了一个小高峰，1996～2001年均较平稳，而在2002年以后，尤其是2003年、2004年和2005年上半年，钢材及原燃料价格呈现快速上升态势，详见图11-1～图11-10和表11-1。

经过上述对最近十年的价格分析，确定的基期价格见表11-2，在确定基期价格及其建设期增长率时，主要考虑以下因素：

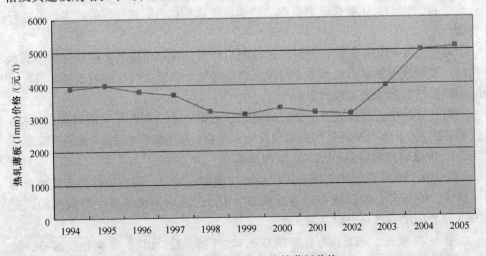

图11-1　1994～2005年热轧薄板价格

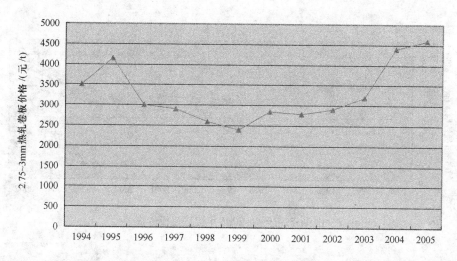

图 11-2 1994~2005 年热轧卷板价格

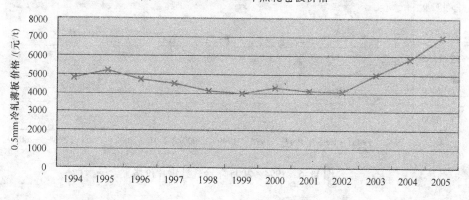

图 11-3 1994~2005 年冷轧薄板价格

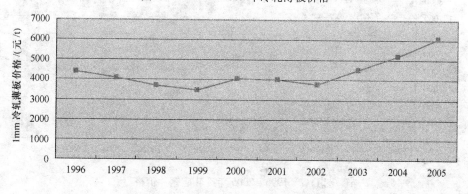

图 11-4 1996~2005 年冷轧薄板价格

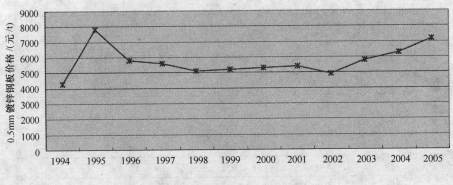

图 11-5　1994～2005 年镀锌钢板价格

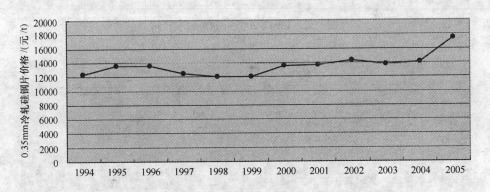

图 11-6　1994～2005 年冷轧硅钢片价格

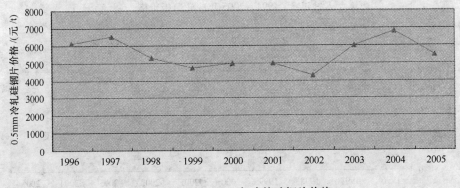

图 11-7　1996～2005 年冷轧硅钢片价格

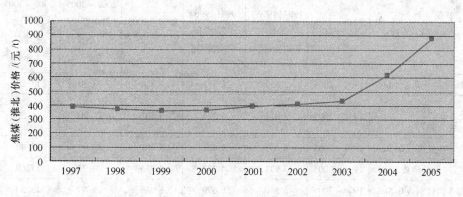

图 11-8　1997~2005 年淮北焦煤价格

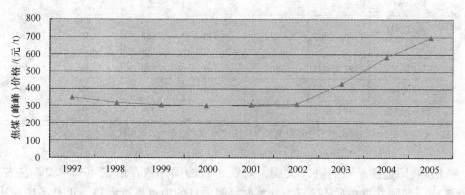

图 11-9　1997~2005 年峰峰焦煤价格

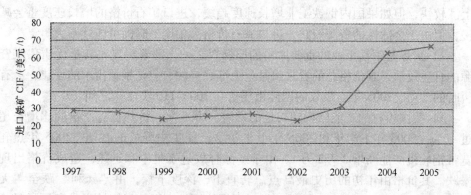

图 11-10　1994~2005 年进口铁矿石价格

表 11-1 钢铁产品及主要原燃料平均价及增长率（单位：人民币元）

序号	品种	起止年份	1994(1996)~2001年平均价/元/t	1994(1996)~2005年平均价/元	2002~2005年平均价/元	2002~2005年简单算术年平均增长率(%)	2002~2005年环比递增率(%)
1	热轧薄板 1mm	1994~2005	3 557	3 811	4 320	20.30	17.20
2	热轧卷板 2.75~3mm	1994~2005	3 011	3 274	3 801	21.90	18.30
3	冷轧薄板 0.5mm	1994~2005	4 533	4 821	5 397	22.00	18.40
4	冷轧薄板 1mm	1994~2005	3 971	4 357	4 936	20.90	17.60
5	镀锌钢板 0.5mm	1994~2005	5 530	5 699	6 036	15.40	13.50
6	冷轧硅钢片 0.35mm	1994~2005	12 786	13 469	14 834	9.70	8.90
7	冷轧硅钢片 0.5mm	1996~2005	5 434	5 533	5 682	7.90	7.30
8	焦煤(淮北)	1997~2005	363	464	589	37.90	28.80
9	焦煤(峰峰)	1997~2005	322	405	509	37.90	28.80
10	进口铁矿石	1997~2005	218	288	376	56.50	39.10

注：进口铁矿石的价格由图 11-10(以美元为单位)按 1 美元 = 8 元人民币换算。

1）我国是铁矿石的进口大国，对铁矿石的国际依存度在 40%~50% 左右。2005 年，我国共进口矿石 2.7 亿 t。本案例项目的地点靠近港口，正是考虑使用进口矿石的有利条件，故项目所用矿石按 100% 进口考虑，进口矿石的价格今年上涨较快，但如果国内钢铁工业增长速度趋缓，进口矿石价格的增长速度将会减慢，但由于全球性的资源短缺，进口矿石价格大幅度下降的可能性不大。

2）焦煤是钢铁工业的重要原料的原燃料之一，随着焦煤尤其是优质焦煤资源的日益短缺，其价格总的看来将是呈上涨趋势的，只是根据需求的变化，会有暂时的波动。2005 年，焦煤的国际市场价在 100~110 美元/t 之间。

3）我国板材的产能已得到长足的发展。2005 年，冷热板卷产量同比增长超过 40%，2005 年下半年和 2006 年上半年是产能集中释放的时期。2005 年热轧宽带钢轧机产能新增 2 722 万 t。由于产品释放过于集中和迅速，造成价格出现暴跌。其价格由年初的历史最高点急转直下，深度下探，由“暴利”跌至“无利可图”，跌幅达 48.9%，最近已经低于螺纹钢的水平。但钢铁产品和原材料价格回落速度的时间差别，使得钢材价格的下跌首先遭遇回落速度较慢的总成本水平的拦截，因为钢材价格不能长期低于生产成本。同时，随着钢铁产业政策的贯彻，一批落后产能的淘汰，也将会腾出一些市场空间。钢材价格将会回落到一个理性水平，但供大于求的局面已经形成，板材的暴利时代已经结束，回落后将进入微利时代。

4）转变经济增长方式的呼声日益强烈，原来的经济增长偏重于量，对于具体的经济质量却考虑得不多，钢铁行业尤为突出，以往的经济高增长在相当程度上是靠高投入支撑的。今后一段时期，钢铁行业发展的着力点是调整结构、转变增长方式、提高经济运行质量和效益，因此，钢铁工业高增长的发展态势将会趋缓，但中国传统工业化阶段尚未结束，钢材消费力度仍处于历史较强阶段。只要全球经济不发生大的危机，只要中国钢材消费不出现绝对量的减少，钢铁行业发展仍会处于稳定增长态势。

5）本项目的产品立足于高端领域，项目装备水平在今后若干年内应属全国一流，因此，其产品具有一定的市场竞争力，产品价格与普通板材相比，应有一定差异。

基期价格及其建设期增长率选取结果见表11-2。

表11-2　产品及主要原燃料基期价格及建设增长率

序号	品　种	基期价格(不含税)/(元/t)	建设期平均年增长率(%)
1	热轧薄板1mm	3 900	4
2	热轧卷板2.75~3mm	3 300	3
3	冷轧薄板0.5mm	4 600	4
4	冷轧薄板1mm	4 200	3.5
5	镀锌板0.5mm	4 800	3.5
6	冷轧硅钢片0.35mm	14 500	5
7	冷轧硅钢片0.5mm	5 800	5
8	焦煤(淮北)	850	10
9	焦煤(峰峰)	730	10
10	进口铁矿	533.8	8

（二）项目总投资与资金筹措

项目建设总投资6 342 000.0万元，建设期利息442 468.7万元，流动资金648 969.9万元，其中铺底流动资金194 691.0万元。项目总投资合计7 433 438.8万元。项目建设投资估算见表11-3——财务分析辅助报表1。

项目建设投资6 342 000.0万元，其中3 805 200.0万元由人民币贷款解决，贷款年利率为6.12%，其余2 536 800.0万元由项目各投资方出资(资本金)解决。计算见表11-4——财务分析辅助报表2。

表 11-3 财务分析辅助报表 1——建设投资估算表

序号	项目名称	估算价值/万元				
		建设工程	安装工程	设备	其他	合计
1	料场及原料运输	11 000.0	4 000.0	100 000.0		115 000.0
2	(2×600m²)烧结	57 000.0	13 000.0	86 000.0		156 000.0
3	球团	8 000.0	4 000.0	19 000.0		31 000.0
4	(4×60孔)焦炉	188 000.0	18 000.0	194 000.0		400 000.0
5	压差发电系统	5 000.0	2 000.0	11 000.0		18 000.0
6	白灰窑	3 000.0	2 000.0	10 000.0		15 000.0
7	(2×5 500m³)高炉炼铁系统	182 000.0	38 000.0	310 000.0		530 000.0
8	废钢加工	6 000.0	1 000.0	9 000.0		16 000.0
9	(1×300t+3×300t)转炉炼钢系统	144 000.0	22 000.0	254 000.0		420 000.0
10	(2×2流)常规板坯连铸系统	26 000.0	6 000.0	96 000.0		128 000.0
11	(2×2流)常规板坯连铸系统	20 000.0	5 000.0	103 000.0		128 000.0
12	2 250mm 热连轧系统	72 000.0	35 000.0	320 000.0		427 000.0
13	1 780mm 热连轧系统	58 000.0	30 000.0	256 000.0		344 000.0
14	2 230mm 热连轧系统	98 000.0	42 000.0	533 000.0		673 000.0
15	1 700mm 热连轧系统	86 000.0	34 000.0	410 000.0		530 000.0
16	1 550mm 热连轧系统	54 000.0	19 000.0	207 000.0		280 000.0
17	冷轧硅钢轧机车间	61 000.0	52 000.0	227 000.0		340 000.0
18	全厂公用与辅助设施	301 000.0	65 000.0	474 000.0		840 000.0
19	总图运输设施	140 000.0	0.0	0.0		140 000.0
20	厂区土方工程及地基处理	180 000.0	0.0	0.0		180 000.0
	合计(1~20)	1 700 000.0	392 000.0	3 619 000.0		5 711 000.0
21	工程建设其他费用(含摊销费 15 000.0 万元)				343 000.0	343 000.0
22	预备费				303 000.0	303 000.0
	建设投资合计(1~22)	1 700 000.0	392 000.0	3 619 000.0	646 000.0	6 357 000.0

表 11-4　财务分析辅助报表 2——项目总投资使用计划与资金筹措表格　　　（单位:万元,万美元）

序号	项 目	合 计			1			2			3		
		人民币	外币	小计	人民币	外币	小计	人民币	外币	小计	人民币	外币	小计
1	总投资	7 433 438.5			968 765.9			19 872 463.5			2 365 248.9		
1.1	建设投资	6 342 000.0			951 300.0			1 902 600.0			2 219 700.0		
1.2	建设期利息	442 468.7			17 465.9			69 863.5			145 548.9		
1.3	流动资金	648 969.9											
2	资金筹措	7 433 438.5			968 765.9			1 972 463.5			2 365 248.9		
2.1	项目资本金	3 173 959.6			397 985.9			830 903.5			1 033 428.9		
2.1.1	用于建设投资	2 536 800.0			380 520.0			761 040.0			887 880.0		
2.1.2	用于流动资金	194 691.0											
2.1.3	用于建设期利息	442 468.7			17 465.9			69 863.5			145 548.9		
2.2	债务资金	4 259 478.9			570 780.0			1 141 560.0			1 331 820.0		
2.2.1	C 贷款额	3 805 200.0			570 780.0			1 141 560.0			1 331 820.0		
	用于建设投资	3 805 200.0			570 780.0			1 141 560.0			1 331 820.0		
	D 贷款额												
2.2.2	用于建设期利息												
2.2.3	用于流动资金	454 278.9											

（续）

序号	项目	4			5			6			7		
		人民币	外币	小计	人民币	外币	小计	人民币	外币	小计	人民币	外币	小计
1	总投资	1 477 990.4			437 121.3			159 690.1			52 158.5		
1.1	建设投资	1 268 400.0											
1.2	建设期利息	209 590.4											
1.3	流动资金				437 121.3			159 690.1			52 158.5		
2	资金筹措	1 477 990.4			437 121.3			159 690.1			52 158.5		
2.1	项目资本金	716 950.4			131 136.4			47 907.0			15 647.5		
2.1.1	用于建设投资	507 360.0											
2.1.2	用于流动资金				131 136.4			47 907.0			15 647.5		
2.1.3	用于建设期利息	209 590.4											
2.2	债务资金	761 040.0			305 984.9			111 783.1			36 510.9		
2.2.1	用于建设投资	761 040.0											
	C 贷款额	761 040.0											
	D 贷款额												
2.2.2	用于建设期利息												
2.2.3	用于流动资金				305 984.9			111 783.1			36 510.9		

表11-5 财务分析辅助报表3——流动资金估算表

(单位:万元)

序号	项目	周转次数	1	2	3	4	5	6	7	8	9	10	11	12
									计 算 期					
1	流动资产						566 342.7	790 893.5	864 672.3	864 672.3	864 672.3	864 672.3	864 672.3	864 672.3
1.1	应收账款	10.3					194 872.8	271 002.8	295 938.3	295 938.3	295 938.3	295 938.3	295 938.3	295 938.3
1.2	存货	8.0					330 973.5	477 408.8	525 968.3	525 968.3	525 968.3	525 968.3	525 968.3	525 968.3
1.2.1	原材料						99 789.0	149 683.5	166 315.0	166 315.0	166 315.0	166 315.0	166 315.0	166 315.0
1.2.2	辅助材料	14.4					13 997.3	20 996.0	23 328.8	23 328.8	23 328.8	23 328.8	23 328.8	23 328.8
1.2.3	燃料动力	18.0					28 809.8	43 214.7	48 016.4	48 016.4	48 016.4	48 016.4	48 016.4	48 016.4
1.2.4	在产品	24.0					77 021.5	108 655.9	119 200.7	119 200.7	119 200.7	119 200.7	119 200.7	119 200.7
1.2.5	产成品	18.0					111 355.9	154 858.8	169 107.6	169 107.6	169 107.6	169 107.6	169 107.6	169 107.6
1.3	现金	12.0					40 496.4	42 481.9	42 765.5	42 765.5	42 765.5	42 765.5	42 765.5	42 765.5
1.4	预付账款													
2	流动负债						129 721.4	194 582.1	216 202.4	216 202.4	216 202.4	216 202.4	216 202.4	216 202.4
2.1	应付账款	10.3					129 721.4	194 582.1	216 202.4	216 202.4	216 202.4	216 202.4	216 202.4	216 202.4
2.2	预收账款													
3	流动资金						436 621.3	596 311.4	648 469.9	648 469.9	648 469.9	648 469.9	648 469.9	648 469.9
4	流动资金当期增加额	648 469.9					436 621.3	159 690.1	52 158.5					

（续）

序号	项目	计算期											
		13	14	15	16	17	18	19	20	21	22	23	24
1	流动资产	864 672.3	864 672.3	864 672.3	864 672.3	864 672.3	864 672.3	864 672.3	864 672.3	864 672.3	864 672.3	864 672.3	864 672.3
1.1	应收账款	295 938.3	295 938.3	295 938.3	295 938.3	295 938.3	295 938.3	295 938.3	295 938.3	295 938.3	295 938.3	295 938.3	295 938.3
1.2	存货	525 968.4	525 968.4	525 968.4	525 968.4	525 968.4	525 968.4	525 968.4	525 968.4	525 968.4	525 968.4	525 968.4	525 968.4
1.2.1	原材料	166 315.0	166 315.0	166 315.0	166 315.0	166 315.0	166 315.0	166 315.0	166 315.0	166 315.0	166 315.0	166 315.0	166 315.0
1.2.2	辅助材料	23 328.8	23 328.8	23 328.8	23 328.8	23 328.8	23 328.8	23 328.8	23 328.8	23 328.8	23 328.8	23 328.8	23 328.8
1.2.3	燃料动力	48 016.4	48 016.4	48 016.4	48 016.4	48 016.4	48 016.4	48 016.4	48 016.4	48 016.4	48 016.4	48 016.4	48 016.4
1.2.4	在产品	119 200.7	48 016.4	48 016.4	48 016.4	48 016.4	48 016.4	48 016.4	48 016.4	48 016.4	48 016.4	48 016.4	48 016.4
1.2.5	产成品	169 107.6	169 107.6	169 107.6	169 107.6	169 107.6	169 107.6	169 107.6	169 107.6	169 107.6	169 107.6	169 107.6	169 107.6
1.3	现金	42 765.5	42 765.5	42 765.5	42 765.5	42 765.5	42 765.5	42 765.5	42 765.5	42 765.5	42 765.5	42 765.5	42 765.5
1.4	预付账款												
2	流动负债	216 202.4	216 202.4	216 202.4	216 202.4	216 202.4	216 202.4	216 202.4	216 202.4	216 202.4	216 202.4	216 202.4	216 202.4
2.1	应付账款	216 202.4	216 202.4	216 202.4	216 202.4	216 202.4	216 202.4	216 202.4	216 202.4	216 202.4	216 202.4	216 202.4	216 202.4
2.2	预收账款												
3	流动资金	648 469.9	648 469.9	648 469.9	648 469.9	648 469.9	648 469.9	648 469.9	648 469.9	648 469.9	648 469.9	648 469.9	648 469.9
4	流动资金当期增加额												

表 11-6　财务分析报表 1——总成本费用估算表

（单位:万元）

| 序号 | 项目 | 合计 | 计算期 | | | | | | | | | | | | |
			1	2	3	4	5	6	7	8	9	10	11	12
1	外购原材料费	22 175 330.9					682 317.9	1 023 476.8	1 137 196.5	1 137 196.5	1 137 196.5	1 137 196.5	1 137 196.5	1 137 196.5
2	辅助材料费用	5 598 923.4					172 274.6	258 411.8	287 124.3	287 124.3	287 124.3	287 124.3	287 124.3	287 124.3
3	外购燃料及动力费	15 589 762.9					479 685.0	719 527.5	799 475.0	799 475.0	799 475.0	799 475.0	799 475.0	799 475.0
4	工资及福利费	513 005.5					25 650.3	25 650.3	25 650.3	25 650.3	25 650.3	25 650.3	25 650.3	25 650.3
5	修理费	3 805 200.0					190 260.0	190 260.0	190 260.0	190 260.0	190 260.0	190 260.0	190 260.0	190 260.0
6	其他制造费用	2 283 120.0					114 156.0	114 156.0	114 156.0	114 156.0	114 156.0	114 156.0	114 156.0	114 156.0
7	其他管理费用	2 300 900.0					115 045.0	115 045.0	115 045.0	115 045.0	115 045.0	115 045.0	115 045.0	115 045.0
8	其他营业费用	1 330 871.5					40 845.2	64 671.5	68 075.3	68 075.3	68 075.3	68 075.3	68 075.3	68 075.3
9	经营成本	53 597 114.1					1 820 233.9	2 511 199.0	2 736 982.3	2 736 982.3	2 736 982.3	2 736 982.3	2 736 982.3	2 736 982.3
10	折旧费	6 445 245.2					322 262.3	322 262.3	322 262.3	322 262.3	322 262.3	322 262.3	322 262.3	322 262.3
11	摊销费	15 000.0					3 000.0	3 000.0	3 000.0	3 000.0	3 000.0			
12	利息支出	1 544 615.2					249 952.2	227 079.9	200 007.4	170 897.7	141 787.9	112 678.1	83 568.3	54 458.5
13	总成本费用合计	61 601 974.6					2 395 448.3	3 063 541.1	3 262 252.0	3 233 142.2	3 204 032.4	3 171 922.7	3 142 812.9	3 113 703.1
	其中:可变成本	45 589 068.1					1 604 652.2	2 260 831.8	2 457 840.8	2 428 731.0	2 399 621.3	2 370 511.5	2 341 401.7	2 312 291.9
	固定成本	16 012 906.5					790 796.1	802 709.3	804 411.2	804 411.2	804 411.2	804 411.2	804 411.2	804 411.2

（续）

序号	项目	13	14	15	16	17	18	19	20	21	22	23	24
						计　算　期							
1	外购原材料费	1 137 196.5	1 137 196.5	1 137 196.5	1 137 196.5	1 137 196.5	1 137 196.5	1 137 196.5	1 137 196.5	1 137 196.5	1 137 196.5	1 137 196.5	1 137 196.5
2	辅助材料费用	287 124.3	287 124.3	287 124.3	287 124.3	287 124.3	287 124.3	287 124.3	287 124.3	287 124.3	287 124.3	287 124.3	287 124.3
3	外购燃料及动力费	799 475.0	799 475.0	799 475.0	799 475.0	799 475.0	799 475.0	799 475.0	799 475.0	799 475.0	799 475.0	799 475.0	799 475.0
4	工资及福利费	25 650.3	25 650.3	25 650.3	25 650.3	25 650.3	25 650.3	25 650.3	25 650.3	25 650.3	25 650.3	25 650.3	25 650.3
5	修理费	190 260.0	190 260.0	190 260.0	190 260.0	190 260.0	190 260.0	190 260.0	190 260.0	190 260.0	190 260.0	190 260.0	190 260.0
6	其他制造费用	114 156.0	114 156.0	114 156.0	114 156.0	114 156.0	114 156.0	114 156.0	114 156.0	114 156.0	114 156.0	114 156.0	114 156.0
7	其他管理费用	115 045.0	115 045.0	115 045.0	115 045.0	115 045.0	115 045.0	115 045.0	115 045.0	115 045.0	115 045.0	115 045.0	115 045.0
8	其他营业费用	68 075.3	68 075.3	68 075.3	68 075.3	68 075.3	68 075.3	68 075.3	68 075.3	68 075.3	68 075.3	68 075.3	68 075.3
9	经营成本	2 736 982.3	2 736 982.3	2 736 982.3	2 736 982.3	2 736 982.3	2 736 982.3	2 736 982.3	2 736 982.3	2 736 982.3	2 736 982.3	2 736 982.3	2 736 982.3
10	折旧费	32 262.3	32 262.3	32 262.3	32 262.3	32 262.3	32 262.3	32 262.3	32 262.3	32 262.3	32 262.3	32 262.3	32 262.3
11	摊销费												
12	利息支出	25 348.8	25 348.8	25 348.8	25 348.8	25 348.8	25 348.8	25 348.8	25 348.8	25 348.8	25 348.8	25 348.8	25 348.8
13	总成本费用合计	3 084 593.3	3 084 593.3	3 084 593.3	3 084 593.3	3 084 593.3	3 084 593.3	3 084 593.3	3 084 593.3	3 084 593.3	3 084 593.3	3 084 593.3	3 084 593.3
	其中:可变成本	2 283 182.1	2 283 182.1	2 283 182.1	2 283 182.1	2 283 182.1	2 283 182.1	2 283 182.1	2 283 182.1	2 283 182.1	2 283 182.1	2 283 182.1	2 283 182.1
	固定成本	804 411.2	804 411.2	804 411.2	804 411.2	804 411.2	804 411.2	804 411.2	804 411.2	804 411.2	804 411.2	804 411.2	804 411.2

项目需流动资金 648 969.9 万元中，铺底流动资金 194 691.0 万元（30%）由资本金解决，流动资金贷款为 454 278.9 万元（70%），流动资金贷款年利率为 5.58%。计算见表 11-5—财务分析辅助报表 3。

项目建设期 4 年，各建设期投资投入比例分别为 15%、30%、35%、和 20%。

（三）总成本费用计算

成本计算中，各种物料的消耗均为设计指标，各种物料价格采用建设期末价格。

固定资产折旧年限按 20 年，固定资产残值率按建设投资和建设期利息合计的 5% 计算；修理费提取率按建设投资的 3% 计算，制造费用按建设投资的 1.8% 计算。摊销费 15 000.0 万元，按 5 年摊销；工资及福利费按 45 960.0 元/（人·年）计算，全部劳动定员为 5 581 人；管理费用按照制造成本的 4.0% 计算；其他营业费用按照营业收入的 1.5% 计算；经计算，年成本及费用 3 084 593.3 万元（第 13 年开始），正常年经营成本 2 736 982.3 万元。年成本及费用计算见表 11-6——财务分析报表 1。

（四）营业收入

为简化计算，营业收入计算中，将产品产量全部视为代表规格产量。

产品销售价格采用建设期末价格，均为不含税价。经计算，年营业收入为 4 538 351.3 万元。营业收入的计算见表 11-7。

表 11-7　营业收入计算表

序号	产品名称	基期价格/（元/t）	产量/万 t	建设期价格平均年增长率（%）	建设期末价格/（元/t）	营业收入/万元
1	热轧薄板 1mm	3 900.0	105.53	4.0	4 562.4	481 489.3
2	热轧卷板 2.75~3mm	3 300.0	246.2	3.0	3 714.2	914 593.9
3	冷轧薄板 0.5mm	4 600.0	463.9	4.0	5 381.3	343 868.2
4	冷轧薄板 1mm	4 200.0	149.1	3.5	4 819.6	718 601.9
5	镀锌板 0.5mm	4 800.0	192.0	3.5	5 508.1	1 057 557.2
6	冷轧硅钢片 0.35mm	14 500.0	30.0	5.0	17 624.8	528 745.2
7	冷轧硅钢片 0.5mm	5 800	70.0	5.0	7 049.9	493 495.5
	合计	41 100	856.8			4 938 351.3

（五）税金及利润计算

增值税税率为 17%，城市维护建设税及教育费附加分别按增值税的 7% 及 4% 缴纳。经计算，生产正常年进项税为 306 954.1 万元，销项税为 771 519.7 万元，增值税为 464 565.6 万元，城市维护建设税及教育费附加为 51 102.2 万元。

表 11-8 财务分析报表表 2——利润与利润分配表

（单位:万元）

序号	项目	合计	计算期											
---	---	---	1	2	3	4	5	6	7	8	9	10	11	12
1	营业收入	88 497 850.2					2 723 010.8	4 084 516.2	4 538 351.3	4 538 351.3	4 538 351.3	4 538 351.3	4 538 351.3	4 538 351.3
2	营业税金及附加	996 493.2					30 661.3	45 992.0	51 102.2	51 102.2	51 102.2	51 102.2	51 102.2	51 102.2
3	总成本费用	61 601 974.6					2 395 448.3	3 063 541.1	3 262 252.0	3 233 142.2	3 204 032.4	3 171 922.7	3 142 812.9	3 113 703.1
4	补贴收入													
5	利润总额	25 899 382.4					296 901.1	974 983.0	1 224 997.1	1 254 106.9	1 283 216.6	1 315 326.4	1 344 436.2	1 373 546.0
6	弥补以前年度亏损													
7	应纳税所得额	25 899 382.4					296 901.1	974 983.0	1 224 997.1	1 254 106.9	1 283 216.6	1 315 326.4	1 344 436.2	1 373 546.0
8	所得税	8546796.2					97 977.4	321 744.4	404 249.0	413 855.3	423 461.5	434 057.7	443 663.9	453 270.2
9	净利润	17 352 586.2					198 923.7	653 238.6	820 748.0	840 251.6	859 755.1	881 268.7	900 772.3	920 275.8
10	期末未分配利润						198 923.7	150 387.7	300 775.5	451 163.2	601 551.0	751 938.7	905 326.4	1 058 714.2
11	可供分配的利润	36 117 665.8					198 923.7	803 626.4	1 121 523.5	1 291 414.8	1 461 306.1	1 633 207.4	1 806 098.7	1 978 990.0
12	提取法定盈余公积金	1 641 280.7					19 892.4	65 323.9	82 074.8	84 025.2	85 975.5	88 126.9	90 077.2	92 027.6
13	可供投资者分配的利润	34 476 385.1					179 031.4	738 302.5	1 039 448.7	1 207 389.7	1 375 330.6	1 545 080.5	1 716 021.5	1 886 962.4
14	应付优先股股利													
15	提取任意盈余公积金													
16	应付普通股股利	14 367 186.9					28 643.6	437 527.0	588 285.5	605 838.7	623 391.9	639 754.1	657 307.3	674 860.5
17	未分配利润	27 443 997.6					150 387.7	300 775.5	451 163.2	601 551.0	751 938.7	905 326.4	1 058 714.2	1 212 101.9
	附：息税前利润						546 853.3	1 202 063.3	1 425 004.5	1 425 004.5	1 425 004.5	1 425 004.5	1 425 004.5	1 425 004.5
	息税折旧摊销利润	33 904 242.9					872 115.6	1 527 325.2	1 750 266.8	1 750 266.8	1 750 266.8	1 750 266.8	1 750 266.8	1 750 266.8

（续）

序号	项目	计算期											
		13	14	15	16	17	18	19	20	21	22	23	24
1	营业收入	4 538 351.3	4 538 351.3	4 538 351.3	4 538 351.3	4 538 351.3	4 538 351.3	4 538 351.3	4 538 351.3	4 538 351.3	4 538 351.3	4 538 351.3	4 538 351.3
2	营业税金及附加	51 102.2	51 102.2	51 102.2	51 102.2	51 102.2	51 102.2	51 102.2	51 102.2	51 102.2	51 102.2	51 102.2	51 102.2
3	总成本费用	3 084 593.3	3 084 593.3	3 084 593.3	3 084 593.3	3 084 593.3	3 084 593.3	3 084 593.3	3 084 593.3	3 084 593.3	3 084 593.3	3 084 593.3	3 084 593.3
4	补贴收入												
5	利润总额	1 402 655.8	1 402 655.8	1 402 655.8	1 402 655.8	1 402 655.8	1 402 655.8	1 402 655.8	1 402 655.8	1 402 655.8	1 402 655.8	1 402 655.8	1 402 655.8
6	弥补以前年度亏损												
7	应纳税所得额	1 402 655.8	1 402 655.8	1 402 655.8	1 402 655.8	1 402 655.8	1 402 655.8	1 402 655.8	1 402 655.8	1 402 655.8	1 402 655.8	1 402 655.8	1 402 655.8
8	所得税	462 876.4	462 876.4	462 876.4	462 876.4	462 876.4	462 876.4	462 876.4	462 876.4	462 876.4	462 876.4	462 876.4	462 876.4
9	净利润	939 779.4	939 779.4	939 779.4	939 779.4	939 779.4	939 779.4	939 779.4	939 779.4	939 779.4	939 779.4	939 779.4	939 779.4
10	期末未分配利润	1 212 101.9	1 212 101.9	1 212 101.9	1 212 101.9	1 212 101.9	1 212 101.9	1 212 101.9	1 212 101.9	1 212 101.9	1 212 101.9	1 212 101.9	1 212 101.9
11	可供分配的利润	2 151 881.3	2 151 881.3	2 151 881.3	2 151 881.3	2 151 881.3	2 151 881.3	2 151 881.3	2 151 881.3	2 151 881.3	2 151 881.3	2 151 881.3	2 151 881.3
12	提取法定盈余公积金	93 977.9	93 977.9	93 977.9	93 977.9	93 977.9	93 977.9	93 977.9	93 977.9	93 977.9	93 977.9	93 977.9	93 977.9

（续）

序号	项目	计算期 13	14	15	16	17	18	19	20	21	22	23	24
13	可供投资者分配的利润	2 057 963.3	2 057 963.3	2 057 963.3	2 057 963.3	2 057 963.3	2 057 963.3	2 057 963.3	2 057 963.3	2 057 963.3	2 057 963.3	2 057 963.3	2 057 963.3
14	应付优先股股利												
15	提取任意盈余公积金												
16	应付普通股股利	845 801.4	845 801.4	845 801.4	845 801.4	845 801.4	845 801.4	845 801.4	845 801.4	845 801.4	845 801.4	845 801.4	845 801.4
17	未分配利润	121 201.9	121 201.9	121 201.9	121 201.9	121 201.9	121 201.9	121 201.9	121 201.9	121 201.9	121 201.9	121 201.9	121 201.9
	附：息税前利润	1 428 004.5	1 428 004.5	1 428 004.5	1 428 004.5	1 428 004.5	1 428 004.5	1 428 004.5	1 428 004.5	1 428 004.5	1 428 004.5	1 428 004.5	1 428 004.5
	息税前折旧摊销前利润	1 750 266.8	1 750 266.8	1 750 266.8	1 750 266.8	1 750 266.8	1 750 266.8	1 750 266.8	1 750 266.8	1 750 266.8	1 750 266.8	1 750 266.8	1 750 266.8

表 11-9　财务分析报表 3——项目投资现金流量表

（单位：万元）

序号	项目	合计	计算期 1	2	3	4	5	6	7	8
1	现金流入	89 463 920.1					2 723 010.8	4 084 516.2	4 538 351.3	4 538 351.3
1.1	营业收入	884 975 850.2					2 723 010.8	4 684 516.2	4 538 351.3	4 538 351.3
1.2	补贴收入									
1.3	回收固定资产余值	317 100.0								
1.4	回收流动资金	648 969.9								
2	现金流出	61 584 577.3	951 300.0	1 902 600.0	2 219 700.0	1 268 400.0	2 288 016.5	2 716 881.0	2 840 243.0	2 788 084.5
2.1	建设投资	6 342 000.0	951 300.0	1 902 600.0	2 219 700.0	1 268 400.0				
2.2	流动资金	648 969.9					437 121.3	59 690.1	52 158.5	
2.3	营业税金及附加	996 493.2					30 661.3	45 992.0	51 102.2	51 102.2
2.4	经营成本	53 597 114.1					1 820 233.9	2 511 199.0	2 736 982.3	2 736 982.3
2.5	维持运营投资									
3	所得税前净现金流量	27 879 342.9	−951 300.0	−1 902 600.0	−2 219 700.0	−1 268 400.0	434 994.2	1 367 635.1	1 698 108.3	1 750 266.8
4	累计所得税前净现金流量		−951 300.0	−2 853 900.0	−5 073 600.0	−6 342 000.0	−5 907 005.8	−4 539 370.6	−2 841 262.3	−1 090 995.6
5	调整所得税	9 056 519.2					180 461.6	396 680.8	476 251.5	470 251.5
6	所得税后净现金流量	18 822 283.6	−951 300.0	−1 902 600.0	−2 219 700.0	−1 268 400.0	254 532.6	970 954.3	1 227 856.8	1 280 015.3
7	累计所得税后净现金流量		−951 300.0	−2 853 900.0	−5 073 600.0	−6 342 000.0	−6 087 467.4	−5 116 513.0	−3 888 656.2	−2 608 640.9

（续）

序号	项 目	计 算 期							
		9	10	11	12	13	14	15	16
1	现金流入	4 538 351.3	4 538 351.3	4 538 351.3	4 538 351.3	4 538 351.3	4 538 351.3	4 538 351.3	4 538 351.3
1.1	营业收入	4 538 351.3	4 538 351.3	4 538 351.3	4 538 351.3	4 538 351.3	4 538 351.3	4 538 351.3	4 538 351.3
1.2	补贴收入								
1.3	回收固定资产余值								
1.4	回收流动资金								
2	现金流出	2 788 084.5	2 788 084.5	2 788 084.5	2 788 084.5	2 788 084.5	2 788 084.5	2 788 084.5	2 788 084.5
2.1	建设投资								
2.2	流动资金								
2.3	营业税金及附加	51 102.2	51 102.2	51 102.2	51 102.2	51 102.2	51 102.2	51 102.2	51 102.2
2.4	经营成本	2 736 982.3	2 736 982.3	2 736 982.3	2 736 982.3	2 736 982.3	2 736 982.3	2 736 982.3	2 736 982.3
2.5	维持运营投资								
3	所得税前净现金流量	1 750 266.8	1 750 266.8	1 750 266.8	1 750 266.8	1 750 266.8	1 750 266.8	1 750 266.8	1 750 266.8
4	累计所得税前净现金流量	659 271.2	2 409 538.0	4 159 804.8	5 910 071.6	7 660 338.4	9 410 605.1	11 160 871.9	12 911 138.7
5	调整所得税	470 251.5	471 241.5	471 241.5	471 241.5	471 241.5	471 241.5	471 241.5	471 241.5
6	所得税后净现金流量	1 280 015.3	1 279 025.3	1 279 025.3	1 279 025.3	1 279 025.3	1 279 025.3	1 279 025.3	1 279 025.3
7	累计所得税后净现金流量	1 328 625.6	−49 600.3	1 229 425.0	2 508 450.3	3 787 475.6	5 066 500.6	6 345 526.1	7 624 551.4

（续）

序号	项目	计算期							
		17	18	19	20	21	22	23	24
1	现金流入	4 538 351.3	4 538 351.3	4 538 351.3	4 538 351.3	4 538 351.3	4 538 351.3	4 538 351.3	5 504 421.2
1.1	营业收入	4 538 351.3	4 538 351.3	4 538 351.3	4 538 351.3	4 538 351.3	4 538 351.3	4 538 351.3	4 538 351.3
1.2	补贴收入								
1.3	回收固定资产余值								3 171 000.0
1.4	回收流动资金								648 969.9
2	现金流出	2 788 084.5	2 788 084.5	2 788 084.5	2 788 084.5	2 788 084.5	2 788 084.5	2 788 084.5	2 788 084.5
2.1	建设投资								
2.2	流动资金								
2.3	营业税金及附加	51 102.2	51 102.2	51 102.2	51 102.2	51 102.2	51 102.2	51 102.2	51 102.2
2.4	经营成本	2 736 982.3	2 736 982.3	2 736 982.3	2 736 982.3	2 736 982.3	2 736 982.3	2 736 982.3	2 736 982.3
2.5	维持运营投资								
3	所得税前净现金流量	1 750 266.8	1 750 266.8	1 750 266.8	1 750 266.8	1 750 266.8	1 750 266.8	1 750 266.8	2 716 336.7
4	累计所得税前净现金流量	14 661 405.5	16 411 672.3	18 161 939.1	19 912 205.8	21 662 472.6	23 412 739.4	25 163 006.2	27 879 342.9
5	调整所得税	471 241.5	471 241.5	471 241.5	471 241.5	471 241.5	471 241.5	471 241.5	471 241.5
6	所得税后净现金流量	1 279 025.3	1 279 025.3	1 279 025.3	1 279 025.3	1 279 025.3	1 279 025.3	1 279 025.3	2 245 095.2
7	累计所得税后净现金流量	8 803 576.7	10 082 602.0	11 461 627.3	12 740 652.6	14 019 647.9	15 298 703.2	16 577 728.5	18 822 823.6

项目投资内部收益率（所得税前）=17.8%

项目投资内部收益率（所得税后）=13.5%

项目投资净现值（所得税前）=265 190.7万元

项目投资净现值（所得税后）=623 198.9万元

投资回报期＝10年

表 11-10　财务分析报表 4——项目资本金现金流量表

（单位:万元）

序号	项目	合计	计算期 1	2	3	4	5	6	7	8
1	现金流入	89 486 043.6					2 723 010.8	4 084 516.2	4 538 351.3	4 538 351.3
1.1	营业收入	88 497 850.2					2 723 010.8	4 084 516.2	4 538 351.3	4 538 351.3
1.2	补贴收入									
1.3	回收固定资产余值	339 223.4								
1.4	回收流动资金	648 969.9								475 650.0
2	现金流出	71 664 178.4	397 985.9	830 903.5	1 033 428.9	716 950.4	2 805 611.2	36 295 712.3	3 883 638.5	3 848 487.4
2.1	项目资本金	3 173 959.6	397 985.9	830 903.5	1 033 428.9	716 950.4	131 136.4	47 907.0	15 647.5	
2.2	建设投资贷款偿还	3 805 200.0					475 650.0	475 650.0	475 650.0	475 650.0
2.3	流动资金贷款偿还	454 278.9								
2.4	借款利息支付	1 544 615.2					249 952.2	227 079.9	200 007.4	170 897.7
2.5	经营成本	53 597 114.1					1 820 233.9	2 511 199.0	2 736 982.3	2 736 982.3
2.6	营业税金及附加	996 493.2					30 661.3	45 992.1	51 102.2	51 102.2
2.7	所得税	8 546 796.2					97 977.4	321 744.4	404 249.0	413 855.3
2.8	维持运营投资									
3	净现金流量	17 821 865.1	-397 985.9	-830 903.5	-1 033 428.9	-716 950.4	-82 600.4	454 943.9	654 712.8	689 863.9

（续）

序号	项 目	计 算 期							
		9	10	11	12	13	14	15	16
1	现金流入	4 538 351.3	4 538 351.3	4 538 351.3	4 538 351.3	4 538 351.3	4 538 351.3	4 538 351.3	4 538 351.3
1.1	营业收入	4 538 351.3	4 538 351.3	4 538 351.3	4 538 351.3	4 538 351.3	4 538 351.3	4 538 351.3	4 538 351.3
1.2	补贴收入								
1.3	回收固定资产余值								
1.4	回收流动资金								
2	现金流出	3 828 983.9	3 810 470.3	3 790 966.8	3 771 463.2	3 276 309.7	3 276 309.7	3 276 309.7	3 276 309.7
2.1	项目资本金								
2.2	建设投资贷款偿还	475 650.0	475 650.0	475 650.0	475 650.0				
2.3	流动资金贷款偿还								
2.4	借款利息支付	141 787.9	112 678.1	83 568.3	54 458.5	25 348.8	25 348.8	25 348.8	25 348.8
2.5	经营成本	2 736 982.3	2 736 982.3	2 736 982.3	2 736 982.3	2 736 982.3	2 736 982.3	2 736 982.3	2 736 982.3
2.6	营业税金及附加	51 102.2	51 102.2	51 102.2	51 102.2	51 102.2	51 102.2	51 102.2	51 102.2
2.7	所得税	423 461.5	43 405 707	443 663.9	453 270.2	462 876.4	462 876.4	462 876.4	462 876.4
2.8	维持运营投资								
3	净现金流量	709 367.4	727 881.0	747 384.5	766 888.1	1 262 041.6	1 262 041.6	1 262 041.6	1 262 041.6

（续）

序号	项 目	计 算 期							
		17	18	19	20	21	22	23	24
1	现金流入	4 538 351.3	4 538 351.3	4 538 351.3	4 538 351.3	4 538 351.3	4 538 351.3	4 538 351.3	5 526 544.6
1.1	营业收入	4 538 351.3	4 538 351.3	4 538 351.3	4 538 351.3	4 538 351.3	4 538 351.3	4 538 351.3	4 538 351.3
1.2	补贴收入								
1.3	回收固定资产余值								339 223.4
1.4	回收流动资金								648 969.9
2	现金流出	3 276 309.7	3 276 309.7	3 276 309.7	3 276 309.7	3 276 309.7	3 276 309.7	3 276 309.7	3 276 309.7
2.1	项目资本								
2.2	建设投资贷款偿还								
2.3	流动资金贷款偿还								
2.4	借款利息支付	25 348.8	25 348.8	25 348.8	25 348.8	25 348.8	25 348.8	25 348.8	25 348.8
2.5	经营成本	2 736 982.3	2 736 982.3	2 736 982.3	2 736 982.3	2 736 982.3	2 736 982.3	2 736 982.3	2 736 982.3
2.6	营业税金及附加	51 102.2	51 102.2	51 102.2	51 102.2	51 102.2	51 102.2	51 102.2	51 102.2
2.7	所得税	462 876.4	462 876.4	462 876.4	462 876.4	462 876.4	462 876.4	462 876.4	462 876.4
2.8	维持运营投资								
3	净现金流量	1 262 041.6	1 262 041.6	1 262 041.6	1 262 041.6	1 262 041.6	1 262 041.6	1 262 041.6	1 262 041.6

项目资本金内部收益率＝16.2%

表 11-11　财务分析报表 5——借款还本付息计划表

（单位：万元）

序号	项目	合计	计算期					
			1	2	3	4	5	6
1	借款 1							
1.1	当期借款		570 780.0	1 141 560.0	1 331 820.0	761 040.0		
1.2	期初借款余额			570 780.0	1 712 340.0	3 044 160.0	3 805 200.0	3 329 550.0
1.3	当期还本付息							
	其中：还本						475 650.0	475 650.0
	付息		17 465.9	69 863.5	145 548.9	209 590.4	232 878.2	203 768.5
1.4	期末借款余额		570 780.0	1 712 340.0	3 044 160.0	3 805 200.0	3 329 550.0	2 853 900.0
2	贷款							
2.1	当期借款							
2.2	期末借款余额							
2.3	当期还本付息							
	其中：还本							
	付息							
2.4	期末借款余额							
3	借款和债券合金							
3.1	当期借款		570 780.0	1 141 560.0	1 331 820.0	761 040.0		
3.2	期初借款余额			570 780.0	1 712 340.0	3 044 160.0	3 085 200.0	3 329 550.0
3.3	到期还本付息		17 465.9	69 863.5	145 548.9	209 590.4	708 528.2	679 418.5
	其中：还本						475 650.0	475 650.0
	付息		17 465.9	69 863.5	145 548.9	209 590.4	232 878.2	203 768.5
3.4	期末借款余额		570 780.0	1 712 340.0	3 044 160.0	3 805 200.0	3 329 550.0	2 853 900.0
	计算指标：利息备付率	7.3					1.2	4.3
	偿债备付率	1.7					0.9	1.9

（续）

序号	项目	计算期					
		7	8	9	10	11	12
1	借款1						
1.1	当期借款						
1.2	期初借款余额	2 853 900.0	2 378 250.0	1 902 600.0	1 426 950.0	951 300.0	475 650.0
1.3	当期还本付息	475 650.0	475 650.0	475 650.0	475 650.0	475 650.0	475 650.0
	其中：还本	174 658.7	145 548.9	116 439.1	87 329.3	58 219.6	29 109.8
	付息						
1.4	期末借款余额	2 378 250.0	1 902 600.0	1 426 950.0	951 300.0	475 650.0	
2	贷款						
2.1	当期借款						
2.2	期末借款余额						
2.3	当期还本付息						
	其中：还本						
	付息						
2.4	期末借款余额						
3	借款和债券合金						
3.1	当期借款						
3.2	期初借款余额	2 853 900.0	2 378 250.0	1 902 600.0	1 426 950.0	951 300.0	475 650.0
3.3	到期还本付息	650 308.7	951 300.0	951 300.0	951 300.0	475 650.0	475 650.0
	其中：还本	475 650.0	475 650.0	475 650.0	475 650.0	475 650.0	475 650.0
	付息	174 658.7	145 548.9	116 439.1	87 329.3	58 219.6	29 109.8
3.4	期末借款余额	2 378 250.0	1 902 600.0	1 426 950.0	951 300.0	475 650.0	
	计算指标：利息备付率	6.1	7.3	9.1	11.7	16.1	25.2
	偿债备付率	2.3	2.4	2.6	2.8	3.0	3.2

年利润总额为 1 402 655.8 万元(第 13 年开始)。

所得税税率按 33% 计算,经计算,年所得税为 462 876.4 万元(第 13 年开始)。

年税后利润为 939 779.4 万元(第 13 年开始)。

企业盈余公积金为税后利润的 10%。

计算项目投资现金流量时,应剔除所有利息因素的影响,剔除利息因素的调整所得税为 471 841.5 万元(第 13 年开始)。计算数据见表 11-8 财务分析报表 2。

(六)财务盈利能力分析

本项目生产期按 20 年计算。项目投资现金流量及项目资本金现金流量分析,其计算结果如下:

1)项目投资财务内部收益率和(税后)($FIRR$):13.5%(见表 11-9——财务分析报表 3)。

2)财务净现值($i_s = 12\%$)($FNPV$):623 198.9 万元。

3)项目投资回收期:10 年(含建设期 4 年)。

4)项目资本金财务内部收益率(税后)($FIRR$):16.2%(见表 11-10——财务分析报表 4)。

5)总投资收益率(ROI):17.4%(运营期内平均)。

6)项目资本金投资净利润率(ROI):27.3%(运营期内平均)。

(七)偿债能力分析

偿债能力分析中采用等额还本,利息照付的还款方式,等额还本期为 8 年。

1)经计算,可得项目偿债能力指标:利息备付率(ICI)与偿债备付率($DSCR$)(见表 11-11),将利息备付率及偿债备付率两个指标取出可形成表 11-12。

表 11-12 偿债指标表

年 份	偿还期综合	偿债期各年							
		4	5	6	7	8	9	10	11
利息备付率	7.3	1.2	4.3	6.1	7.3	9.1	11.7	16.1	25.2
偿债备付率	1.7	0.9	1.9	2.3	2.4	2.6	2.8	3.0	3.2

从表 11-11 可见,在偿还期内各年的利息备付率大于 1,偿债备付率从投产第 2 年(计算期第 5 年)开始均大于 1,说明项目的偿债能力较强。

本项目的借款还本付息计划见表 11-12 财务分析报表 5。

2)资产负债率($LOAR$)(第 10 年)。计算见表 11-13——财务分析报表 6。

$$LOAR = \frac{总负责}{总资产} \times 100\% = \frac{670\ 481.3}{6\ 141\ 485.9} \times 100\% = 26.4\%$$

表 11-13 财务分析报表 6——资产负债表

（单位：万元）

序号	项 目	计算期							
		1	2	3	4	5	6	7	8
1	资产	968 765.9	2 941 229.3	5 306 478.2	6 784 468.7	7 060 941.5	7 025 553.9	6 856 145.2	6 614 908.1
1.1	流动资产总额				0.0	586 735.1	876 609.8	1 032 463.3	1 116 488.5
1.1.1	货币资金				0.0	60 388.7	127 698.1	210 056.6	294 081.7
1.1.2	应收账款					194 872.8	271 002.8	295 938.3	295 938.3
1.1.3	预付账款								
1.1.4	存货					331 473.5	477 908.9	526 468.4	526 468.4
1.1.5	其他								
1.2	在建工程	968 765.9	2 941 229.3	5 306 478.2	6 784 468.7				
1.3	固定资产净值					6 462 206.4	6 139 944.1	5 817 681.9	5 495 419.6
1.4	无形及其他资产净值					12 000.0	9 000.0	6 000.0	3 000.0
2	负债及所有者权益	968 765.9	2 941 229.3	5 306 478.2	6 784 468.7	7 045 941.5	7 010 553.9	6 841 145.2	6 599 908.1
2.1	流动负债总额					129 721.4	194 582.1	216 202.4	216 202.4
2.1.1	短期借款								
2.1.2	应付账款					129 721.4	194 582.1	216 202.4	216 202.4
2.1.3	预收账款								
2.1.4	其他								
2.2	建设投资借款	570 780.0	1 712 340.0	3 044 160.0	3 805 200.0	3 329 550.0	2 853 900.0	2 378 250.0	1 902 600.0
2.3	流动资金借款					305 984.9	417 768.0	454 278.9	454 278.9
2.4	负债小计	570 780.0	1 712 340.0	3 044 160.0	3 805 200.0	3 765 256.3	3 466 250.1	3 048 731.3	2 573 081.3
2.5	所有者权益	397 985.9	1 228 889.3	2 262 318.2	2 979 268.7	3 280 685.2	3 544 303.8	3 792 413.9	4 026 826.8
2.5.1	权益资本	397 985.9	1 228 889.3	2 262 318.2	2 979 268.7	3 110 405.1	3 158 312.1	3 173 959.6	3 173 959.6
2.5.2	资本公积								
2.5.3	累计盈余公积和公益金					19 892.4	85 216.2	167 291.0	251 316.2
2.5.4	累计未分配利润					150 387.7	300 775.5	451 163.2	601 551.0
	计算指标：资产负债率（%）	58.9	58.2	57.4	56.1	53.3	49.3	44.5	38.9

（续）

序号	项目	计算期							
		9	10	11	12	13	14	15	16
1	资产	6 375 621.3	6 141 485.9	5 909 300.9	5 679 066.2	5 773 044.1	5 867 022.1	5 961 000.0	6 054 978.0
1.1	流动资产总额	1 202 464.0	1 290 590.8	1 380 668.1	1 472 695.6	1 888 935.8	2 305 176.0	2 721 416.2	3 137 656.4
1.1.1	货币资金	380 057.3	468 184.1	558 261.4	650 288.9	1 066 529.1	1 482 769.3	1 899 009.5	2 315 249.7
1.1.2	应收账款	295 938.3	295 938.3	295 938.3	295 938.3	295 938.3	295 938.3	295 938.3	295 938.3
1.1.3	预付账款								
1.1.4	存货	526 468.4	526 468.4	526 468.4	526 468.4	526 468.4	526 468.4	526 468.4	526 468.4
1.1.5	其他								
1.2	在建工程								
1.3	固定资产净值	5 173 157.4	4 850 895.1	4 528 632.8	4 206 370.6	3 884 108.3	3 561 846.0	3 239 583.8	2 917 321.5
1.4	无形及其他资产净值								
2	负债及所有者权益	6 360 621.3	6 126 485.9	5 894 300.9	5 664 066.2	5 758 044.1	5 852 022.1	5 946 000.0	6 039 978.0
2.1	流动负债总额	216 202.4	216 202.4	216 202.4	216 202.4	216 202.4	216 202.4	216 202.4	216 202.4
2.1.1	短期借款								
2.1.2	应付账款	216 202.4	216 202.4	216 202.4	216 202.4	216 202.4	216 202.4	216 202.4	216 202.4
2.1.3	预收账款								
2.1.4	其他								
2.2	建设投资借款	1 426 950.0	951 300.0	475 650.0					
2.3	流动资金借款	454 278.9	454 278.9	454 278.9	454 278.9	454 278.9	454 278.9	454 278.9	454 278.9
2.4	负债小计	2 097 431.9	1 621 781.3	1 146 131.3	670 481.3	670 481.3	670 481.3	670 481.3	670 481.3
2.5	所有者权益	4 263 190.0	4 504 704.6	4 748 169.6	4 993 584.9	5 087 562.9	5 181 540.8	5 275 518.7	5 369 496.7
2.5.1	权益资本	3 173 959.6	3 173 959.6	3 173 959.6	3 173 959.6	3 173 959.6	3 173 959.6	3 173 959.6	3 173 959.6
2.5.2	资本公积								
2.5.3	累计盈余公积和公益金	337 291.7	425 418.6	515 495.8	607 523.4	701 501.3	795 479.3	889 457.2	983 435.1
2.5.4	累计未分配利润	751 938.7	905 326.4	1 058 714.2	1 212 101.9	1 212 101.9	1 212 101.9	1 212 101.9	1 212 101.9
	计算指标：资产负债率（%）	32.9	26.4	19.4	11.8	11.6	11.4	11.2	11.0

(续)

序号	项目	\multicolumn{8}{c}{计算期}							
		17	18	19	20	21	22	23	24
1	资产	6 148 955.9	6 242 933.8	6 336 911.8	6 430 889.7	6 524 867.6	6 618 845.6	6 712 823.5	6 390 561.2
1.1	流动资产总额	3 553 896.6	3 970 136.8	4 386 377.0	4 802 617.2	5 218 857.4	5 635 097.6	6 051 337.8	6 051 337.8
1.1.1	货币资金	2 731 489.9	3 147 730.1	3 563 970.3	3 980 210.5	4 396 450.7	4 812 690.9	5 228 931.1	5 228 931.1
1.1.2	应收账款	295 938.3	295 938.3	295 938.3	295 938.3	295 938.3	295 938.3	295 938.3	295 938.3
1.1.3	预付账款								
1.1.4	存货	526 468.4	526 468.4	526 468.4	526 468.4	526 468.4	526 468.4	526 468.4	526 468.4
1.1.5	其他								
1.2	在建工程								
1.3	固定资产净值	2 595 059.3	2 272 797.0	1 950 534.7	1 628 272.5	1 306 010.2	985 748.0	661 485.7	339 223.4
1.4	无形及其他资产净值								
2	负债及所有者权益	6 133 955.9	6 227 933.8	6 321 911.8	6 415 889.7	6 509 867.6	6 603 845.6	6 697 823.5	6 375 561.2
2.1	流动负债总额	216 202.4	216 202.4	216 202.4	216 202.4	216 202.4	216 202.4	216 202.4	216 202.4
2.1.1	短期借款								
2.1.2	应付账款	216 202.4	216 202.4	216 202.4	216 202.4	216 202.4	216 202.4	216 202.4	216 202.4
2.1.3	预收账款								
2.1.4	其他								
2.2	建设投资借款								
2.3	流动资金借款	454 278.9	454 278.9	454 278.9	454 278.9	454 278.9	454 278.9	454 278.9	
2.4	负债小计	670 481.3	670 481.3	670 481.3	670 481.3	670 481.3	670 481.3	670 481.3	216 202.4
2.5	所有者权益	5 463 474.6	5 557 452.5	5 651 430.5	5 745 408.4	5 839 386.3	5 933 364.3	6 027 342.2	6 159 358.9
2.5.1	权益资本	3 173 959.6	3 173 959.6	3 173 959.6	3 173 959.6	3 173 959.6	3 173 959.6	3 173 959.6	3 173 959.6
2.5.2	资本公积								
2.5.3	累计盈余公积和公益金	1 077 413.1	1 171 391.0	1 265 368.9	1 359 346.9	1 453 324.8	1 547 302.7	1 641 280.7	1 641 280.7
2.5.4	累计未分配利润	1 212 101.9	1 212 101.9	1 212 101.9	1 212 101.9	1 212 101.9	1 212 101.9	1 212 101.9	1 344 118.6
	计算指标：资产负债率(%)	10.9	10.7	10.6	10.4	10.3	10.1	10.0	3.4

（八）财务生存能力分析

项目计算期内各年的净现金流量及累计盈余资金均为正值，各年均有足够的净现金流量维持项目的正常运营，可保证项目财务的可持续性。详见表11-14——财务分析报表7。

四、不确定性分析

1. 盈亏平衡分析

达产年：

$$BEP = \frac{年固定成本}{年营业收入 - 年可变成本 - 年税金} \times 100\%$$

$$= \frac{804\ 411.2}{4\ 538\ 351.3 - 2\ 457\ 840.8 - 51\ 102.2} \times 100\%$$

$$= 39.6\%$$

正常年（第13年）：

$$BEP = \frac{年固定成本}{年营业收入 - 年可变成本 - 年税金} \times 100\%$$

$$= \frac{804\ 411.2}{4\ 538\ 351.3 - 2\ 283\ 182.1 - 51\ 102.2} \times 100\%$$

$$= 36.4\%$$

从 BEP 的计算结果可见，项目抗风险能力较强。

2. 敏感性分析

分析中选取了产品售价、经营成本、静态投资和产品产量4个因素的变化对全部投资内部收益率的影响。分析结果见表11-15。

从表11-15可见，产品售价与经营成本的变动对 FIRR 值的影响很大，是较敏感的因素，其他两个因素次之。

五、分析与结论

我国钢铁产品生产与销售已完全实行了市场经济原则，其产品与原材料的价格均随市场行情而变化。对钢铁建设项目财务评价结果的分析判断，也应该充分认识这种变化。在有利条件时，尽量采用预测的方法选用项目价格系统，而不应该采用"时价"对项目进行评价，以避免同一项目，在不同时期由于采用不同时点的价格，评价结果出现不同、甚至相反的结果。

本案例在选取价格时采用了将价格从建设期开始预测到投产时为止的方法，这种预测虽然比"在整个项目的评价期内，投入产出的各种价格按照一定规律各自进行变动"的方法简单一些，但仍然需要评价人员积累相当丰富的价格资料，了解多种预测方法同时具备综合判断能力。

表11-14 财务分析报表7——财务计划现金流量表

(单位:万元)

序号	项目	合计	计算期											
---	---	---	1	2	3	4	5	6	7	8	9	10	11	12
1	经营活动净现金流量						774 138.2	1 205 580.8	1 346 017.7	1 336 411.5	1 326 805.3	1 316 209.1	1 306 602.8	1 296 996.6
1.1	现金流入						3 185 922.6	4 778 883.9	5 309 871.0	5 309 871.0	5 309 871.0	5 309 871.0	5 309 871.0	5 309 871.0
1.1.1	营业收入						2 723 010.8	4 084 516.2	4 538 351.3	4 538 351.3	4 538 351.3	4 538 351.3	4 538 351.3	4 538 351.3
1.1.2	增值税销项税额						462 911.8	694 367.7	771 519.7	771 519.7	771 519.7	771 519.7	771 519.7	771 519.7
1.1.3	补贴收入													
1.1.4	其他流入													
1.2	现金流出						2 411 784.4	3 573 303.1	3 963 853.3	3 973 459.5	3 983 065.7	3 993 661.9	4 003 268.2	4 012 874.4
1.2.1	经营成本						1 820 233.9	2 511 199.0	2 736 982.3	2 736 982.3	2 736 982.3	2 736 982.3	2 736 982.3	2 736 982.3
1.2.2	增值税进项税额						184 172.5	276 258.7	306 954.1	306 954.1	306 954.1	306 954.1	306 954.1	306 954.1
1.2.3	营业税金及附加						30 661.3	45 992.0	51 102.2	51 102.2	51 102.2	51 102.2	51 102.2	51 102.2
1.2.4	增值税						278 739.4	418 109.1	464 565.6	464 565.6	464 565.6	464 565.6	464 565.6	464 565.6
1.2.5	所得税						97 977.4	321 744.4	404 249.0	413 855.3	423 461.5	434 057.7	443 663.9	453 270.2
1.2.6	其他流出													
2	投资活动及现金流量													
2.1	现金流入													
2.2	现金流出													

（续）

序号	项目	计算期					
		13	14	15	16	17	18
1	经营活动净现金流量	1 287 390.4	1 287 390.4	1 287 390.4	1 287 390.4	1 287 390.4	1 287 390.4
1.1	现金流入	5 309 871.0	5 309 871.0	5 309 871.0	5 309 871.0	5 309 871.0	5 309 871.0
1.1.1	营业收入	4 538 351.3	4 538 351.3	4 538 351.3	4 538 351.3	4 538 351.3	4 538 351.3
1.1.2	增值税销项税额	771 519.7	771 519.7	771 519.7	771 519.7	771 519.7	771 519.7
1.1.3	补贴收入						
1.1.4	其他流入						
1.2	现金流出	4 022 480.6	4 022 480.6	4 022 480.6	4 022 480.6	4 022 480.6	4 022 480.6
1.2.1	经营成本	2 736 982.3	2 736 982.3	2 736 982.3	2 736 982.3	2 736 982.3	2 736 982.3
1.2.2	增值税进项税额	306 954.1	306 954.1	306 954.1	306 954.1	306 954.1	306 954.1
1.2.3	营业税金及附加	51 102.2	51 102.2	51 102.2	51 102.2	51 102.2	51 102.2
1.2.4	增值税	464 565.6	464 565.6	464 565.6	464 565.6	464 565.6	464 565.6
1.2.5	所得税	462 876.4	462 876.4	462 876.4	462 876.4	462 876.4	462 876.4
1.2.6	其他流出						
2	投资活动及现金流量						
2.1	现金流入						
2.2	现金流出						
2.2.1	建设投资						
2.2.2	维持运营投资						
2.2.3	流动资金						
2.2.4	其他流出						

（续）

序号	项　目	计　算　期					
		19	20	21	22	23	24
1	经营活动净现金流量	1 287 390.4	1 287 390.4	1 287 390.4	1 287 390.4	1 287 390.4	1 287 390.4
1.1	现金流入	5 309 871.0	5 309 871.0	5 309 871.0	5 309 871.0	5 309 871.0	5 309 871.0
1.1.1	营业收入	4 538 351.3	4 538 351.3	4 538 351.3	4 538 351.3	4 538 351.3	4 538 351.3
1.1.2	增值税销项税额	771 519.7	771 519.7	771 519.7	771 519.7	771 519.7	771 519.7
1.1.3	补贴收入						
1.1.4	其他流入						
1.2	现金流出	4 022 480.6	4 022 480.6	4 022 480.6	4 022 480.6	4 022 480.6	4 022 480.6
1.2.1	经营成本	2 736 982.3	2 736 982.3	2 736 982.3	2 736 982.3	2 736 982.3	2 736 982.3
1.2.2	增值税进项税额	306 954.1	306 954.1	306 954.1	306 954.1	306 954.1	306 954.1
1.2.3	营业税金及附加	51 102.2	51 102.2	51 102.2	51 102.2	51 102.2	51 102.2
1.2.4	增值税	464 565.6	464 565.6	464 565.6	464 565.6	464 565.6	464 565.6
1.2.5	所得税	462 876.4	462 876.4	462 876.4	462 876.4	462 876.4	462 876.4
1.2.6	其他流出						
2	投资活动及现金流量						
2.1	现金流入						
2.2	现金流出						
2.2.1	建设投资						
2.2.2	维持运营投资						
2.2.3	流动资金						
2.2.4	其他流出						

（续）

序号	项目	计算期					
		1	2	3	4	5	6
2.2.1	建设投资						
2.2.2	维持运营投资						
2.2.3	流动资金						
2.2.4	其他流出						
3	筹资活动净现金流量	951 300.0	2 473 380.0	3 932 040.0	4 312 560.0	3 012 425.5	2 179 318.1
3.1	现金流入	968 765.9	2 543 243.0	4 077 588.9	4 522 150.4	3 766 671.3	3 319 575.0
3.1.1	项目资本金投入	397 985.9	830 903.5	1 033 428.9	716 950.4	131 136.4	47 907.0
3.1.2	建设投资借款	570 780.0	1 712 340.0	3 044 160.0	3 805 200.0	3 329 550.0	2 853 900.0
3.1.3	流动资金借款					305 984.9	417 768.0
3.1.4	债券						
3.1.5	短期借款						
3.1.6	其他流入						
3.2	现金流出	17 465.9	69 863.5	145 548.9	209 590.4	754 245.8	1 140 256.9
3.2.1	各种利息支出	17 465.9	69 863.5	145 548.9	209 590.4	249 952.2	227 079.9
3.2.2	偿还债务本金					475 650.0	475 650.0
3.2.3	应付利润（股利分配）					28 643.6	437 527.0
3.2.4	其他流出						
4	净现金流量	951 300.0	2 473 380.0	3 932 040.0	4 312 560.0	3 786 563.7	3 384 898.9
5	累计盈余资金	951 300.0	3 424 680.0	7 356 720.0	11 669 280.0	15 455 843.7	18 840 742.6

（续）

序号	项目	计算期					
		7	8	9	10	11	12
2.2.1	建设投资						
2.2.2	维持运营投资						
2.2.3	流动资金						
2.2.4	其他流出	1 584 233.5	1 104 492.6	640 399.1	177 496.7	−286 596.7	−750 690.1
3	筹资活动净现金流量	2 848 176.5	2 356 878.9	1 881 228.9	1 405 578.9	929 928.9	454 278.9
3.1	现金流入						
3.1.1	项目资本金投入	15 647.5					
3.1.2	建设投资借款	2 378 250.0	1 902 600.0	1 426 950.0	951 300.0	475 650.0	
3.1.3	流动资金借款	454 278.9	454 278.9	454 278.9	454 278.9	454 278.9	454 278.9
3.1.4	债券						
3.1.5	短期借款						
3.1.6	其他流入						
3.2	现金流出	1 263 942.9	1 252 386.4	1 240 829.8	1 228 082.2	1 216 525.6	1 204 969.0
3.2.1	各种利息支出	200 007.4	170 897.9	141 787.9	112 678.1	83 568.3	54 458.5
3.2.2	偿还债务本金	475 650.0	475 650.0	475 650.0	475 650.0	475 650.0	475 650.0
3.2.3	应付利润（股利分配）	588 285.5	605 838.7	623 391.9	639 754.9	657 307.3	674 860.5
3.2.4	其他流出						
4	净现金流量	2 930 251.3	2 440 904.1	1 967 204.4	1 493 705.8	1 020 006.1	546 306.5
5	累计盈余资金	21 770 993.8	24 211 897.9	26 179 102.4	27 672 808.2	28 692 814.3	29 239 120.8

（续）

序号	项目	计算期					
		13	14	15	16	17	18
3	筹资活动净现金流量	-416 871.3	-416 871.3	-416 871.3	-416 871.3	-416 871.3	-416 871.3
3.1	现金流出	454 278.9	454 278.9	454 278.9	454 278.9	454 278.9	454 278.9
3.1.1	项目资本金投入						
3.1.2	建设投资借款						
3.1.3	流动资金借款	454 278.9	454 278.9	454 278.9	454 278.9	454 278.9	454 278.9
3.1.4	债券						
3.1.5	短期借款						
3.1.6	其他流入						
3.2	现金流出	871 150.2	871 150.2	871 150.2	871 150.2	871 150.2	871 150.2
3.2.1	各种利息支出	25 348.8	25 348.8	25 348.8	25 348.8	25 348.8	25 348.8
3.2.2	偿还债务本金						
3.2.3	应付利润（股利分配）	845 801.4	845 801.4	845 801.4	845 801.4	845 801.4	845 801.4
3.2.4	其他流出						
4	净现金流量	870 519.1	870 519.1	870 519.1	870 519.1	870 519.1	870 519.1
5	累计盈余资金	30 109 639.9	30 980 159.0	31 850 678.2	32 721 197.3	33 591 716.4	34 462 235.5

（续）

序号	项目	计算期					
		19	20	21	22	23	24
3	筹资活动净现金流量	-416 871.3	-416 871.3	-416 871.3	-416 871.3	-416 871.3	-833 111.5
3.1	现金流出	454 278.9	454 278.9	454 278.9	454 278.9	454 278.9	
3.1.1	项目资本金投入						
3.1.2	建设投资借款						
3.1.3	流动资金借款	454 278.9	454 278.9	454 278.9	454 278.9	454 278.9	
3.1.4	债券						
3.1.5	短期借款						
3.1.6	其他流入						
3.2	现金流出	871 150.2	871 150.2	871 150.2	871 150.2	871 150.2	833 111.5
3.2.1	各种利息支出	25 348.8	25 348.8	25 348.8	25 348.8	25 348.8	25 348.8
3.2.2	偿还债务本金						
3.2.3	应付利润（股利分配）	845 801.4	845 801.4	845 801.4	845 801.4	845 801.4	807 762.7
3.2.4	其他流出						
4	净现金流量	870 519.1	870 519.1	870 519.1	870 519.1	870 519.1	454 278.9
5	累计盈余资金	35 332 754.6	36 203 273.8	37 073 792.1	37 944 312.0	3 881 483.1	39 269 110.0

表 11-15　敏感性分析

序号	项　目	不确定变化率(%)	项目财务内部收益率(%)	敏感度系数(%)	临界点(%)
	基本方案		13.5		
1	产品产量	-30.0	11.1	8.0	-80.0
		-20.0	11.7	8.9	
		-10.0	12.3	11.6	
		10.0	14.6	10.9	
		20.0	15.1	8.0	
		30.0	15.6	7.0	
2	产品售价	-30.0	6.3	24.0	-32.9
		-20.0	8.3	25.9	
		-10.0	10.2	33.2	
		10.0	16.4	29.4	
		20.0	17.8	21.5	
		30.0	19.1	18.7	
3	建设投资	-30.0	16.1	8.7	483.0
		-20.0	15.4	9.4	
		-10.0	14.7	12.0	
		10.0	12.4	10.4	
		20.0	12.0	7.6	
		30.0	11.5	6.5	
4	经营成本	-30.0	17.2	12.5	55.9
		-20.0	16.3	14.2	
		-10.0	15.4	19.2	
		10.0	11.4	20.5	
		20.0	10.4	15.6	
		30.0	9.2	14.2	

注：计算临界点的基准收益为 12%。

如果评价人员认为较难把握对价格的预测，也可采取将过去几年的统计价格（如 3 年、5 年或 10 年）算术平均后作为项目投产时的预测价格使用。这在国内外也是一种常用的方法。

当评价人员搜集到相当长的价格数据（5 年、10 年），但是对于时间的相关性较差，不易找到价格趋势时，采用上述预测方法的说服力将下降。此时可采取

"假设"的方法进行评价分析。具体做法是，根据已掌握的价格资料，找出成本或成本中的主要原料（如生铁项目的生铁与矿石、轧钢项目的钢材与钢坯等）与产品之间的差价（或毛利润）。选择最高、最低和平均差价，分别计算出盈利指标（如 IRR）。这样可以得到的项目财务评价结论是：根据过去的经验，该项目可能的盈利结论最高、最低各是多少，平均盈利水平是多少，以供投资方决策。

　　总之，钢铁项目评价结果的判断，应该采用动态、市场的观念，同时应该看到，我国钢铁生产能力在总量上已经可以满足国民经济建设的需要了，对于基础材料项目的经济效益，已不会像过去出现"暴利"的情况。

　　如果能够实现上述预测结果，本项目的财务评价指标是可以接受的。

附　　录

附表1　复利系数表($i=1\%$)

n	$(F/P,i,n)$	$(P/F,i,n)$	$(F/A,i,n)$	$(A/F,i,n)$	$(A/P,i,n)$	$(P/A,i,n)$	$(F/G,i,n)$	$(A/G,i,n)$
1	1.010 0	0.990 1	1.000 0	1.000 0	1.010 0	0.990 1	0.000 0	0.000 0
2	1.020 1	0.980 3	2.010 0	0.497 5	0.507 5	1.970 4	1.000 0	0.497 5
3	1.030 3	0.970 6	3.030 1	0.330 0	0.340 0	2.941 0	3.010 0	0.993 4
4	1.040 6	0.961 0	4.060 4	0.246 3	0.256 3	3.902 0	6.040 1	1.487 6
5	1.051 0	0.951 5	5.101 0	0.196 0	0.206 0	4.853 4	10.100 5	1.980 1
6	1.061 5	0.942 0	6.152 0	0.162 5	0.172 5	5.795 5	15.201 5	2.471 0
7	1.072 1	0.932 7	7.213 5	0.138 6	0.148 6	6.728 2	21.353 5	2.960 2
8	1.082 9	0.923 5	8.285 7	0.120 7	0.130 7	7.651 7	28.567 1	3.447 8
9	1.093 7	0.914 3	9.368 5	0.106 7	0.116 7	8.566 0	36.852 7	3.933 7
10	1.104 6	0.905 3	10.462 2	0.095 6	0.105 6	9.471 3	46.221 3	4.417 9
11	1.115 7	0.896 3	11.566 8	0.086 5	0.096 5	10.367 6	56.683 5	4.900 5
12	1.126 8	0.887 4	12.682 5	0.078 8	0.088 8	11.255 1	68.250 3	5.381 5
13	1.138 1	0.878 7	13.809 3	0.072 4	0.082 4	12.133 7	80.932 8	5.860 7
14	1.149 5	0.870 0	14.947 4	0.066 9	0.076 9	13.003 7	94.742 1	6.338 4
15	1.161 0	0.861 3	16.096 9	0.062 1	0.072 1	13.865 1	109.689 6	6.814 3
16	1.172 6	0.852 8	17.257 9	0.057 9	0.067 9	14.717 9	125.786 4	7.288 6
17	1.184 3	0.844 4	18.430 4	0.054 3	0.064 3	15.562 3	143.044 3	7.761 3
18	1.196 1	0.836 0	19.614 7	0.051 0	0.061 0	16.398 3	161.474 8	8.232 3
19	1.208 1	0.827 7	20.810 9	0.048 1	0.058 1	17.226 0	181.089 5	8.701 7
20	1.220 2	0.819 5	22.019 0	0.045 4	0.055 4	18.045 6	201.900 4	9.169 4
21	1.232 4	0.811 4	23.239 2	0.043 0	0.053 0	18.857 0	223.919 4	9.635 4
22	1.244 7	0.803 4	24.471 6	0.040 9	0.050 9	19.660 4	247.158 6	10.099 8
23	1.257 2	0.795 4	25.716 3	0.038 9	0.048 9	20.455 8	271.630 2	10.562 6
24	1.269 7	0.787 6	26.973 5	0.037 1	0.047 1	21.243 4	297.346 5	11.023 7
25	1.282 4	0.779 8	28.243 2	0.035 4	0.045 4	22.023 2	324.320 0	11.483 1
26	1.295 3	0.772 0	29.525 6	0.033 9	0.043 9	22.795 2	352.563 1	11.940 9
27	1.308 2	0.764 4	30.820 9	0.032 4	0.042 4	23.559 6	382.088 8	12.397 1
28	1.321 3	0.756 8	32.129 1	0.031 1	0.041 1	24.316 4	412.909 7	12.851 6
29	1.334 5	0.749 3	33.450 4	0.029 9	0.039 9	25.065 8	445.038 8	13.304 4
30	1.347 8	0.741 9	34.784 9	0.028 7	0.038 7	25.807 7	478.489 2	13.755 7
31	1.361 3	0.734 6	36.132 7	0.027 7	0.037 7	26.542 3	513.274 0	14.205 2
32	1.374 9	0.727 3	37.494 1	0.026 7	0.036 7	27.269 6	549.406 8	14.653 2
33	1.388 7	0.720 1	38.869 0	0.025 7	0.035 7	27.989 7	586.900 9	15.099 5
34	1.402 6	0.713 0	40.257 7	0.024 8	0.034 8	28.702 7	625.769 9	15.544 1
35	1.416 6	0.705 9	41.660 3	0.024 0	0.034 0	29.408 6	666.027 6	15.987 1
36	1.430 8	0.698 9	43.076 9	0.023 2	0.033 2	30.107 5	707.687 8	16.428 5
37	1.445 1	0.692 0	44.507 6	0.022 5	0.032 5	30.799 5	750.764 7	16.868 2
38	1.459 5	0.685 2	45.952 7	0.021 8	0.031 8	31.484 7	795.272 4	17.306 3
39	1.474 1	0.678 4	47.412 3	0.021 1	0.031 1	32.163 0	841.225 1	17.742 8
40	1.488 9	0.671 7	48.886 4	0.020 5	0.030 5	32.834 7	888.637 3	18.177 6
41	1.503 8	0.665 0	50.375 2	0.019 9	0.029 9	33.499 7	937.523 7	18.610 8
42	1.518 8	0.658 4	51.879 0	0.019 3	0.029 3	34.158 1	987.898 9	19.042 4
43	1.534 0	0.651 9	53.397 8	0.018 7	0.028 7	34.810 0	1 039.777 9	19.472 3
44	1.549 3	0.645 4	54.931 8	0.018 2	0.028 2	35.455 5	1 093.175 7	19.900 6
45	1.564 8	0.639 1	56.481 1	0.017 7	0.027 7	36.094 5	1 148.107 5	20.327 3
46	1.580 5	0.632 7	58.045 9	0.017 2	0.027 2	36.727 2	1 204.588 5	20.752 4
47	1.596 3	0.626 5	59.626 3	0.016 8	0.026 8	37.353 7	1 262.634 4	21.175 8
48	1.612 2	0.620 3	61.222 6	0.016 3	0.026 3	37.974 0	1 322.260 8	21.597 6
49	1.628 3	0.614 1	62.834 8	0.015 9	0.025 9	38.588 1	1 383.483 4	22.017 8
50	1.644 6	0.608 0	64.463 2	0.015 5	0.025 5	39.196 1	1 446.318 2	22.436 3

附表2　复利系数表($i=2\%$)

n	$(F/P,i,n)$	$(P/F,i,n)$	$(F/A,i,n)$	$(A/F,i,n)$	$(A/P,i,n)$	$(P/A,i,n)$	$(F/G,i,n)$	$(A/G,i,n)$
1	1.020 0	0.980 4	1.000 0	1.000 0	1.020 0	0.980 4	0.000 0	0.000 0
2	1.040 4	0.961 2	2.020 0	0.495 0	0.515 0	1.941 6	1.000 0	0.495 0
3	1.061 2	0.942 3	3.060 4	0.326 8	0.346 8	2.883 9	3.020 0	0.986 8
4	1.082 4	0.923 8	4.121 6	0.242 6	0.262 6	3.807 7	6.080 4	1.475 2
5	1.104 1	0.905 7	5.204 0	0.192 2	0.212 2	4.713 5	10.202 0	1.960 4
6	1.126 2	0.888 0	6.308 1	0.158 5	0.178 5	5.601 4	15.406 0	2.442 3
7	1.148 7	0.870 6	7.434 3	0.134 5	0.154 5	6.472 0	21.714 2	2.920 8
8	1.171 7	0.853 5	8.583 0	0.116 5	0.136 5	7.325 5	29.148 5	3.396 1
9	1.195 1	0.836 8	9.754 6	0.102 5	0.122 5	8.162 2	37.731 4	3.868 1
10	1.219 0	0.820 3	10.949 7	0.091 3	0.111 3	8.982 6	47.486 0	4.336 7
11	1.243 4	0.804 3	12.168 7	0.082 2	0.102 2	9.786 8	58.435 8	4.802 1
12	1.268 2	0.788 5	13.412 1	0.074 6	0.094 6	10.575 3	70.604 5	5.264 2
13	1.293 6	0.773 0	14.680 3	0.068 1	0.088 1	11.348 4	84.016 6	5.723 1
14	1.319 5	0.757 9	15.973 9	0.062 6	0.082 6	12.106 2	98.696 9	6.178 6
15	1.345 9	0.743 0	17.293 4	0.057 8	0.077 8	12.849 3	114.670 8	6.630 9
16	1.372 8	0.728 4	18.639 3	0.053 7	0.073 7	13.577 7	131.964 3	7.079 9
17	1.400 2	0.714 2	20.012 1	0.050 0	0.070 0	14.291 9	150.603 5	7.525 6
18	1.428 2	0.700 2	21.412 3	0.046 7	0.066 7	14.992 0	170.615 6	7.968 1
19	1.456 8	0.686 4	22.840 6	0.043 8	0.063 8	15.678 5	192.027 9	8.407 3
20	1.485 9	0.673 0	24.297 4	0.041 2	0.061 2	16.351 4	214.868 5	8.843 9
21	1.515 7	0.659 8	25.783 3	0.038 8	0.058 8	17.011 2	239.165 9	9.276 0
22	1.546 0	0.646 8	27.299 0	0.036 6	0.056 6	17.658 0	264.949 2	9.705 5
23	1.576 9	0.634 2	28.845 0	0.034 7	0.054 7	18.292 2	292.248 2	10.131 7
24	1.608 4	0.621 7	30.421 9	0.032 9	0.052 9	18.913 9	321.093 1	10.554 7
25	1.640 6	0.609 5	32.030 3	0.031 2	0.051 2	19.523 5	351.515 0	10.974 5
26	1.673 4	0.597 6	33.670 9	0.029 7	0.049 7	20.121 0	383.545 3	11.391 0
27	1.706 9	0.585 9	35.344 3	0.028 3	0.048 3	20.706 9	417.216 2	11.804 3
28	1.741 0	0.574 4	37.051 2	0.027 0	0.047 0	21.281 3	452.560 5	12.214 5
29	1.775 8	0.563 1	38.792 2	0.025 8	0.045 8	21.844 4	489.611 7	12.621 4
30	1.811 4	0.552 1	40.568 1	0.024 6	0.044 6	22.396 5	528.404 0	13.025 1
31	1.847 6	0.541 2	42.379 4	0.023 6	0.043 6	22.937 7	568.972 0	13.425 7
32	1.884 5	0.530 6	44.227 0	0.022 6	0.042 6	23.468 3	611.351 5	13.823 0
33	1.922 2	0.520 2	46.111 6	0.021 7	0.041 7	23.988 6	655.578 5	14.217 2
34	1.960 7	0.510 0	48.033 8	0.020 8	0.040 8	24.498 6	701.690 1	14.608 3
35	1.999 9	0.500 0	49.994 5	0.020 0	0.040 0	24.998 6	749.723 9	14.996 1
36	2.039 9	0.490 2	51.994 4	0.019 2	0.039 2	25.488 8	799.718 4	15.380 9
37	2.080 7	0.480 6	54.034 3	0.018 5	0.038 5	25.969 5	851.712 7	15.762 5
38	2.122 3	0.471 2	56.114 9	0.017 8	0.037 8	26.440 6	905.747 0	16.140 9
39	2.164 7	0.461 9	58.237 2	0.017 2	0.037 2	26.902 6	961.861 9	16.516 3
40	2.208 0	0.452 9	60.402 0	0.016 6	0.036 6	27.355 5	1 020.099 2	16.888 5
41	2.252 2	0.444 0	62.610 0	0.016 0	0.036 0	27.799 5	1 080.501 1	17.257 6
42	2.297 2	0.435 3	64.862 2	0.015 4	0.035 4	28.234 8	1 143.111 2	17.623 7
43	2.343 2	0.426 8	67.159 5	0.014 9	0.034 9	28.661 6	1 207.973 4	17.986 6
44	2.390 1	0.418 4	69.502 7	0.014 4	0.034 4	29.080 0	1 275.132 9	18.346 5
45	2.437 9	0.410 2	71.892 7	0.013 9	0.033 9	29.490 2	1 344.635 5	18.703 4
46	2.486 6	0.402 2	74.330 6	0.013 5	0.033 5	29.892 3	1 416.528 2	19.057 1
47	2.536 3	0.394 3	76.817 2	0.013 0	0.033 0	30.286 6	1 490.858 8	19.407 9
48	2.587 1	0.386 5	79.353 5	0.012 6	0.032 6	30.673 1	1 567.676 0	19.755 6
49	2.638 8	0.379 0	81.940 6	0.012 2	0.032 2	31.052 1	1 647.029 5	20.100 3
50	2.691 6	0.371 5	84.579 4	0.011 8	0.031 8	31.423 6	1 728.970 1	20.442 0

附表 3　复利系数表($i=3\%$)

n	$(F/P,i,n)$	$(P/F,i,n)$	$(F/A,i,n)$	$(A/F,i,n)$	$(A/P,i,n)$	$(P/A,i,n)$	$(F/G,i,n)$	$(A/G,i,n)$
1	1.030 0	0.970 9	1.000 0	1.000 0	1.030 0	0.970 9	0.000 0	0.000 0
2	1.060 9	0.942 6	2.030 0	0.492 6	0.522 6	1.913 5	1.000 0	0.492 6
3	1.092 7	0.915 1	3.090 9	0.323 5	0.353 5	2.828 6	3.030 0	0.980 3
4	1.125 5	0.888 5	4.183 6	0.239 0	0.269 0	3.717 1	6.120 9	1.463 1
5	1.159 3	0.862 6	5.309 1	0.188 4	0.218 4	4.579 7	10.304 5	1.940 9
6	1.194 1	0.837 5	6.468 4	0.154 6	0.184 6	5.417 2	15.613 7	2.413 8
7	1.229 9	0.813 1	7.662 5	0.130 5	0.160 5	6.230 3	22.082 1	2.881 9
8	1.266 8	0.789 4	8.892 3	0.112 5	0.142 5	7.019 7	29.744 5	3.345 0
9	1.304 8	0.766 4	10.159 1	0.098 4	0.128 4	7.786 1	38.636 9	3.803 2
10	1.343 9	0.744 1	11.463 9	0.087 2	0.117 2	8.530 2	48.796 0	4.256 5
11	1.384 2	0.722 4	12.807 8	0.078 1	0.108 1	9.252 6	60.259 9	4.704 9
12	1.425 8	0.701 4	14.192 0	0.070 5	0.100 5	9.954 0	73.067 7	5.148 5
13	1.468 5	0.681 0	15.617 8	0.064 0	0.094 0	10.635 0	87.259 7	5.587 2
14	1.512 6	0.661 1	17.086 3	0.058 5	0.088 5	11.296 1	102.877 5	6.021 0
15	1.558 0	0.641 9	18.598 9	0.053 8	0.083 8	11.937 9	119.963 8	6.450 0
16	1.604 7	0.623 2	20.156 9	0.049 6	0.079 6	12.561 1	138.562 7	6.874 2
17	1.652 8	0.605 0	21.761 6	0.046 0	0.076 0	13.166 1	158.719 6	7.293 4
18	1.702 4	0.587 4	23.414 4	0.042 7	0.072 7	13.753 5	180.481 2	7.708 1
19	1.753 5	0.570 3	25.116 9	0.039 8	0.069 8	14.323 8	203.895 6	8.117 9
20	1.806 1	0.553 7	26.870 4	0.037 2	0.067 2	14.877 5	229.012 5	8.522 9
21	1.860 3	0.537 5	28.676 5	0.034 9	0.064 9	15.415 0	255.882 9	8.923 1
22	1.916 1	0.521 9	30.536 8	0.032 7	0.062 7	15.936 9	284.559 3	9.318 6
23	1.973 6	0.506 7	32.452 9	0.030 8	0.060 8	16.443 6	315.096 1	9.709 3
24	2.032 8	0.491 9	34.426 5	0.029 0	0.059 0	16.935 5	347.549 0	10.095 4
25	2.093 8	0.477 6	36.459 3	0.027 4	0.057 4	17.413 1	381.975 5	10.476 8
26	2.156 6	0.463 7	38.553 0	0.025 9	0.055 9	17.876 8	418.434 7	10.853 5
27	2.221 3	0.450 2	40.709 6	0.024 6	0.054 6	18.327 0	456.987 8	11.225 5
28	2.287 9	0.437 1	42.930 9	0.023 3	0.053 3	18.764 1	497.697 4	11.593 0
29	2.356 6	0.424 3	45.218 9	0.022 1	0.052 1	19.188 5	540.628 3	11.955 8
30	2.427 3	0.412 0	47.575 4	0.021 0	0.051 0	19.600 4	585.847 2	12.314 1
31	2.500 1	0.400 0	50.002 7	0.020 0	0.050 0	20.000 4	633.422 6	12.667 8
32	2.575 1	0.388 3	52.502 8	0.019 0	0.049 0	20.388 8	683.425 3	13.016 9
33	2.652 3	0.377 0	55.077 8	0.018 2	0.048 2	20.765 8	735.928 0	13.361 6
34	2.731 9	0.366 0	57.730 2	0.017 3	0.047 3	21.131 8	791.005 9	13.701 8
35	2.813 9	0.355 4	60.462 1	0.016 5	0.046 5	21.487 2	848.736 1	14.037 5
36	2.898 3	0.345 0	63.275 9	0.015 8	0.045 8	21.832 3	909.198 1	14.368 8
37	2.985 2	0.335 0	66.174 2	0.015 1	0.045 1	22.167 2	972.474 1	14.695 7
38	3.074 8	0.325 2	69.159 4	0.014 5	0.044 5	22.492 5	1 038.648 3	15.018 2
39	3.167 0	0.315 8	72.234 2	0.013 8	0.043 8	22.808 2	1 107.807 8	15.336 3
40	3.262 0	0.306 6	75.401 3	0.013 3	0.043 3	23.114 8	1 180.042 0	15.650 2
41	3.359 9	0.297 6	78.663 3	0.012 7	0.042 7	23.412 4	1 255.443 3	15.959 7
42	3.460 7	0.289 0	82.023 2	0.012 2	0.042 2	23.701 4	1 334.106 5	16.265 0
43	3.564 5	0.280 5	85.483 9	0.011 7	0.041 7	23.981 9	1 416.129 7	16.566 0
44	3.671 5	0.272 4	89.048 4	0.011 2	0.041 2	24.254 3	1 501.613 6	16.862 9
45	3.781 6	0.264 4	92.719 9	0.010 8	0.040 8	24.518 7	1 590.662 0	17.155 6
46	3.895 0	0.256 7	96.501 5	0.010 4	0.040 4	24.775 4	1 683.381 9	17.444 1
47	4.011 9	0.249 3	100.396 5	0.010 0	0.040 0	25.024 7	1 779.883 4	17.728 5
48	4.132 3	0.242 0	104.408 4	0.009 6	0.039 6	25.266 7	1 880.279 9	18.008 9
49	4.256 2	0.235 0	108.540 6	0.009 2	0.039 2	25.501 7	1 984.688 3	18.285 2
50	4.383 9	0.228 1	112.796 9	0.008 9	0.038 9	25.729 8	2 093.228 9	18.557 5

附表4 复利系数表($i=4\%$)

n	$(F/P,i,n)$	$(P/F,i,n)$	$(F/A,i,n)$	$(A/F,i,n)$	$(A/P,i,n)$	$(P/A,i,n)$	$(F/G,i,n)$	$(A/G,i,n)$
1	1.040 0	0.961 5	1.000 0	1.000 0	1.040 0	0.961 5	0.000 0	0.000 0
2	1.081 6	0.924 6	2.040 0	0.490 2	0.530 2	1.886 1	1.000 0	0.490 2
3	1.124 9	0.889 0	3.121 6	0.320 3	0.360 3	2.775 1	3.040 0	0.973 9
4	1.169 9	0.854 8	4.246 5	0.235 5	0.275 5	3.629 9	6.161 6	1.451 0
5	1.216 7	0.821 9	5.416 3	0.184 6	0.224 6	4.451 8	10.408 1	1.921 6
6	1.265 3	0.790 3	6.633 0	0.150 8	0.190 8	5.242 1	15.824 4	2.385 7
7	1.315 9	0.759 9	7.898 3	0.126 6	0.166 6	6.002 1	22.457 4	2.843 3
8	1.368 6	0.730 7	9.214 2	0.108 5	0.148 5	6.732 7	30.355 7	3.294 4
9	1.423 3	0.702 6	10.582 8	0.094 5	0.134 5	7.435 3	39.569 9	3.739 1
10	1.480 2	0.675 6	12.006 1	0.083 3	0.123 3	8.110 9	50.152 7	4.177 3
11	1.539 5	0.649 6	13.486 4	0.074 1	0.114 1	8.760 5	62.158 8	4.609 0
12	1.601 0	0.624 6	15.025 8	0.066 6	0.106 6	9.385 1	75.645 1	5.034 3
13	1.665 1	0.600 6	16.626 8	0.060 1	0.100 1	9.985 6	90.670 9	5.453 3
14	1.731 7	0.577 5	18.291 9	0.054 7	0.094 7	10.563 1	107.297 8	5.865 9
15	1.800 9	0.555 3	20.023 6	0.049 9	0.089 9	11.118 4	125.589 7	6.272 1
16	1.873 0	0.533 9	21.824 5	0.045 8	0.085 8	11.652 3	145.613 3	6.672 0
17	1.947 9	0.513 4	23.697 5	0.042 2	0.082 2	12.165 7	167.437 8	7.065 6
18	2.025 8	0.493 6	25.645 4	0.039 0	0.079 0	12.659 3	191.135 3	7.453 0
19	2.106 8	0.474 6	27.671 2	0.036 1	0.076 1	13.133 9	216.780 7	7.834 2
20	2.191 1	0.456 4	29.778 1	0.033 6	0.073 6	13.590 3	244.452 0	8.209 1
21	2.278 8	0.438 8	31.969 2	0.031 3	0.071 3	14.029 2	274.230 0	8.577 9
22	2.369 9	0.422 0	34.248 0	0.029 2	0.069 2	14.451 1	306.199 2	8.940 7
23	2.464 7	0.405 7	36.617 9	0.027 3	0.067 3	14.856 8	340.447 2	9.297 3
24	2.563 3	0.390 1	39.082 6	0.025 6	0.065 6	15.247 0	377.065 1	9.647 9
25	2.665 8	0.375 1	41.645 9	0.024 0	0.064 0	15.622 1	416.147 7	9.992 5
26	2.772 5	0.360 7	44.311 7	0.022 6	0.062 6	15.982 8	457.793 6	10.331 2
27	2.883 4	0.346 8	47.084 2	0.021 2	0.061 2	16.329 6	502.105 4	10.664 0
28	2.998 7	0.333 5	49.967 6	0.020 0	0.060 0	16.663 1	549.189 6	10.990 9
29	3.118 7	0.320 7	52.966 3	0.018 9	0.058 9	16.983 7	599.157 2	11.312 0
30	3.243 4	0.308 3	56.084 9	0.017 8	0.057 8	17.292 0	652.123 4	11.627 4
31	3.373 1	0.296 5	59.328 3	0.016 9	0.056 9	17.588 5	708.208 4	11.937 1
32	3.508 1	0.285 1	62.701 5	0.015 9	0.055 9	17.873 6	767.536 7	12.241 1
33	3.648 4	0.274 1	66.209 5	0.015 1	0.055 1	18.147 6	830.238 2	12.539 6
34	3.794 3	0.263 6	69.857 9	0.014 3	0.054 3	18.411 2	896.447 7	12.832 4
35	3.946 1	0.253 4	73.652 2	0.013 6	0.053 6	18.664 8	966.305 6	13.119 8
36	4.103 9	0.243 7	77.598 3	0.012 9	0.052 9	18.908 3	1 039.957 8	13.401 8
37	4.268 1	0.234 3	81.702 2	0.012 2	0.052 2	19.142 6	1 117.556 2	13.678 4
38	4.438 8	0.225 3	85.970 3	0.011 6	0.051 6	19.367 9	1 199.258 4	13.949 7
39	4.616 4	0.216 6	90.409 1	0.011 1	0.051 1	19.584 5	1 285.228 7	14.215 7
40	4.801 0	0.208 3	95.025 5	0.010 5	0.050 5	19.792 8	1 375.637 9	14.476 5
41	4.993 1	0.200 3	99.826 5	0.010 0	0.050 0	19.993 1	1 470.663 4	14.732 2
42	5.192 8	0.192 6	104.819 6	0.009 5	0.049 5	20.185 6	1 570.489 9	14.982 8
43	5.400 5	0.185 2	110.012 4	0.009 1	0.049 1	20.370 8	1 675.309 5	15.228 4
44	5.616 5	0.178 0	115.412 9	0.008 7	0.048 7	20.548 8	1 785.321 9	15.469 0
45	5.841 2	0.171 2	121.029 4	0.008 3	0.048 3	20.720 0	1 900.734 8	15.704 7
46	6.074 8	0.164 6	126.870 6	0.007 9	0.047 9	20.884 7	2 021.764 2	15.935 6
47	6.317 8	0.158 3	132.945 4	0.007 5	0.047 5	21.042 9	2 148.634 8	16.161 8
48	6.570 5	0.152 2	139.263 2	0.007 2	0.047 2	21.195 1	2 281.580 2	16.383 2
49	6.833 3	0.146 3	145.833 7	0.006 9	0.046 9	21.341 5	2 420.843 4	16.600 0
50	7.106 7	0.140 7	152.667 1	0.006 6	0.046 6	21.482 2	2 566.677 1	16.812 2

附表5　复利系数表($i = 5\%$)

n	$(F/P, i, n)$	$(P/F, i, n)$	$(F/A, i, n)$	$(A/F, i, n)$	$(A/P, i, n)$	$(P/A, i, n)$	$(F/G, i, n)$	$(A/G, i, n)$
1	1.050 0	0.952 4	1.000 0	1.000 0	1.050 0	0.952 4	0.000 0	0.000 0
2	1.102 5	0.907 0	2.050 0	0.487 8	0.537 8	1.859 4	1.000 0	0.487 8
3	1.157 6	0.863 8	3.152 5	0.317 2	0.367 2	2.723 2	3.050 0	0.967 5
4	1.215 5	0.822 7	4.310 1	0.232 0	0.282 0	3.546 0	6.202 5	1.439 1
5	1.276 3	0.783 5	5.525 6	0.181 0	0.231 0	4.329 5	10.512 6	1.902 5
6	1.340 1	0.746 2	6.801 9	0.147 0	0.197 0	5.075 7	16.038 3	2.357 9
7	1.407 1	0.710 7	8.142 0	0.122 8	0.172 8	5.786 4	22.840 2	2.805 2
8	1.477 5	0.676 8	9.549 1	0.104 7	0.154 7	6.463 2	30.982 2	3.244 5
9	1.551 3	0.644 6	11.026 6	0.090 7	0.140 7	7.107 8	40.531 3	3.675 8
10	1.628 9	0.613 9	12.577 9	0.079 5	0.129 5	7.721 7	51.557 9	4.099 1
11	1.710 3	0.584 7	14.206 8	0.070 4	0.120 4	8.306 4	64.135 7	4.514 4
12	1.795 9	0.556 8	15.917 1	0.062 8	0.112 8	8.863 3	78.342 5	4.921 9
13	1.885 6	0.530 3	17.713 0	0.056 5	0.106 5	9.393 6	94.259 7	5.321 5
14	1.979 9	0.505 1	19.598 6	0.051 0	0.101 0	9.898 6	111.972 6	5.713 3
15	2.078 9	0.481 0	21.578 6	0.046 3	0.096 3	10.379 7	131.571 3	6.097 3
16	2.182 9	0.458 1	23.657 5	0.042 3	0.092 3	10.837 8	153.149 8	6.473 6
17	2.292 0	0.436 3	25.840 4	0.038 7	0.088 7	11.274 1	176.807 3	6.842 3
18	2.406 6	0.415 5	28.132 4	0.035 5	0.085 5	11.689 6	202.647 7	7.203 4
19	2.527 0	0.395 7	30.539 0	0.032 7	0.082 7	12.085 3	230.780 1	7.556 9
20	2.653 3	0.376 9	33.066 0	0.030 2	0.080 2	12.462 2	261.319 1	7.903 0
21	2.786 0	0.358 9	35.719 3	0.028 0	0.078 0	12.821 2	294.385 0	8.241 6
22	2.925 3	0.341 8	38.505 2	0.026 0	0.076 0	13.163 0	330.104 3	8.573 0
23	3.071 5	0.325 6	41.430 5	0.024 1	0.074 1	13.488 6	368.609 5	8.897 1
24	3.225 1	0.310 1	44.502 0	0.022 5	0.072 5	13.798 6	410.040 0	9.214 0
25	3.386 4	0.295 3	47.727 1	0.021 0	0.071 0	14.093 9	454.542 0	9.523 8
26	3.555 7	0.281 2	51.113 5	0.019 6	0.069 6	14.375 2	502.269 1	9.826 6
27	3.733 5	0.267 8	54.669 1	0.018 3	0.068 3	14.643 0	553.382 5	10.122 4
28	3.920 1	0.255 1	58.402 6	0.017 1	0.067 1	14.898 1	608.051 7	10.411 4
29	4.116 1	0.242 9	62.322 7	0.016 0	0.066 0	15.141 1	666.454 2	10.693 6
30	4.321 9	0.231 4	66.438 8	0.015 1	0.065 1	15.372 5	728.777 0	10.969 1
31	4.538 0	0.220 4	70.760 8	0.014 1	0.064 1	15.592 8	795.215 8	11.238 1
32	4.764 9	0.209 9	75.298 8	0.013 3	0.063 3	15.802 7	865.976 6	11.500 5
33	5.003 2	0.199 9	80.063 8	0.012 5	0.062 5	16.002 5	941.275 4	11.756 6
34	5.253 3	0.190 4	85.067 0	0.011 8	0.061 8	16.192 9	1 021.339 2	12.006 3
35	5.516 0	0.181 3	90.320 3	0.011 1	0.061 1	16.374 2	1 106.406 1	12.249 8
36	5.791 8	0.172 7	95.836 3	0.010 4	0.060 4	16.546 9	1 196.726 5	12.487 2
37	6.081 4	0.164 4	101.628 1	0.009 8	0.059 8	16.711 3	1 292.562 8	12.718 6
38	6.385 5	0.156 6	107.709 5	0.009 3	0.059 3	16.867 9	1 394.190 9	12.944 0
39	6.704 8	0.149 1	114.095 0	0.008 8	0.058 8	17.017 0	1 501.900 5	13.163 6
40	7.040 0	0.142 0	120.799 8	0.008 3	0.058 3	17.159 1	1 615.995 5	13.377 5
41	7.392 0	0.135 3	127.839 8	0.007 8	0.057 8	17.294 4	1 736.795 3	13.585 7
42	7.761 6	0.128 8	135.231 8	0.007 4	0.057 4	17.423 2	1 864.635 0	13.788 4
43	8.149 7	0.122 7	142.993 3	0.007 0	0.057 0	17.545 9	1 999.866 8	13.985 7
44	8.557 2	0.116 9	151.143 0	0.006 6	0.056 6	17.662 8	2 142.860 1	14.177 7
45	8.985 0	0.111 3	159.700 2	0.006 3	0.056 3	17.774 1	2 294.003 1	14.364 4
46	9.434 3	0.106 0	168.685 2	0.005 9	0.055 9	17.880 1	2 453.703 3	14.546 1
47	9.906 0	0.100 9	178.119 4	0.005 6	0.055 6	17.981 0	2 622.388 4	14.722 6
48	10.401 3	0.096 1	188.025 4	0.005 3	0.055 3	18.077 2	2 800.507 9	14.894 3
49	10.921 3	0.091 6	198.426 7	0.005 0	0.055 0	18.168 7	2 988.533 3	15.061 1
50	11.467 4	0.087 2	209.348 0	0.004 8	0.054 8	18.255 9	3 186.959 9	15.223 3

附表6 复利系数表($i=6\%$)

n	$(F/P,i,n)$	$(P/F,i,n)$	$(F/A,i,n)$	$(A/F,i,n)$	$(A/P,i,n)$	$(P/A,i,n)$	$(F/G,i,n)$	$(A/G,i,n)$
1	1.060 0	0.943 4	1.000 0	1.000 0	1.060 0	0.943 4	0.000 0	0.000 0
2	1.123 6	0.890 0	2.060 0	0.485 4	0.545 4	1.833 4	1.000 0	0.485 4
3	1.191 0	0.839 6	3.183 6	0.314 1	0.374 1	2.673 0	3.060 0	0.961 2
4	1.262 5	0.792 1	4.374 6	0.228 6	0.288 6	3.465 1	6.243 6	1.427 2
5	1.338 2	0.747 3	5.637 1	0.177 4	0.237 4	4.212 4	10.618 2	1.883 6
6	1.418 5	0.705 0	6.975 3	0.143 4	0.203 4	4.917 3	16.255 3	2.330 4
7	1.503 6	0.665 1	8.393 8	0.119 1	0.179 1	5.582 4	23.230 6	2.767 6
8	1.593 8	0.627 4	9.897 5	0.101 0	0.161 0	6.209 8	31.624 5	3.195 2
9	1.689 5	0.591 9	11.491 3	0.087 0	0.147 0	6.801 7	41.521 9	3.613 3
10	1.790 8	0.558 4	13.180 8	0.075 9	0.135 9	7.360 1	53.013 2	4.022 0
11	1.898 3	0.526 8	14.971 6	0.066 8	0.126 8	7.886 9	66.194 0	4.421 3
12	2.012 2	0.497 0	16.869 9	0.059 3	0.119 3	8.383 8	81.165 7	4.811 3
13	2.132 9	0.468 8	18.882 1	0.053 0	0.113 0	8.852 7	98.035 6	5.192 0
14	2.260 9	0.442 3	21.015 1	0.047 6	0.107 6	9.295 0	116.917 8	5.563 5
15	2.396 6	0.417 3	23.276 0	0.043 0	0.103 0	9.712 2	137.932 8	5.926 0
16	2.540 4	0.393 6	25.672 5	0.039 0	0.099 0	10.105 9	161.208 8	6.279 4
17	2.692 8	0.371 4	28.212 9	0.035 4	0.095 4	10.477 3	186.881 3	6.624 0
18	2.854 3	0.350 3	30.905 7	0.032 4	0.092 4	10.827 6	215.094 2	6.959 7
19	3.025 6	0.330 5	33.760 0	0.029 6	0.089 6	11.158 1	245.999 9	7.286 7
20	3.207 1	0.311 8	36.785 6	0.027 2	0.087 2	11.469 9	279.759 9	7.605 1
21	3.399 6	0.294 2	39.992 7	0.025 0	0.085 0	11.764 1	316.545 4	7.915 1
22	3.603 5	0.277 5	43.392 3	0.023 0	0.083 0	12.041 6	356.538 2	8.216 6
23	3.819 7	0.261 8	46.995 8	0.021 3	0.081 3	12.303 4	399.930 5	8.509 9
24	4.048 9	0.247 0	50.815 6	0.019 7	0.079 7	12.550 4	446.926 3	8.795 1
25	4.291 9	0.233 0	54.864 5	0.018 2	0.078 2	12.783 4	497.741 9	9.072 2
26	4.549 4	0.219 8	59.156 4	0.016 9	0.076 9	13.003 2	552.606 4	9.341 4
27	4.822 3	0.207 4	63.705 8	0.015 7	0.075 7	13.210 5	611.762 8	9.602 9
28	5.111 7	0.195 6	68.528 1	0.014 6	0.074 6	13.406 2	675.468 5	9.856 8
29	5.418 4	0.184 6	73.639 8	0.013 6	0.073 6	13.590 7	743.996 6	10.103 2
30	5.743 5	0.174 1	79.058 2	0.012 6	0.072 6	13.764 8	817.636 4	10.342 5
31	6.088 1	0.164 3	84.801 7	0.011 8	0.071 8	13.929 1	896.694 6	10.574 0
32	6.453 4	0.155 0	90.889 8	0.011 0	0.071 0	14.084 0	981.496 3	10.798 8
33	6.840 6	0.146 2	97.343 2	0.010 3	0.070 3	14.230 2	1 072.386 1	11.016 6
34	7.251 0	0.137 9	104.183 8	0.009 6	0.069 6	14.368 1	1 169.729 2	11.227 6
35	7.686 1	0.130 1	111.434 8	0.009 0	0.069 0	14.498 2	1 273.913 0	11.431 9
36	8.147 3	0.122 7	119.120 9	0.008 4	0.068 4	14.621 0	1 385.347 8	11.629 8
37	8.636 1	0.115 8	127.268 1	0.007 9	0.067 9	14.736 8	1 504.468 6	11.821 3
38	9.154 3	0.109 2	135.904 2	0.007 4	0.067 4	14.846 0	1 631.736 8	12.006 5
39	9.703 5	0.103 1	145.058 5	0.006 9	0.066 9	14.949 1	1 767.641 0	12.185 7
40	10.285 7	0.097 2	154.762 0	0.006 5	0.066 5	15.046 3	1 912.699 4	12.359 0
41	10.902 9	0.091 7	165.047 7	0.006 1	0.066 1	15.138 0	2 067.461 4	12.526 4
42	11.557 0	0.086 5	175.950 5	0.005 7	0.065 7	15.224 5	2 232.509 1	12.688 3
43	12.250 5	0.081 6	187.507 6	0.005 3	0.065 3	15.306 2	2 408.459 6	12.844 6
44	12.985 5	0.077 0	199.758 0	0.005 0	0.065 0	15.383 2	2 595.967 2	12.995 6
45	13.764 6	0.072 7	212.743 5	0.004 7	0.064 7	15.455 8	2 795.725 2	13.141 3
46	14.590 5	0.068 5	226.508 1	0.004 4	0.064 4	15.524 4	3 008.468 7	13.281 9
47	15.465 9	0.064 7	241.098 6	0.004 1	0.064 1	15.589 0	3 234.976 9	13.417 7
48	16.393 9	0.061 0	256.564 5	0.003 9	0.063 9	15.650 0	3 476.075 5	13.548 5
49	17.377 5	0.057 5	272.958 4	0.003 7	0.063 7	15.707 6	3 732.640 0	13.674 8
50	18.420 2	0.054 3	290.335 9	0.003 4	0.063 4	15.761 9	4 005.598 4	13.796 4

附表 7　复利系数表 ($i = 7\%$)

n	$(F/P,i,n)$	$(P/F,i,n)$	$(F/A,i,n)$	$(A/F,i,n)$	$(A/P,i,n)$	$(P/A,i,n)$	$(F/G,i,n)$	$(A/G,i,n)$
1	1.070 0	0.934 6	1.000 0	1.000 0	1.070 0	0.934 6	0.000 0	0.000 0
2	1.144 9	0.873 4	2.070 0	0.483 1	0.553 1	1.808 0	1.000 0	0.483 1
3	1.225 0	0.816 3	3.214 9	0.311 1	0.381 1	2.624 3	3.070 0	0.954 9
4	1.310 8	0.762 9	4.439 9	0.225 2	0.295 2	3.387 2	6.284 9	1.415 5
5	1.402 6	0.713 0	5.750 7	0.173 9	0.243 9	4.100 2	10.724 8	1.865 0
6	1.500 7	0.666 3	7.153 3	0.139 8	0.209 8	4.766 5	16.475 6	2.303 2
7	1.605 8	0.622 7	8.654 0	0.115 6	0.185 6	5.389 3	23.628 9	2.730 4
8	1.718 2	0.582 0	10.259 8	0.097 5	0.167 5	5.971 3	32.282 9	3.146 5
9	1.838 5	0.543 9	11.978 0	0.083 5	0.153 5	6.515 2	42.542 7	3.551 7
10	1.967 2	0.508 3	13.816 4	0.072 4	0.142 4	7.023 6	54.520 7	3.946 1
11	2.104 9	0.475 1	15.783 6	0.063 4	0.133 4	7.498 7	68.337 1	4.329 6
12	2.252 2	0.444 0	17.888 5	0.055 9	0.125 9	7.942 7	84.120 7	4.702 5
13	2.409 8	0.415 0	20.140 6	0.049 7	0.119 7	8.357 7	102.009 2	5.064 8
14	2.578 5	0.387 8	22.550 5	0.044 3	0.114 3	8.745 5	122.149 8	5.416 7
15	2.759 0	0.362 4	25.129 0	0.039 8	0.109 8	9.107 9	144.700 3	5.758 3
16	2.952 2	0.338 7	27.888 1	0.035 9	0.105 9	9.446 6	169.829 3	6.089 7
17	3.158 8	0.316 6	30.840 2	0.032 4	0.102 4	9.763 2	197.717 4	6.411 0
18	3.379 9	0.295 9	33.999 0	0.029 4	0.099 4	10.059 1	228.557 6	6.722 5
19	3.616 5	0.276 5	37.379 0	0.026 8	0.096 8	10.335 6	262.556 6	7.024 2
20	3.869 7	0.258 4	40.995 5	0.024 4	0.094 4	10.594 0	299.935 6	7.316 3
21	4.140 6	0.241 5	44.865 2	0.022 3	0.092 3	10.835 5	340.931 1	7.599 0
22	4.430 4	0.225 7	49.005 7	0.020 4	0.090 4	11.061 2	385.796 3	7.872 5
23	4.740 5	0.210 9	53.436 1	0.018 7	0.088 7	11.272 2	434.802 0	8.136 9
24	5.072 4	0.197 1	58.176 7	0.017 2	0.087 2	11.469 3	488.238 2	8.392 3
25	5.427 4	0.184 2	63.249 0	0.015 8	0.085 8	11.653 6	546.414 8	8.639 1
26	5.807 4	0.172 2	68.676 5	0.014 6	0.084 6	11.825 8	609.663 9	8.877 3
27	6.213 9	0.160 9	74.483 8	0.013 4	0.083 4	11.986 7	678.340 3	9.107 2
28	6.648 8	0.150 4	80.697 7	0.012 4	0.082 4	12.137 1	752.824 2	9.328 9
29	7.114 3	0.140 6	87.346 5	0.011 4	0.081 4	12.277 7	833.521 8	9.542 7
30	7.612 3	0.131 4	94.460 8	0.010 6	0.080 6	12.409 0	920.868 4	9.748 7
31	8.145 1	0.122 8	102.073 0	0.009 8	0.079 8	12.531 8	1 015.329 2	9.947 1
32	8.715 3	0.114 7	110.218 2	0.009 1	0.079 1	12.646 6	1 117.402 2	10.138 1
33	9.325 3	0.107 2	118.933 4	0.008 4	0.078 4	12.753 8	1 227.620 4	10.321 9
34	9.978 1	0.100 2	128.258 8	0.007 8	0.077 8	12.854 0	1 346.553 8	10.498 7
35	10.676 6	0.093 7	138.236 9	0.007 2	0.077 2	12.947 7	1 474.812 5	10.668 7
36	11.423 9	0.087 5	148.913 5	0.006 7	0.076 7	13.035 2	1 613.049 4	10.832 1
37	12.223 6	0.081 8	160.337 4	0.006 2	0.076 2	13.117 0	1 761.962 9	10.989 1
38	13.079 3	0.076 5	172.561 0	0.005 8	0.075 8	13.193 5	1 922.300 3	11.139 8
39	13.994 8	0.071 5	185.640 3	0.005 4	0.075 4	13.264 9	2 094.861 3	11.284 5
40	14.974 5	0.066 8	199.635 1	0.005 0	0.075 0	13.331 7	2 280.501 6	11.423 3
41	16.022 7	0.062 4	214.609 6	0.004 7	0.074 7	13.394 1	2 480.136 7	11.556 5
42	17.144 3	0.058 3	230.632 2	0.004 3	0.074 3	13.452 4	2 694.746 3	11.684 2
43	18.344 4	0.054 5	247.776 5	0.004 0	0.074 0	13.507 0	2 925.378 5	11.806 5
44	19.628 5	0.050 9	266.120 9	0.003 8	0.073 8	13.557 9	3 173.155 0	11.923 7
45	21.002 5	0.047 6	285.749 3	0.003 5	0.073 5	13.605 5	3 439.275 9	12.036 0
46	22.472 6	0.044 5	306.751 8	0.003 3	0.073 3	13.650 0	3 725.025 2	12.143 5
47	24.045 7	0.041 6	329.224 4	0.003 0	0.073 0	13.691 6	4 031.776 9	12.246 3
48	25.728 9	0.038 9	353.270 1	0.002 8	0.072 8	13.730 5	4 361.001 3	12.344 7
49	27.529 9	0.036 3	378.999 0	0.002 6	0.072 6	13.766 8	4 714.271 4	12.438 7
50	29.457 0	0.033 9	406.528 9	0.002 5	0.072 5	13.800 7	5 093.270 4	12.528 7

附表8 复利系数表($i = 8\%$)

n	$(F/P,i,n)$	$(P/F,i,n)$	$(F/A,i,n)$	$(A/F,i,n)$	$(A/P,i,n)$	$(P/A,i,n)$	$(F/G,i,n)$	$(A/G,i,n)$
1	1.080 0	0.925 9	1.000 0	1.000 0	1.080 0	0.925 9	0.000 0	0.000 0
2	1.166 4	0.857 3	2.080 0	0.480 8	0.560 8	1.783 3	1.000 0	0.480 8
3	1.259 7	0.793 8	3.246 4	0.308 0	0.388 0	2.577 1	3.080 0	0.948 7
4	1.360 5	0.735 0	4.506 1	0.221 9	0.301 9	3.312 1	6.326 4	1.404 0
5	1.469 3	0.680 6	5.866 6	0.170 5	0.250 5	3.992 7	10.832 5	1.846 5
6	1.586 9	0.630 2	7.335 9	0.136 3	0.216 3	4.622 9	16.699 1	2.276 3
7	1.713 8	0.583 5	8.922 8	0.112 1	0.192 1	5.206 4	24.035 0	2.693 7
8	1.850 9	0.540 3	10.636 6	0.094 0	0.174 0	5.746 6	32.957 8	3.098 5
9	1.999 0	0.500 2	12.487 6	0.080 1	0.160 1	6.246 9	43.594 5	3.491 0
10	2.158 9	0.463 2	14.486 6	0.069 0	0.149 0	6.710 1	56.082 0	3.871 3
11	2.331 6	0.428 9	16.645 5	0.060 1	0.140 1	7.139 0	70.568 6	4.239 5
12	2.518 2	0.397 1	18.977 1	0.052 7	0.132 7	7.536 1	87.214 1	4.595 7
13	2.719 6	0.367 7	21.495 3	0.046 5	0.126 5	7.903 8	106.191 2	4.940 2
14	2.937 2	0.340 5	24.214 9	0.041 3	0.121 3	8.244 2	127.686 5	5.273 1
15	3.172 2	0.315 2	27.152 1	0.036 8	0.116 8	8.559 5	151.901 4	5.594 5
16	3.425 9	0.291 9	30.324 3	0.033 0	0.113 0	8.851 4	179.053 5	5.904 6
17	3.700 0	0.270 3	33.750 2	0.029 6	0.109 6	9.121 6	209.377 8	6.203 7
18	3.996 0	0.250 2	37.450 2	0.026 7	0.106 7	9.371 9	243.128 0	6.492 0
19	4.315 7	0.231 7	41.446 3	0.024 1	0.104 1	9.603 6	280.578 3	6.769 7
20	4.661 0	0.214 5	45.762 0	0.021 9	0.101 9	9.818 1	322.024 6	7.036 9
21	5.033 8	0.198 7	50.422 9	0.019 8	0.099 8	10.016 8	367.786 5	7.294 0
22	5.436 5	0.183 9	55.456 8	0.018 0	0.098 0	10.200 7	418.209 4	7.541 2
23	5.871 5	0.170 3	60.893 3	0.016 4	0.096 4	10.371 1	473.666 2	7.778 6
24	6.341 2	0.157 7	66.764 8	0.015 0	0.095 0	10.528 8	534.559 5	8.006 6
25	6.848 5	0.146 0	73.105 9	0.013 7	0.093 7	10.674 8	601.324 2	8.225 4
26	7.396 4	0.135 2	79.954 4	0.012 5	0.092 5	10.810 0	674.430 2	8.435 2
27	7.988 1	0.125 2	87.350 8	0.011 4	0.091 4	10.935 2	754.384 6	8.636 3
28	8.627 1	0.115 9	95.338 8	0.010 5	0.090 5	11.051 1	841.735 4	8.828 9
29	9.317 3	0.107 3	103.965 9	0.009 6	0.089 6	11.158 4	937.074 2	9.013 3
30	10.062 7	0.099 4	113.283 2	0.008 8	0.088 8	11.257 8	1 041.040 1	9.189 7
31	10.867 7	0.092 0	123.345 9	0.008 1	0.088 1	11.349 8	1 154.323 4	9.358 4
32	11.737 1	0.085 2	134.213 5	0.007 5	0.087 5	11.435 0	1 277.669 2	9.519 7
33	12.676 0	0.078 9	145.950 6	0.006 9	0.086 9	11.513 9	1 411.882 8	9.673 7
34	13.690 1	0.073 0	158.626 7	0.006 3	0.086 3	11.586 9	1 557.833 4	9.820 8
35	14.785 3	0.067 6	172.316 8	0.005 8	0.085 8	11.654 6	1 716.460 0	9.961 1
36	15.968 2	0.062 6	187.102 1	0.005 3	0.085 3	11.717 2	1 888.776 8	10.094 9
37	17.245 6	0.058 0	203.070 3	0.004 9	0.084 9	11.775 2	2 075.879 0	10.222 5
38	18.625 3	0.053 7	220.315 9	0.004 5	0.084 5	11.828 9	2 278.949 3	10.344 0
39	20.115 3	0.049 7	238.941 2	0.004 2	0.084 2	11.878 6	2 499.265 3	10.459 7
40	21.724 5	0.046 0	259.056 5	0.003 9	0.083 9	11.924 6	2 738.206 5	10.569 9
41	23.462 5	0.042 6	280.781 0	0.003 6	0.083 6	11.967 2	2 997.263 0	10.674 7
42	25.339 5	0.039 5	304.243 5	0.003 3	0.083 3	12.006 7	3 278.044 0	10.774 4
43	27.366 6	0.036 5	329.583 0	0.003 0	0.083 0	12.043 2	3 582.287 6	10.869 2
44	29.556 0	0.033 8	356.949 6	0.002 8	0.082 8	12.077 1	3 911.870 6	10.959 2
45	31.920 4	0.031 3	386.505 6	0.002 6	0.082 6	12.108 4	4 268.820 2	11.044 7
46	34.474 1	0.029 0	418.426 1	0.002 4	0.082 4	12.137 4	4 655.325 8	11.125 8
47	37.232 0	0.026 9	452.900 2	0.002 2	0.082 2	12.164 3	5 073.751 9	11.202 8
48	40.210 6	0.024 9	490.132 2	0.002 0	0.082 0	12.189 1	5 526.652 1	11.275 8
49	43.427 4	0.023 0	530.342 7	0.001 9	0.081 9	12.212 2	6 016.784 2	11.345 1
50	46.901 6	0.021 3	573.770 0	0.001 7	0.081 7	12.233 5	6 547.127 0	11.410 7

附表9　复利系数表($i=9\%$)

n	$(F/P,i,n)$	$(P/F,i,n)$	$(F/A,i,n)$	$(A/F,i,n)$	$(A/P,i,n)$	$(P/A,i,n)$	$(F/G,i,n)$	$(A/G,i,n)$
1	1.090 0	0.917 4	1.000 0	1.000 0	1.090 0	0.917 4	0.000 0	0.000 0
2	1.188 1	0.841 7	2.090 0	0.478 5	0.568 5	1.759 1	1.000 0	0.478 5
3	1.295 0	0.772 2	3.278 1	0.305 1	0.395 1	2.531 3	3.090 0	0.942 6
4	1.411 6	0.708 4	4.573 1	0.218 7	0.308 7	3.239 7	6.368 1	1.392 5
5	1.538 6	0.649 9	5.984 7	0.167 1	0.257 1	3.889 7	10.941 2	1.828 2
6	1.677 1	0.596 3	7.523 3	0.132 9	0.222 9	4.485 9	16.925 9	2.249 8
7	1.828 0	0.547 0	9.200 4	0.108 7	0.198 7	5.033 0	24.449 3	2.657 4
8	1.992 6	0.501 9	11.028 5	0.090 7	0.180 7	5.534 8	33.649 7	3.051 0
9	2.171 9	0.460 4	13.021 0	0.076 8	0.166 8	5.995 2	44.678 2	3.431 2
10	2.367 4	0.422 4	15.192 9	0.065 8	0.155 8	6.417 7	57.699 2	3.797 8
11	2.580 4	0.387 5	17.560 3	0.056 9	0.146 9	6.805 2	72.892 1	4.151 0
12	2.812 7	0.355 5	20.140 7	0.049 7	0.139 7	7.160 7	90.452 4	4.491 0
13	3.065 8	0.326 2	22.953 4	0.043 6	0.133 6	7.486 9	110.593 2	4.818 2
14	3.341 7	0.299 2	26.019 2	0.038 4	0.128 4	7.786 2	133.546 5	5.132 6
15	3.642 5	0.274 5	29.360 9	0.034 1	0.124 1	8.060 7	159.565 7	5.434 6
16	3.970 3	0.251 9	33.003 4	0.030 3	0.120 3	8.312 6	188.926 7	5.724 5
17	4.327 6	0.231 1	36.973 7	0.027 0	0.117 0	8.543 6	221.930 1	6.002 4
18	4.717 1	0.212 0	41.301 3	0.024 2	0.114 2	8.755 6	258.903 8	6.268 7
19	5.141 7	0.194 5	46.018 5	0.021 7	0.111 7	8.950 1	300.205 1	6.523 6
20	5.604 4	0.178 4	51.160 1	0.019 5	0.109 5	9.128 5	346.223 6	6.767 4
21	6.108 8	0.163 7	56.764 5	0.017 6	0.107 6	9.292 2	397.383 7	7.000 6
22	6.658 6	0.150 2	62.873 3	0.015 9	0.105 9	9.442 4	454.148 2	7.223 2
23	7.257 9	0.137 8	69.531 9	0.014 4	0.104 4	9.580 2	517.021 5	7.435 7
24	7.911 1	0.126 4	76.789 8	0.013 0	0.103 0	9.706 6	586.553 5	7.638 4
25	8.623 1	0.116 0	84.700 9	0.011 8	0.101 8	9.822 6	663.343 3	7.831 6
26	9.399 2	0.106 4	93.324 0	0.010 7	0.100 7	9.929 0	748.044 2	8.015 6
27	10.245 1	0.097 6	102.723 1	0.009 7	0.099 7	10.026 6	841.368 2	8.190 6
28	11.167 1	0.089 5	112.968 2	0.008 9	0.098 9	10.116 1	944.091 3	8.357 1
29	12.172 2	0.082 2	124.135 4	0.008 1	0.098 1	10.198 3	1 057.059 5	8.515 4
30	13.267 7	0.075 4	136.307 5	0.007 3	0.097 3	10.273 7	1 181.194 9	8.665 7
31	14.461 8	0.069 1	149.575 2	0.006 7	0.096 7	10.342 8	1 317.502 4	8.808 3
32	15.763 3	0.063 4	164.037 0	0.006 1	0.096 1	10.406 2	1 467.077 6	8.943 6
33	17.182 0	0.058 2	179.800 3	0.005 6	0.095 6	10.464 4	1 631.114 6	9.071 8
34	18.728 4	0.053 4	196.982 3	0.005 1	0.095 1	10.517 8	1 810.914 9	9.193 3
35	20.414 0	0.049 0	215.710 8	0.004 6	0.094 6	10.566 8	2 007.897 3	9.308 3
36	22.251 2	0.044 9	236.124 7	0.004 2	0.094 2	10.611 8	2 223.608 0	9.417 1
37	24.253 8	0.041 2	258.375 9	0.003 9	0.093 9	10.653 0	2 459.732 8	9.520 0
38	26.436 7	0.037 8	282.629 8	0.003 5	0.093 5	10.690 8	2 718.108 7	9.617 2
39	28.816 0	0.034 7	309.066 5	0.003 2	0.093 2	10.725 5	3 000.738 5	9.709 0
40	31.409 4	0.031 8	337.882 4	0.003 0	0.093 0	10.757 4	3 309.804 9	9.795 7
41	34.236 3	0.029 2	369.291 9	0.002 7	0.092 7	10.786 6	3 647.687 4	9.877 5
42	37.317 5	0.026 8	403.528 1	0.002 5	0.092 5	10.813 4	4 016.979 3	9.954 6
43	40.676 1	0.024 6	440.845 7	0.002 3	0.092 3	10.838 0	4 420.507 4	10.027 3
44	44.337 0	0.022 6	481.521 8	0.002 1	0.092 1	10.860 5	4 861.353 1	10.095 8
45	48.327 3	0.020 7	525.858 7	0.001 9	0.091 9	10.881 2	5 342.874 8	10.160 3
46	52.676 7	0.019 0	574.186 0	0.001 7	0.091 7	10.900 2	5 868.733 6	10.221 0
47	57.417 6	0.017 4	626.862 8	0.001 6	0.091 6	10.917 6	6 442.919 6	10.278 0
48	62.585 2	0.016 0	684.280 4	0.001 5	0.091 5	10.933 6	7 069.782 3	10.331 7
49	68.217 9	0.014 7	746.865 6	0.001 3	0.091 3	10.948 2	7 754.062 8	10.382 1
50	74.357 5	0.013 4	815.083 6	0.001 2	0.091 2	10.961 7	8 500.928 4	10.429 5

附表 10　复利系数表($i=10\%$)

n	$(F/P,i,n)$	$(P/F,i,n)$	$(F/A,i,n)$	$(A/F,i,n)$	$(A/P,i,n)$	$(P/A,i,n)$	$(F/G,i,n)$	$(A/G,i,n)$
1	1.100 0	0.909 1	1.000 0	1.000 0	1.100 0	0.909 1	0.000 0	0.000 0
2	1.210 0	0.826 4	2.100 0	0.476 2	0.576 2	1.735 5	1.000 0	0.476 2
3	1.331 0	0.751 3	3.310 0	0.302 1	0.402 1	2.486 9	3.100 0	0.936 6
4	1.464 1	0.683 0	4.641 0	0.215 5	0.315 5	3.169 9	6.410 0	1.381 2
5	1.610 5	0.620 9	6.105 1	0.163 8	0.263 8	3.790 8	11.051 0	1.810 1
6	1.771 6	0.564 5	7.715 6	0.129 6	0.229 6	4.355 3	17.156 1	2.223 6
7	1.948 7	0.513 2	9.487 2	0.105 4	0.205 4	4.868 4	24.871 7	2.621 6
8	2.143 6	0.466 5	11.435 9	0.087 4	0.187 4	5.334 9	34.358 9	3.004 5
9	2.357 9	0.424 1	13.579 5	0.073 6	0.173 6	5.759 0	45.794 8	3.372 4
10	2.593 7	0.385 5	15.937 4	0.062 7	0.162 7	6.144 6	59.374 2	3.725 5
11	2.853 1	0.350 5	18.531 2	0.054 0	0.154 0	6.495 1	75.311 7	4.064 1
12	3.138 4	0.318 6	21.384 3	0.046 8	0.146 8	6.813 7	93.842 8	4.388 4
13	3.452 3	0.289 7	24.522 7	0.040 8	0.140 8	7.103 4	115.227 1	4.698 8
14	3.797 5	0.263 3	27.975 0	0.035 7	0.135 7	7.366 7	139.749 8	4.995 5
15	4.177 2	0.239 4	31.772 5	0.031 5	0.131 5	7.606 1	167.724 8	5.278 9
16	4.595 0	0.217 6	35.949 7	0.027 8	0.127 8	7.823 7	199.497 3	5.549 3
17	5.054 5	0.197 8	40.544 7	0.024 7	0.124 7	8.021 6	235.447 0	5.807 1
18	5.559 9	0.179 9	45.599 2	0.021 9	0.121 9	8.201 4	275.991 7	6.052 6
19	6.115 9	0.163 5	51.159 1	0.019 5	0.119 5	8.364 9	321.590 9	6.286 1
20	6.727 5	0.148 6	57.275 0	0.017 5	0.117 5	8.513 6	372.750 0	6.508 1
21	7.400 2	0.135 1	64.002 5	0.015 6	0.115 6	8.648 7	430.025 0	6.718 9
22	8.140 3	0.122 8	71.402 7	0.014 0	0.114 0	8.771 5	494.027 5	6.918 9
23	8.954 3	0.111 7	79.543 0	0.012 6	0.112 6	8.883 2	565.430 2	7.108 5
24	9.849 7	0.101 5	88.497 3	0.011 3	0.111 3	8.984 7	644.973 3	7.288 1
25	10.834 7	0.092 3	98.347 1	0.010 2	0.110 2	9.077 0	733.470 6	7.458 0
26	11.918 2	0.083 9	109.181 8	0.009 2	0.109 2	9.160 9	831.817 7	7.618 6
27	13.110 0	0.076 3	121.099 9	0.008 3	0.108 3	9.237 2	940.999 4	7.770 4
28	14.421 0	0.069 3	134.209 9	0.007 5	0.107 5	9.306 6	1 062.099 4	7.913 7
29	15.863 1	0.063 0	148.630 9	0.006 7	0.106 7	9.369 6	1 196.309 3	8.048 9
30	17.449 4	0.057 3	164.494 0	0.006 1	0.106 1	9.426 9	1 344.940 2	8.176 5
31	19.194 3	0.052 1	181.943 4	0.005 5	0.105 5	9.479 0	1 509.434 2	8.296 2
32	21.113 8	0.047 4	201.137 8	0.005 0	0.105 0	9.526 4	1 691.377 7	8.409 1
33	23.225 2	0.043 1	222.251 5	0.004 5	0.104 5	9.569 4	1 892.515 4	8.515 2
34	25.547 7	0.039 1	245.476 7	0.004 1	0.104 1	9.608 6	2 114.767 0	8.614 9
35	28.102 4	0.035 6	271.024 0	0.003 7	0.103 7	9.644 2	2 360.243 7	8.708 6
36	30.912 7	0.032 3	299.126 8	0.003 3	0.103 3	9.676 5	2 631.268 1	8.796 5
37	34.003 9	0.029 4	330.039 5	0.003 0	0.103 0	9.705 9	2 930.394 9	8.878 9
38	37.404 3	0.026 7	364.043 4	0.002 7	0.102 7	9.732 7	3 260.434 3	8.956 2
39	41.144 8	0.024 3	401.447 8	0.002 5	0.102 5	9.757 0	3 624.477 8	9.028 5
40	45.259 3	0.022 1	442.592 6	0.002 3	0.102 3	9.779 1	4 025.925 6	9.096 2
41	49.785 2	0.020 1	487.851 8	0.002 0	0.102 0	9.799 1	4 468.518 1	9.159 6
42	54.763 7	0.018 3	537.637 0	0.001 9	0.101 9	9.817 4	4 956.369 9	9.218 8
43	60.240 1	0.016 6	592.400 7	0.001 7	0.101 7	9.834 0	5 494.006 9	9.274 1
44	66.264 1	0.015 1	652.640 8	0.001 5	0.101 5	9.849 1	6 086.407 6	9.325 8
45	72.890 5	0.013 7	718.904 8	0.001 4	0.101 4	9.862 8	6 739.048 4	9.374 0
46	80.179 5	0.012 5	791.795 3	0.001 3	0.101 3	9.875 2	7 457.953 2	9.419 0
47	88.197 5	0.011 3	871.974 9	0.001 1	0.101 1	9.886 6	8 249.748 5	9.461 0
48	97.017 2	0.010 3	960.172 3	0.001 0	0.101 0	9.896 9	9 121.723 4	9.500 1
49	106.719 0	0.009 4	1 057.189 6	0.000 9	0.100 9	9.906 3	10 081.895 7	9.536 5
50	117.390 9	0.008 5	1 163.908 5	0.000 9	0.100 9	9.914 8	11 139.085 3	9.570 4

附表 11　复利系数表($i = 12\%$)

n	$(F/P,i,n)$	$(P/F,i,n)$	$(F/A,i,n)$	$(A/F,i,n)$	$(A/P,i,n)$	$(P/A,i,n)$	$(F/G,i,n)$	$(A/G,i,n)$
1	1.120 0	0.892 9	1.000 0	1.000 0	1.120 0	0.892 9	0.000 0	0.000 0
2	1.254 4	0.797 2	2.120 0	0.471 7	0.591 7	1.690 1	1.000 0	0.471 7
3	1.404 9	0.711 8	3.374 4	0.296 3	0.416 3	2.401 8	3.120 0	0.924 6
4	1.573 5	0.635 5	4.779 3	0.209 2	0.329 2	3.037 3	6.494 4	1.358 9
5	1.762 3	0.567 4	6.352 8	0.157 4	0.277 4	3.604 8	11.273 7	1.774 6
6	1.973 8	0.506 6	8.115 2	0.123 2	0.243 2	4.111 4	17.626 6	2.172 0
7	2.210 7	0.452 3	10.089 0	0.099 1	0.219 1	4.563 8	25.741 8	2.551 5
8	2.476 0	0.403 9	12.299 7	0.081 3	0.201 3	4.967 6	35.830 8	2.913 1
9	2.773 1	0.360 6	14.775 7	0.067 7	0.187 7	5.328 2	48.130 5	3.257 4
10	3.105 8	0.322 0	17.548 7	0.057 0	0.177 0	5.650 2	62.906 1	3.584 7
11	3.478 5	0.287 5	20.654 6	0.048 4	0.168 4	5.937 7	80.454 9	3.895 3
12	3.896 0	0.256 7	24.133 1	0.041 4	0.161 4	6.194 4	101.109 4	4.189 7
13	4.363 5	0.229 2	28.029 1	0.035 7	0.155 7	6.423 5	125.242 6	4.468 3
14	4.887 1	0.204 6	32.392 6	0.030 9	0.150 9	6.628 2	153.271 7	4.731 7
15	5.473 6	0.182 7	37.279 7	0.026 8	0.146 8	6.810 9	185.664 3	4.980 3
16	6.130 4	0.163 1	42.753 3	0.023 4	0.143 4	6.974 0	222.944 0	5.214 7
17	6.866 0	0.145 6	48.883 7	0.020 5	0.140 5	7.119 6	265.697 3	5.435 4
18	7.690 0	0.130 0	55.749 7	0.017 9	0.137 9	7.249 7	314.581 0	5.642 7
19	8.612 8	0.116 1	63.439 7	0.015 8	0.135 8	7.365 8	370.330 7	5.837 5
20	9.646 3	0.103 7	72.052 4	0.013 9	0.133 9	7.469 4	433.770 4	6.020 2
21	10.803 8	0.092 6	81.698 7	0.012 2	0.132 2	7.562 0	505.822 8	6.191 3
22	12.100 3	0.082 6	92.502 6	0.010 8	0.130 8	7.644 6	587.521 5	6.351 4
23	13.552 3	0.073 8	104.602 9	0.009 6	0.129 6	7.718 4	680.024 1	6.501 0
24	15.178 6	0.065 9	118.155 2	0.008 5	0.128 5	7.784 3	784.627 0	6.640 5
25	17.000 1	0.058 8	133.333 9	0.007 5	0.127 5	7.843 1	902.782 3	6.770 8
26	19.040 1	0.052 5	150.333 9	0.006 7	0.126 7	7.895 7	1 036.116 1	6.892 6
27	21.324 9	0.046 9	169.374 0	0.005 9	0.125 9	7.942 6	1 186.450 1	7.004 9
28	23.883 9	0.041 9	190.698 9	0.005 2	0.125 2	7.984 4	1 355.824 1	7.109 1
29	26.749 9	0.037 4	214.582 8	0.004 7	0.124 7	8.021 8	1 546.522 9	7.207 1
30	29.959 9	0.033 4	241.332 7	0.004 1	0.124 1	8.055 2	1 761.105 7	7.297 4
31	33.555 1	0.029 8	271.292 6	0.003 7	0.123 7	8.085 0	2 002.438 4	7.381 1
32	37.581 7	0.026 6	304.847 7	0.003 3	0.123 3	8.111 6	2 273.731 0	7.458 6
33	42.091 5	0.023 8	342.429 4	0.002 9	0.122 9	8.135 4	2 578.578 7	7.530 2
34	47.142 5	0.021 2	384.521 0	0.002 6	0.122 6	8.156 6	2 921.008 2	7.596 5
35	52.799 6	0.018 9	431.663 5	0.002 3	0.122 3	8.175 5	3 305.529 1	7.657 7
36	59.135 6	0.016 9	484.463 1	0.002 1	0.122 1	8.192 4	3 737.192 6	7.714 1
37	66.231 8	0.015 1	543.598 7	0.001 8	0.121 8	8.207 5	4 221.655 8	7.766 1
38	74.179 7	0.013 5	609.830 5	0.001 6	0.121 6	8.221 0	4 765.254 4	7.814 1
39	83.081 2	0.012 0	684.010 2	0.001 5	0.121 5	8.233 0	5 375.085 0	7.858 2
40	93.051 0	0.010 7	767.091 4	0.001 3	0.121 3	8.243 8	6 059.095 2	7.898 8
41	104.217 1	0.009 6	860.142 4	0.001 2	0.121 2	8.253 4	6 826.186 6	7.936 1
42	116.723 1	0.008 6	964.359 5	0.001 0	0.121 0	8.261 9	7 686.329 0	7.970 4
43	130.729 9	0.007 6	1 081.082 6	0.000 9	0.120 9	8.269 6	8 650.688 5	8.001 9
44	146.417 5	0.006 8	1 211.812 5	0.000 8	0.120 8	8.276 4	9 731.771 1	8.030 8
45	163.987 6	0.006 1	1 358.230 0	0.000 7	0.120 7	8.282 5	10 943.583 6	8.057 2
46	183.666 1	0.005 4	1 522.217 6	0.000 7	0.120 7	8.288 0	12 301.813 6	8.081 5
47	205.706 1	0.004 9	1 705.883 8	0.000 6	0.120 6	8.292 8	1 3824.031 3	8.103 7
48	230.390 8	0.004 3	1 911.589 8	0.000 5	0.120 5	8.297 2	15 529.915 0	8.124 1
49	258.037 7	0.003 9	2 141.980 6	0.000 5	0.120 5	8.301 0	17 441.504 8	8.142 7
50	289.002 2	0.003 5	2 400.018 2	0.000 4	0.120 4	8.304 5	19 583.485 4	8.159 7

附表 12　复利系数表（$i=15\%$）

n	$(F/P,i,n)$	$(P/F,i,n)$	$(F/A,i,n)$	$(A/F,i,n)$	$(A/P,i,n)$	$(P/A,i,n)$	$(F/G,i,n)$	$(A/G,i,n)$
1	1.150 0	0.869 6	1.000 0	1.000 0	1.150 0	0.869 6	0.000 0	0.000 0
2	1.322 5	0.756 1	2.150 0	0.465 1	0.615 1	1.625 7	1.000 0	0.465 1
3	1.520 9	0.657 5	3.472 5	0.288 0	0.438 0	2.283 2	3.150 0	0.907 1
4	1.749 0	0.571 8	4.993 4	0.200 3	0.350 3	2.855 0	6.622 5	1.326 3
5	2.011 4	0.497 2	6.742 4	0.148 3	0.298 3	3.352 2	11.615 9	1.722 8
6	2.313 1	0.432 3	8.753 7	0.114 2	0.264 2	3.784 5	18.358 3	2.097 2
7	2.660 0	0.375 9	11.066 8	0.090 4	0.240 4	4.160 4	27.112 0	2.449 8
8	3.059 0	0.326 9	13.726 8	0.072 9	0.222 9	4.487 3	38.178 8	2.781 3
9	3.517 9	0.284 3	16.785 8	0.059 6	0.209 6	4.771 6	51.905 6	3.092 2
10	4.045 6	0.247 2	20.303 7	0.049 3	0.199 3	5.018 8	68.691 5	3.383 2
11	4.652 4	0.214 9	24.349 3	0.041 1	0.191 1	5.233 7	88.995 2	3.654 9
12	5.350 3	0.186 9	29.001 7	0.034 5	0.184 5	5.420 6	113.344 4	3.908 2
13	6.152 8	0.162 5	34.351 9	0.029 1	0.179 1	5.583 1	142.346 1	4.143 8
14	7.075 7	0.141 3	40.504 7	0.024 7	0.174 7	5.724 5	176.698 0	4.362 4
15	8.137 1	0.122 9	47.580 4	0.021 0	0.171 0	5.847 4	217.202 7	4.565 0
16	9.357 6	0.106 9	55.717 5	0.017 9	0.167 9	5.954 2	264.783 1	4.752 2
17	10.761 3	0.092 9	65.075 1	0.015 4	0.165 4	6.047 2	320.500 6	4.925 1
18	12.375 5	0.080 8	75.836 4	0.013 2	0.163 2	6.128 0	385.575 7	5.084 3
19	14.231 8	0.070 3	88.211 8	0.011 3	0.161 3	6.198 2	461.412 1	5.230 7
20	16.366 5	0.061 1	102.443 6	0.009 8	0.159 8	6.259 3	549.623 9	5.365 1
21	18.821 5	0.053 1	118.810 1	0.008 4	0.158 4	6.312 5	652.067 5	5.488 3
22	21.644 7	0.046 2	137.631 6	0.007 3	0.157 3	6.358 7	770.877 6	5.601 0
23	24.891 5	0.040 2	159.276 4	0.006 3	0.156 3	6.398 8	908.509 2	5.704 5
24	28.625 2	0.034 9	184.167 8	0.005 4	0.155 4	6.433 8	1 067.785 6	5.797 9
25	32.919 0	0.030 4	212.793 0	0.004 7	0.154 7	6.464 1	1 251.953 4	5.883 4
26	37.856 8	0.026 4	245.712 0	0.004 1	0.154 1	6.490 6	1 464.746 5	5.961 2
27	43.535 3	0.023 0	283.568 8	0.003 5	0.153 5	6.513 5	1 710.458 4	6.031 9
28	50.065 6	0.020 0	327.104 1	0.003 1	0.153 1	6.533 5	1 994.027 2	6.096 0
29	57.575 5	0.017 4	377.169 7	0.002 7	0.152 7	6.550 9	2 321.131 3	6.154 1
30	66.211 8	0.015 1	434.745 1	0.002 3	0.152 3	6.566 0	2 698.301 0	6.206 6
31	76.143 5	0.013 1	500.956 9	0.002 0	0.152 0	6.579 1	3 133.046 1	6.254 1
32	87.565 1	0.011 4	577.100 5	0.001 7	0.151 7	6.590 5	3 634.003 0	6.297 0
33	100.699 8	0.009 9	664.665 5	0.001 5	0.151 5	6.600 5	4 211.103 5	6.335 7
34	115.804 8	0.008 6	765.365 4	0.001 3	0.151 3	6.609 1	4 875.769 0	6.370 5
35	133.175 5	0.007 5	881.170 2	0.001 1	0.151 1	6.616 6	5 641.134 4	6.401 9
36	153.151 9	0.006 5	1 014.345 7	0.001 0	0.151 0	6.623 1	6 522.304 5	6.430 1
37	176.124 6	0.005 7	1 167.497 5	0.000 9	0.150 9	6.628 8	7 536.650 2	6.455 4
38	202.543 3	0.004 9	1 343.622 2	0.000 7	0.150 7	6.633 8	8 704.147 7	6.478 1
39	232.924 8	0.004 3	1 546.165 5	0.000 6	0.150 6	6.638 0	10 047.769 9	6.498 5
40	267.863 5	0.003 7	1 779.090 3	0.000 6	0.150 6	6.641 8	11 593.935 4	6.516 8
41	308.043 1	0.003 2	2 046.953 9	0.000 5	0.150 5	6.645 0	13 373.025 7	6.533 1
42	354.249 5	0.002 8	2 354.996 9	0.000 4	0.150 4	6.647 8	15 419.979 6	6.547 8
43	407.387 0	0.002 5	2 709.246 5	0.000 4	0.150 4	6.650 3	17 774.976 5	6.560 9
44	468.495 0	0.002 1	3 116.633 4	0.000 3	0.150 3	6.652 4	20 484.223 0	6.572 5
45	538.769 3	0.001 9	3 585.128 5	0.000 3	0.150 3	6.654 3	23 600.856 4	6.583 0
46	619.584 7	0.001 6	4 123.897 7	0.000 2	0.150 2	6.655 9	27 185.984 9	6.592 3
47	712.522 4	0.001 4	4 743.482 4	0.000 2	0.150 2	6.657 3	31 309.882 6	6.600 6
48	819.400 7	0.001 2	5 456.004 7	0.000 2	0.150 2	6.658 5	36 053.365 0	6.608 0
49	942.310 8	0.001 1	6 275.405 5	0.000 2	0.150 2	6.659 6	41 509.369 7	6.614 6
50	1 083.657	0.000 9	7 217.716 3	0.000 1	0.150 1	6.660 5	47 784.775 2	6.620 5

附表 13　复利系数表（$i = 20\%$）

n	$(F/P,i,n)$	$(P/F,i,n)$	$(F/A,i,n)$	$(A/F,i,n)$	$(A/P,i,n)$	$(P/A,i,n)$	$(F/G,i,n)$	$(A/G,i,n)$
1	1.200 0	0.833 3	1.000 0	1.000 0	1.200 0	0.833 3	0.000 0	0.000 0
2	1.440 0	0.694 4	2.200 0	0.454 5	0.654 5	1.527 8	1.000 0	0.454 5
3	1.728 0	0.578 7	3.640 0	0.274 7	0.474 7	2.106 5	3.200 0	0.879 1
4	2.073 6	0.482 3	5.368 0	0.186 3	0.386 3	2.588 7	6.840 0	1.274 2
5	2.488 3	0.401 9	7.441 6	0.134 4	0.334 4	2.990 6	12.208 0	1.640 5
6	2.986 0	0.334 9	9.929 9	0.100 7	0.300 7	3.325 5	19.649 6	1.978 8
7	3.583 2	0.279 1	12.915 9	0.077 4	0.277 4	3.604 6	29.579 5	2.290 2
8	4.299 8	0.232 6	16.499 1	0.060 6	0.260 6	3.837 2	42.495 4	2.575 6
9	5.159 8	0.193 8	20.798 9	0.048 1	0.248 1	4.031 0	58.994 5	2.836 4
10	6.191 7	0.161 5	25.958 7	0.038 5	0.238 5	4.192 5	79.793 4	3.073 9
11	7.430 1	0.134 6	32.150 4	0.031 1	0.231 1	4.327 1	105.752 1	3.289 3
12	8.916 1	0.112 2	39.580 5	0.025 3	0.225 3	4.439 2	137.902 5	3.484 1
13	10.699 3	0.093 5	48.496 6	0.020 6	0.220 6	4.532 7	177.483 0	3.659 7
14	12.839 2	0.077 9	59.195 9	0.016 9	0.216 9	4.610 6	225.979 6	3.817 5
15	15.407 0	0.064 9	72.035 1	0.013 9	0.213 9	4.675 5	285.175 5	3.958 8
16	18.488 4	0.054 1	87.442 1	0.011 4	0.211 4	4.729 6	357.210 6	4.085 1
17	22.186 1	0.045 1	105.930 6	0.009 4	0.209 4	4.774 6	444.652 8	4.197 6
18	26.623 3	0.037 6	128.116 7	0.007 8	0.207 8	4.812 2	550.583 3	4.297 5
19	31.948 0	0.031 3	154.740 0	0.006 5	0.206 5	4.843 5	678.700 0	4.386 1
20	38.337 6	0.026 1	186.688 0	0.005 4	0.205 4	4.869 6	833.440 0	4.464 3
21	46.005 1	0.021 7	225.025 6	0.004 4	0.204 4	4.891 3	1 020.128 0	4.533 4
22	55.206 1	0.018 1	271.030 7	0.003 7	0.203 7	4.909 4	1 245.153 6	4.594 1
23	66.247 4	0.015 1	326.236 9	0.003 1	0.203 1	4.924 5	1 516.184 3	4.647 5
24	79.496 8	0.012 6	392.484 2	0.002 5	0.202 5	4.937 1	1 842.421 2	4.6943
25	95.396 2	0.010 5	471.981 1	0.002 1	0.202 1	4.947 6	2 234.905 4	4.735 2
26	114.475 5	0.008 7	567.377 3	0.001 8	0.201 8	4.956 3	2 706.886 5	4.770 9
27	137.370 6	0.007 3	681.852 8	0.001 5	0.201 5	4.963 6	3 274.263 8	4.802 0
28	164.844 7	0.006 1	819.223 3	0.001 2	0.201 2	4.969 7	3 956.116 6	4.829 1
29	197.813 6	0.005 1	984.068 0	0.001 0	0.201 0	4.974 7	4 775.339 9	4.852 7
30	237.376 3	0.004 2	1 181.881 6	0.000 8	0.200 8	4.978 9	5 759.407 8	4.873 1
31	284.851 6	0.003 5	1 419.257 9	0.000 7	0.200 7	4.982 4	6 941.289 4	4.890 8
32	341.821 9	0.002 9	1 704.109 5	0.000 6	0.200 6	4.985 4	8 360.547 3	4.906 1
33	410.186 3	0.002 4	2 045.931 4	0.000 5	0.200 5	4.987 8	10 064.656 8	4.919 4
34	492.223 5	0.002 0	2 456.117 6	0.000 4	0.200 4	4.989 8	12 110.588 1	4.930 8
35	590.668 2	0.001 7	2 948.341 1	0.000 3	0.200 3	4.991 5	14 566.705 7	4.940 6
36	708.801 9	0.001 4	3 539.009 4	0.000 3	0.200 3	4.992 9	17 515.046 9	4.949 1
37	850.562 2	0.001 2	4 247.811 2	0.000 2	0.200 2	4.994 1	21 054.056 2	4.956 4
38	1 020.674	0.001 0	5 098.373 5	0.000 2	0.200 2	4.995 1	25 301.867 5	4.962 7
39	1 224.809	0.000 8	6 119.048 2	0.000 2	0.200 2	4.995 9	30 400.241 0	4.968 1
40	1 469.771	0.000 7	7 343.857 8	0.000 1	0.200 1	4.996 6	36 519.289 2	4.972 8
41	1 763.725	0.000 6	8 813.629 4	0.000 1	0.200 1	4.997 2	43 863.147 0	4.976 7
42	2 116.471	0.000 5	10 577.355 3	0.000 1	0.200 1	4.997 6	52 676.776 4	4.980 1
43	2 539.765	0.000 4	12 693.826 3	0.000 1	0.200 1	4.998 0	63 254.131 7	4.983 1
44	3 047.718	0.000 3	15 233.591 6	0.000 1	0.200 1	4.998 4	75 947.958 1	4.985 6
45	3 657.262	0.000 3	18 281.309 9	0.000 1	0.200 1	4.998 6	91 181.549 7	4.987 7
46	4 388.714	0.000 2	21 938.571 9	0.000 0	0.200 0	4.998 9	109 462.859 6	4.989 5
47	5 266.457	0.000 2	26 327.286 3	0.000 0	0.200 0	4.999 1	131 401.431 6	4.991 1
48	6 319.748	0.000 2	31 593.743 6	0.000 0	0.200 0	4.999 2	157 728.717 9	4.992 4
49	7 583.698	0.000 1	37 913.492 3	0.000 0	0.200 0	4.999 3	189 322.461 5	4.993 5
50	9 100.438	0.000 1	45 497.190 8	0.000 0	0.200 0	4.999 5	227 235.953 8	4.994 5

附表14　复利系数表($i=25\%$)

n	$(F/P,i,n)$	$(P/F, i,n)$	$(F/A,i,n)$	$(A/F, i,n)$	$(A/P, i,n)$	$(P/A, i,n)$	$(F/G,i,n)$	$(A/G, i,n)$
1	1.250 0	0.800 0	1.000 0	1.000 0	1.250 0	0.800 0	0.000 0	0.000 0
2	1.562 5	0.640 0	2.250 0	0.444 4	0.694 4	1.440 0	1.000 0	0.444 4
3	1.953 1	0.512 0	3.812 5	0.262 3	0.512 3	1.952 0	3.250 0	0.852 5
4	2.441 4	0.409 6	5.765 6	0.173 4	0.423 4	2.361 6	7.062 5	1.224 9
5	3.051 8	0.327 7	8.207 0	0.121 8	0.371 8	2.689 3	12.828 1	1.563 1
6	3.814 7	0.262 1	11.258 8	0.088 8	0.338 8	2.951 4	21.035 2	1.868 3
7	4.768 4	0.209 7	15.073 5	0.066 3	0.316 3	3.161 1	32.293 9	2.142 4
8	5.960 5	0.167 8	19.841 9	0.050 4	0.300 4	3.328 9	47.367 4	2.387 2
9	7.450 6	0.134 2	25.802 3	0.038 8	0.288 8	3.463 1	67.209 3	2.604 8
10	9.313 2	0.107 4	33.252 9	0.030 1	0.280 1	3.570 5	93.011 6	2.797 1
11	11.641 5	0.085 9	42.566 1	0.023 5	0.273 5	3.656 4	126.264 5	2.966 3
12	14.551 9	0.068 7	54.207 7	0.018 4	0.268 4	3.725 1	168.830 6	3.114 5
13	18.189 9	0.055 0	68.759 6	0.014 5	0.264 5	3.780 1	223.038 3	3.243 7
14	22.737 4	0.044 0	86.949 5	0.011 5	0.261 5	3.824 1	291.797 9	3.355 9
15	28.421 7	0.035 2	109.686 8	0.009 1	0.259 1	3.859 3	378.747 4	3.453 0
16	35.527 1	0.028 1	138.108 5	0.007 2	0.257 2	3.887 4	488.434 2	3.536 6
17	44.408 9	0.022 5	173.635 7	0.005 8	0.255 8	3.909 9	626.542 7	3.608 4
18	55.511 2	0.018 0	218.044 6	0.004 6	0.254 6	3.927 9	800.178 4	3.669 8
19	69.388 9	0.014 4	273.555 8	0.003 7	0.253 7	3.942 4	1 018.223 0	3.722 2
20	86.736 2	0.011 5	342.944 7	0.002 9	0.252 9	3.953 9	1 291.778 8	3.766 7
21	108.420 2	0.009 2	429.680 9	0.002 3	0.252 3	3.963 1	1 634.723 5	3.804 5
22	135.525 3	0.007 4	538.101 1	0.001 9	0.251 9	3.970 5	2 064.404 3	3.836 5
23	169.406 6	0.005 9	673.626 4	0.001 5	0.251 5	3.976 4	2 602.505 4	3.863 4
24	211.758 2	0.004 7	843.032 9	0.001 2	0.251 2	3.981 1	3 276.131 8	3.886 1
25	264.697 8	0.003 8	1 054.791 2	0.000 9	0.250 9	3.984 9	4 119.164 7	3.905 2
26	330.872 2	0.003 0	1 319.489 0	0.000 8	0.250 8	3.987 9	5 173.955 9	3.921 1
27	413.590 3	0.002 4	1 650.361 2	0.000 6	0.250 6	3.990 3	6 493.444 9	3.934 6
28	516.987 9	0.001 9	2 063.951 5	0.000 5	0.250 5	3.992 3	8 143.806 1	3.945 7
29	646.234 9	0.001 5	2 580.939 4	0.000 4	0.250 4	3.993 8	10 207.757 7	3.955 1
30	807.793 6	0.001 2	3 227.174 3	0.000 3	0.250 3	3.995 0	12 788.697 1	3.962 8
31	1 009.742	0.001 0	4 034.967 8	0.000 2	0.250 2	3.996 0	16 015.871 3	3.969 2
32	1 262.177	0.000 8	5 044.709 8	0.000 2	0.250 2	3.996 8	20 050.839 2	3.974 6
33	1 577.721	0.000 6	6 306.887 2	0.000 2	0.250 2	3.997 5	25 095.549 0	3.979 1
34	1 972.152	0.000 5	7 884.609 1	0.000 1	0.250 1	3.998 0	31 402.436 2	3.982 8
35	2 465.190	0.000 4	9 856.761 3	0.000 1	0.250 1	3.998 4	39 287.045 3	3.985 8
36	3 081.487	0.000 3	12 321.951 6	0.000 1	0.250 1	3.998 7	49 143.806 6	3.988 3
37	3 851.859	0.000 3	15 403.439 6	0.000 1	0.250 1	3.999 0	61 465.758 2	3.990 4
38	4 814.824	0.000 2	19 255.299 4	0.000 1	0.250 1	3.999 2	76 869.197 8	3.992 1
39	6 018.531	0.000 2	24 070.124 3	0.000 0	0.250 0	3.999 3	96 124.497 2	3.993 5
40	7 523.163	0.000 1	30 088.655 4	0.000 0	0.250 0	3.999 5	120 194.621 5	3.994 7
41	9 403.954	0.000 1	37 611.819 2	0.000 0	0.250 0	3.999 6	150 283.276 9	3.995 6
42	1 1754.94	0.000 1	47 015.774 0	0.000 0	0.250 0	3.999 7	187 895.096 1	3.996 4
43	14 693.67	0.000 1	58 770.717 5	0.000 0	0.250 0	3.999 7	234 910.870 2	3.997 1
44	18 367.09	0.000 1	73 464.396 9	0.000 0	0.250 0	3.999 8	293 681.587 7	3.997 6
45	22 958.87	0.000 0	91 831.496 2	0.000 0	0.250 0	3.999 8	367 145.984 6	3.998 0
46	28 698.59	0.000 0	114 790.370 2	0.000 0	0.250 0	3.999 9	458 977.480 8	3.998 4
47	35 873.24	0.000 0	143 488.962 7	0.000 0	0.250 0	3.999 9	573 767.851 0	3.998 7
48	44 841.55	0.000 0	179 362.203 4	0.000 0	0.250 0	3.999 9	717 256.813 7	3.998 9
49	56 051.93	0.000 0	224 203.754 3	0.000 0	0.250 0	3.999 9	896 619.017 2	3.999 1
50	70 064.92	0.000 0	280 255.692 9	0.000 0	0.250 0	3.999 9	1 120 822.771 5	3.999 3

附表15　复利系数表($i=30\%$)

n	$(F/P,i,n)$	$(P/F,i,n)$	$(F/A,i,n)$	$(A/F,i,n)$	$(A/P,i,n)$	$(P/A,i,n)$	$(F/G,i,n)$	$(A/G,i,n)$
1	1.300 0	0.769 2	1.000 0	1.000 0	1.300 0	0.769 2	0.000 0	0.000 0
2	1.690 0	0.591 7	2.300 0	0.434 8	0.734 8	1.360 9	1.000 0	0.434 8
3	2.197 0	0.455 2	3.990 0	0.250 6	0.550 6	1.816 1	3.300 0	0.827 1
4	2.856 1	0.350 1	6.187 0	0.161 6	0.461 6	2.166 2	7.290 0	1.178 3
5	3.712 9	0.269 3	9.043 1	0.110 6	0.410 6	2.435 6	13.477 0	1.490 3
6	4.826 8	0.207 2	12.756 0	0.078 4	0.378 4	2.642 7	22.520 1	1.765 4
7	6.274 9	0.159 4	17.582 8	0.056 9	0.356 9	2.802 1	35.276 1	2.006 3
8	8.157 3	0.122 6	23.857 7	0.041 9	0.341 9	2.924 7	52.859 0	2.215 6
9	10.604 5	0.094 3	32.015 0	0.031 2	0.331 2	3.019 0	76.716 7	2.396 3
10	13.785 8	0.072 5	42.619 5	0.023 5	0.323 5	3.091 5	108.731 7	2.551 2
11	17.921 6	0.055 8	56.405 3	0.017 7	0.317 7	3.147 3	151.351 2	2.683 3
12	23.298 1	0.042 9	74.327 0	0.013 5	0.313 5	3.190 3	207.756 5	2.795 2
13	30.287 5	0.033 0	97.625 0	0.010 2	0.310 2	3.223 3	282.083 5	2.889 5
14	39.373 8	0.025 4	127.912 5	0.007 8	0.307 8	3.248 7	379.708 5	2.968 5
15	51.185 9	0.019 5	167.286 3	0.006 0	0.306 0	3.268 2	507.621 0	3.034 4
16	66.541 7	0.015 0	218.472 2	0.004 6	0.304 6	3.283 2	674.907 3	3.089 2
17	86.504 2	0.011 6	285.013 9	0.003 5	0.303 5	3.294 8	893.379 5	3.134 5
18	112.455 4	0.008 9	371.518 0	0.002 7	0.302 7	3.303 7	1 178.393 4	3.171 8
19	146.192 0	0.006 8	483.973 4	0.002 1	0.302 1	3.310 5	1 549.911 4	3.202 5
20	190.049 6	0.005 3	630.165 5	0.001 6	0.301 6	3.315 8	2 033.884 9	3.227 5
21	247.064 5	0.004 0	820.215 1	0.001 2	0.301 2	3.319 8	2 664.050 3	3.248 0
22	321.183 9	0.003 1	1 067.279 6	0.000 9	0.300 9	3.323 0	3 484.265 4	3.264 6
23	417.539 1	0.002 4	1 388.463 5	0.000 7	0.300 7	3.325 4	4 551.545 0	3.278 1
24	542.800 8	0.001 8	1 806.002 6	0.000 6	0.300 6	3.327 2	5 940.008 6	3.289 0
25	705.641 0	0.001 4	2 348.803 3	0.000 4	0.300 4	3.328 6	7 746.011 1	3.297 9
26	917.333 3	0.001 1	3 054.444 3	0.000 3	0.300 3	3.329 7	10 094.814 5	3.305 0
27	1 192.533	0.000 8	3 971.777 6	0.000 3	0.300 3	3.330 5	13 149.258 8	3.310 7
28	1 550.293	0.000 6	5 164.310 9	0.000 2	0.300 2	3.331 2	17 121.036 4	3.315 3
29	2 015.381	0.000 5	6 714.604 2	0.000 1	0.300 1	3.331 7	22 285.347 4	3.318 9
30	2 619.995	0.000 4	8 729.985 5	0.000 1	0.300 1	3.332 1	28 999.951 6	3.321 9
31	3 405.994	0.000 3	11 349.981 1	0.000 1	0.300 1	3.332 4	37 729.937 1	3.324 2
32	4 427.792	0.000 2	14 755.975 5	0.000 1	0.300 1	3.332 6	49 079.918 2	3.326 1
33	5 756.130	0.000 2	19 183.768 1	0.000 1	0.300 1	3.332 8	63 835.893 7	3.327 6
34	7 482.969	0.000 1	24 939.898 5	0.000 0	0.300 0	3.332 9	83 019.661 8	3.328 8
35	9 727.860	0.000 1	32 422.868 1	0.000 0	0.300 0	3.333 0	107 959.560 3	3.329 7
36	12 646.21	0.000 1	42 150.728 5	0.000 0	0.300 0	3.333 1	140 382.428 4	3.330 5
37	16 440.08	0.000 1	54 796.947 1	0.000 0	0.300 0	3.333 1	182 533.156 9	3.331 1
38	21 372.10	0.000 0	71 237.031 2	0.000 0	0.300 0	3.333 2	237 330.103 9	3.331 6
39	27 783.74	0.000 0	92 609.140 5	0.000 0	0.300 0	3.333 2	308 567.135 1	3.331 9
40	36 118.86	0.000 0	120 392.882 7	0.000 0	0.300 0	3.333 2	401 176.275 6	3.332 2

附表 16　复利系数表($i=35\%$)

n	$(F/P,i,n)$	$(P/F,i,n)$	$(F/A,i,n)$	$(A/F,i,n)$	$(A/P,i,n)$	$(P/A,i,n)$	$(F/G,i,n)$	$(A/G,i,n)$
1	1. 350 0	0. 740 7	1. 000 0	1. 000 0	1. 350 0	0. 740 7	0. 000 0	0. 000 0
2	1. 822 5	0. 548 7	2. 350 0	0. 425 5	0. 775 5	1. 289 4	1. 000 0	0. 425 5
3	2. 460 4	0. 406 4	4. 172 5	0. 239 7	0. 589 7	1. 695 9	3. 350 0	0. 802 9
4	3. 321 5	0. 301 1	6. 632 9	0. 150 8	0. 500 8	1. 996 9	7. 522 5	1. 134 1
5	4. 484 0	0. 223 0	9. 954 4	0. 100 5	0. 450 5	2. 220 0	14. 155 4	1. 422 0
6	6. 053 4	0. 165 2	14. 438 4	0. 069 3	0. 419 3	2. 385 2	24. 109 8	1. 669 8
7	8. 172 2	0. 122 4	20. 491 9	0. 048 8	0. 398 8	2. 507 5	38. 548 2	1. 881 1
8	11. 032 4	0. 090 6	28. 664 0	0. 034 9	0. 384 9	2. 598 2	59. 040 0	2. 059 7
9	14. 893 7	0. 067 1	39. 696 4	0. 025 2	0. 375 2	2. 665 3	87. 704 0	2. 209 4
10	20. 106 6	0. 049 7	54. 590 2	0. 018 3	0. 368 3	2. 715 0	127. 400 5	2. 333 8
11	27. 143 9	0. 036 8	74. 696 7	0. 013 4	0. 363 4	2. 751 9	181. 990 6	2. 436 4
12	36. 644 2	0. 027 3	101. 840 6	0. 009 8	0. 359 8	2. 779 2	256. 687 3	2. 520 5
13	49. 469 7	0. 020 2	138. 484 8	0. 007 2	0. 357 2	2. 799 4	358. 527 9	2. 588 9
14	66. 784 1	0. 015 0	187. 954 4	0. 005 3	0. 355 3	2. 814 4	497. 012 7	2. 644 3
15	90. 158 5	0. 011 1	254. 738 5	0. 003 9	0. 353 9	2. 825 5	684. 967 1	2. 688 9
16	121. 713 9	0. 008 2	344. 897 0	0. 002 9	0. 352 9	2. 833 7	939. 705 6	2. 724 6
17	164. 313 8	0. 006 1	466. 610 9	0. 002 1	0. 352 1	2. 839 8	1 284. 602 5	2. 753 0
18	221. 823 6	0. 004 5	630. 924 7	0. 001 6	0. 351 6	2. 844 3	1 751. 213 4	2. 775 6
19	299. 461 9	0. 003 3	852. 748 3	0. 001 2	0. 351 2	2. 847 6	2 382. 138 1	2. 793 5
20	404. 273 6	0. 002 5	1 152. 210 3	0. 000 9	0. 350 9	2. 850 1	3 234. 886 4	2. 807 5

附表 17　复利系数表($i=40\%$)

n	$(F/P,i,n)$	$(P/F,i,n)$	$(F/A,i,n)$	$(A/F,i,n)$	$(A/P,i,n)$	$(P/A,i,n)$	$(F/G,i,n)$	$(A/G,i,n)$
1	1. 400 0	0. 714 3	1. 000 0	1. 000 0	1. 400 0	0. 714 3	0. 000 0	0. 000 0
2	1. 960 0	0. 510 2	2. 400 0	0. 416 7	0. 816 7	1. 224 5	1. 000 0	0. 416 7
3	2. 744 0	0. 364 4	4. 360 0	0. 229 4	0. 629 4	1. 588 9	3. 400 0	0. 779 8
4	3. 841 6	0. 260 3	7. 104 0	0. 140 8	0. 540 8	1. 849 2	7. 760 0	1. 092 3
5	5. 378 2	0. 185 9	10. 945 6	0. 091 4	0. 491 4	2. 035 2	14. 864 0	1. 358 0
6	7. 529 5	0. 132 8	16. 323 8	0. 061 3	0. 461 3	2. 168 0	25. 809 6	1. 581 1
7	10. 541 4	0. 094 9	23. 853 4	0. 041 9	0. 441 9	2. 262 8	42. 133 4	1. 766 4
8	14. 757 9	0. 067 8	34. 394 7	0. 029 1	0. 429 1	2. 330 6	65. 986 8	1. 918 5
9	20. 661 0	0. 048 4	49. 152 6	0. 020 3	0. 420 3	2. 379 0	100. 381 5	2. 042 2
10	28. 925 5	0. 034 6	69. 813 7	0. 014 3	0. 414 3	2. 413 6	149. 534 2	2. 141 9
11	40. 495 7	0. 024 7	98. 739 1	0. 010 1	0. 410 1	2. 438 3	219. 347 8	2. 221 5
12	56. 693 9	0. 017 6	139. 234 8	0. 007 2	0. 407 2	2. 455 9	318. 087 0	2. 284 5
13	79. 371 5	0. 012 6	195. 928 7	0. 005 1	0. 405 1	2. 468 5	457. 321 7	2. 334 1
14	111. 120 1	0. 009 0	275. 300 2	0. 003 6	0. 403 6	2. 477 5	653. 250 4	2. 372 9
15	155. 568 1	0. 006 4	386. 420 2	0. 002 6	0. 402 6	2. 483 9	928. 550 6	2. 403 0
16	217. 795 3	0. 004 6	541. 988 3	0. 001 8	0. 401 8	2. 488 5	1 314. 970 8	2. 426 2
17	304. 913 5	0. 003 3	759. 783 7	0. 001 3	0. 401 3	2. 491 8	1 856. 959 2	2. 444 1
18	426. 878 9	0. 002 3	1 064. 697 1	0. 000 9	0. 400 9	2. 494 1	2 616. 742 8	2. 457 7
19	597. 630 4	0. 001 7	1 491. 576 0	0. 000 7	0. 400 7	2. 495 8	3 681. 440 0	2. 468 2
20	836. 682 6	0. 001 2	2 089. 206 4	0. 000 5	0. 400 5	2. 497 0	5 173. 016 0	2. 476 1

附表 18　F 分布临界值表

$$P\{F > Fa(f1,f2)\} = \alpha$$

$$\alpha = 0.05$$

Fa f_1 / f_2	1	2	3	4	5	6	7	8	12	24	∞
1	161.4	199.5	215.7	224.6	230.2	234.0	236.8	238.9	243.9	249.1	254.3
2	18.5	19.0	19.2	19.2	19.3	19.3	19.4	19.4	19.4	19.5	19.5
3	10.1	9.55	9.28	9.12	9.01	8.94	8.89	8.85	8.74	8.64	8.53
4	7.71	6.94	6.59	6.39	6.26	6.16	6.09	6.04	5.91	5.77	5.63
5	6.61	5.79	5.41	5.19	5.05	4.95	4.88	4.82	4.68	4.53	4.36
6	5.99	5.14	4.76	4.53	4.39	4.28	4.21	4.15	4.00	3.84	3.67
7	5.59	4.74	4.35	4.12	3.97	3.87	3.79	3.73	3.57	3.41	3.23
8	5.32	4.46	4.07	3.84	3.69	3.58	3.50	3.44	3.28	3.12	2.93
9	5.12	4.26	3.86	3.63	3.48	3.37	3.29	3.23	3.07	2.90	2.71
10	4.96	4.10	3.71	3.48	3.33	3.22	3.14	3.07	2.91	2.74	2.54
11	4.84	3.98	3.59	3.36	3.20	3.09	3.01	2.95	2.79	2.61	2.40
12	4.75	3.89	3.49	3.26	3.11	3.00	2.91	2.85	2.69	2.51	2.30
13	4.67	3.81	3.41	3.18	3.03	2.92	2.83	2.77	2.60	2.42	2.21
14	4.60	3.74	3.34	3.11	2.96	2.85	2.76	2.70	2.53	2.35	2.13
15	4.54	3.68	3.29	3.06	2.90	2.79	2.71	2.64	2.48	2.29	2.07
16	4.49	3.63	3.24	3.01	2.85	2.74	2.66	2.59	2.42	2.24	2.01
17	4.45	3.59	3.20	2.96	2.81	2.70	2.61	2.55	2.38	2.19	1.96
18	4.41	3.55	3.16	2.93	2.77	2.66	2.58	2.51	2.34	2.15	1.92
19	4.38	3.52	3.13	2.90	2.74	2.63	2.54	2.48	2.31	2.11	1.88
20	4.35	3.49	3.10	2.87	2.71	2.60	2.51	2.45	2.28	2.08	1.84
21	4.32	3.47	3.07	2.84	2.68	2.57	2.49	2.42	2.25	2.05	1.81
22	4.30	3.44	3.05	2.82	2.66	2.55	2.46	2.40	2.23	2.03	1.78
23	4.28	3.42	3.03	2.80	2.64	2.53	2.44	2.37	2.20	2.01	1.76
24	4.26	3.40	3.01	2.78	2.62	2.51	2.42	2.36	2.18	1.98	1.73
25	4.24	3.39	2.99	2.76	2.60	2.49	2.40	2.34	2.16	1.96	1.71
26	4.23	3.37	2.98	2.74	2.59	2.47	2.39	2.32	2.15	1.95	1.69
27	4.21	3.35	2.96	2.73	2.57	2.46	2.37	2.31	2.13	1.93	1.67
28	4.20	3.34	2.95	2.71	2.56	2.45	2.36	2.29	2.12	1.91	1.65
29	4.18	3.33	2.93	2.70	2.55	2.43	2.35	2.28	2.10	1.90	1.64
30	4.17	3.32	2.92	2.69	2.53	2.42	2.33	2.27	2.09	1.89	1.62
40	4.08	3.23	2.84	2.61	2.45	2.34	2.25	2.13	2.00	1.79	1.51
60	4.00	3.15	2.76	2.53	2.37	2.25	2.17	2.10	1.92	1.70	1.39
120	3.92	3.07	2.68	2.45	2.29	2.17	2.09	2.02	1.83	1.61	1.25
∞	3.84	3.00	2.60	2.37	2.21	2.10	2.01	1.94	1.75	1.52	1.00

附表 19 t 分布临界值表

$$P\{|T| > t_a\} = \alpha$$

f \ α	0.20	0.10	0.05	0.02	0.01	0.001
1	3.078	6.314	12.706	31.821	63.657	636.619
2	1.886	2.920	4.303	6.965	9.925	31.599
3	1.638	2.353	3.182	4.541	5.841	12.924
4	1.533	2.132	2.776	3.747	4.604	8.610
5	1.467	2.015	2.571	3.365	4.032	6.869
6	1.440	1.943	2.447	3.143	3.707	5.959
7	1.415	1.895	2.365	2.998	3.499	5.408
8	1.397	1.860	2.306	2.896	3.355	5.041
9	1.383	1.833	2.262	2.821	3.250	4.781
10	1.372	1.812	2.228	2.764	3.169	4.587
11	1.363	1.796	2.201	2.718	3.106	4.437
12	1.356	1.782	2.179	2.681	3.055	4.318
13	1.350	1.771	2.160	2.650	3.012	4.221
14	1.345	1.761	2.145	2.624	2.977	4.140
15	1.341	1.753	2.131	2.602	2.947	4.073
16	1.337	1.746	2.120	2.583	2.921	4.015
17	1.333	1.740	2.110	2.567	2.898	3.965
18	1.330	1.734	2.101	2.552	2.878	3.922
19	1.328	1.729	2.093	2.539	2.861	3.883
20	1.325	1.725	2.086	2.528	2.845	3.850
21	1.323	1.721	2.080	2.518	2.831	3.819
22	1.321	1.717	2.074	2.508	2.819	3.792
23	1.319	1.714	2.069	2.500	2.807	3.768
24	1.318	1.711	2.064	2.492	2.797	3.745
25	1.316	1.708	2.060	2.485	2.787	3.725
26	1.315	1.706	2.056	2.479	2.779	3.707
27	1.314	1.703	2.052	2.473	2.771	3.690
28	1.313	1.701	2.048	2.467	2.763	3.674
29	1.311	1.699	2.045	2.462	2.756	3.659
30	1.310	1.697	2.042	2.457	2.750	3.646
40	1.303	1.684	2.021	2.423	2.704	3.551
60	1.296	1.671	2.000	2.390	2.660	3.460
120	1.289	1.658	1.980	2.358	2.617	3.373
∞	1.282	1.645	1.960	2.326	2.576	3.291